『談奇党』『猟奇資料』

第2巻

第3号（昭和6年12月）
第4号（昭和7年1月）
新春特集号（昭和7年2月）

［監修］島村 輝

ゆまに書房

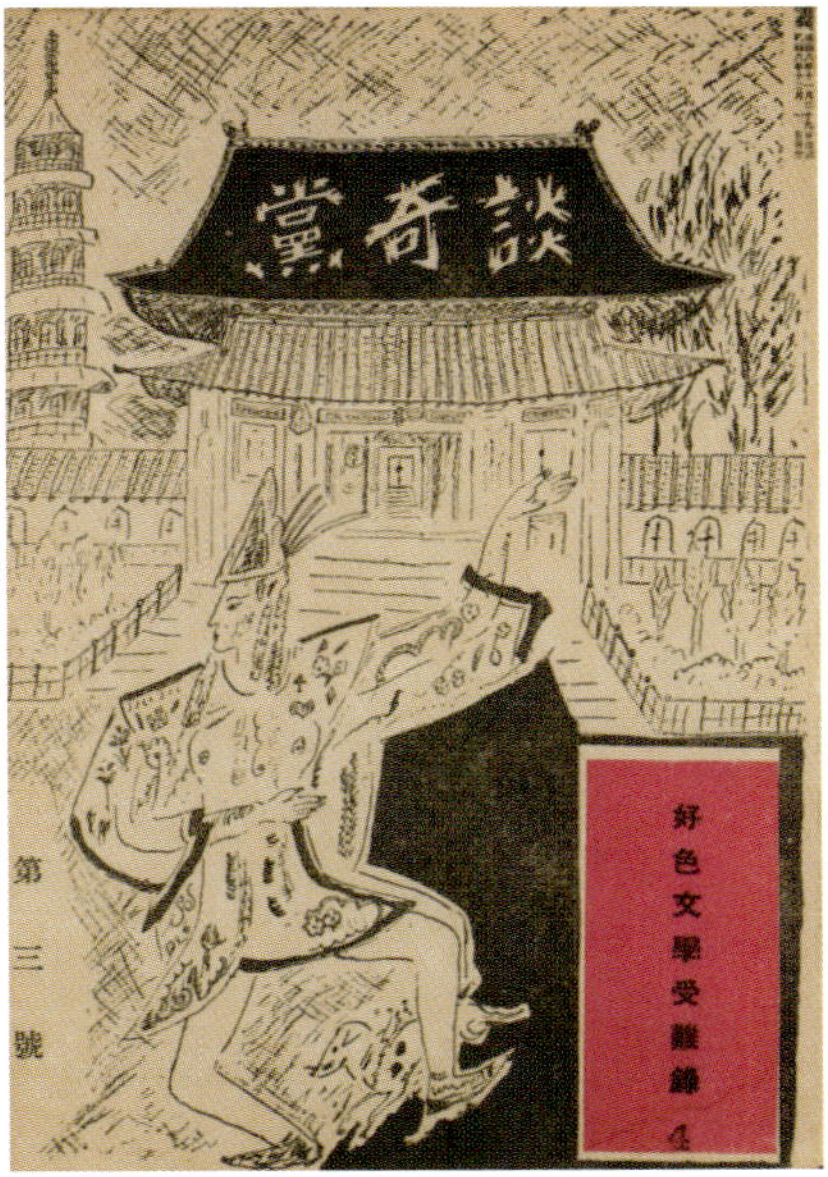

『談奇党』第３号（左）、第４号（右）。

『談奇党』新春特輯号。

『談奇党』『猟奇資料』復刻刊行にあたって

監修　島村　輝

『叢書エログロナンセンス』シリーズは、戦前ジャーナリズム界の異才・梅原北明を中心とした「珍書・奇書」類のうち、発刊当時の事情やその後の年月の経過によって閲覧・入手の困難となった書物、とりわけ多く「発売禁止」等の措置を受けた雑誌類を中心にして、復刻刊行するものである。これまでに第Ⅰ期として梅原北明の関与した代表的雑誌『グロテスク』（一九二八〈昭和三〉年一一月〜一九三一〈昭和六〉年八月）を復刻刊行した。ここでは永く幻と謳われた第二巻第六号（一九二九〈昭和四〉年六月）を発見し収録した。第Ⅱ期としては、北明個人の編集となってからの『文藝市場』（一九二七〈昭和二〉年六月〜一〇月）、その後継誌として上海にて出版されたとされる『カーマシヤストラ』（一九二七〈昭和二〉年一〇月〜一九二八〈昭和三〉年四月）の復刻を行なった。

これまでの復刻により、『変態・資料』『文藝市場』『カーマシヤストラ』『グロテスク』という、梅原が編集に携わった雑誌が揃ったことになる。今回その第Ⅲ期として復刻刊行するのは、『グロテスク』の後継誌とされる『談奇党』（一九三一〈昭和六〉年九月〜一九三二〈昭和七〉年六月）全八冊、別刷小冊子『談奇党員心得書』、および『談奇党』の後継誌として発刊されたものの、創刊号（第一輯）のみの刊行にとどまった『猟奇資料』（一九三二〈昭和七〉年一〇月）全一冊である。

北明は『グロテスク』の後期には「珍書・奇書」出版への情熱を喪《うしな》い、その分野から離れた立場にいたとされ、その実質上の後継誌である『談奇党』『猟奇資料』の編集等に、直接携わっていなかったことは確実であろう。しかしこの雑誌の創刊と継続的刊行に当って、北明の強い影響を受けた人物が、執筆にも刊行にも、大きな役割を果たしたことが、その内容を精査するにつれて次第に明らかになってきた。

『グロテスク』から『談奇党』『猟奇資料』へと引き継がれた底流から、当時のアウトサイダー的な出版人・知識層が目論んだ、サブカルチャー領域からの権力批判、文明批評の可能性と限界を窺い知ることができるだろう。

凡例

◇本シリーズは、『談奇党』（一九三一〈昭和六〉年九月〜一九三二〈昭和七〉年六月）、『猟奇資料』（一九三二〈昭和七〉年一〇月）を復刻する。

◇本巻には、『談奇党』第3号（一九三一〈昭和六〉年一二月一日発行）、第4号（一九三二〈昭和七〉年一月二〇日発行）、新春特集号（一九三二〈昭和七〉年二月二九日発行）を収録した。

◇原本のサイズは、二二五ミリ×一五二ミリである。

◇各作品は無修正を原則としたが、表紙、図版などの寸法に関しては製作の都合上、適宜、縮小を行った場合がある。

◇本文中に見られる現在使用する事が好ましくない用語については、歴史的文献である事に鑑み原本のまま掲載した。

◇本巻作成にあたって原資料を監修者の島村輝氏よりご提供いただいた。記して深甚の謝意を表する。

目次

『談奇党』（第3号）

昭和六年十一月二十九日印刷
昭和六年十二月一日發行
談奇黨
第三號
好色文學受難錄 4

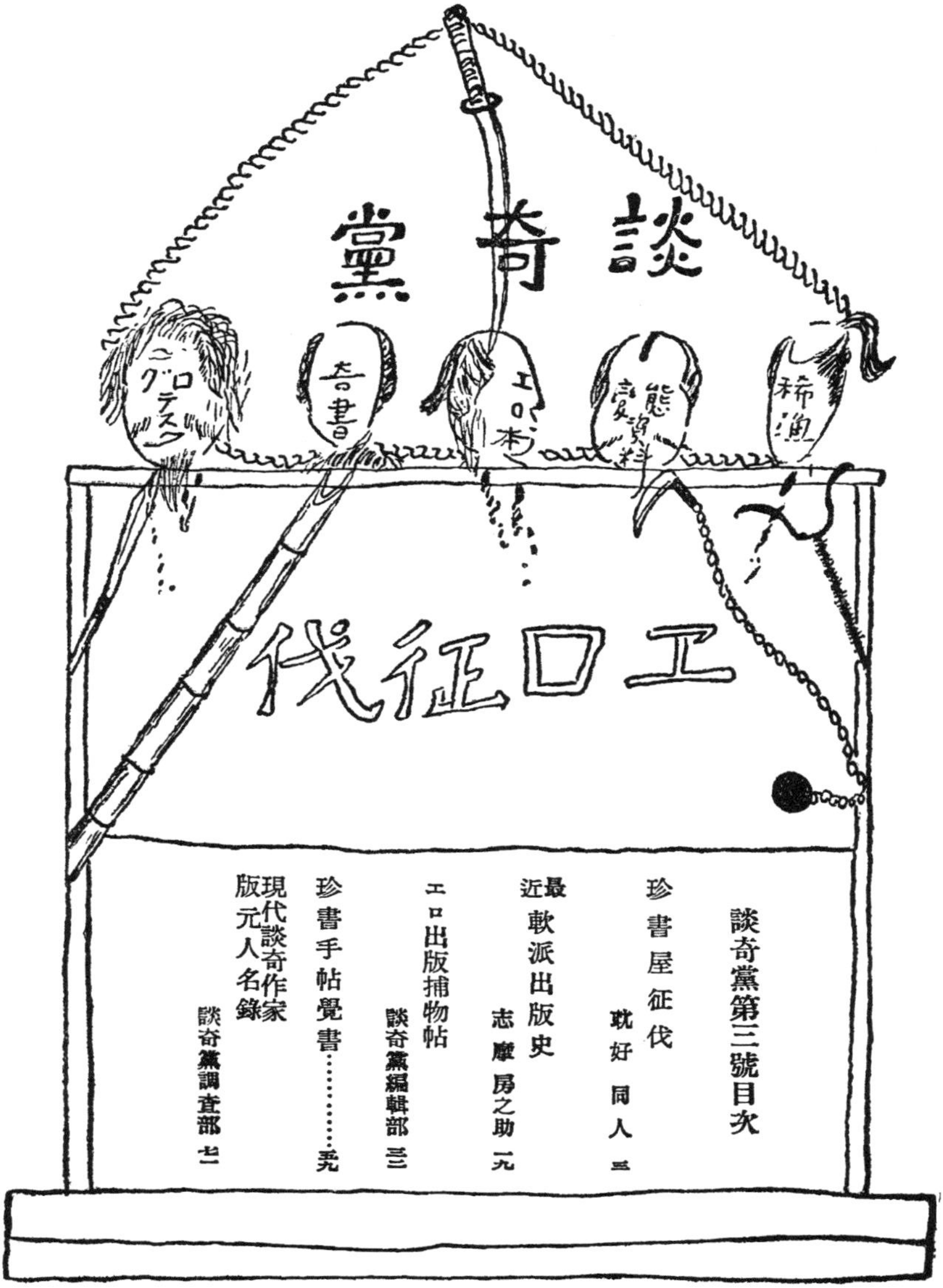
談奇黨
グロテスク
エロ本
エロ征伐
談奇黨第三號目次
珍書屋征伐　耽好同人　三
最近軟派出版史　志摩房之助　一九
エロ出版捕物帖　談奇黨編輯部　三三
珍書手帖覺書……三九
現代談奇作家版元人名錄　談奇黨調査部　七一

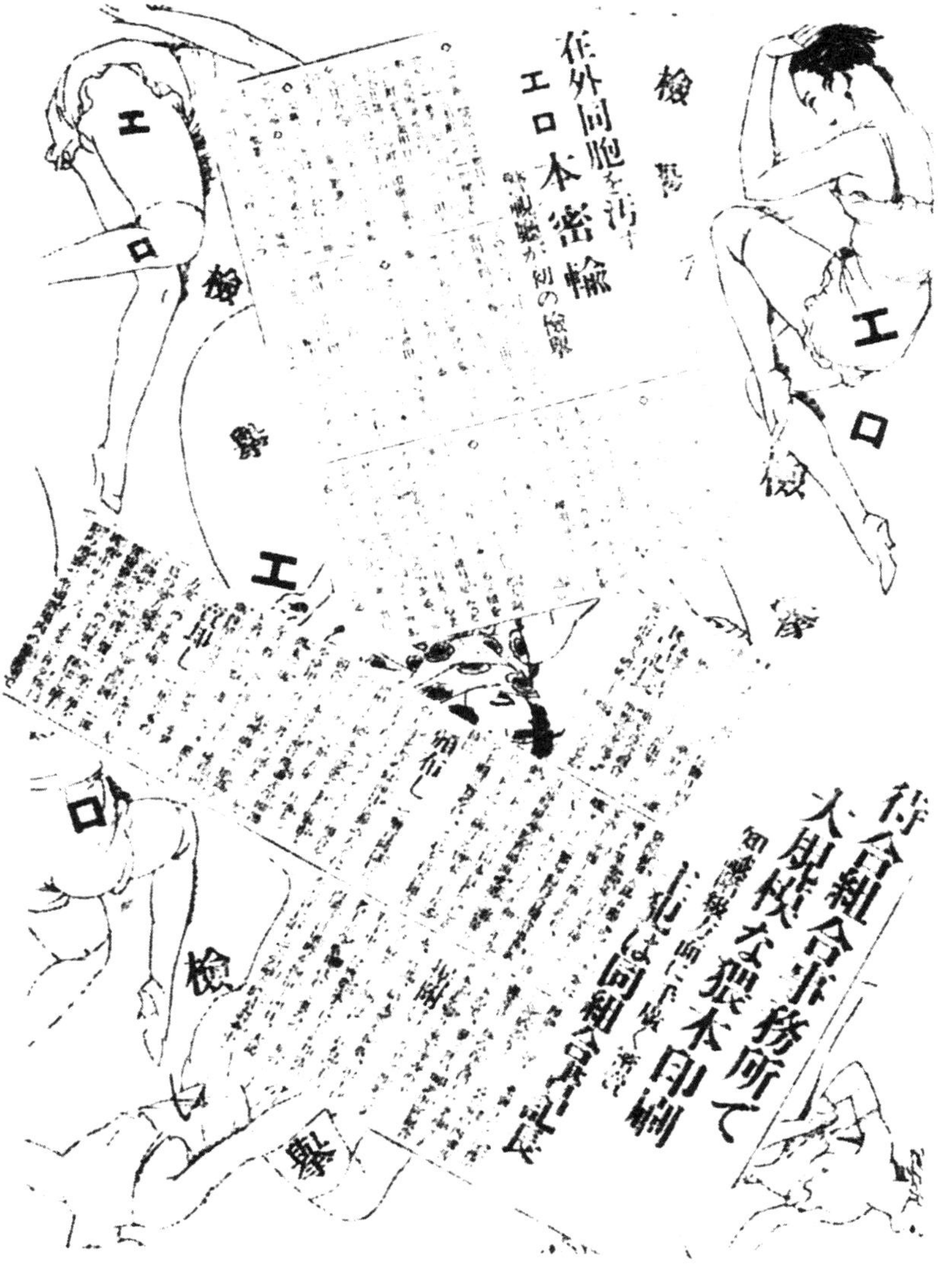
在外同胞を汚す
エロ本密輸
待合組合事務所で
大胆な猥本印刷
エロ
検挙

談奇作家見立番附

東方

横綱	「秘義指南」	梅原北明
大關	「カーマスートラ」	泉芳璟
關脇	「世界好色文學史」	佐々謙自
小結	「寢室の美學」	原比露志
前頭	「アナンガ・ランガ」	竹内道之助
同	「性的玩具」	河村目呂二
同	「艶本目錄」	封酔小史
同	「ダス・フユンフエック」	大木黎二
同	「イヴオンヌ」	西谷操
前頭	「性語辭典」	桃源堂主人
同	「後家百態」	尾高三郎
同	「女いろ事師」	宮本良
同	「變態川柳考」	廣田政之進
同	「人間研究」	大野卓
同	「變態小說」	綿貫六助
同	「論語通解」	伊藤靖雨
同	「ラプレター」	池田文痴庵
同	「世界珍本往來」	谷本蘇川
前頭	「嫉妬研究」	綿谷雪
同	「女裕研究」	平井通
同	「バルタバランの一夜」	かはせみ
同	「變態見世物」	松浦泉三郎
同	「性的犯罪研究」	松岡貞治
同	「變態大津繪節」	河津曉夢
同	「エロ隨筆」	北川草彦
同	「變態處方箋」	相馬二郎
同	「エロ風俗」	布利秋

爲御參考

行司　大隅爲三　宮武外骨　齊藤昌三

頭取　大泉黑石　藤澤衛彦　尾崎久彌

勸進元　妙竹林齋　耽好洞人　冬無山人

西方

横綱	「らぶ・ひるたあ」	酒井潔
大關	「世界性語辭典」	佐藤紅霞
關脇	「春の辭典」	丸木砂土
小結	「壁後禪」	花房四郎
前頭	「獵奇叢書」	伊藤竹酔
同	「ナポリの秘密博物館」	羽塚隆成
同	「川柳」	大曲駒村
同	「女性虐待研究」	西村天來
前頭	「千種花双蝶々」	三浦武雄
同	「變態序文集」	茅ケ崎涙夫
同	「オナニズム文學」	南紅雨
同	「オデノトさマルゲイメ」	青山倭文二
同	「心中研究」	小林隆之助
同	「好色俗謠」	小島昇一
同	「グロテスク」	中戸川薫明
同	「淫事戒」	加山三郎
同	「姦通研究」	藤田政之助
前頭	「モダン千夜一夜」	田中直樹
同	「說教强盜物語」	神保三郎
同	「性的神の研究」	片田信雄
同	「艶書蒐集狂」	一ノ木麟太郎
同	「狂歌の研究」	狂夢樓主人
同	「珍書物語」	河原萬吉
同	「珍書解題」	黑貞輔
同	「性史」	佐藤一六
同	「乞食研究」	石角春之介

エロ◇グロ 發禁書見立番附

東方

番付	註	書名
横綱	日本古典	藐姑射秘言
大關	日本古典	阿奈遠加志
關脇	日本古典	逸著聞集
小結	梅原・佐々共著	世界好色文學史
前頭	川柳ドレ句	末摘花
同	爲永春水	梅曆
同	齋藤昌三	變態崇拜史
同	封酔小史	艶本目錄
同	宮本良・某氏共	日本性語辭典
同	大野卓著	人間研究
同	花房四郎著	男色考
同	佐藤紅霞著	世界猥褻語字彙
同	井原西鶴	好色一代男
同	藤澤衛彦著	變態交婚史
同	三浦武雄編	千種花双蝶々
同	神保・八雲編	後家百態
同	製作	大野博士事件豫審調書
同	池田文痴庵著	羅舞連多雜考
同	神保・八雲共著	說教強盜百物語
同	篠崎流二編	世界珍籍全集（日本之部）
同	齋藤昌三編	變態序文集
同	異本	金色夜叉
同	南紅雨編	性愛技巧大辭典
同	製作	深谷愛子事件調書

張出横綱　支那稀書　覺後禪

西方

番付	註	書名
横綱	印度古典	カーマ・スウトラ
大關	印度古典	アナンガ・ランガ
關脇	印度古典	ラテイラハスヤ
小結	伊太利	デカメロン
前頭	イギリス	ファンニイ・ヒル
同	アラビヤ古典	チャルダン・パルフユーム
同	トルコ古典	エル・クターブ
同	ギリシヤ古典	アリステネトスの戀文
同	ドイツ	毛皮を着たヴヰナス
同	イタリイ	カザノヴ情史
同	フランス	エプタメロン
同	イギリス	フロツシイ
同	フランス	イヴオンヌ
同	フランス	蚤の自叙傳
同	ドイツ	ダス・フュンフェック
同		船長夜話
同	ドイツ	おんな色事師
同	フランス	オデイットとマルテイーヌ
同	アラビヤ	老人若返り法
同	イキリス	トルウ・ラヴ
同	フランス	ガミヤニ伯夫人
同	イタリー	ナポリの秘密博物館
同	ドイツ	ウヰンの裸體倶樂部
同	ペルシヤ	ペルシヤ・デカメロン

張出横綱　バルカン・クリイゲ

中央

	爲御覽
行司	（雜誌）グロテスク　變態資料　稀漁
頭取	（雜誌）デカメロン　變態黄表紙　カーマ・シャストラ
勸進元	（雜誌）奇書　此の花　談奇黨

珍書屋征伐

耽好同人

珍書屋群像

素人眼から見れば、

「恐らく世の中に珍書屋ほどボロい商賣はない。値段は普行の單行本より數倍も高くて、新聞宣傳がいるわけではなし、賣れ殘りのストツクで困るではなし、等々々」

なる程一應尤もである。だが然し、かりそめにも商賣と名がつく以上、さう簡單に芝居の筋書みたいなわけにはゆかぬ。

にも拘はらず、僅か三月や半歳ばかり珍書屋に奉公したといふだけで、或ひは珍書屋商賣の匂ひを嗅いだといふだけで、柄にもなく生兵法を振り廻す一夜漬のエロ出版屋が續出した。

この有像無像の一群が殘した禍根が、遂に彼等自身を自から堀つた墓穴に葬らしめたばかりでなく、出版界に多くの汚名を殘したのである。

すべての商賣がさうであるやうに、珍書出版と雖、單に商賣のコツを知つてゐるといふ程度の知識では到底やれない。

なかにはずゐぶん頓馬な野郎があつて

「なアに、十日や二十日位のブタ箱なら平氣ですよ。僕ア別に出版にも文學にも自信はないが、仕事と喧嘩の度胸なら決して人にまけないつもりだ」

など〻、つまらない所に力瘤を入れて、早速珍書屋商賣を始めた奴がある。その結果は、案の定、內容見本を發送すると直ぐにふんじばられて大目玉を喰つた。

これなど單順な馬鹿野郞だが、もう少し念の入つた馬鹿になると

「なにかい〻材料はありませんかネ。名簿は或る珍書屋のメンバーうまく盜み出さして、四千名ばかりを二百圓で買つたのですが、二百圓を棒に振つて了ふのもバカ〳〵しいし、なアに、發覺しても別に役所の方の心配はないんです。僕の知つてゐる代議士が役所の係長と極く懇意なので、そこはうまくやつて貰ふつもりですがネ。」

さういふ奴は多少とも資産があつて、名望家の卵で、兎に角、今までに出たことのないい〻ネタ本があれば一儲けしやうといふ甚だ心細い奴で、少しでも珍書屋に奉公した經驗のあるやつはすぐにこいつに引つか〻る。

「なにも別に、俺はこれで金儲けをしやうのどうのいふのぢやなくて、俺の知つてゐる知名の士にずゐぶん此の方面の本を欲しがつてゐる人があるんでね。五十や百位なら俺の顏一つですぐにでも賣れるんです。だから、利益があれば實費を差し引いて、わしが半分あんたが半分。」

純利益千圓と見ても五百圓。これあうまいことになつたぞ。いま五百圓あれば………と云ふので、奉公人先生、既に儲けたやうな氣になつて

「これこそアンドレ・ド・チネレが匿名で發表した近代好色文學中の白媚にして、本書を手にしたパリ在住の某外國

使臣が一度これを某夫人に示すや、俄然巴里社交界に一大センセイションを卷起した傑作で云々」と云ふやうな見本を書いて發表する。

その見本がまだ北海道の果て殖民地へもついてゐない頃、あはれ奉公人先生始め、名士の卵も、撫然として薄暗い留置場に長大息を漏らしてゐるのである。

役所の方も知名の代議士もあつたものではない。犯罪の構成が一係長と、一代議士とで消滅するやうな安つぽい法律は、隣國の支那なら兎も角、日本の警察は決してそんなにお安い御用を承はつてゐないのである。

さうかと思ふとこんな頼りないのもある。

「實に素晴しいネタ本を見つけたのですがね。どこから出たのか誰が出したのかは知らないんですが、まだ幾らも出てゐないことだけはたしかです。内容は實に物凄いですよ。原著はフランスかドイツのものらしいんですが、これなら相當出ると思ふんですが……」

その書物を讀んで見て、フランス物かドイツ物かの區別のつかないのも心細いが、その本が僅か二月程も前に出て、幾らも出ないどころか千部近くも發行され、事件が既に檢事局に廻つてゐるのも知らない愚鈍さ加減と來たら、これでまアよくも珍書出版なんてやれるもんだと思はれるのさへある。

で、その通り說明してやると、それこそ鳩が豆鐵砲でも喰つたやうにきよとんとして「ヘエー」と一應は失望するが、あとからこつそりと題名を變更して出すに至つては、イヤハヤ呆れ果てゝ物が言へない。

それから又實に怜悧な寄生虫がゐる。

内容見本の一節に、堂々と刊行書目の內容を一席辯じた後

「我々が悪出版屋でないといふ何よりの證據は、いま迄の悪德出版屋と違つて絶對に前金を強要しないことです。何月何日頃配本なんていふアテにもコテにもならない輩のために、我々も今日までずゐぶん欺されて來ました。送金しても返事がない。やつと返事が來ると今製本中だ。それから彈壓だ。ブタ箱だ。ギヤフンだ。この馬鹿しい體驗を屢々我々自身で嘗めてゐればこそ、我々は自からが讀者の氣になつて絶對安全の代金引換にしたわけです。これなら讀者諸君におかれてもよもや不安はありますまい。」

なる程、商賣は道によつて賢こし。この新手戰術は相當に効を奏して、かなりの讀者を惹きつけた。

さて代引の通知に接して受取つてみると、それはエロ本でも珍書でもなく、圓本の內容にも及ばないといふ下らなさ加減である。

こゝに於て、それまで眞面目に、熱心に珍書の蒐集をやつてゐた讀者も、珍書屋なるものに對してはすつかり愛想をつかした。

三度配本して貰つて、一度配本しないといふ程度の珍書屋に對しては、それでもまだ望みをかけてゐたが、ひどいのになると二回も三回も續けさまにとられたのがある。

これが珍書屋潰滅の最も大きな原因であるが、それ以外の方面にも、我々はもつと詳細な研究をすゝめやう。

珍書屋戰術と取締戰術

珍書屋にもいろいろ種類がある。多少の危險は覺悟しても、文化戰線を擴大する意味に於て風俗研究を押進めて行かうとする氣慨の見えるものと、內容の如何を問はず利益さへ得ればいゝものと、出版の仕事から如何しても拔け切れないが、さりとて、出版事業が非常にトラスト化して來た今日、小資本ではどうしても普通出版には繼續性がないので、いやではあるが珍書に手を出すもの、まだ他にも種類はあらう。

然し、その何れを問はず、珍書屋と云はれる程の者であれば、多少の文筆的素養と、ジヤアナリステイツクな頭腦の働きと、相當の度胸と、機敏な活動力とを具備してゐなければ出來るものではない。

文筆的素養のないものは宣傳力がないし、ジヤアナリステイツクな働きがなければ、刊行書物の撰擇を誤まるし、度胸のないものに細密な仕事が出來ないし、機敏に缺けるものは仕事にどぢを踏むからである。

だからどんなに元氣のいゝやうなことを言つても、手紙の返事が來なかつたり、通信が杜絶え勝であつたりするやうな珍書屋は、いつも社内が不統一であるか、でなければ基礎が薄弱であるか、營業部に手腕家がゐない證據である。

殊に編輯部に傑れたる文筆家の援助者がゐることは、その出版社の基礎を非常に强力なものにする。

從つて常に陳腐なものや、再版ものなどに手をつけてゐる出版社にしつかりしたものはない。それは、その社に傑れたる同情《シンパ》者のゐないことを如實に示すものである。

たとへ細々ながら仕事を存續せしめるのには、よき編輯部を有してゐることが絶對に必要である。

さてそこで、珍書屋と稱するもの丶戰術であるが、なにがさて通信販賣專問の商賣であるから、その最も前衛的な役割を果すものは、刊行種目の宣傳方法である。

ひと頃、續出した珍書屋には、この宣傳見本が書けないで、他社の見本をそつくりそのまゝ用ひたのも可なりある。

もし、さういふ點に細心の注意を拂つてゐたら、どれだけ多くの會員がペテンにかゝつたり、迷惑を受けないですんだかも知れない。今日でこそ、これでもか、これでもか式な宣傳文は餘り見られなくなつたが、一時は、購讀者をバカにしたやうな内容見本が、却つて逆說的な効果を齎らして、賣りたくもないのに勿體をつけて賣るかの如き口吻を旺んに發表したものである。

ところで、その宣傳文なるものを頒布する頒布先、俗にいふメンバーはどうして手に入れるか。これは恐らく讀者諸君に驚くべき經驗があるであらう如く、實に魔可不可思議な方面から、ちやんと自分宛の通信が來る。

「いつたい、どうして自分の住所を知つてゐるのであらう。」

いや、單に住所を知つてゐるばかりでなく、屢々迷惑してゐることまでさも知つたか振りに内容見本に書いてある。

こゝにその種明しをやらう。

別に背影も經驗もないものが、多少出版の知識や文筆的素養、それに若干の資本があれば、先づ有力な新聞に「珍書珍書を頒布す。郵券六錢送れ。案内書送呈す××市××町××番地××社」といふやうな小廣告を出す。

これは何も今に始まつたことではない。ずゐぶん古くからの新聞に屢々掲載されてゐることは諸君も御存知であらう。

そこで見本を請求して、記載額通りの送金をすると、珍書珍書どころか、そこらの夜店、そこらの繪葉書屋で賣つてゐるものよりもつとバカバカしい他愛のないものを送つて來る。

「チエッ！　なんだ。ばかばかしい。」

から言つて諦めたものはそれ迄だが、その怒りを押へて
「此間送つて頂いた品物頂戴しましたが、あんなつまらないものでなく、高價でもよろしいから、もつと奇抜なものはありませんか？」と通知してやると、待つてゐましたとばかり先方では取つてをきの珍品をさしむけて來るのである。

これが古くからの一手段であつた。

次は合法的に立派に刊行し得る中間的エロ出版をデカデカと新聞宣傳して、それに集まつた會員から、漸次優秀メ

ンバーを撰んで通信販賣を始める。

文藝市場社の異常な成長は、常にこの大々的な宣傳力によるものである。

ところが、かうして始められた出版社の名簿は實にいろいろな方面に傳播して行く。

或る出版社などは屑屋と結托して、常に有力な珍書屋の紙屑を買ひ求めさせ、封筒は皺のばしをし、たまく振替などが交つてゐると一枚何錢かで買ひ求めたといふ噂すらあつた。

又、A社から分裂したBCD、更にBCDの使用人が旗擧したEFGなどは、いづれも悉くコツソリとメンバーを盗むのである。

つまり、脛に傷持つ者の弱さで、部下が少し位不德な行ひをしても、尻をまくられるのが恐さに、たいていの場合は默忍するのが珍書屋責任者の習慣である。

中には、視察に來た係役人と取組合を始めるやうな猛者でも、若冠の青二才、而も己の部下からタンカを切られてもグウの音さへ出ないやうな滑稽な事件さへ往々あつた。

こゝに、最も合理的に他社のメンバーを盗むだK君を御紹介しやう！

彼はKと云ふ男の經營してゐた××社につとめてゐたが、その社が分裂するまでに僅か五六百のメンバーしか盗むことが出來なかつた。もちろんその中には、單に見本だけ請求して來たに過ぎない會員もあつて、五百や六百では宣傳するにも甚だ物足りない、そこで二三度顏見知りのT君を何氣ない振で訪れたのである。

T君は當時××書房を經營して、素晴しく讀者から信頼があつた。

そこで豫て一計を案じてゐたK君は話の緒口をきつた。

「君のとこには〇〇社のメンバーはあるかい？」

「いゝや！　ない」

「あそこのメンバーはいゝかね」

「うむ！　あそこの會員なら購讀率が一番いゝだらうね。」

「實は僕はそれを二三千名手に入れることが出來たのだ！」

「ほう、そいつは素晴しいね。」

「ところで、僕は今日そのことで君に話しに來たのだ。メンバーを買つて吳れといふのも變だし、もし君の方で差支へなければ、手に入れた僕のメンバーを交換して貰ひたいのだが……」

折も折、T君の所では次の書物の內容見本を發送しやうと思ふ矢先だつたから、渡りに舟と承諾した。そして、T君はうまうまと自分のメンバーを二三千名（勿論、購讀者にきまつてはゐないが）盜まれ、自分の所へもつて來たK君のメンバーは、何を隱さう日本紳士錄の拔書であつたのだ。

これは、現在もT君は恐らく知らないであらうが、上には上があるものである。

それから間もなく、T君の社は大彈壓をうけて粉碎された。

以上で、五通も十通も內容見本のくる理由がお分りになつたことゝ思ふ。


扨て次は裝幀、その他一般的な問題に移る。

珍書屋の本が高いのは、內容を買つて貰ふことゝ、大部數の發賣頒布が不可能であること、（たとへば、五百部限定版としたところが、最近では五百は愚か三百部頒布するにも、責任者が非常に信賴があり、すべての手腕が充分に備はつてゐないことには賣れない）再版發行どころか、最初から一部も配本し得ない狀態などをも考慮に入れ、又、印刷屋側の方では、數が少い上に對手の弱腰をつけこんで、普通單行本の二三倍位はとる。

又、裝幀なども餘り安つぽいものには出來ないのだが、橫着な珍書屋は、ずゐぶん安つぽい製本、裝幀をして恬然として恥ぢなかつた。

その點、古いところでは、大隅爲三氏のカーマスートラなど中々凝つたもので、表紙は猫の總皮を用ひ、本文も鮮明な二度刷にして、當時の愛書家を驚嘆せしめ、今日の市價五十圓と稱されるのも、我が出版史上特筆すべき記錄をもつてゐるからに外ならない。

不幸にして、遂に終りを全ふしなかつたが、梅原北明君などあれで最も珍書屋らしい出版家であつた。最初に頒布したファンニ・ヒルこそ餘り傑れた裝幀ではなかつたが、氏の刊行した幾十冊の書籍は裝幀、製本に於て斷然他の珍書屋より異彩を放つてゐる。尤も、他の何れの珍書屋よりも、多くの部數を發行し。少いものでも千部突破といふ好記錄をもつてゐるせいもあるが………。

お粗末な方では「ジヤルダン・ハラフユーム」（くんえん・ひわ）「女いろ事師」「オデイツトとマルテイヌ」などその代表的なもので、タントリスの（戀の百面想）（ダスフユンフエツク）、酒井潔君の「愛の魔術」などいゝ方であらう。但し「愛の魔術」は少し凝り過ぎてあくどい感じがあつた。

最近のもので最も贅を極めたものは、文藝市場社の齋藤昌三氏著「藏書票の話」の豪華版で、これだけの書物は後にも先にも當分出まい。世界好色文學史、その他の談奇館叢書は何れもスマートないゝ裝幀であつた。

又、珍書に準ずべきこの方面の雜誌に一言してみれば、「變態資料」が一つのモデルを示して、爾後數種の雜誌はすべてこの形式を大なり小なり追つて來たやうである。そのうちでは「グロテスク」などは殊に面白い裝幀であり編輯振りであつた。奇書は頗るバタ臭く、「變態黄表紙」はまた純日本趣味に、「稀漁」は正方形の雜誌として人目を惹いた。現に發行されつゝある「デカメロン」や「犯罪科學」も亦裝幀はなか〳〵美しい。前者のモダニズムに反して、後者のクラシズムなども愉快だが、二者とも努めて西洋趣味に立脚してゐることは一致してゐると思ふ。

要するに、今後は、珍書裝幀もやゝもすれば從來のナメシ皮金箔コツトン局紙と云つた類ひを低徊してゐる以上に、もつと何か思ひ切り奔放なデザインを試みて貰ひたいと考へてゐる。ガラス紙を使用したこともあるやうだが携帶不便で評判が惡かつたと聞いてゐる。それから未だに印象に殘つてゐるのは例の神田の坂本書店から出た山中笑翁氏の著書が、蠶紙の表紙であつたことなど、珍中の珍として今尙ほ愛書家に喜ばれてゐる。

以上述べたやうに、珍書刊行などいふものはさう〳〵容易く出來るものでないし、これを大がゝりにやつて見やうなどゝは以てのほかで、中央公論社のアラビアンナイト、平凡社の世界獵奇全集、山東社の談奇全集など何れも失敗に終つた。

大資本を擁してゐるから定價を安くしたり、店を美しくすることは出來るが、內容がまるで骨拔きにされるから結局珍書でも何でもないことになる。

たとへ新聞の隅つこの方へ、僅か三行位の小廣告を出して珍書募集をやつても、これならよもや氣がつくまいなどゝ考へたら、それこそ飛んでもない大間違ひである。

退職した某氏がまだ檢閱係に奉職したゐた頃、ある珍書屋へ行つて次のやうに語つたことがある。

「君らがどんなに知らないやうな振をしたところが、僕らのところでは、東京市中のエロ本屋はいまどうしてゐる。どんなものを出しかけてゐる。又、いつどんな通信を出したといふことまでちやんと分つてゐるのだ。又、常に新聞廣告を出してゐるインチキ出版屋でも、あそこから出るものは、內容見本だけは凄さうなことを書いてゐるが出すものはみんなつまらないとか、どこで切手何枚とつてどんなペラを送つてゐるとか、裏の裏まで手にとるやうに分るのだ。」

そこで並ゐる事務員たちの眼を丸くさせてをいてから

「まだそればかりぢやない。どんなにうまく秘密出版をしてゐても、その本一冊手に入れたら三日經たない間に必ず犯人を檢擧することが出來るし、中の一頁を見れば大阪で出來た本か、東京で出來た本かといふことまでちやんと分るからえらいものだらう。」

流石は職掌がらえらいものだとみんな感心した。只一人だけ感心しない事務員がその珍書屋にゐた。假りにAとしてをかう。

その係官が歸つたあとでAはみんなに言つた。

「あれはみんなカマをかけたのだよ。」と。

なぜAはさう言つたのだらう。

もし、どんなペラ一枚、どんな端書一枚でもすぐ手に這入るものなら、その珍書屋だつてとつくにやられてゐなければならないのに、同じやうなことが屢々見逃されてゐたからである。その珍書屋とその係役人に對して、Aが疑問の眼差を輝やかし始めたのは實にこの時からであつた。

果して、後にこの事件は他の人によつて明るみへ出され、遂に大問題を惹起したが、もうそれ以前から、エロ本購讀者中に多くのスパイ的役割を果す人間のゐることは、たいていのエロ本屋が感づいてゐた。

だから、エロ本屋が檢擧される迄には、役所の方では、印刷所から製本所、發送方法までちやんと調べあげてをいて、犯人がどんなに空とぼけても、グウの音も出ない位に、それこそ秩序整然と、具體的に取調べをすゝめたものである。

然し、最近では、珍書屋が珍書を頒布した後、歴然たる證據をつかんでから取調べるといふやうな生ぬるい方針は一變した。

これは、一時、餘りに多くの珍書屋が雨後の筍のやうに續出した爲で、それらの一團が全滅してからといふもの、事件は著しく減少し、その代り、珍書屋の策戰が極めて潜行的になつて來たことは事實である。

いまこゝでそんな策戰までを論ずることは甚だ不穏であり、且つ犯罪を助成するやうなものでもあり、ひいては我々がまるでスパイ的役割を果すやうなものだから一切遠慮するが、しかし、何と云つてもイカモノ珍書屋の減少したことは喜ぶべき現象である。本年度に於ても多少策動した珍書屋は數名あつたが、殆んど何一つ仕事もしないで叩きつぶされ自然消滅に近い形となつてゐる。

珍書屋のトリック

最後に秘密出版物のトリックに就て少しのべやう。トリックまで曝露することは、珍書屋にとつて嘸かし手痛いことであらうが、勇敢にして且つ正義感の強い談奇黨の編輯者は「なアに、今迄の珍書屋は殆んど一應清算されてゐるのだから、そんなことで談奇黨の信用など落ちはしない。我々はやつて行けるところまで正々堂々とやつて、熟れて後やむのだから一向にかまはない！」といふのである。

その賴母しい氣慨に感心して遠慮なく云はして貰ふが、トリック必ずしも惡いことばかりと極つてゐない。又、珍書屋にトリックが一つもないなど丶考へてゐる讀者もゐないであらう。

讀者にとつて最も必要なことは、傑れた書物を確實に配本して貰ふことで、トリックのことなど第二義的な問題だと思ふ。

今日まで各珍書屋が一律一様に實行して來たトリツクは限定版だ。

普通限定版といふとたいてい四五百に限られ、凝つたつもりで三百五十部なんてのがあるかと思ふと、同人頒布用自第一號至第十號。會員頒布番號自第十一號至第四百號なんて云ふのもある。

「珍書の大量生産など我々の最も忌むところですから、限定部數以上は絶對頒布しません速刻御申込にならないと、豫定部數に達したが最後、幾らお世辭をダラ〳〵並べられても、お氣の毒ですが全部御斷はりします」

と、たいてい云ふことは一致してゐる。

然し、それでゐて八百も千部も賣る者もあれば、限定部數に達しなくて、ストックを仲間に讓り、讓られて珍書屋は五部か十部賣つた時にふん捌まつて、最初の刊行者と同罰に處せられたといふ情けない限定版もある。けれども、一千部を越ゆる場合は殆んど稀で、その點、一般的な單行本に比較すると實に僅少の部數と云はなければならぬ。

又、僅か五百位頒布したのでは、相當高價に賣つても割が惡い。

製本裝幀の粗末なものは、だいたい限定部數に達しないものと見て差支えないが、但しそれは珍書屋による。多くの部數が出てゐるのに粗末な本を作るものもあれば、たいした利益もないのに裝幀に凝つたものもある。

昭和年代に這入つてから頒布部數を、ほゞ見當をつけて見ると

變態十二史	一千部限定	約三千部頒布(但し最後は千二三百)
變態資料	一千部限定	約二千三百頒布(但し最後は一千部)
フアンニ・ヒル	五且部限定	約一千六百頒布
明治性的珍聞史	二百五十部限定	約二千部同

くんえん・ひわ	五百部限定	約一千部同
オデツトとマルチイヌ	五百部限定	約八百部同
アナンガ・ランガ	四百部同	約八百部同
蚤の自序傳	四百部同	約七百部同
ダスフユンフエツク	四百部同	約二百部同(殘部押收)
ウインの裸體倶樂部	四百部同	約千二百部同
女いろごと師	三百部同	約六百部同(印刷千餘殘部押收)
イヴオンヌ	四百部同	不　詳
世界好色文學史	一千部同	一千三百部同
秘義指南	限定なし	三千五百部同
らぶ・ひるたあ	限定なし	二千八百部同
同性愛の種々相	限定なし	一千二百部同
千種花双蝶々	三百五十部限定	一千七百部同
袖と袖	四百部限定	七百部同
覺悟禪	四百部同	六百五十部同
珠林奇緣	五百部同	三百部同(殘本押收)

以上まだいろ〱あるが、たいした興味もないからいゝ加減にしておく。

それから奇拔なトリツクとしては、何か世間をアツと云はせるやうな刑事事件があつたりすると、よく珍書屋は際《きわ》物として「××事件豫審調書」などゝいふものを出す。これは大概秘密出版のやうであるが、これは實際は僞物である。常識で考へればわかるが、傍聽禁止までした事件の豫審調書が、さう容易に珍本屋の手へ洩れて來るわけがなく、又、この事實ありとしたら當局が早速に司直の手を延ばさねばならないわけであるのに、この書の出現は今までに再三再四あつたに拘はらず、一向そのことのないのは不思議ではないか？「大野博士事件」、「リツチ・深谷愛子事件」のものなどは最近の代表的なものである。又曾つては例の幼女凌辱の殺人鬼「吹上佐太郎豫審調書」が出たこともある。みんな嘘ツ八である。しかし、なか〳〵事實らしくよく出來てゐる。作者は相當頭を使つてゐるから、この種のものは文獻としてでなく、讀物として扱つてゐれば腹が立つどころか面白いこと請け合ひの代物である。それからトリツクはまだある。珍書屋が發行著作双方の法律的責任を逃れやうとしてか、又はその珍書に箔をつけるためにか、（このうちの一つの理由で）東京で作つた本を、原著が支那なら上海「△△書局發售」とか、歐米物ならばこれを一切「エロテイーカ・ビブリオン・ソサイエテイ」（好色文獻協會とでも譯して置かう）の發行といふことにする。ところで、このエロテイーカ・ビブリオン・ソサイエテイなる大團體は、ロンドンとパリに主腦部が置かれてあつて、凡そ世界の隅々にまで支社《ブランチ》が細胞的に設置されて、ラテン系の國語の珍書は大小漏らさず出版上梓して、珍書の世界主義をとつてゐるといふ觸れ込みである。ところが、この協會が、世界中どこへ行つてもある筈なのに、どこへ行つても影も形もない。一説にはカムフラアジユが完全なのだといふ人もあるし、また一説には全然幽靈的存在だといふ人もある。兎に角、面妖な話ではないか！

これに類似したトリツクにもう一つ面白いのがある。それは、時々、珍書屋が歐洲から直輸入するところの畫集に就いてである。曰く「××氏艶畫集」曰く「△△珍畫集」などと云ふ類ひで、これらはみな伊太利直輸入とか、フランス直輸入とか、ドイツ直輸入とか宣傳してゐるもので、配布が遲いので業を煮やした會員が「まだか、どうしたか」

と問合せでもやると、「今やつと税關の目を掠めつゝある」なんてことを云つて、彼等を喜こばせてゐるのである。ところが、これらの畫集は殆んど全部が內地產、つまりリプロダクテツド・イン・ジヤパンなのである。これはどうするかといふと、テキストになる畫集一部はたしかに本物で直輸入物であるが、これを原本にして後製をするのであるが、紙質、體裁、着色すべてそのまゝを生かさうと苦心するところに珍書屋の努力がある。たゞ少しく眼の肥えてゐる人か、關稅方面に常識のある人か、若しくは偶然原本を親しく涉目した人が見れば、大抵のその珍書屋が齎したところの畫集は、本物の原畫よりも幾分寸が縮まつてゐることに心づくであらう。これは珍書屋の急所で、こゝを指摘されたらグウの音も出ない。だが、何故、同じ大きさにすればいゝものを、好んで縮めなければならないかといふと實は已むを得ないことなのである。同じ大きさに版をとると、必ず原畫よりもアラが出て來て、出來上りが汚ない。それを少し寸をつめて作ると、そのアラが隱れて頗るうまくゆくので、珍書屋は必ずこのコツを呑み込んでやるのである。

これらのトリツクは珍書屋にとつては、全く幻滅を感じさせられるかも知れないけれど、事實は事實として發表した。

出版界が極度に沈衰してゐる今日、軟派出版も亦影をひそめた。

もし今後再たび擡頭するとすれば、今迄の方法とはまるで變つた陣容を立て直すことであらう。

然し、どんな方法を講じてみたところが、往年の華やかな時代はもう來まい。

最近 軟派出版史

志摩房之助

序論

あれ程全盛を極めたエロ出版も、昭和五年の下半期からすつかり下火になつた。

實際、この數年來ほど好色文學並びに性に關する文獻物が矢次早に次から次へと刊行された時代は、恐らく德川中世紀以來嘗つて見なかつた現象であらう。

勿論、今日のジヤアナリズムは未だエロ・グロ的色彩から拔け切つてはゐない。一流の大娯樂雜誌がデカデカと廣告する危怪なる標題の羅列は、よしそれらの內容が麩を嚙むに等しいつまらないものであらうとも、まだまだ世人がこのエロ・グロ的記事に多大の興味を抱いてゐる何よりの證據である。

而もこれらの新聞廣告が社會に傳播する風教上の影響は、僅か五百や千の秘密出版物よりもどれだけその及ぼす害毒が大きいか知れない。

然し、只問題は、たとへ十部印刷しても、五十部印刷しても、取締當局が風俗壞亂の恐れあるものと認めた書物を、印刷部數が少いが故に見逃したとあつては、大部數の書藉を印刷する者も亦當然これを眞似るからである。法の適用に大小の問題はない。一萬圓盗んでも、一圓盗んでも、窃盗は矢張り窃盗である。

露骨な性慾小説や性的研究に對して、斷呼として鐵槌が打ち下されるのもその爲である。

これから筆者が述べんとするのは、主として半非合法、或ひは非合法的エロ出版に關するもので、全國の書店で頒布する書籍に關しては、殆んどその片鱗だに觸れぬつもりである。

多くの好色的讀物、或ひは繪畫等に就ては、いづれの國に於ても必ずそれ相當の歷史があり、我が國なども、それらの多くの著作が傳へられてゐる點に於ては決して他の諸外國に劣らないであらう。

就中、德川時代の初期に於ては、猥褻極まる春畫春本が殆んど公然と版刻頒布されてゐた爲に、少し筆の立つ文人は、競つて好色讀物の戲作に沒頭した。

打續いた長い戰亂の後で、漸く政權の基礎をかためたばかりの德川幕府は、當時まだ風教上の方面にまで細心の注意を拂ふ餘裕はなかつたのであらうが、世の中が泰平になつて文教の道が開けると、俄然風俗上の問題にも手嚴しい壓迫を加へるやうになつた。

けれども、法律が犯罪を絕滅し得ないと同じやうに、德川初期から明治維新までには、實に夥しい好色文學が發表されてゐる。このことは敢て筆者が贅言を要すまでもなく、夙に讀者諸君の方が筆者以上に御存知かも知れない。

明治から大正の終りへかけても、會員組織の秘密出版物はかなり出てゐる。殊に、自然主義文學の勃興に伴うて、それまで口にするのも忌はしいものゝ如く考へてゐた人間の愛慾問題は、それがひとたび文藝作品を通じて明るみに放り出されると共に、凡ゆる階級の男女がより一層彼等の性的生活に對して關心を持つやうになつた。然しながら、自然主義文學の勃興したのは時恰も日露戰爭當時で、風俗問題に對する取締は頗る嚴重を極め、今日から見ればまるでバカバカしいやうな小說が夥しくその發賣頒布を禁止されてゐる。

明治時代に最も活躍した人はと云へば、誰でも宮武外骨翁を想起するであらう。翁の反逆ぶりは實に出版方面に於ては明治大正を通じての第一人者で、出すもの出すものが悉く官憲の心膽を寒からしめた、と云ふのも、好色方面に關する事件は比較的少なかつたが、彈壓される度毎に反撥して、あべこべに喰つてかゝる多くの著書は、遂に翁をして數度の投獄、前後四ケ年の獄舍生活と、二十回近い罰金、三十を越ゆる發賣頒布の禁止、これだけ出版法でやられた人間は、後にも先にも恐らく外骨翁位のものであらう。

然し、こゝでは與へられた紙數の都合上、明治大正の詳細な報告をする餘裕がないので、主として極く最近の軟派出版史に就て述べることにする。

文藝資料研究會のスタート

好色文學に類するもの、或は性慾方面に關する書物並びに繪畫を刊行するものを世間一般では軟派屋、又はエロ本屋と呼んでゐる。そしてこれらの出版社から刊行されるものを珍書、稀書、或ひは艷本、エロ本など〻言つてゐる。昭和四年の前期に於ては、これらの珍書屋が東京市內だけに三十社近くもあり、もぐり專門の艷本繪畫の密賣者がこれ又無數にあつた。當時の警視廳檢閱係の繁忙さと來たら、それこそまるで野戰病院の如き觀を呈して、毎日々々引つこぬいて來る出版法違反者の檢擧で、係主任を始め係官一同、連日連夜、殆んど不眠不休の狀態が續いたといふから物凄い。

何でも傳へ聞くところによれば、昭和四年春の大檢擧によつて、東京市內に巢喰ふ珍書屋を一人殘らず剿滅する意向であつたらしいが、それにも拘はらずエロ本屋の活動は依然として今日まで續いてゐる。

さてそこで、我々はもう少し以前に逆のぼつて、これら無數の珍書屋の總元締、文藝市場社並びに文藝資料研究會の成立當時から詳細な調査をすゝめることにしやう。

昭和時代に於ける軟派出版界の麒麟兒として、斷然頭角を現はした人間に梅原北明がある。その研究と蘊蓄とに於ては外骨翁に及ばないが、軟派專門の出版に於て彼程奮鬪した人間は、恐らく明治初期から三人とはゐまい。その行爲の善惡は別として、軟派出版史上特筆すべき存在である。

彼より以前に於ても、いろ〳〵な秘密出版物を刊行した人間は澤山あつた。

神田神保町の阪本書店、辯護士の白井鐵太郎氏、文學士の蘇武六郎氏、始めてカーマシヤストラを日本に紹介した大隅爲三氏、その他現存せる知名の作家で自作を友人に頒つた某士等、一々あげると際限はないが、エロ出版を組織的に、對社會的に、而も相當の年月に亘つて終始一貫した人間は殆んどゐない。

ボツカチオのデカメロンの飜譯者として、梅原北明の名前が文壇の一角に現はれたのは例の關東大震災以後である。それ迄は、彼は名もなき二流新聞の外務記者であつた。

續いて矢次早に飜譯した「ロシア大革命史」が同じくデカメロンを刊行した朝香屋書店から發行され、これ又相當の成績をあげることが出來た。つまり、こゝに於て當時の朝香屋の支配人、現在の竹醉書房の主人である伊藤竹醉と梅原北明の提携が成立した。

即ち梅原をしてあれだけ有名にしたのは伊藤竹醉氏であり、後年梅原があれだけの仕事を成し遂げたのもデカメロンの御蔭である。だから、何かと云ふとデカメロン號を出したり、デカメロンのことがずつと後まで梅原の頭を去らなかつたらしい。

たいした學力があるでもなく、左程語學が達者なわけでもないのに、彼の巧みな宣傳術と、氣の利いた與太と法羅、朗かな性格と人の意表に出る計畫、さう云つたものが每々に的中した。運勢判斷から云ふと芽が出て來たのである。

文壇的には有名になる。收入は增える。殊に「ロシア革命史」を飜譯した爲にいつとはなしに左翼作家との往來が繁くなり、人のいゝ彼は、つい思想的に何等のイデイオロギーもなかつたのに、ついフラ〳〵と左翼文藝雜誌文藝市場を朝香屋書店から發行することにした。

けれども、伊藤竹醉氏も元來左翼とは緣遠い人間であつた。それまで朝香屋書店は、主としてエロ方面の書物ばかり刊行して來てゐたし、儲かりもしない雜誌よりも、何か別の計劃を立てやうと云ふので、梅原と相談して着手したのが、例の中間エロの叢書「世界奇書異聞類聚」であつた。

これが全國の新聞に廣告されると、奇書とエロ味に渇望してゐた全國ファンから申込やら申込希望が殺到し、こゝに日和見主義的なエロ出版の第一歩を踏み出したのである。

然し乍ら、莫大な宣傳費とプロ雜誌文藝市場の月々の損害が可なり大きかつた爲めに、朝香屋書店は遂に雜誌を手放すことになつたが、梅原は文藝市場の廢刊を惜しんで同人組織に改め、金子洋文、村山知義、中野正人、峰岸義一、井東憲その他の一味を集めて、これを持續せんとしたが、當時これを印刷してゐた牛込區五軒町福山印刷所に多額の負債が生じ、こゝに於て債權債務の問題から、梅原北明、伊藤竹醉、福山福太郎の三氏が、協議の結果、共同事業として遂に文藝資料研究會の創立となり、第一回刊行物として發表したのが、例の「變態十二史」である。

これは梅原と伊藤の二氏にとつては乘るか反るかの仕事であり、福山印刷所にとつては貸金が取れるか取れないかの別れ目であつたのだが、奇書異聞類聚の會員に投じた內容見本の好成績に乘じて、嶄新奇拔な廣告を各地の新聞に掲載し、僅か一千部の限定版と、久しく見なかつた和本の裝幀と、內容が悉く變態ものであると云ふ巧妙なる宣傳が百パーセントの興味を唆つて、申込會員實に四千を突破すると云ふ大盛況を呈した。

金のことゝなると一錢のことでも八釜しい高利貸の福山福太郎氏も、こゝに於て全く有頂天になつた。資産數十萬を有すると云はれる彼が、梅原に對する信賴と云ふものは素晴しいもので、調子の乘つた梅原はもうプロ雜誌のことなど問題にしなくなつた。

然し、變態十二史の利益を三人で分配するより、この機に乘じて自分個人の仕事をしやうと計劃したのが、わが軟派雜誌中光輝ある歷史を殘したあの「變態資料」であつた。

偶々當時、プロ雜誌を發刊してゐる關係から、三圓五圓とゆすりに來る人間が多かつたので、それ迄屢々出入してゐた勞働組合の闘士上森健一郎を、營業部員兼變態資料の名儀人として採用した。

猛烈なエロ記事滿載の「變態資料」の內容見本と、餘り物凄くて世界奇書異聞類聚には採用されなかつたジョン・クレランドの「ファンニ・ヒル」の見本は、切手六錢を貼付して「變態十二史」の全會員、新聞廣告で集まつた全メンバーに對して五千餘通發送されたが、それ迄この種の出版物を知らなかつた珍書蒐集家は、得たりかしこしばかり殺到して、「變態資料」の購讀希望者二千餘人、「ファンニ・ヒル」の申込者上製並製を通じて千六百餘、この華々しいスタートは文藝資料研究會を幸先多いものにした。變態十二史の發行所西五軒町が文藝資料研究會、變態資料發行所の赤城元町が同編輯部となつて、大正十五年十月から、エロ出版の幕は切つて落された。

この第一號には生方敏郎氏や酒井潔氏などが執筆したが、酒井の「古代東洋に於ける性慾教科書」はこの時既に將來名をなさしめるに足る素晴しい文献であつたし、その他のきわどい記事や挿畫は全會員に白熱的な歡迎を浴びた。

その頃は梅原もまだ出版法に就ては何等の知識もなかつたと見へて、編輯事務は一切宮本に委ね、營業事務は萬事上森に託して彼自身は、古新聞の記事蒐集に毎日上野圖書館に通つてゐた。萬一の事件があれば上森が全責任を以つてくれると思つてゐたし、多くの新聞記者に知己があるから、よし事件があつたとしても極めて簡單に片づく位に考へてゐた。

道樂出版といふ文字が旺んに利用されたのもこの頃であつたし、當時の內容見本や宣傳文には一つ殘らずこの道樂出版と云ふ文字が現はれてゐる。

第壹號の配本を終へると、直ちに第貳號の編輯にかゝり、その頃偶々佐藤紅霞といふ白皙の青年が訪れて世界性慾語辭典といふ數百枚の長篇原稿を持ちこんで來た。

これは上卷下卷に分つて特大號として頒布されたが、一圓八十錢の定價は現在ではその數倍に達してゐる。

伊太利直輸入と云ふ名目で七十部募集したビアズレの畫集は、實は大阪の會員某氏がその原畫を所持してゐたもので、當時この畫集は十二圓で三百近く頒布された。

かくして隆々たる勢ひで變態十二史と、變態資料、明治性的珍聞史などを刊行してゐたが、變態十二史を除く他の出版物は悉く無納本であつた爲に、その年を越えた昭和二年の正月上旬、突如として赤城元町の文藝資料研究會編輯部を襲ふた警視廳檢閲係は、吉川司法主任を始め同勢七人、多數の證據物件は押收したが、さて檢擧する中心人物は誰だかとんと見當がつかず、誰も檢束されないで第一日は上森健一郎が名儀人とし召喚された。

文藝市場社と文藝資料研究會編輯部の對立

變態資料名儀人としての上森はよく働いた。それこそ文字通りに晝夜兼行で働いた。梅原の身邊には常に一味の愚聯隊が附き纒うて、彼等が呑氣さうに遊んでゐる時でも上森は孜々として、事務の忙殺やら、手紙の返事など書いてゐた位だから、金錢の收納から營業一切、梅原はすべて上森のなすがまゝに委ねてゐた。

然るに、この第一回の襲擊事件によつて、社內の動搖は一方ならず、福山印刷所の方でも周章狼狽、戰々恟々として鼎の湧くが如きありさまであつた。

一方、警視廳の取調べは着々進んで、上森は單に利用された名儀人だ位に辯明したらしく、福山の方では、自分の方は只印刷したに過ぎない。——と云つた程度のもので、事件の眞相が那邊にあるかを調査するために、肝腎の上森や梅原、資本家の福山氏などは拘束されないのに、福山の使用人、樋田某と、朝香屋書店の伊藤氏が各十ヶ間づゝ留置場に放りこまれて了つた。

そして、上森と梅原は毎日任意出頭の形式で不拘束のまゝ取調べるといふ、まことに珍奇な現象を呼び起したのである。

そして、この二人の陳述がどんなものであつたかは知らないが、問題の成行を最も懸念した資本主福山氏は、事件がかう紛糾してくると、上森にすがるべきか、梅原にすがるべきか、その去就に迷つて了つて、遂に揚句の果に向ふ意氣の强さうな上森の雄辯に征服されて了ひ、萬一今度の事件でこの仕事が中絕するやうなことがあつても、必ずそれ相當の援助をするといふ誓約をしたものらしい。

この三つ巴のデリケートな對立は、事件結着までに益々鋭く尖つて來て、結局、上森も梅原も第一回の出版法違反といふ、戸籍に文身《いれずみ》を入れたのである。

かくして、表面は何等のこともなげに日が過ぎて行つたが、一種異様な間隙が梅原と上森との間に生じたことだけは争はれない。

梅原にして見れば、どうせ名儀の責任だけもつて貰つたところが、最後のドタンバになると結局自分が尻拭ひをするのだし、又、上森にとつては、日夜苦心して努力されるだけ努力し、二千餘の會員を有する雜誌をこのまゝ潰す位なら、後を自分で繼承すると云ふ打算的な考へも混つて、双方互ひに腹を探り合ひのやうな重苦しい雰圍氣が濃厚になつた。

偶々、上森は豫て意中の人であつた新橋の名妓と結婚することになり、東五軒町に家を借りた。その時すら、梅原はまだその太つ腹を見せて相當の援助をしたといふことである。

この落着かないドサクサ紛れの間に、梅原は既に變態資料を投げ出して、彼自身には他に成案があつた。だから、或る何等かの報酬條件の下に、たうとう上森は文藝資料研究會編輯部を、そつくりそのまゝ東五軒町に移して雜誌變態資料の刊行を續け、宮本良、青山倭文二、大木黎二、中野正人などゝ共に行動を共にしたが、その時の檢擧の報道が全國の新聞に傳はるや、變態資料の會員は半ば恐れをなして著しく減少した。

又、梅原の方では直ちに陣立を直して、舊プロ文學雜誌を急に風俗雜誌に變更し、彼に對する唯一のシンパ、酒井潔を迎へて大塚方面に移轉し、兩々相峙して出版をつゞけたが、雜誌に於ては變態資料が優勢を示し、單行本に於ては斷然文藝市場社の方がリードしてゐた。

文藝資料研究會編輯部が上森の手に移つて、先づ皮切として出版されたものは昭和二年八月發行の「オデットとマルチイヌ」であつた。

これはフランスのアンリ・ソルデイユ作となつてゐるが、アンリ・ソルデイユなんて作家のゐやう筈がなく、宮本良氏がいゝ加減につけた出鱈目の名前である。

若い女學生の寄宿舍生活を描いたもので、夢見がちな春季發動期の女性の心理的、並びに生理的な動きの表現が實に巧みに描かれてゐる。

これは、變態資料の附錄として、毎月十六頁位づゝ挾みこみで內密に發行されでゐたが、文藝市場社が同年四月フロッシイを刊行したので、それに刺戟されて刊行されたものらしい。

この二つの社が、期せずして同性愛の作品を發表したのも妙なゆかりである。

オデットとマルテイヌは五圓、フロッシイはたしか六圓で發賣頒布されたと思ふが、內容、裝幀、紙質その他の點に於て、フロッシイが遙かに傑れてゐたし、奇拔な挿畫、それに原文の獨逸語が卷末に附してあるなど、いかにも梅原らしい行屆いた珍書であつた。

このフロッシイ（十五歲のヴイナス）の原作者は、英吉利近代の大詩人スキンバンの作の獨譯から日本に移植したものだと傳へられてゐるが、どちらかと云へば神秘的ローマンチシズムの詩人スキンバンが、果してかうした作品を發表したか否かにも多大の疑問があるし、或ひは刊行者側の一ツのトリックではなかつたかと思へる節もなーではない。但し、獨逸の文豪シルレルさへ、その若い頃の作品には極めて露骨な好色的作品があるのだし、フランスのバルザックなどにも可成り多くの好色文學的作品があると云はれてゐるから、全然否定することも出來ない。只、筆者は不幸にして、詩人としてのスキンバンしか知らないので、或ひは已れの獨斷に傾きすぎた點を恐れぬでもない。

次に上森氏の所から發表されたものに昭和二年の暮「ジヤルダン・パラフユーム」別名「くんえん・ひわ」がある。

緣色の印刷がちがつてゐたゞけで、製本、裝幀共に粗雜極まるものであつて、原著者はシイク・ネフザウイ氏と云はれてゐるが、果してそれが僞名か本名かは不明である。このうちの重要部分は後梅原が著した「秘戲指南」に可なり引用されてゐる。

そこで、梅原の文藝市場社と、福山の文藝資料研究會と、上森の文藝資料研究會編輯部と三ケ所から、いろ〳〵な宣傳が飛ばされるので、會員の方では何が何だかまるで見當がつかなくなつた。この混亂狀態は變態十二史が終るまで、會員には全く理解されなかつたに違ひないし、今こゝに當時の眞相を發表しなければ永久に分らなかつたかも知れないのである。

福山印刷所の文藝資料研究會では、變態十二史の名儀人が依然として上森になつてゐるので、兩者の腐れ緣は暫らくつゞいた。然し、變態十二史も終りに近づくに従つて會員は減少し、齋藤昌三氏の變態崇拜史、變態序文集が二つとも禁止になつたのは惜しい。殊に、數百冊の艶書の序文は、江戸時代の珍書の全面貌を彷彿せしめる唯一の參考資料ともなるべきものだが、當時警視廳檢閲係に奉職してゐた高橋巡査部長は、印刷したらすぐに持つて行くと云ふので、多くの伏字と、多くの削除とがしてあるにも拘はらず、遂に印刷せしめなかつた。後に、この序文集は誰かゞ伏字なしの原文通りで刊行を企だてたが、何らかの故障でそのまゝ立消えになつた惜しむべき逸品である。

文藝資料研究會と、文藝資料研究會編輯部との對立は、變態十二史が終つてから可なり尖鋭化した。福山印刷所では福山氏の甥にあたる大野卓氏を名儀人として雜誌奇書の刊行を企だて、その頃變態資料とはすつかり遠ざかつてゐた佐藤紅霞氏を賴つて、薄つぺらではあるが、内容も相當にしつかりしたものを發行した。

かくして、この三つの社は、表面的にはエロ出版の姉妹肆の如く見られながら、昭和二年度に於て華々しく活躍した。

文藝市場社ではフエリシヤン・ロツプスの秘畫集を初め、その他多くの珍書秘畫を刊行し、昭和三年、梅原北明は酒井潔と共に上海に行き、彼地に事務所を儲けたりして、我が軟派出版界に獨り萬丈の氣を吐いた。

群少エロ本屋の續出期

昭和三年度に於て文藝市場社が愈々梅原式の大飛躍を初めたのに對して、文藝資料研究會編輯部は氣息えんえんたるものがあつた。

上海に赴いた梅原は、彼地で一切の編輯事務をとりながら、カーマ・シヤストラの小雜誌を始め、その他の單行本は次から次へと内地で印刷し、彼の大膽不敵な行動は、珍書蒐集家にとつては、それこそ全く「われらの梅原」と呼ばれてゐた。

それに反して、上森の文藝資料研究會編輯部は大正三年の春に至つて漸く行詰りの觀を呈し、向ふ意氣の强い割に狡猾な上森は、常に官憲の機嫌を損じないこと、第一戰に立つことを恐れて、その刊行物も危險なものは悉くその部下に責任を介負はした。

こゝに於て、彼を信頼してゐた部下の足並も次第に亂れ、彼に對する信頼と云ふものはすつかり失くなり、先づ第一番に變態資料の編輯者宮本良が着々と獨立分離の計劃をすゝめてゐた。

常に傲慢不遜な態度に出で、それでゐて暴慢なる獨裁主義と秘密主義を重んずる上森のやり方は、毎々に他の同人たちと意見が反して、前衛書房、發藻堂書院を經營するころになると、彼の我儘勝手な暴君ぶりはその極に達し、宮本は社外の友人と計つて、赤坂田町に國際文化研究會とかいふものを創立して、上森には絶對秘密にして例の有名な「老人若返法」の刊行を發表し、數百の申込があつたにも拘はらず、仕事半ばに發覺して檢擧され、後、昭和四年秋府下駒込町から再び刊行を企てゝ遂に失敗し、この書は多くのファンから期待されたゞけで遂に世に出るチャンスを失つて了つた。

上森は雜誌變態資料のみに頼つて行くことの不利なるを悟つてか、發藻堂書院から、廢頽大津繪節。印度記行、その他の和本を刊行したり、世界性學大系の刊行に着手したが、その何れも失敗に歸し、更に事業を擴張して前衛書房から映畫の書物やら、中間左翼の書物を出したがこれも亦大部分ストックとなり、加ふるに一年近い愛妻の病氣と、變態資料の連續的發禁で心身共に疲勞し、こゝに早くも沒落の徵候が見えたのである。

當時、上森の所で最も活動した中心人物の中野正人は、營業方針、編輯方針が一つ一つ上森と意見が衝突するので、遂に辭表を叩きつけて浪人した。彼が退社すると、急に社内も動搖して來て、債務の問題から遂に上森も城を山中某にあけ渡すことになり、禁止書物や、多くの殘本、一切の權利をそつくりそのまゝ讓つて了ひ、讓られた山中某は宮本を主任として靑山倭文二、西谷操などゝ共に上野廣小路に南柯書院を創立し、變態黃表紙その他の書物を刊行し始めたが、移轉早々、まるで時機を狙はれてゐたやうに警視廳から襲撃された。それ迄、上森が經營してゐた時には、いかにも寛大さうに默許してゐたが、經營者が變ると、まるで掌を返すやうに彈壓を加へて來たので、山中某は當時の司法主任、吉川警部に對してその不公平を難詰した。實際、またいろ〳〵な情實が伏在してゐた。だから、同じ檢閲係の係員でも、正義派の人々は主任の態度に憤慨した者もあつた位だ。この情實の暴露によつてT巡査部長は遂に辭職するの止むなきに至つた。

最も嚴正公平であるべき帝都治安の元締が、一片の情實や、收賄等の問題で權力の行使が鈍つてはならぬ。後に、吉川司法主任も亦三浦某、その他の一味との惡風說で依願退職の處分にあつたことは、屢々新聞に掲載されて社會の耳目を聳動せしめたから、大方の諸君も御記憶のことゝ思ふ。

當時の眞相やらいろ〳〵な風說のあつた事を、一々玆に具體的實例をあげてもいゝのだが、既に檢閲係の陣容が一變され、嚴正公平にいろ〳〵な出版法違反が處斷されてゐる以上、强ひて昔のことをあれこれ云ふ必要もないし、又、情實をつくつて己の罪だけ輕くして貰はふなどいふ卑劣なエロ出版屋もゐないであらう。或はゐるかも知れぬ。然し、そんな意地ぎたない氣持を抱いてまでする程の仕事ではない。道樂出版だなどゝ大きな口を叩く位なら、正々堂々と服罪してこそ始めてその言葉が通用するのだ。

サテ、我々はつまらない方面に脫線したが、彈壓を喰つた南柯書院は、只一回の事件で又もや分裂の徵侯が現はれた。即ち、西谷操が獨立して書局梨甫を横濱に創立したのである。

一つの社が襲撃されて、關係者一同が調べられると必ず分裂する。昭和三年から四年の春にかけて各所に現はれた珍書屋は、殆んど文藝資料研究會編輯部の分離派又は分裂派である。思想團體なら分裂してもせい〴〵三つか四つ以外に、思想の持つて行き場所はないのだが、珍書屋はイデイオロギーも糞もない。それが個人の仕事だけに幾つにも分裂する。だから、あれだけ澤山珍書屋を續出せしめたことは、一つは取締當局の餘りに手嚴しい彈壓に大半の責任がある。

「何をつまらないことを云ふか？」とお叱りを受けるか知れないけれど、事件のあるごとに責任者だけを取調べ又は處罰してゐたら、決してあれだけ多くの珍書屋を輩出せしめはしなかつたらう。つまり、責任者は勿論、使用人一同悉く留置して嚴重に取調べるものだから、お互ひに陳述が齟齬する齟齬してゐるから、放免されて出て來ると、

「甲がつまらないことを云つた。」

「いや乙が下らないことを白狀した。」

「丙がうま〳〵とカマにかゝつた。」

などゝ、お互ひに感情的に衝突して來る。

かうなるとバカバカしいのが使用人である。いざといふ時は矢張り引張られて油を絞られる。おまけに歸つて來ると責任者からは糞味噌に罵られる。ひどいのになると、まるで自分がスパイでもしたかのやうに自られて了ふ。チエツ――このチエツ！　のあとは必ず、「それ位なら自分でやつた方が氣が利いてらア」とかうなるのである。會員名簿さへ盜んで了へば、あとは多少の文章と、ネタ本を探して來ること、見本作成費と郵稅、それだけあれば誰にだつて出來る――と、實際やれば出來もしない輩が、甚だしいのになると僅々三ケ月か四ケ月か珍書屋に奉公した小僧が、印刷屋の主人にそゝのかされて、とてつもない考へを起したのが澤山ある。

從つて、イカモノ、インチキの續出となる。最初はうまくやるつもりでゐても、經驗がないから、つまらないドヂを踏んですぐつかまる。檢擧された口惜しまぎれに

「僕ばかりぢやない。どこの誰々も何を出した。あそこからも何々が出てゐる。」などゝ餘計なことまで口走つて檢擧の手は芋蔓式にのびて行く。

だから、珍書屋は自から進んでその墓穴を堀つた。つまり、次から次へ分裂させて、有像無像を輩出せしめ、結局共倒れになつたことを考へれば、或ひはその方が彈壓方針の効果が有力となつて現はれたのかも知れぬ。

兎まれ、昭和二年に著しく擡頭したエロ出版社は、文藝資料研究會編輯部、文藝市場社の三年間の獨り舞臺を最後にして、一路凋落の秋へ急いだ。

エロ出版捕物綺談

談奇黨編輯部

その一　お金ですみますことなら

珍書屋にもピンからキリまである。堂々たる事務所《オフイス》に編輯室、營業室の區別をして、女事務員や給仕を始め、數名の社員を擁してゐるのもあれば、薄穢い棟割長屋で、コツ〳〵と謄寫版刷のインチキな復製をやつてゐるもの、その狀態は千差萬別である。

こゝに紹介する鍵野金太郎氏などはなか〳〵如何して、數十軒の借家と、二つの工場と、三つの會社の重役を兼ね、資産數十萬を有すと云はれる大金滿家である。

然し金滿家必ずしも金儲けが嫌ひではない。

金太郎先生、止せばよいのに、ついその方面に手を出して了つた。

どし〳〵振替で入金する間はいゝ氣になつて、安樂椅子にふんぞり返り乍ら

「××君や、今日は振替の工合はどうですかナ」と、每朝樂しげに訊いてゐたが、サテ、例によつて警視廳檢閲係の御光來を給ふや、吃驚仰天して顏面蒼白、冷汗三斗、脚も腰もガタ〳〵と顫へてしどろもどろ。煮湯をかけられた菊茶みたいに、ペシヤンコになつてお役所に引致。

「何だこの慾張り野郎！　貴様なんかこんなことしなくたつて、幾らでも財産はあるんぢやないか。どうだ、二十日程泊つて行くか」

いや驚いたのは金太郎先生。ベタ〳〵と兩手を突いて、ピッタリ額を机にすりつけど、

「ど、ど、どうぞ御勘辯下さいませ。えらい悪いことといたしました。お金ですみますことなら、ハイ、千兩は愚か二千兩でも差出しますから、こちらへ泊められるのだけはどうぞお許し願ひます。」

これを聽くとますく〳〵ムッとした係官

「なにをフザけたことを吐すか、この馬鹿野郎！」と、ポカリ、ポカリ。

流石の拜金主義者も、これで始めて金のきゝめがいかにつまらないものであるかを知つたのである。

その二　引千切られた拾圓紙幣

豫て覺悟はしてゐたものゝ、まだ本も出來上らないのによもや襲撃されやうとは思はなかつた。

なにしろ、高村菊雄君はエロ出版は今度が始めてゞある。なにか物凄いものさへ出せば、五百や千圓の金はまたゝく間に出來る。さて千圓儲けたら何を買はふ！――などゝ、見本を出してからは朝な夕なに、一人空想を逞しうしてゐた。

然し、あてことゝ褌は向ふから外れると云つて、申込者は豫想の五分の一もない。

「こんな筈はないが……」

然し自分にこんな筈がなくても、會員の方には筈があつた。インチキ出版社が續出してゐた折ではあつたし、名もなき出版社から見本が來たとて、もう振向きもしない迄にいぢめられてゐた。

然るに、その日はどうした調子でか、高村君の所へ四五十圓の入金があつたのである。喜び勇んで金をとつて歸ると、先づ祝盃に晝の日中にチビ〳〵一杯傾けてゐた。

折しも、表の方にドヤ〳〵と靴音高く踏みこんで來たのは、鬼より恐い役所の小父さんたち。

平素は大きな口を叩いて

「ナアに、ブタ箱の十日や二十日平氣だよ」と、言つてゐたにも拘はらず、あたふたとして座敷の中をグル／＼廻ること無慮三回。

「なんだネ。」

やつと落着いてから云ふと

「どうだ、よく儲かるさうぢやないか」と、人の惡さうなA刑事はニヤ／＼笑つた。

「儲かるつて何が……」

「それあこつちよりも君の方がよく知つてらあ！」

もう他の刑事連はガタビシそこらを探してゐたが、たいした物もなく、若干の證據品をもつて

「さあ行かう！」と高村君に迫つた。

不承々々、着物を着換へて驛まで出た。

右と左、前と後に刑事連にかこまれてゐる氣持は餘り芳ばしいものではない。

「兎に角つまらないものを見られないやうにしなければならん！」

口の中でかう呟き乍ら、高村君はふと袖の底を探つてみた。すると何だか一枚の書類がクチャ／＼になつて突込んである。

「了つた！　これはいかん！」

高村君は、讀者から來た注文の手紙の一片だと思つて、懐手をしたまゝ、刑事連に氣附かれぬやう、木葉微塵に引破り、電車を降りる時、對手の油斷を見すまして、崖の上からバラ播いた。見ると、それは手紙にはあらで、萬一の用意にと、妻君がそつと入れてをいた心盡しの拾圓紙幣、無殘や片々たる紙屑となつて散亂し、そのために、役所に行つてからは餅菓子一つ買つて喰へなかつたとは、あゝ何たる悲しい淫書征伐の祟りであつたらう。

その三　重要書類の正體？

いくらお役人とエロ出版屋だつて、途中であつたからとて、お互ひに睨み合つて通り過ぎるとはきまつてゐない。取調の時こそ、

「ヤイこの野郎、そんな出鱈目を吐すとぶん擲るぞつ！」

と、虫のゐどころが惡いと、拳骨の一つや二つは喰はされ

ること無きにしもあらずだが、要視察人として立寄つた場合などは冗談の一口や、猥談の二つ三つは出るのである。

これは某署T巡査部長のとつてをきの一つ噺で、序でだから御紹介しやう。

例によつて、エロ本屋の武藤三吉君の宅を同勢五六人の係官が、まだ食事前の早朝に襲撃した。

トン〱〱〱〱。

「おい、ゐないのかい？」

このあはたゞしいノックに屋内は急にざわついてゐるやうすだつた。

降りて來たのは寝亂れ髪に、前もあらはな寝まき姿の當家の妻君、ガラリと戸をあけたのはいゝが、づらりと並んだ顔を見て、ひつくりかへるやうに二階に馳け上つた。

ちやんと確證を握つてからの襲來と見えて、そのまゝドカ〱と二階に上り、早速家宅捜索にとりかゝつた。

すると、係官たちの隙を窺つて、妻君が突嗟の間に書類らしいものを蒲團の下に突込んだのである。

T巡査部長は早くもそれを看板した。

「おい、今なにをかくした。出して見ろ」

妻君の顔は見る見るうちに赭くなつて、耳孕から頬へかけてバラ色だ。わく〱して俯向いたまゝ顔もあげない。

いよ〱不審に思つたT氏は

「なぜ出さないか。」

「いえ、なんでもないんです。」

「何でもないものなら出したつていゝぢやないか。こらつ！　出さないか」

そこで妻君を蹴飛ばすやうにして蒲團をまくりあげたら、なんと諸君、それは重要書類にはあらで、エロ實演後の一片の　であつた。これなどまさしく捕物綺談中の逸品であらう。

その四　これは又怜悧な拘留御免

流石お膝下の警視廳検閲係ではそんなことはないが、エロ出版中でもまるで屁みたいな小事件を、さも大事件らしく躍氣となつて検擧の爭奪戰を演ずる警察がある。

ちやんと管轄の警察で取調べを開始しやうとしてゐるの

さへ横取りして、そのために双方の面目問題から啀み合ひを演じたやうな實例すらあるといふことである。

水上靜也君など一二度そんな目にあつたさうであるが、彼氏はそれ迄B署に二三回、C署に一二回御厄介になつた。

B署の處置は比較的寛大で、事件の內容さへ判り、陳述に僞りがなくて條理さへ立てば、二三日の檢束、或ひはせいぐ〵一週間位の拘留ですまして呉れるのに、C署の方では事件の大小を問はず、誠意ある陳述の如何を問はず、いきなり十五日又は二十日位の拘留に放り込む。

たま〵何等かの配本が發覺してC署の刑事が訪問し同行を求めたので

「その事件ならもう昨日からB署で取調べを受けてゐるから行かなくてもいゝでせう。だいたい任意出頭でも濟むやうな事件を、C署ではいつも長期間拘留にするから不愉快だ。連れて行かれても直ぐ歸して呉れるなら行くが、さうでなければ今から又B署に出頭して取調べを繼續して貰ふ。」

もちろんこれはトリックであつた。まだB署の方ではなんにも知らなかつたのであるが

「いゝよ！　今日は必ず直ぐに返すから、兎に角一緒に行つてくれ給へ。」

果してその時は一夜の檢束ですぐに調書作成の上放免されたさうだ。

これなど珍書屋では怜悧な方であらう。

その五　ものはとりやう

軟派の親玉、エロ出版の總元締として自他共に許してゐた桑原克明君には、この方面のエピソードが實に多い。

その中でも殊にふるつてゐるのは、第何回目かの公判で禁錮何ケ月かの體刑を申し渡され、それを上告して罰金刑ですんだ時のことである。

取卷連もホツと胸なで下して

「まあよかつた。兎に角桑原のために大いに祝賀會をしてやらうぢやないか。」といふことに相談一決して、或る夜上野の某一流料亭で祝賀會を催し、集まるもの辯護士、蒐集家、寄稿家等五十餘名。

その罰金刑祝賀會といふデカ〳〵した文字を書いた當夜の會合を、寫眞にとつてさて翌月の桑原君の雜誌に掲載したものだ。

その時は別にこれと云ふお叱りもなかつたが、その次の事件で又もや〻原君が檢事の前に呼び出された時

「君のやうな不屆な奴は、今度こそ斷然體刑處分にしてやる。罰金刑祝賀會とはあれは何だ。罰金位ならお祝ひをすると云ふ當局に對する面當だらう！」とカン〳〵になつて怒つた。桑原君辯明大いにつとめたがきかばこそ、遂に辯護士から

「あれは桑原が開いた會ではなく、われ〳〵を始め彼の友だちが彼を慰めるために開いた會で、罰金だからお祝ひすると云ふのではなく、體刑だと思つたのが罰金ですんだからお祝ひしたので……」と滔々と辯護したが、求刑は案の定懲役六ケ月といふ體刑であつた。そこで直ちに上告したが、今度は裁判長の方で

「桑原は昭和何年何月何日、當裁判所で體刑を罰金刑に減刑してやつたことがある。にも拘はらず又司直の手を煩はすとは不心得千萬と云はなければならん。當然今度も體刑に處すべきであるが、將來をいましめて特に×年間の執行猶豫を申渡す。」と判決された。

その六　鬼の眼にも涙

警察官にも感情がある。

こゝに捕物美談を一つ紹介しやう。

串田刑事は多くの珍書屋どもから鬼のやうに恨まれてゐる。

「妾しあの人を呪つてやるワ」

眞僞の程は分らないが、さう云つて珍書屋の妻君から憎まれた程の敏腕家で、言葉も荒いし、手も早い。おまけに人一倍憎まれ口をきくのが好きときてゐるから、珍書屋仲間では青鬼とさへ稱してゐる。

然し、串田氏には他人の眞似の出來ない一片耿々の氣慨と、稜々たる氣骨がある。

どんな仕事をしても餘り儲けたことがなく、それでゐて矢次早に出版法違反に引かゝつてゐる小川清君のやうな人

間に對しては、多少は氣の毒に思ふのであらう。

或る日、一寸した事件で又々小川君に同行を求めた。此間ブタ箱から出て來たばかりの小川君は頭を搔き搔き

「また泊められるのかい。泊められるのだつたら泊められてもいゝから先に云つて欲しい。別莊行の仕度をして行くから。」

「いや、今日は歸す。」と串田刑事は言つた。

然し、出頭してみると、取調べが以外にこみ入つて主任は檢束すると云ひ始めた。

「いや、それは困ります。僕は今日必ず歸すからと約束して連れて來たのですから、用があれば又明日呼び出して頂きたい。」

「それは困る」と主任は上官の命令だぞ――と云はぬばかりの顏をしたが、串田刑事はダンゼンがんばつて反對し、遂に主任も如何ともしがたく、敏腕刑事の顏を立てゝ放免した。以來小川君は「靑鬼でも赤鬼でもいゝから、兎に角ハツキリした男らしい人間がいゝさ」と暗に串田刑事を賞めてゐる。

その七　二足の草鞋をはいた虫

これは今から二三年前、警視廳檢閱係の陣容が一新される以前の物語りである。

今は昔、表に御用の十手を持ち、裏に賭場のテラを掠めてゐた者を「二足の草鞋」と云ふのださうな。

で、珍書屋仲間にも一人ぐらゐ有つてもよささうだと探して見たところ、成る程、居た、居た、たつた一人完全な「二足の草鞋」君がゐたのである。

彼れの名は菰池盛澄といふ、まるで十八世紀の武士の名前だが、この男頗る武士道にかけた「二足の草鞋」を履いてゐるのである。彼れは生え拔きの珍書屋で、東京でも有數に大きくやつてゐるのだが、未だ一度も檢束さへ喰つたことがない。況して、拘留、刑務所をやである。他の珍書屋が十度引つかゝるところを一日しか引つかゝらぬ。しかも、それが引つかゝつたところで、ホンの型の如きものである。では、この菰池君は他の珍書屋に比較して可愛らしくやつてゐるかといふと、さうでない、最も狡猾に、或る

時は無納本の珍書を奥附だけつけて、あとから係官に發見されると「いや、たしかに納本した」と頑張り通す。しかし、少しく智慧のある者が考へれば、いかに菰池君がどんな手段を講じて當局に阿諛しやうと、日本のいやしくも公廳が一菰池の青二才に左右される筈がないではないか！　また彼れのために籠絡されて動く人間は、たま〳〵有つたところで一人か二人の、その一部の人に過ぎないに違ひない！　今に見て居れ！　菰池はきつと非道い目に遭はされるから……………と云つたやうな噂もある。

もつとも、菰池君の家へ始終出入りしてゐた當局の某氏（これは先年職を免ぜられてしまつた）などは、取締官廳の役人といふ役柄を忘れて、音樂會の切符を賣りに來たり、インチキ畫伯の絹本をうりに來たり、甚だしいことには、他の珍書屋から押收した讀者名簿を息子に寫させて、それを菰池君に若干の金で賣つてゐたといふ事實さへある。かういふ時の菰池君は、決して某氏を失望させて歸さないだけのタクトは心得てゐる。音樂會の切符なら大概二圓券を十枚ぐらゐ、インチキ畫伯の掛軸なら、よしそれがボラがソーメンを喰つてゐるやうな圖であらうと、押し戴いて二本や三本は買ひ、他の然るべきところへ周旋までもしてやるのである。

そして、某氏が歸つて行つた後では、いつも菰池君は頭を抱へて、

「こんな音樂會の切符なんて、貰つたつて困つちまうなア。馬鹿々々しい。誰れかにくれつちまはう」

と、いま〳〵しさうに呟くのが常である。

こんな風だから彼れの珍書刊行はとても勇敢である。次から次へと珍書を作る。作つて賣つて、發送ずみになつて、その商品がもう朝鮮から滿洲あたりへまで着いてしまつた頃、漸く警察から「本はもう出來たかい？」と電話がかゝつて來る。

「やあ、やつと出來たよ」

彼れの刑事あたりに使ふ言葉使ひである。

それから、電話が切れると、菰池君は店の者に命じる。

「××署から電話だ。すぐ△△君が來るさうだから、押へられないうちに、百部ばかり押入の中へ入れちやつてく

れ。そして、アトは全部そこへ積んで數へてくれ！　何？丁度百二十ある？　ぢや、もう三部も減らして置け！　偶數ぢや何んだが數をこしらへたやうでよくないからな」

といふわけで、その百十七部の殘部が玄關横に積まれる。

そこへ、丁度時間よく、△△君は到着する。

「やあ」と聲をかけた限りで△△君は家の中へ上がらうともしない。「出來た本つてのは、これかい？」

「あゝさうだ。まあ、ゝ上りたまへ」

「いや、忙しいから又來る。ぢや、これは幾部有るのかい？」

「百と十七冊殘つてゐるさうだ。アトはみんな送つちやつたよ」

「さうか！　ぢや、これだけは手をつけないやうにしてくれ給へよ。今、すぐ小使ひにでも取りに寄こさせるからね」

「はあ、承知しました」

と、これで、一切が濟むのである。その癖、殘部から百三部も押入れにかくして置いたばかりでなく、尙ほその上に五百部は增刷して、それを裏の納屋の中へ隱匿しておいて、永久的にストックを密賣してゐるのである。

だから、しかも、彼れは今でやつたら猥褻罪以上のものである刊行物を發行してさへ、檢束どころか、一時間と取調の永びいたことさへない。

ところで、他の珍書屋はどうかといふと、この時代に既にいつも留置處分を喰つては、根こそぎ洗ひざらひストックを持つてゆかれるのである。だから、珍書屋仲間では、

「菰池は、どうやらスパイだぞ」

と云つて、警戒し出したのであるが、

「眞逆！」

と云つて、打消すものもあつて、誰れ一人それを斷定も出來ず、さりとて否定も出來ないと云ふ具合であつた。

で、或るオセツカイなのが、

「君だけは、どうして檢束さへ受けないほど寛大に當局が扱ふのだい？」

と訊くと、菰池君の答へが又振つてゐるではないか！

「いや、それにはちつと理由があるよ。僕の父が鄕里の市

長をやつてゐるところへ、伯父が×××縣知事をやつてゐるのでね、その邊のところにデリケートな動きがあると思ふがね」といふのである。

そこで、又他のオセツカイなのが、菰池の郷里やその伯父なるものをしらべたものである。ウソではない。さういふ人間がゐるのである。彼れの郷里の市長も成る程菰池××といふ人物で、少しも疑ふ餘地がない。

「だがね、君、同名異人といふ奴だつて有るからね」

と、その男は口惜しがつて呟いたことがあつた。これも亦、否定も出來ず斷定も出來ずといふわけであつた。

さういふ機運のうちに、山品久吉といふ珍書屋のポツト出が、柄にもなく大がかりにやつて、これが又今迄にないほど峻烈に彈壓を喰つたから、さあ、山品君は納まらない。

「合法的に處分されるのは覺悟の上だが、何故、當局はそんなにも依估の沙汰をするのですか！　私達にばかりこんな目に會はせて、もつとひどいことをした人間はそのまゝにして置いて」

と、どうせ拘留になるんなら思ひ切り暴れてやれと、大聲で怒鳴り散らしたから溜らない。並居る係官はドヤ〳〵と立つて來て、彼れを追つ取り卷いてしまつた。

「野郎！　妙なことを云ふと承知しないぞ」

「いや、妙なことぢやない！　本當のことだ！」

「よしツ、ぢや、それは誰れのことだ。名を云つて見ろ」

「云ふとも、菰池だ」

「何？　菰池？」

「さうさ、しかも、私がこの仕事をこんど初めたんだつて、菰池からすつかりやり方を敎はつた上、名簿を買つて初めたんだ。それも高い金だ」

「いくらで買つたんだ？」

「おどろくな。五千圓だぞ」

といふ騷ぎで、すつかり明るみへこのイヤな噂が出てしまつたから、上司の方でも不問に附するわけに行かなくなつて、いろ〳〵しらべた結果、遺憾ながらその事實らしきものありと認めて、遂に某氏は首になつた。

この菰池に對する寛大な處置は、今は辭職したが、その當時のY司法主任は餘程氣になつたと見えて、別の事件で

矢張り菰池の知人星野淑人君を取調べる時、星野君は別に何とも云はないのに、
「君たちは菰池と我々と何か特別の關係があるやうに思つてゐるか知れないが、菰池君は君たちと違つて正直だよ。君たちのやうに嘘ばかり云はない。本はかくしてをいたが、それは惜しかつたからだと正直に云ふ。それに本人は肺が悪くて、泊めるのだけ勘忍して欲しいと泣いて頼むし、泣いて頼む位だから正直に白状する。正直に白状して調書さへスラ／＼と出來れば、こちらはむりに泊める必要は少しもないのだ」と、肺病でもない菰池のために極力辯明してやるやうな素振りだつた。

そこで星野君が「フ、、ン」と鼻の先で笑つたのである。
「そんなら、僕たちも正直に陳述さへすればすぐに放免して貰へるのですか？」と手痛い質問をしたが、「うむ、よし」とは云はなかつたさうだ。

そこで、星野君も亦つぶさに自分の所見を述べたところ、Y主任も「へえ、そんなことがあつたのかネ」と呆れたやうな顔をしてゐたといふ話しだ。

これがきつかけとなつて、當局係官の間にかなり移動があり、すつかり陣容を立て直して、以後出版法違反の珍書屋に對する取調べは、飽迄嚴肅公平に行はれるやうになつた。

これでこそ、取調べる方も、取調べられる方も、双方共に不快がなく、法の尊嚴さが維持されるのである。

その八　上には上・珍書屋をペテンにかけた女の話

どの話も假名で恐れ入るが、何しろ四方八方にお差觸りが出て來るので、筆者にしたところで當人に何も恩も怨みもあるのぢやないから、かうしておくのが私の便利である。

――と前から謝つておいて、さて、これから話し出さうとする一席は、「上には上・珍書屋をペテンにかけた女の話」といふので、當にニユース・ヴアリユウ百パーセントの代物である。

東京に近い或る港町の山の手に一人の珍書屋が住んでゐた。彼れの名は仁田小助と云つて三十前の若い青年であつ

た。はじめ彼れは某生命保險會社の社員として永い間辛抱してゐたのだが、ふとした機會から珍書屋佐左木金太郎を知るやうになつて、遂ひに珍書屋を志し、轉々として二三の珍書屋に雇はれ、スツカリと商賣のコツを飲み込んだところで、彼れは獨立した。

ところが、彼れは運がよかつたと見えて、第一回のプランは豫想の三倍以上も收益を見た。彼れは昨日までピイピイしてゐたのだが、今日ではジヤンジヤン金がフトコロで唸つてゐるのである。

一軒の主になつてみれば、いつまでも獨身でもあるまいといふので、彼れはかねて想思の仲である波止場近くの或るカフエー・ランデヴウのウエイトレスを引き入れて、妻としたのである。二人は幸福であつた。殊に、仁田君の恐悦は一と通りではなかつた。金は出來るし、思ふ女とは添ひ遂げる、これで不平があつたら、馬鹿か氣違ひだ！

ところが、或る日のこと、妻は仁田君に云つた。

「あなた」

「何んだい？」

「あたしに、指環買つてくれない？」

「あゝ、よし、よし」

「ダイヤよ」

「それは困る！　何か外のものにしておいてくれ。この間もオニツキスを買つたぢやないか」

「でも、あんな松脂みたいな玉、あたし、キラヒ」

「でも、困るよ。そんなに指環ばかり買つて。僕等はまだそんな身分ぢやないからね」

「あら、あたし、ツマンないわ」

「仕方がない人だねエ。ぢや、こんど限りだよ」

「まあ、うれしいわ、あなた」

ウフツ！　誰れだ？　笑ふのは！　この頗るナンセンシカルな會話は、筆者がフザケて拵らへたものと疑ふ勿れ、世間の男女はどうあらうと、この仁田君夫婦にあつては、この會話は地のまゝで、事實はもつと甘いものと御承知ありたい。

かうして、二人は喋々喃々と新しい生活に感激し合つてゐましたところ、三ケ月四ケ月經つうちに、妻の外出がだん／＼ひどくなつて來たのである。

「一體、この頃、僕の留守によく出かけるが、どこへ行くの？」

仁田君にしたところで少し不安になつて來た。

「ごめんなさい！あなたにまだお話してなかつたけれど、親戚のところよ」

妻君は少しテレ氣味だ。

「親戚つて、どこ？ お前は親戚は東京に一人もないつていつか云つたぢやないか」

「實は一人だけ親戚がありますの」

「何處に？ 誰れだ？」

「東京に、あたしの兄さん！」

「兄さん？ 初耳だ。お前は何故それを初めから云はなかつたのだ」

「だつて」彼女はからだをくの字に曲げた。

「あたしの兄さん、とても今貧乏してゐるんですもの。だから、あたし、恥しかつたのよ」

「ほお、そんなに貧乏してゐるのかい？」

「えゝ、とても」

「で、今、どこに、どうしてゐるの？」

「三等郵便局の事務員をしてゐますの。本鄉春木町の染物屋の二階に間借りしてゐますわ。年は二十五」

「さうか！ それは知らなかつた。それはよかつた。お前もいゝ話相手が出來てよかつたねェ。」

仁田君は妻を少しも疑らなかつた。

それから間もなく、この新夫婦が別れなければならなくなつた。といふのは、仁田君が最近出した珍書のお灸で、東京の警視廳へ拘留を言渡されて半月の間家を留守にせねばならなくなつたからであつた。

仁田君は留置場へ這入るのは覺悟の前だが、心殘りなのはさびしい山の手の自宅へ一人彼れを待つてゐるであらう妻のことであつた。眞逆子供ぢやないから鼠に引かれることはないだらうが、何しても心配で溜らない。彼れは留置場の檻房で每晩々々を泣き明かした。

やがて、苦悶輾々の十五日は過ぎて、仁田君は漸くにして放免になり、久し振りで東京驛からヨレ／＼の着物で省線に乗つたが、内心不安はいや増すばかりであつた。何故ならば、妻が何事もなく家にゐるものであるなら、假りにも妻であつてみれば着替への衣類ぐらひこの日に持つて迎へに來てくれるはずである。それが來ないところを見ると、どうも何か變つたことが家にあるに違ひない。さう考へて仁田君は櫻木町へ着くが早いか、圓タクを飛ばしてわが家へ歸つて、玄關を見ると錠が降りてゐる。ハヽア、妻は何處か買物にでも出たらしい。彼れは錠を開けて玄關へ這入ると、これはどうしたことだ！　足元が踏み込めないほど手紙や新聞で一杯になつてゐる。

「して見ると、妻は、疾うにこの家にゐないのだな」

さう呟くと、仁田君は溜らなくさびしくなつて來た。兎に角、座敷へ上つて、そこらをしらべたが、家財道具、簞笥の中の妻の衣類、すべてに異狀がない。仁田君はホッとして頬笑んだ次の瞬間、妻は、いつぞや話したところの本郷の兄のところへ行つてゐるにちがひないと氣がつくと、安心した。それ以上考へる必要がなくなつた。

そこで、すつかり朝湯を使つて、さつぱりした着物に着替へると、仁田君は妻戀ひしのあまりに、またぞろ省線電車に揺られて東京の彼女の兄の家といふのを訪づれたのであつた。

ガタピシ云ふ染物屋の二階を上つてゆくと、妻と一人の若い男とが晝食の途中であつた。

「まあ、いつお歸りになつたの？」

妻はびつくりして訊いた。

「今朝。家から出直して來たのだ。さびしかつたらう」

仁田君の聲はなつかしさに震えてゐた。

そこで、妻は仁田と兄とを引き合はせた。

「あなた、御飯は？」

「まだだよ」

「ぢや、この通り、汚ないお膳ですけど、一膳いかゞ？」

「さうか！　ぢや、御馳走になるかな」

で、仁田君と妻の兄とは初對面に似合はず、いろ〳〵と話を彈ませながら晝飯をすませた。

仁田君は改めて部屋中を見廻した。成る程、妻がいつか云つた通り、妻の兄は隨分貧しいらしい。部屋には壁に袴が一つと帽子、机が一箇ある切りで、アトは何んにもなかつた。妻の兄は自炊のつらさを幾度も嘆いた。それを聞いて、仁田君はよろこばせるのはこの時とばかりに、

「ぢや、どうです？ 一つそのこと、僕の家へ來てしまつたらどうです？ その代り、出勤がちと辛いけれど、省線だから時間にしたら大してかゝりやしませんよ。どうです？ さうすりや、飯はこの人が炊いてくれるし、僕だつていゝ話相手が出來ていゝといふもんだから」

と、大いに親分を氣取つて、渡りに船のやうな話を持出した。

しかし、兄は遠慮深かつた。妻も喜ぶと思ひの外、あんまり氣が進まないらしかつたが、さりとて悪い氣持のする筈がないのだつた。

「ねエ、さうしやうぢやないですか！ そして、兄弟水入らずで、これから大いに働かうぢやないですか」

「さうですか。それほど仰有つて下さるのを無にするのも失禮ですから、ぢや、仁田さんの家へ同居させて戴きますかな」

「さあ、ぢや、善は急げといふことがある。明日にでも越したらどうです？」

「それもあんまり性急ですから、こゝへは今月一杯居ることにして、來月からおねがひしませう」

「それは御隨意に」

といふわけで、それから間もなく、港町の山の手仁田君の家へ、妻君の兄は小やかな荷物を持つて引越して來た。

で、仁田君の家はこれまで夫婦水入らずの時とちがつて、兄貴が寢起きしてゐるのだが、義理と肉親とこそちがへ、かりにも彼女の兄といふのだから、少しもわだかまりなく三人仲よくくらしてゐたのである。

ところが、(よく、ところが、を連發するが) 實際、ところが、である！

仁田君は又もや珍書を發行して巨利を博した。少くとも二十五六日間の回收豫定期間に××圓は現金が飛び込んで來たから溜らない。妻君は又ぞろ「ねえ、あなた、買つて頂戴よヲ」が初まる。仁田君は盛大なるフェミニストでありサイノロジストであるところから、これ亦「うん、よし、

よし」とばかりに、兄貴同伴で明日は野澤屋、今日は松屋と、やれ錦紗、やれお召と買ひ廻つてゐるうちに、縣警察部から「一寸來い」とやつて來た。

「なアーに、直きかへつて來るよ。それに、兄さんがゐるから、こんどこそ僕は心配しないで行つてくるよ」

仁田君は笑ひながら刑事と家を出て行つてしまつたまゝ、こんどは永い、二十九日留置とおいでなすつた。大體、留置處分はこの種のものに對しては一番×××が輕く、取調べも簡明にして容量を得てゐるが、縣でやられるとどこでも重い。

それから、三十日目の朝、檻房から出されて、また久し振りで市電に乘つて、

「只今！」

と威勢よく玄關外で聲をかけたが返事がない。よく見ると、またいつかのやうに錠が降りてゐる。やがて、錠を外づして玄關敷石の中へ這入ると、いつかのやうに手紙や新聞で足元が踏み込めなかつた――といふことがない代りには、掃き清めた靴脱ぎ石の上に水莖の跡もいと危しげな一通の手紙が乘せられてあつたのである。

仁田君、とり上げてよんで見ると、
仁田小助様
あたしは兄と一緒にこゝを出ます。二度とお目にはかゝりせせん。お留守中五百圓ばかり現金が這入つて來ましたが、これは私が戴いてゆきます、それから、振替口座の方をしらべましたら、五百三十四圓七十五錢の帳尻になつてゐましたから、とり敢へず四百三十四圓七十五錢也を引き出して、これは兄に持たせてやりました。百圓は殘してありますから、當分のお小遣ひにはお困りになることはないでせう。

最後に、私の兄といふのは眞つ赤な僞りで、實は私の夫でございます。しかし、あなたにだつて私の純情を捧げたことは、あなただけは知つてゐて下さるでせう。それだけでも、あたしは何んだか罪が輕いやうな氣がします。それでは、左様なら。今後益々お仕事に精をお出しなさいませ。たゞあんまり留置場などへ這入らないやうにお氣を附け下さい。

女は、やつぱり、さびしいものですから。

喜　美　子

「畜生ッ」

仁田君ははじめて知る彼女の不埒に齒嚙みをして口惜しがつたが、もう追ひつくことぢやない。

それから仁田君は四方八方、心當りはすべて訊ねてみたが、兩人の姿は杳としていまだに現はれないといふ話である。

世にもガッチリした女ではありませんか。

兎に角、酢でも蒟蒻でも食へたものぢやないと云ふ珍書屋をベロリと一と口で喰つてしまつた手際なんか、とても駈け出しのそんぢよそこらのヤクザ女にや出來ない藝當である。

その八　珍書ブローカーの話

珍書屋が出來て間もなく珍書ブローカーが出來たのに不思議はない。但し、この珍書ブローカーは普通の古本屋つまり古物商の鑑札を持つてゐるものでは恐くてやれないので、かうした專間的ブローカーが出現するわけである。

この種のブローカーは、直接珍書屋から商品のストックを供給して貰つて、これを委託で引受けて六十日乃至九十日勘定で、自分は目錄を作成して現金引換へ若しくは前金を以つて商賣するので、恐ろしく利廻りのいゝ儲け仕事なのである。つまり、讀者にしてみれば、ブローカーを經て來たものは皆な幽靈的存在の珍書でなく、現に商品として、確實に存在してゐるから信用がおけるし、發行所でないから押收其他の事故が少なく配布が安全であり、尙ほ且つ自分等の氏名が秘密を保たれると云つた諸點が、非常に便宜がいゝので、このブローカーは珍重される所以である。

東京を中心に全國的にこの方面で雄飛したのはT君である。(特に名を秘す) 彼れは三千名以上の顧客名簿を作成し、文藝市場社本は申すに及ばず、文藝資料研究會編輯部本、南柯書院本其他の大量的販賣に成功してゐたが、先年、或る種の出版法違反に引つかゝり、遂ひにこのブローカー業も摘發されて、今では全く方面轉換をして謹愼してゐるやうだが、彼れの收入は一時大したものであつた。

この東京のＴ君と呼應してゐたのに關西のＡ君がある。彼れも亦この方面で相當の活躍をしたらしいが、Ｔ君ほど積極的にやらなかつた。Ｆ君なども大分やつてゐたといふ話だが、あまりくはしく知らない。

ところが、こゝに、面白い話がある。以上Ｆ、Ｔ、Ａ、三君などの外に、最も大量的に新品ストックを引受けるブローカーが、伊勢は桑名町に現はれたので、何者がやつてゐるのだらうと物好きにも探査してみたところ、既に檢擧されて刑務所入りをして後だつたことがある。彼れの名は中島淸と云ふのだが、これは現住地へ行つてみてはじめて僞名であることがわかつた。筆者は一生懸命中島と云つて近所中聞いて行つたがわからない。こんな古い町に、そんなにも人の出入りがする筈がないのに、何故、町內の人が中島といふ人を知らないのだらうと不審に思つてゐたところ、町內で一番古い牛乳屋で方面委員をやつてゐる人の家を訪ねて、そこではじめて彼れの何者であるかを突き止めた。

彼れの本名はＳ（特に名を秘す）と云つて、大阪の生れで、土地で相當な本屋を營んでゐるのだが、將來が好きな道なり、何かこれで一と儲けしやうといふので、桑名町へ一居を構へて中島淸と僞名して、全國的に大量的に珍本屋の珍本をブローカーをやつて、大利を博してゐたといふのである。

それから、もう一人大阪市もはづれに近い某處からＹと云ふ名で（特に姓名を秘す）全國の珍書屋に勸誘狀を發してゐる男があるので、筆者はその家を探すべくわざ〳〵大阪のその町へ行つたものである。が、これは驚いた！　それらしい家が一つも見當らないばかりか、いくら同番地を一軒々々シラミ潰しに探して歩いても、Ｙといふ人の名が見當らない。そこの町はとても非道い貧民窟で、吹けば飛ぶやうな小工場が軒なみにならんでゐるだけで、どうすることも出來ず引上げてしまつたことである。そのくせ、ヘンなことには、手紙や本を送ると間違ひなく到着して返事が來るのである。

面妖な商賣ではないか！

その九　逃げる・追ひかける話

タネがタネだけに、珍本屋には随分珍談が多いが、「世界珍籍全集」（秘密出版）を出した篠崎兼三君ほど珍なエピソードを残した男は少ないだらう。

篠崎君は昔織物業に關係してゐたことがあり、三業新聞などといふ乙な方面の編輯もやつて見たことがあるらしい。今迄の商賣が軟かいものに縁があつたせゐか、彼れは古くから軟本蒐集家としては珍本屋仲間に評判の男であつた。つい先頃まで「東京交信所」と稱する事件屋を開業して相當な收入になつてゐたやうだが、たうとう珍本屋をはじめたために本業の方もポシヤラせて、今は、どこかでヂツと鳴りをひそめてゐる。

彼れがまだ蒐集家である時分には、彼れは一般の讀者のやうに目くら滅法に金を拂ひ込むやうなことはしない。必ず現金持參でその店へ乘り込んで買ふ。その代り、いやしくも軟本であるなら、どんな高價なのでも必ず一冊は買つてゆく。編輯所へ現はれる時は、いつもリユウとした羽織袴で來るから、珍本屋も相當にこれを遇する、自宅へ行つてみれば、その自宅なるものが實に堂々としてゐるから、益々斯界に相當な敬意を拂はれる部の客であつた。

篠崎君もそれで滿足してゐればよかつたが、何しろ、珍本屋へ數多く出入りしてゐるうちに、つい珍本屋がジヤン〳〵儲けてゐるやうに見えて、（事實、相當金が珍本で動いた時代もあつた）彼れも亦やつて見たくなつたらしく、つひに「世界珍籍全集刊行」を計畫した。而も、彼れが珍本屋をはじめた頃といふのは、そろ〳〵珍本屋續出で當局は頗る血眼になり、讀者は少し鼻につき且つ危惧をいだいて來た——昭和四年秋、もう大分立ち遲れで、大概な珍本屋はもうそろ〳〵鉾を收めちまうといふ狀勢の下に、彼れは一部拾五圓といふ頗る高價な領價で會員を募り出したのである

彼れは住居の關係から、（それは單にそれ以上のつながりがあらうとは思へないが）こゝ數年來、文藝資料研究會編輯部の宮本良君と親しくしてゐたので、はじめ、この計畫を立てるや、これを宮本君に持ち込んで、一と口乘らせやうと切り出した。結果に於いて、彼れは宮本君の手腕とか

識見などに敬意を表したわけではなく、實際は、彼れは單に宮本君をおだてゝ、彼れの持つてゐる讀者名簿を得やうとする——たゞその邊に目的があつただけであつた。

何しろ、相手はオダテればすぐ反り身になる宮本君だから溜らない。コロリと參つて、いろ〳〵販賣に關する秘訣とかを傳授したり、讀者名簿を無條件で貸してやつたり、彼れの猛烈な同情者《シンパサイザ》になつたわけだが、報酬なんて一向彼れのフトコロへころがり込んだわけぢやない。いや、宮本君にしたら、大分期待してゐたんだそうが、當の篠崎君は事件屋で永年固めた喰へた代物ぢやない、ナンノカンノと宮本君に只働きをさせてしまつたのである。また、宮本君にしても、これが非合法的に（つまり秘密出版の形式で）計畫されると聞いて一と口乘ることを斷つてしまつたことも事實だから、一文もくれなかつたところで、出せと强要するほどの權利はない。しかも、宮本君にそれだけの度胸も腕もないわけだつた。

で、篠崎君は宮本君が合流しないと見てとるや、腹心の某君と某君の二人を手先に使つて、五百部と稱してゐるだけ資本を卸して現品をまづ作り上げてしまつた、それから、まだ出來上らないやうな顏附をして、諸方へ內容見本を配布した。それも注意深く一々出來るだけ讀者を精選して行つたものである。

一方、篠崎君は知己へと戶別訪問的販賣法を開始した。これは多年彼れが出入りしてゐた梨園及び演藝界の第一線に起つ人々が多かつた。何しろ現品が先きに出來てゐて、現金と引換へでなければ賣らないことにしてゐたのだから、相當な金が動いたらしい。彼れが隨分便宜を計つて貰つた宮本君などに對しては、まるで宮本君が無償で貸した名簿からは二人しか申込がなかつたやうに宣傳してゐたが、實は、彼れの戶別訪問に依つて得た恒久性のある會員が百三四十名と、宮本君の名簿からばかりでも八十名以上あつたさうであるから、結局、總計二百名以上となり、一部拾五圓として三千圓足らずの金は動いてゐたのである。だから、彼れの家の調度品などは一日おきに殖えて行き、女の方へも大分好きな道だから使つたらしい。篠崎君はこれに味をしめて第一卷以後は宮本君にさへ離れて、全く單獨に、第七卷までを僅々八ケ月間のうちに刊行して會員に頒布したのであつた。

が、この七卷目でドサを喰ふことになつたのであるが、傳へるところに依ると、市內某一流の長唄師匠である杵屋某と、この珍本のことで喧嘩をしたのがキツカケで、そこへ出入りしてゐた所轄署の刑事にカギつけられ、突如として、事務所となつてゐた彼れの「東京交信所」を警視廳高等課の諸公に襲はれたのである。

ところで、話の本筋はこれからだ。これからが實に珍書出版界永遠に傳ふべき珍談なのである。

篠崎君はその時幸ひ事務所に居合せなかつた。で、係官諸君は鵜の目鷹の目そこら中を搔き廻して、若干の證據品を押收して引き上げた。その後へ、さうとも知らぬ篠崎君がノツソリと出て來たので、受附子が顏色かへて一切を告げたところ、彼れ氏の顏は土氣色になつてガタ〱震え出したといふんだから笑はせる。

「で、その他には何んか云つてゐなかつたかい？」と篠崎君。

「それから、あんたの自宅を教へろつて聞きませんでしたよ」と給仕君。

「で、教へたのか？」

「えゝ」

「馬鹿ッ」

「だつて、仕方がなかつたからです」

「困つたことを云つたなア。兎に角、かうしちやゐられない。ぢや、君、誰れがこゝへ來ても、僕は今日は一日中こゝへ顏を出さなかつたことにしてくれ給へ」

「承知しました」

「何を聞かれても、何んにも、一向、知りません、存じませんと云つてゐりやいゝんだ」

「承知しました」

そこで、篠崎君はすぐ圓タクで自宅へ飛ばしました。途中で、何を思つたか、その自動車を印刷所の方へ引返させて、ひそかに自動車《くるま》の窓から樣子を見ると、何んと、係官諸公がもう段々御出張になつてゐた。しかも、何度も顏見知りの刑事氏が、二人戶外に張り番をしてゐる體たらく。

さあ、一刻も猶豫ならんと、彼氏はまた候自動車を引返して、澁谷の新居へ着くなり、

「おかへりなさい」

と出て來る妻君の聲なんか聞かばこそ、

「さあ、ちか子、道具屋を呼んで來い！　俺れは衣類を柳行李に詰めてやるから」

「あなた、玄關に立つたまゝで、一體、これからどうするんですの？　何故、そんな………」

「理由はアトだ！　早くしないと警視廳の奴等が來るんだ。早く」

云はれて、こんどは妻君の方が齒の根が合はなくなつてしまつた。早速、横つ飛びに町へ飛び出すと、近所の道具屋を呼んで來た。

「あなた、道具屋さんですよ」

「よし。ぢや、一寸、俺れに代つて、この行李のものを始末してくれ。道具屋さん！　今日急に私は地方へ赴任せねばならなくなつたのだが、こゝにある家財道具を一切いくらで買つてくれるね」


彼氏はもう居ても立つてもゐられない焦燥に驅られながら、散々珍書出版をやつて置きながら逃走の準備にとりかゝつた。

道具屋は、流石に商賣人、夫婦の顏色を見るのに、たゞの官吏などの赴任ぢやないとガンをつけたから此ツ方のものだ。叩いたも叩いたり、時價どんなに棄て値にしても八百圓以上には古物商に引取らせ得る家財を、たつた百圓ポッキリに値をつけた。これには篠崎君もムッとした。

「おい、馬鹿な値段をつけるもんぢやないよ。どう踏んだつて三百圓以下つてことはないよ。もつと買ひ給へ」

「そりやア、素人衆の旦那方はすぐさう仰有いますが、只今は不景氣で、實はかういふ家財もお買ひになる時も例年よりズツとお格安になつてゐますので、從つて、われわれがお引取りする額も亦、それ以上に安いのは、これが今日の相場といふ奴でして、何んともハヤ………」

篠崎君は時間が氣になる。たうとう弱り目にたゝり目、棄てた氣になつてしまつた。

「よし、君にくれた氣で、百圓で賣つちまはう。その代り、

臺所の皿小鉢までみんな持つて行き給へ」

「ありがたう存じます」

と云ふわけで、道具屋は、盆と正月が一緒に來たやうな顔つきで、ドシ〳〵車で運び出してしまつた。彼氏は衣類の整理がすむと、早速家主に拂ふものははらつて、その足で自動車で東京驛へ。切符は大阪梅田まで二等。四時五十三分、人目を忍んでアタフタと飛び込んだ彼氏夫婦を乘せた汽車は、大阪へ向けて走り出した。丁度、それより五分早いか――といふ際どい時になつて、警視廳諸公は印刷屋にすつかり泥を吐かせたその足で澁谷の彼氏宅へ駈けつけてみると、おどろいた！ 早いとこ篠崎君の家は空き家になつてゐる。

「さあ、何處へ行つたらう」

といふので、警視廳諸公は大騷ぎ、何しろ、出版法違反で晝逃げしたなんて男は類がないだけに驚ろいてしまつた。家主のところへ行つてしらべると、

「はつきりは解りませんが、何んでも篠崎さんは、仕事の都合で急に大阪の方へ赴任なさると云つて、引越してゆかれました。お勘定はちやんと戴いてあります」

といふ話。

さてこそ、篠崎の行衛は大阪だとわかつたので、一行は早速その手配をした。自宅にチャンと居れば簡單にすむ事件を妻君と一緒に家財道具を百圓バッタに賣り拂つて逃げるやうぢや、これは何か外に重大な犯罪でも潛んでゐるんぢやないかと一行は睨んだから、その手配たるや、頗る嚴重を極めたものである。まづ東海道沿線各驛へ手配して、篠崎君の人相書を送付し、當該人相の男が立廻つた際は取押へ方たのむと打電したものだ。

そんなことゝは露知らぬ篠崎君夫婦は、まるで落人よろしく枯れた尾花のそよぎにも胸を冷たくしながら、東海道を西へ西へと汽車の中。他人様には、兎に角、二等車の中へレッキとした身扮裝で納つてゐるんだから結構な御夫婦の旅行とは見えやうが、その實、二人は別々な氣持で默り込んでばかりゐる。篠崎君にして見れば、自分の身から出た錆で、大した經驗もなければ、度胸もないくせに初めたインチキが、こんな結果を生んだんだから、困つたところで

諦らめがつく、しかし、どう諦らめやうと思つても諦らめられぬのは彼れの妻君だ。下らぬ夫の卷添えを喰つたばかりに、結構な丹精した家財道具を棄て賣りにされて、柳行李二つ切りになつて、これからどこへ行くか見當がつかないと云ふんだから、今更らに夫が恨めしくもあり、少々心細くもなつて來る。況して、聞いてもびつくりするオマワリさんが自分の夫を追ひかけてゐると云ふんだから、見るもの、聞くもの、みんな泪の種ならざるはなかつた。

「あなた、これから、ズツと大阪へいらつしやるの？」

「それより他に仕用がないよ！」

「だつて、アレ（刑事のことです）は大丈夫ですか？」

「うん、そこまで早く手が廻りやしないさ。大丈夫だよ」

「でも、あたし、何んだか……」

妻君はもう泪ばかり流れてくるのである。

違ひない！　丁度、その頃には既に大阪は梅田驛には、チヤーンと電令に依つて、刑事氏が二名、二人の來るのを出迎えてゐたのであつた。

一方、警視廳のお馴染みの諸君は、もしかすれば舊居の邊に立廻りはしないかと云ふので、こつちにもチヤーンと二人ばかりが張り番をしてゐる。すると、その日の午後、「金鰆」と襟に染め抜いた半纏の男が來て、篠崎君の空き家のグルリを何度も行つたり來たりしてゐる。

さては！　と思つた刑事氏、

「おい、君はこの家に用があるのかね？」

と突然物蔭から聲をかけながら出て來たものだ。

「へ？」

すし屋の若い者は、見知らない横柄な口調の男の顏を見詰めて、迂散くさゝうな顏をしてゐたが、やがて、どう云ふ階級の男であるかゞほゞ解つたらしい。ペコリと頭を下げた。

「ヘエ、お壽司の皿とお勘定をいたゞきに上りましたんで」

「しかし」流石の刑事氏も氣の毒さうに云つた。「もうその家は空き家だよ」

「げ、げツ？」

「昨日急に引越しちやつたよ」

「や、ひでヱことをしやがる！」若い衆は歯を噛みしめた。で、何處へお引越しになつたでせう。この篠崎さんッて方は？」

「そんなことは知るもんか！　解らんから我れ〱もかうやつてこゝにゐるんだ」

「エッ？　それぢや、やつぱり、旦那方は…………」若い衆はゴクリとつばきをのんだ。「ぢや、せめて、皿だけでも貰つてゆきませう」

「いや、その皿なんて、一つもありやしないよ。荷物も何もみんな賣つて行つちやつたんだから」

「だつて、旦那、壽司は賣つても、皿の方は貸してあるんです」

「そんなことを、俺れ達に云つたつて仕方がないよ。たしかにさうなんだから」

「弱つたなア。あの皿は三圓もする奴なんです。親方にドヤされつちまうんだが、困つたなア」

「で、この家ではいくら壽司を食つたんだ？」

「二圓です。だから、五圓の丸損です」

「そいつは氣の毒だなア。」刑事氏も聊か親切氣が出て來た。「ぢや、俺れがこの家の道具を買つた道具屋を知つてるから、一緒に行つてやらう。どうだ、皿を見にゆくかい？」

「ヘッ、どうも、ありがたう存じます。どうか一つ、さういふことに願ひたいもンで」

そこで、刑事A君はB君にアトをたのんで、壽司屋をつれて、そこから二町ばかり下の方の道具屋へつれて行つて見せると、探すどころか、店先へ麗々と、――その九谷まがひの大皿が、「金一圓五十錢也」と値段がついて陳列してあつた。

「旦那、これです、これです」といふわけ。

「よし、それぢや、俺れが行つて掛け合つて來てやらう」

「どうぞ、よろしく」

刑事A君はそこの亭主と早速かけ合つたが、亭主にしてみれば金になるものを持つてゆかれるのは辛らかつたが、何しろ二千圓からの道具を百圓で買ひ取つた手前もあるし、その上相手が惡過ぎる。刑事ぢや喧嘩をしちやどつちみち損だから、こゝろよく壽司屋に返してしまつた。しかし、壽司屋はたうとう中味の代は二圓泣いてしまつた――といふ珍談を殘したのである。

さて、話はまた元へ戾つて、篠崎君夫婦、たうとう妻君は汽車中で持病の癪が起つてしまつた。話がアト先きしてゐるうちに、汽車は大分西へ行つたやうに思はれたが、まだそれ程行つちやゐないので、ぢや、熱海あたりで養生させやうと、某旅館へ僞名して泊つた。ところが細君の癪は益々つのるばかり、どうにも素人の手がつけられなくなつたので、仕方なく病院に入院させたが、さて、彼氏とても氣が氣ぢやない。その晩から病院へ泊り込んで妻君の看病をしなければならず、一方、東京の方も心配になつて來たので、その晩そつと病院の長距離で東京の友人某の自宅へ電話をかけて、例の手先に使つてゐた某の二人のうち一人に、すぐ折返し病院宛電話をかけて貰ふことにした。すると、その翌日の午前十時頃になつて、果して某君から電話がかゝつて來た。

「どうして逃げたりなんかするんです」

「やあ、すまなかつた」

「すまなかつたぢやありません。あなたが行衞を眩ましたばかりに、昨日某君（これも手先の一人）は警視廳へ十五日の拘留です。僕も當然やられるので、今逃げてあるいて家へも寄りつけない始末ぢやありませんか！　あなたは奥さんをつれて逃げられてい ゝ氣持か知れませんが、僕なんかは、妻子が家にゐるのに寄りつくことが出來ないぢやありませんか！　すぐ東京へ歸つて來て下さい」

「いや、もう少々僕を自由にして置いてくれ給へ」

「困ります。あなたが自首して、僕等を救つて吳れないのなら、い ゝです、僕はこれから電話で警視廳へ病院にゐることを報告しますから、そのつもりでゐて下さい」

「待つてくれ！　そりやア無茶だ！」

「あなたは卑怯だ！　僕はあなたが東京へ自首して出ない限り、斷然やります」

たうとう篠崎君は部下に脅迫されてしまつた。彼れは鼻藥をケチをするからこんなことになつたことに氣がつかない。彼れはとう／＼諦らめた。

「よろしい。止むを得ない！　自首して出やう」

「何時上京しますか？」

「今夜立たう」

電話は切れた。これで萬事が終つたのである。

丁度、その頃、大阪梅田驛では、かねて手配中の篠崎夫婦の姿が現はれないので、荷物（柳行李）二個が驛構內の一室に先着して保管されてあるのを發見して、驛長立會ひの上ざら〳〵と引ツくり返してしまつたが、中から出て來たものは上等な衣類ばかりだつた。

かくして、その晩、篠崎君は悄然として、妻君には因果を含めて、汽車にのつた。その夜は東京の某所で一泊して、翌日の朝九時半、警視廳の登廳時刻間もなく、篠崎君は檢閱係へ自首して出たのであつた。本人が現はれ出てみれば、十五日拘留の某君の身柄は不要になつたのだが、法規の三日を過ぎた今日になつては、拘留を取消すこともならず其の儘、篠崎君は即刻拘留十五日に處せられたといふこれが最近の「世界珍籍全集」事件の結末である。

この篠崎君留置に依つて、續々とその購賣者は召喚された。何しろ秘密出版なので警視廳もうるさい。新派界の元老河合武雄、歌舞伎女形市川松蔦などといふ連中が、買つた本を任意提出の形式でとり上げられた上、始末書をとられたといふことで、兎に角、自分一人を逃れやうとして、周圍の何も知らんものまで大きな迷惑を與へたので、篠崎君の評判は非常によろしくない。しかも、彼れのためにいろ〳〵力になつた筈の宮本良君などは、紹介した讀者のところへ行つて散々篠崎君に惡口を云はれて甚だ迷惑をしてゐるといふことだ。事件屋なんて商賣をした人間はとても信ずるに足る人物はゐないやうである。五尺の男兒、壽司屋の皿まであはてゝ賣つて逃げたといふ——題して、「逃げる・追ひかける話」これを以つて終りとしやう。

最近 珍書手帖覺書

談奇黨編輯部

大正、昭和を通じて刊行された珍書を記憶してゐるまゝに並べて見やう。

　こゝで云ふ珍書は云ふ迄もなく、好色文學並びに好色的文献に關するもので、歐米の文豪の手になる一般的な作品は除外し、主として秘密出版、或ひはそれに近いものゝみを擧げて參考に供したいと思ふ。

　尙ほ、これに類似した記事は既に原比露志氏によつて「寢室の美學」に發表されてゐるが、既刊、未刊の區別がハッキリしないし、又相當記入漏れもあるので、もう一度こゝに發表することにする。

外國之部

「ツルー・ラブ」（戀の眞相）大正二年。東京、牛込、不詳。

　但し、この書が最初刊行されたのは明治四十一年八月といふことであるが、初版は四六版で背革の凝つた裝幀だといふ。我々の見たのは三五版布表紙二百頁位のもので、これは果して飜譯ものか、日本人が飜譯ものらしくしたのか依然として今日も不明である。なる程原著者はジョン某となつてゐるが、この原書を手にした人が、何心なく表紙の破れ目を剝がしてみると、日本字の數字が表紙裏に印刷されてゐたといふから、甚だもつて如何はしいものである。大正六年にも世界珍本刊行會から出てゐる。

「船長夜話」大正四五年頃？　東京、神田、某社（不詳）

　これも既に明治四十二三年頃に、一部の人間に寫本で頒布されてゐると云ふことである。印刷されたのは菊半截三百頁位で、アラビアン・ナイト風の物語である。

「カーマスートラ」大正四年夏。大隅爲三譯。大正十二年、泉芳璟譯。昭和三年、東京、麻布、印度文學研究會發行の三種類ある。

　これは印度バラモン教典として有名なヴツチヤーナの原著で、大隅氏のは佛譯から更に重譯し、泉氏のは梵語直接譯の完譯である。大隅氏のは出版法違反に觸れて處罰されたが、泉氏のは震災のドサツクサに紛れて遂に一ケ年を經過して時効にかゝつたと傳へられてゐる。麻布の印度文學研究會といふのは何人が經營してゐたのか知らないが、この事件が發覺するや、責任者は卑怯千萬にも「私の方だけ勘辨して呉れゝば、他にいろ〳〵やつてゐる秘密出版社の內狀を知らせてやる」と云ふ交換條件を持ち出して、他社のことまで洗ひ晒ひぶちまけたのはいゝが、どゞのつまり終ひには自分もやられたといふ噂までが持ち上つた。何れにしても種々な曰く因緣つきの珍書である。この一部分は矢張り梅原氏の秘義指南に引用されて、同じく出版法違反にふれてゐるが、飛んでもない厄介至極な教典もあればあつたものだ。

「ラテイラ・ハスヤ」大正十五年十月、京都の印度學會から泉芳璟氏譯で發行。

　以上は大正年間に刊行された最も有名なものであるが、エロ出版の全盛期とも云ふべき昭和時代になつてからは、實に種々樣々の珍書が矢次早に刊行されたが、これを文藝資料研究會編輯部、文藝資料研究會、文藝市場社及びこのうちから分離又は分裂した群少出版のまで各々列擧して見る。前記の三社からは合法的出版物も多數あるが、こゝではそれらのものも禁止書物だけは記入して參考資料にしたい。

文藝資料研究編輯部發行

「フアンニ・ヒル」昭和二年一月、ジョン・クレランド作佐々木孝丸譯、

　但しこの書は前記三社が共同事業の折刊行したものであるが、分裂後も互ひにその版元爭ひみたやうなことを宣傳した。けれども、もと〳〵これは國際文獻刊行會の世界奇書異聞類聚に加へられるべき作品であつたし、梅原が佐々木に頼んで飜譯を依頼したのだから、軍配は當然梅原に上る。譯者も勿論出版法違反で處罰される筈であつたが、佐々木の當局に對する辯明は「飜譯はなる程僕がやりましたが、こんな原稿がそのまゝ發表されるとは、僕は夢にも思つてゐませんでした。檢閲をパスし得る程度にし刊行すると云ふ話しだつたのに、僕としては實に心外千萬です」と言つてまくし立てたので、別に檢束もしなかつたのは、さすがは檢閲係の處置頗る正當公平と云ふべきであらう。

「オデットとマルチイヌ」昭和二年八月、アンリ・ソルデイユ作、青山倭文二譯、四六判三百餘頁、表紙クロース。

「日本性語辭典」昭和三年秋、桃源堂主人著、四六判二百頁

「薰園秘話」昭和三年一月（ジヤルダン・パラフユーム）アラビアの性典でシイク・ネフザウイ著、四六判朱色布表紙三百五十頁

「ダス・フユンフエツク」昭和三年三月（戀の百面想）タントリス著、大木黎二譯。

　但しこれは文藝資料研究會編輯部で發行すべきものであつたが、內訌のどさくさで遂に同會が分裂してから發行さ

れ、少部數の頒布をして直ちに禁止押收された。

以上の外昭和三年度に於て合法的な出版で同會刊行禁止書は「羅舞連多雜考」軟派十二考ノ內、池田文痴庵著。菊判和本百二十頁。

「男色考」軟派十二考ノ內、花房四郎著、

「生命象徵としての性慾象徵」世界性學大系第一卷及び第二卷。ゴールド・スミス著、益本蘇川譯、四六判三百五十頁。

の三種類である。

文藝資料研究會發行

同會の主なる出版物は變態十二史にして、これらは何れも出版法規定に從つて納本し、然る後頒布されたものであるが、十二史完了と共に半非合法及び非合法手段によつて種々の珍書を刊行してゐるが、先づ十二史の方からあげて行くと、

「變態交婚史」變態十二史の內、藤澤衛彥著、菊判和本百餘頁。

「變態崇拜史」同、齋藤昌三氏著。

「變態序文集」同、茅ケ崎浪夫著。

右三冊のうち交婚史と崇拜史は一部分頒布されたが、序文集は製本前に禁止の命を受けて未刊。

昭和二年の暮より同會からは雜誌奇書が竹內道之助編輯で刊行され、これが屢々彈壓されるや俄然從來の方針を一變して非合法化し、次の二書が秘密刊行されてゐる。

「アナンガ・ランガ」印度の性典、昭和二年十二月。竹內道之助譯。

「蚤の自序傳」佛文、佐藤紅霞譯。

文藝市場社發行

このうちには、文藝資料研究會編輯部時代のものも含まれてゐるが、名儀人は上森になつてゐても、梅原が主として編纂又は計劃したものは、皆市場社のものとして取扱ふことにした。ファンニ・ヒルも當然このうちに這入るべき筈だが、殊更再錄の必要もない。

同社は飜譯書、創作、文獻、繪畫等無數に刊行してゐるので、今こゝにそれらの參考品が一冊もなく、記憶のまゝだから、發行年月日など前後してゐるかも知れない。

「明治性的珍聞史」大正十五年十二月、梅原北明著。菊判和本百五十頁。上中卷發行。下卷未刊。

「ビアヅレ艶畫集」十五枚一組、菊倍判。

伊太利直輸入。大正十五年十二月。

然しこれはバイロスし畫集である。どう感違ひしたのかビアヅレ畫集として頒布され、昭和三年八月、文獻堂書院からも同じ題名にして色刷で頒布された。

「アラビアンナイト」昭和二年。酒井潔著。菊倍判。

アラビアンナイトの好色的方面のみを拔いて飜譯したもの。

「フロッシイ」（十五歳のヴイナス）昭和二年四月、英國スキンバン作。獨文から酒井潔、梅原北明共譯。原文對照、秘書入、本文二度刷。

「バルカン・クリイゲ」（バルカン戰爭）

トルコの珍書だと傳へられてゐる。原著者は何とか博士になつてゐるが、これは多分でたらめであらう。昭和二年四月、文藝市場社同人譯、總皮四六判四百頁、本文二度刷。

後にこの書の僞版は八雲某、日本文獻書房その他から三四種頒布されてゐる。

尙ほ文藝市場社は大正十五年九月から昭和二年四月までは牛込區赤城元町に事務所があり、昭和二年四月から昭和三年三月頃まで小石川區大塚窪町に事務所を設け、此間、一或る一定期間編輯部を上海に移動せしめ、上海エロチックビブリオン協會とか、その他の名稱を用ゐてゐた。大塚窪町の事務所に移つてからは、

「ロツプス艶畫集」フエリシヤン・ロツプス筆
　アムステダルム直輸入。

「女天下」（畫集）ドイツより直輸入。

「パリーの性的見世物」（畫集）フランス直輸入。

「漫畫に現はれた色情的要素」（畫集）ドイツ直輸入。

「ギヤゴモ・カザノバの諷刺畫」フランスから直輸入。

「日本張形考挿畫篇」文藝市場社篇
「姿態秘戯」（二十四枚一組）ドイツ輸入。

「上海性的見世物」（畫集）上海より直輸入。

「獨逸性的見世物」（畫集）ドイツより直輸入。

　等の畫集の外單行本としては
「變態猥褻往來」

「しとりこ閨房秘語集」

「日本猥褻俗謠集」

　等の單行本がある。


　この間梅原は二度の罰金刑と、昭和三年初夏の頃約二ケ月間獄中生活をなし、同年夏、東京區裁判所で禁錮四ケ月を言ひ渡されたが直ちに上告して保釋出獄を許され、同年九月より芝區本芝町に事務所を設けて、雜誌グロテスクの發刊を企て愈々第三期の活動舞臺に這入つたが、事件上告中のため中野正人を全責任者として第一戰に立たしめた。

　芝に移つてから刊行した書物並びに繪畫は

「世界珍書解題」昭和三年十月。佐々謙自譯。菊判二百頁總皮。本文ケント紙オナーメント二度刷。

（但しこれは禁止を免がれ、昭和五年十月本郷區彌生町大日本習癖家協會から再版されてゐる。）

「世界好色文學史」上卷。昭和四年一月。佐々謙自。酒井潔、梅原北明共譯。菊判千二百頁、總皮、本文二度刷。挿畫九十六枚。

「らぶ・ひるたあ。」昭和四年二月。酒井潔著。四六判四百

頁。背革。本文二度刷。

「秘戯指南」昭和四年四月。梅原北明著。四六判一千餘頁。背皮。

「同性愛の種々相」昭和四年四月。花房四郎譯。四六判二百頁。背皮。

「世界好色文學史」中卷。昭和四年五月。前同樣。

(但しこれは印刷出來上りの日全部押收され。同年五月二十五日。文藝市場社同人總檢束。梅原、中野の兩人出獄後に於て再版頒布された。)

「遊女さめやま」昭和四年五月。フエリシヤン・シヤンスウル作。酒井潔、梅原北明譯。四六判總皮五百頁。

昭和四年七月に、文藝市場社はそれ迄の全責任者中野正人が獨立して文獻書院を設立すると同時に、梅原北明も亦文藝市場社を鈴木喜一郎に讓つて、本鄕區湯島五丁目に談奇館書局を創立した。

從つて、出版すべき計劃になつてゐたナポリの秘密博物館は鈴木喜一郎氏がこれを繼承した。

「ナポリの秘密博物館」昭和四年八月、羽塚隆成著。(一部分頒布。大半押收)

「株林奇緣」(支那) 昭和四年十月？ (禁止押收)

「續秘戯指南」昭和四年八月。梅原北明著。

談奇館書局は最初文藝市場社內にあり、本鄕湯島にアジトを設け、更に四谷區北伊賀町に事務所を設置したが編輯部は常に下宿、ホテル、劇場等と絕えず轉々し、梅原北明と中戸川薰明は全く非合法生活に突入した。

談奇館書局發行

「ビルデルレキシコン」フツクス著。これは世界性慾語大辭典として發表され、昭和四年秋から小冊子に分冊され第一篇より第五篇まで每月發行され、Aから始まり中途で挫折した。

「フイルム式淫書集」昭和四年冬、これはドイツの漫畫を復刻したもので、世界好色文學史第三卷の代償として頒布された。

「マルセイユの珍書集」

以上の外、ギリシヤ古典藝術史を始め、二三の秘密出版物があるが、これを一括して體刑の判決があると同時に、以來自重し、一時山東社等に關係したるも、專ら新聞方面の著書に沒頭してゐる。

南柯書院發行

文藝資料研究會編輯部は債權債務の關係から上森健一郎氏より中山某の手に移り、牛込東五軒町から下谷區上野廣小路博品館ビルに移轉し、主として宮本良が全責任者として、南柯書院と改め、發藻堂書院をも兼營した。

然し、募集ばかりで殆んど刊行されてゐない。

「日本愛經」昭和三年秋？　遊仙山人篇。「藐姑射秘言」「阿奈遠加志」「逸著聞集」の三名著を合本飜刻したものだが、一部分の發行に終つて中絕。

「おんな色事師」昭和四年七月。ダフエルノ著。宮本良譯。表紙クロース。中版。二百頁。本文ザラ紙二度刷。

「アリストテネスの戀文」昭和四年七月。ギリシヤの古典性書。中絕。

尙ほ同書院は昭和四年八月、世界デカメロン全集を刊行し、豆本頒布の宣傳をなし、次の如き刊行目錄を出したが、只の一冊も刊行されなかつた。

世界デカメロン全集

第一篇「インドデカメロン」（船長夜話）キャプテン・デルボウ著。岩野薫譯。

第二篇「フランス・デカメロン」サリヴン著。青山倭文二譯。

第三篇「ペルシヤ・デカメロン」フランツ・ブライ篇。佐々謙自譯。

第四篇「ロシア・デカメロン」カドモフ篇。羽塚隆成譯。

もと〳〵宮本良氏はジヤナリステイックな氣持から餘り策を弄しすぎるので、でたらめな原著者の名前を出したり、ありもしない題名をつけたりすることが非常に多いので、以上原著者の名前など、どこまでが噓で、どこ迄がほんとうなのだか分らない。

書局梨甫發行

事務所は横濱の本牧にあつた。上森の所に半歳程食客をして、直ちに上森の後援で「ウインの裸體クラブ」を出した時は無難だつたが、獨立してからは殆んど滿足に刊行したものはなく、そのまゝ潰滅した。

「ウインの裸體クラブ」昭和三年十二月、ジベリウス著（これも宮本の出たらめの名前）西谷操譯（ほんとうの飜譯者は不明發藻堂書院時代に上森後援の下に刊行。

「イヴオンヌ」昭和四年八月。フランスの珍書。メリイ・サツクイツト作。西谷操譯。

「ガミアニ伯夫人」昭和四年十月。アルフレ・ド・ミユツセ作。羽塚隆成譯。中絶未刊。

その他二三發表したらしいがいづれも未刊。

文藝日本社

文藝市場社で半歳程事務員をしてゐた大松貞二が、府下大井町に創立したもので、内容見本を出して直ちに檢擧、發行禁止されたもの。

「上海獵奇倶樂部の秘密」昭和四年七月。南龍一著。未刊。

「紅風樓夜話」同年、同月。沈國瑞著。柳瀨讓治譯。未刊。

文献堂書院

文藝市場社にゐた中野正人の經營せるもの。最初二三回着々仕事をすゝめてゐたが、昭和五年の春二三の刊行計劃中檢擧され、以來鳴かず飛ばずの狀態である。

「バイロス艶書集」昭和四年八月。十五枚。

「覺後禪」（肉蒲團）昭和四年十月。支那の一大奇書。花房四郎譯。四六判四百頁。背皮。

「情海奇緣。現代の蕩兒」中野正人譯並に作、昭和五年四月。禁止押收。

日本文献書房

神保某氏の創立にかゝり、神田錦町某ビル内に事務所を設け、最初、文藝市場社に出入してゐたが、出版社としての經驗なく突如として軟派出版界に現はれ、雜誌「軟派」をはじめ多數の書物を出したが、數回の彈壓と入獄で體刑となり、そのまゝ潰滅した。

「バルカン戰爭」多分文藝市場社發行の再版もの。

「後家百態」昭和四年、尾高三郎著？　但しこれは想像である。

「說敎强盜物語」昭和四年。著者不詳。

その他同社から出たものは二三あるが不詳。

東歐書院

文藝資料研究會編輯部沒落後に、上森が再起をはかりて、佐藤一六、三浦武雄等と共に創立したもの。

「支那性史」昭和四年、張東民著。

後、上森退いて、佐藤一六は小石川小日向水道町に東歐書院と共に移轉して、「春情春雨衣」かなにかを發表したが未刊中絕。

古今堂書院發行

後期上森の東歐書院に出入してゐた三浦武雄の創立せるもので、田中美智雄、後に日本醫事協會を起した藤田圭介。これらはすべて三浦氏の事業である。度胸はあるが出版に經驗がないのと、文筆の素養がないので、殆んど再版ものゝ募集、取次販賣、共同販賣を專門にしてゐた。

內容見本だけはかなり出てゐるが、發表されたものは北齋の書集の寫眞と、「千種花双蝶々」位のものであらう。

「千種花双蝶々」開好著。昭和五年春？

坂本書店

軟派出版者としては、文藝市場社よりも古い。從つて種目もかなり出てゐるが、主として日本の古典物である。神田神保町の老舖であるが、數度の彈壓に疲れて往年の意氣もなく、同書店から出たもので有名なものは

「未摘花通解」著者不詳。

「論語通解」昭和五年、伊藤晴雨著。

論語通解といふと堅苦しい題だが、靖雨氏の女性虐待の感想録で、收賄問題で騒がした時の著作である。

世界珍籍全集刊行會

これは神田に事務所はあつたが、通信販賣ではなく、殆んど直接販賣の純然たる秘密出版で財界の名士、一流俳優、長唄、義太夫の師匠たちを重なる得意にしてゐた篠崎兼三氏(紫野子緣)の經營で、後には宮本良も相當力を入れてゐたと傳へられてゐる。

「世界珍籍全集」　日本之部、西洋の部と分つて、全部で十五卷位の尨大なものであつたが、約半分近くまで配本した頃に檢擧されて潰滅した。

國際文献刊行會

最初小石川林町の朝香屋書店内にあり、現在では本鄕丸山福山町の竹醉書房がそれである。

同社から出たものでは、秘密出版と稱するものはなく、大部分は合法的出版であるからこゝには採録しないが、書集の秘密出版で昭和五年春檢擧されたことがある。

以上の外、西某の「獸姦畫集」が昭和四年夏に發行されてゐるが、これは檢擧されないで時效にかゝつた。

同じく書集で中絶したものに、昭和三年暮の文藝市場社の「グロスの畫集」(一部分頒布) 宮本良の「コナン秘書集」等がある。

まだ〳〵、高階喜久也の東海道五十三次、太信田某の「性史」青磁書院の「異本金色夜叉」等多數未刊のものもあるが、それらは何れも充分な調査がしてないので省略する。

配本されたものでは「花心學」の發行所及び筆者が不詳である他、時々新聞記事を賑はす事件など澤山ある。

何れ不足の部分は追補發表することにしやう。

＝附　軟文學書雜誌覽＝

「變態資料」　全二十一冊
發行所　東京市牛込區東五軒町
文藝資料研究會編輯部
大正十五年九月創刊號ヨリ昭和三年五月マデ。

増刊號共二十一冊のうち十七冊發賣禁止

「變態黃表紙」　全五冊

發行所　東京市下谷區上野廣小路博品館ビル

南　柯　書　院

昭和三年十月ヨリ同四年二月マデ　五冊のうち三冊禁止

「奇　書」　全六冊

發行所　東京市牛込區西五軒町

文藝資料研究會

昭和二年十一月創刊？

「稀　漁」　全四冊

發行所　東京市神田區小川町一

巫　山　房

最初大木黎二が發行し、後佐藤勇次郎名儀。

昭和四年六月創刊？　四冊共禁止

「カーマシヤストラ」　全六冊　秘密出版

梅　原　北　明　發行

以上發表したものは悉く事件ずみのものであるから、敢て差支へないと思つて發表した。公然とスパイ的役割を果したと思はれるのは不愉快だから一言附加へてをく。（終）

現代獵奇作家版元人名錄

伊藤竹酔（イロハ順）

往年朝香屋書店のマネジヤーとしてその才腕を振ひ、國際文獻刊行會、竹酔書房を經營してその刊行種目數十種に及んでゐる。世界奇書異聞類聚を始め、「獵奇叢書」雑誌「獵奇畫報」等を經て現在では主として古本の賣買を專門にしてゐる。

これと云つて取りあげる程の素晴しい珍書は刊行してゐないが、その老練な營業方針と健實な讀者への奉仕は、軟派出版者としては恐らく隨一であらう。一部の讀者からは「あそこから出るものに餘りたいした物はない」と批難されたが「たいした物でない代りに猫ばゝはきめない」と云ふのが流石老舗の身上だといふ感を與へる。

竹酔は號で、本名は敬次郎、變態廣告史その他の著書があるが、年齡既に不惑の阪を越え、人生五十年の終りも近づいてゐるのに、白髪を染めて若返り、カフエーで女給にチヤホヤされると、顔を赭くしてテレる所などまさしく永遠の童心である。ザル碁にヘボ將棊、玉も二三十は突くといふインテリ・モダン・ヂーサンの代表的人物として親しみ深い。とまれ軟派出版界の元老株だ。

○伊藤靜雨

變態畫家として畫壇に於ける彼の存在はダンゼン異彩を放つてゐる。その異色ある舞臺裝置は一部人士に非常に歡迎され、舞臺全面に凄惨な妖氣を漂はせる。

聽くところによれば、彼の異性慘虐性は常に彼氏の妻君に向けられ、それかあらぬか氏の夫人は二人とも彼氏の門弟と奔走してゐる。

先頃、神田の坂本書店より「論語」と題して、氏の多年の經驗から得た女性虐待の實際記録と、主として妻君を虐待した寫眞の複製を添へて出版せんと計り、それが當局の忌諱にふれて留置された。偶々、當時市村座で開演の運びになつてゐた「唐人お吉」の舞臺裝置は、そのデザインをあの憂鬱な檻房内で作成したといふから、その氣分一層凄慘なものがあつたらう。

妻には去られ、訪ふ人とて少くなつた寂しき變態畫家は、今や全く三界孤獨、垢顔無帽のまゝで街から街へ彷徨ふては、强烈な酒の香りに憂さを晴してゐるといふことである。

池田文痴庵

ラブ・レターの蒐集家として有名な氏は、昭和二年文藝資料研究會編輯部から「羅舞連多雜考」なる書物を出して直ちに發賣禁止の災厄に遭つた。

彼れは某大製菓會社の社員が本業であるが、生來頗る奇行に富み、未だ若冠三十に二歳ほどしか越えぬに拘はらず、顎髯八十三本を貯へて、それを大切さうに毎日勘定してゐるといふ男である。八十三本の理由はかの大正十二年の震災に於ける發火箇所――つまり火元の數を記念したもので、それはかりか彼れは震災當日、勤務先から飛ぶやうにして麻布のわが家へかへる道すがら、突然屋根から落ちて來た瓦が被つてゐた麥稈帽子のために怪我もなくすんだといふので、帽子ウラに「帽子大明神樣」と書いて、命の親だから下へも置けないといふので、冬も秋もズツとその古ほけた麥ワラのカンカン帽を被つてゐたといふ男である。流石にその帽子だけは、二年ほど被つてゐて家の中へしまひ込んでしまつたが、八十三本の髯だけは相も變らず勘定」してゐるといふことである。どもりがひどいので話は咄辯だが、溫厚の君子人で、年寄りの母親をやさしくいたはつてゐるところ、美しい人情の人である。

泉芳璟

「變態資料」、「變態黄表紙」、「桃色草紙」等に活躍したが、今日では形勢觀望のかたちである。

變態資料には屢々印度性典に關する研究を發表したが、それよりずつと以前、大正十二年頃にカーマシヤストラを飜譯刊行した。極めて少部數の限定版ではあつたが、それが發覺して司直の手を煩はさうとした時、例の關東大震災で事件は有哉無哉に葬られたと傳へられてゐる。

嘗つて大谷大學の教授であり、故南條文雄博士の高弟で、夙にイギリス、フランス等を歷遊し、インドは二回留學した。專攻の梵語では曹洞宗の山上曹源と並び稱せられたる俊才で、カーマシヤストラ、ラテイラ・ハスヤの飜譯を始め印度記行其他の著書がある。

生活的にも性格的にも、氏にはエロテイストの面影は微塵もない。あるものは只學徒としての眞摯な研究的態度だけである。

大谷大學は惜しい教授を失つたものだ。

今村螺炎　別名鞆

彼れの本職は某裁判所の判事である。しかし、永らく朝鮮に在任した關係上、頗る朝鮮民族の性生活にくわしい造詣を持つてゐる。嘗つて「變態資料」に朝鮮風俗に關する一文を投じたが、何しろ朝鮮語が巧みに讀み且つ語れるので、その研究は頗る堂に入つたものである。しかし、同雑誌廢刊以來、全然その筆を折つてしまつたらしいのは殘念である。嚴めしい肩書を持つ半面に、孜々として風俗研究にいそしまれる態度は尊重すべきである。

羽塚隆成

一名古屋の文人で羽塚隆成を知らぬ人はない。本職は一寺の住職で、身に法衣こそ纒へ只の腥坊主とはワケが違ふ。一時官途についてイギリス、フランス等へ留學を命じられたが、抹香臭い宗務などはそつちのけにして、ナポリの秘密博物館にビタつかりにつかつてゐたといふことに頼母しきエロレタリアの同志である。そして、歸朝するや否や早速その蒐集したポルノグラフイアを自費で製版し、「キリストの陰虐と慘虐」とかいふ題名の下に一帙の寫眞帖をつくりあげて、御叮嚀にも教育者や警察官に寄贈し、事件が司直の手に移るやダンゼン頑張つてエロ出版違犯を蹴飛ばしたといふ豪快無類の僧侶である。

語學は頗る達者だが惜しいかな文章が下手い。文藝市場社から「ナポリの秘密博物館」と題する一書を著して直ちに禁止押收され、宮本良經營の「南柯書院」から「ロシヤ尼語集」を刊行すべく脱稿したが、惜しいかな報酬の問題のゴタゴタでお流れになつて了つた。

それ以來啼かず飛ばずの沈默を續けてゐる。

○原　比露志　（別名原浩三）

帝大文科を出たばかりの新人である。昭和三年十月、氏がまだ學生の頃「古今桃色草紙」に「腋毛戯談」なる一文を投稿した。當時の編輯者花房四郎はこの一文を讀んで「この男は却々末頼母しい才人だ。今に立派な作家になれる」と折紙をつけて、それ以來、機會ある毎に氏の投稿を採用したが、「變態黄表紙」「グロテスク」等によつて氏の軟派界に於ける存在は一層確實なものとなり、本郷の風俗資料研究會から「好色美術史」、「寢室の美學」の著書を刊行して押しも押されもせぬ地位を獲得した。繪畫に、詩に、語學に、創作に、その多角型的な才智は酒井潔、村山知義の二氏と共に、現文壇の三幅對である。只、軟文學の畑にゐるが故に、その社會的存在がその實力に比較して華々しくないのは氣の毒である。現在は主としてデカメロンに立て籠つて才筆を振つてゐる。

○花房四郎

彼は文藝市場創立以來の同人であつた。一時は左翼文藝陣に身を投じて、マルクス主義の理論を戰はし、プロ文學陣營内で旺んに活躍した。策略家としても一家をなし、出版戰術にかけては獨得の技能をもつてゐる。「男色考」「同性愛の種々相」「覺後禪の飜譯」等の著書の外に、最近では變挺なペンネームで旺んに談奇黨に健筆をふるつてゐる。

竹醉氏と同じやうに、ザルゴ、玉突、ゴルフ、芝居、映畫、酒、女、競馬、凡そ道樂と名のつく物は何一つとして嫌ひな物がないといふ困つた代物で、野球季節になると原稿のことなどまるで忘れて了ふ惡癖があるのが玉に傷であらう。小軀よく膽力が備はり、出版法違反で再三留置投獄されたが、ジヤアナリスとしての彼の手腕は益々冴えてくる。現在は談奇黨執筆同人として以外にいづくにも關係してゐない。

【三】

西谷操

彼れがこの方面へ實際的に關心を持ち出したのは、「變態資料」發刊に依つてゞある。彼れは「或るマソキストの詩」といふ一連の詩を編輯部に投書した。これがそのチャンスである。不幸にしてその詩は掲載にはならなかつたけれども、彼れはそれ以來、徐々に上森に近づいて行つた。

彼れはこの頃までは遞信省某課の吏員として實直に働いてゐたが、當時擡頭した獵奇界の隆成に幻惑されたものと見えて、暫くして上森の事務所へ起居するやうになり、間もなく吏員を止めて、專心この方面で活動することになり、そのスタートを上森後援の下に「ウイーンの裸體クラブ」で切つたのである。

偶々、上森から山中直吉へ經營が移り、更に山中から宮本良にその經營が移つてからも、「南柯書院」其他で大いに活躍したが、後同書院から袖にされたのを機會に、神波勇藏と共に橫濱本牧に書局「梨甫」を設立して、『イヴォンヌ』他數篇の刊行を企畫して相當に動いたが、神波との間に疎隔を生じて分れ、以後、獨自でやつて見たがうまく行かず、遂に、罰金未納に依つて、橫濱刑務所へ收容され服役、出所後は極めて元氣なく、その後の消息は杳としてわからない。彼れも亦宮本などと同じやうに、もう少し自分を知つて行動すべきではなかつたらうか?

【オ】
大泉黑石

「俺れの自叙傳」を以て堂々と文壇にデヴューした彼れが、こんな方面に關心を持つてゐるのは不思議なやうだが、實際なんだから仕方がない。ロシヤと日本の血が半分づゝ合流して出來上つた男であることはあまりにも有名だが、彼れが斗酒を辭せない飲み助であることを知つてる人はそれほどないやうだ。ルーズの神樣、借金踏倒しの天才のやうに惡く云ふ人もあるが、彼れのあの流麗な作品はちよつと人の追隨をゆるさないだけの頭を持つてゐる。この方面のものを書き出したのは、やはり梅原の「文藝資料研究會」の「變態資料」並びに「文藝市場」、「グロテスク」等であらう。彼れは何をやらせてもソツのない男である。グロテスクに發表された「勸媺淫書徵信」「人肉料理」、最近では談奇黨の「太平禪寺物語」等、何れも讀み應えのあるものだ。

○大曲駒村

彼れは浮世繪研究では既に一家を成してゐる。雜誌「浮世繪」を主宰してこの方面を開拓した功は沒すべきではない。少しく偏屈ではあるが、溫厚篤學の人で、交友の情甚だ厚いものがある。彼れが獵奇的方面はむしろその本業の研究の副產物と見たら差支へはないだらう。又俳句をよくし、この方面でも宗匠の格である。沈默寡言の人であるが、打てば頗るよく響くところ、今後も活躍を大いに俟つものである。

「變態資料」、「變態黃表紙」、「文藝市場」、「グロテスク」等で大いに活躍してゐたが、この節はトント鳴りをひそめたやうである。

大野卓

彼れは福山製本所の工場長であり、且つ所主福山福太郎氏の甥である。よく酒を飲み、よく遊ぶ快男兒で、時々伯父からガミガミと油を絞られることもあるが、兎に角、働き者ではあるし血緣につながるから伯父も彼れを信用し切つてゐる。學歷に就いては不詳だが、無髯の愛嬌のいゝ男で、大阪辯丸出しのところ仲々棄て難い親しみを感じる。

彼れは伯父福太郎氏が「文藝資料研究會」を創めた時にははじめてこれに關與したもので、彼れの名は「人間研究」の一冊に依つて永遠に記念さるべきものである。「人間研究」は僅々數十頁の小冊子ではあつたが、斯界の元老と目される人々が一堂に會して、女性に對する感能の一切を赤裸々に告白し合つた座談記錄として、天下無二の珍品であつた。

彼氏は今では獵奇界を去つて、地道に伯父の業をせつせと助けてゐる。

大木黎二　別名　喜仲

彼れは純上森系の出である。上森健一郎が梅原から「文藝資料研究會編輯部」を引き繼ぐや、入つて彼れを助けて重に會計方面を擔任した。上森と彼れとは頗る親交の間柄であつた。その後、同社が山中へ引繼ぎとなるや、彼れは上森と別れて宮本等と共に山中へ走つたが、間もなく上森が

「東歐書院」を設立したゝめに、デリゲートな義理合ひから山中等とも別れ、こゝに彼れは孤軍よく獨立して雜誌「稀漁」其他を巫山房から刊行し、大いに活躍してその名を唄はれた。年はまだ若いが度胸があり、某地方高商出だけに、文章も相當たつたから、鬼に金棒であつた。

刊行書物は「袖と袖」「肉蒲團」その他があり、現在では個人經營の大洽堂のほか、洛成館の雜誌談奇黨に關係してゐる。

北國の產だけに大陸的なボーツとした所はあるが、至性溫厚、聲がよくて唄が上手、玉突は二本、おまけに到る所で年增女に可愛がられる果報者である。

○尾　崎　久　彌　別名封醉小史

彼れは斯界の先輩である。江戶軟本の研究者では今日オーソリテイである。名古屋某商業學校の教鞭をとる傍ら、この怪しからぬ江戶のワ印本の研究に沒頭してゐた。最近では國學院大學講師といふいかめしい肩書がついて、益々彼れの前途を明るくした。梅原よりはむしろ上森を支持して、上森の仕事にはいつも參與してゐたやうである、文章はあまり新しくないが、この一見怪しからんワ印本を、かくも大マジメに研究したかと思へば、その熱意に滿腔の敬意を表せずにはゐられない。はじめて彼れに接する者は、一見政治屋らしい風貌に一寸裏切られた感じがするであらうが、それでゐて、ボルノグラフヰイやワ印本にかけては、又とない造詣を持つてゐるのである。あの顏でとかげ喰ふかよ――これは彼れにして初めて當て嵌る名言である。

【ワ】

綿　谷　雪　別名磨耶火

彼れは嚴密に云つて、名古屋の尾崎久彌氏の門下である。若冠であるが頗る學究的良心に富み、早大經濟科を卒業後師範部國漢科へ再度入學して研鑽を積んだ篤學である。彼れのデヴユウは「變態資料」である。ケレンのない溫雅な性格は、社交的ではないが親しみを感じさせる。インチキの多い獵奇文獻の中では、最も光つた者の一人であるが、地味な男だけに一向世間的にはパツとしないやうであるが、彼れなどはもう少し報ひられてもよさそうだと思つてゐてる。「變態資料」「變態黄表紙」「桃色草紙」なき後は、すつかり筆を納めて、病弱な細君のために轉々として地をかへ、現在では牛込の藥王寺町通りに小やかな書店を開いて、そこの亭主で納まつてゐる。

綿貫六助

彼れの名は往年「戰爭」（聚芳閣版）の一卷を以つて、文壇に相當なセンセイションを卷き起したことに依つて、讀者のうちには既に知つて居られる方が多いであらう。が、彼れは、今日では、變態作家として、その生活にも作品にもエロ・グロ味たつぷりなことによつて有名となつてゐる。陸軍大尉と從何位勳何等の位階勳等を持ち、その上に早大英文科出身といふいろ〳〵の肩書を持つ彼れであるが、九州人でもない彼れが、どうしたことか若い時から男色の常習者で、これが彼れの生涯を支配して沒落せしめたのである。おとなしく陸軍にゐれば、今では大丈夫大佐か少將には成れてゐるのに、また「戰爭」を出發として精進してゆけば、彼れは少くとも今頃は文壇一方の押しも押されもせぬ老大家であるのに、彼れはこの異常な風習を改めやうとはしなかつた。彼れにはこの方面の逸話は數限りなくある。文章は少し古いが、なか〳〵名文である。

彼れがモノすところの變態小說は、決して江戸川亂步の如きファンタジツクな作品ではない。あくまでもリアステイツクな、血の滲み出るグロテスクな彼れの生活の一斷片である。讀む者をして或る時は砂を嚙むが如き思ひに悶えさせ、或る時は息づまるが如き妖氣を感じさせるのである。

彼れのこの方のデヴュウは「變態資料」がそれだらう。以來、彼れは數十篇殆んど一冊の單行本に餘るほどな枚數を書きつゞけて來てゐる。但し、彼れの發表は小說以外にはない。この意味に於いて、彼れの作品はザツヒヤア・マゾツホの「毛皮を被たヴェナス」他數篇が大切に傳へられてるやうに、もつと貴重に取扱はれてゐゝ存在である。たゞあまりにも怪奇な内容は、恐らくはいつの世の官憲と雖も、無事に通過すべしとは思はれないほどに、しかく凄慘で頹廢的である。だが、兎角インチキ流行の今日、彼れの作品がマヤカシものでないだけでも、もう少し許價されてもいゝのではあるまいか？

【カ】

河村目呂二

彼れは畫家が本業である。古い美校出身であるが、彼れは頗る多趣味の男で、晉藥でござれ、文學でござれ、何んでも相當にやりこなす。しかも彼れが獵奇界に有名であるのは、まづ「猫」の研究及び蒐集であらう。試みに、諸君、長崎村麥畑の一角にある彼れの寓居を訪ねて見給へ。何んと、玄關から部屋の隅々まで猫だらけであるのに驚くだらう。これは彼氏夫婦氣を合はせて十數年來蒐集してたものだといふ。今では「猫」の蒐集では天下唯一の一家を成してゐる。その上、本物の生きものゝ「猫」の生活に就いての研究も頗る深奥なもので、例の猫のラヴ・シーヅンに於ける鳴き聲の一つ〳〵を飜譯出來る――といふんだから大變だ。

ところが、もう一つ大變なのは、彼れが「便所」の研究者であることだが、これはあまり世間では知つてゐないやうである。大分前からやつてゐるらしく、相當な資料が彼れの手許に蒐つてゐるが、どうも、研究の對照それ自身甚だ尾籠なものなので、まだまとまつて發表したことはないやうだ。だが、笑ひごとでなく、この方面の研究は、風俗史の一部として當然殘されねばならないと筆者は思つてゐる。地方に未だに殘存してゐる便所の構造と奇習及び迷信など、今のうちに纒めておかないと、近い將來に單一なタイル張りになつてしまつた後では追ひつかないと思ふからである。

○上森健一郎

この男ぐらゐ毀譽褒貶の頂點に立つことの好きな男は珍らしい。一時は左翼の闘士だと威張つてみたり、その半面では自分は市長の息子だと威張つてみたり、すぐに喧嘩を吹きかけるかと思ふと、處女のやうなしほらしい所があつたり、性格的にも常に混亂してゐた。彼が軟派出版界に足を踏み入れたのは、梅原が經營してゐた文藝市場社に、青山倭文二の紹介で用心棒として轉がりこんだのがそも〳〵の始まりである。そこで、彼の氣性の荒つぽい所が梅原に見込まれ遂に「變態資料」の發行名儀人となつた。偶々昭和二年正月事件勃發と同時に、梅原が文藝資料研究會編輯部を投げ出すや、その事業を繼承し、同時に「發藻堂書院」「前衛書房」等を起して全盛を極め、この間「くんえん秘話」「オデットとマルテイヌ」「世界性學大系」等を刊行した。

昭和二年十月「變態資料」が廢刊となるや續いて「變態黄表紙」を刊行し始めたが、債務關係から營業一切を山中直吉に讓り、若干二十八歳の身空で東京市會議員選擧に無產中立といふ變な立場で立候補し、奮戰努力したが得點僅かに百五十票にも充たないで保證金まで沒收された。こゝに於て佐藤一六、齊藤某等の乾分を集めて、もう一度軟派出版界に返り咲きすべく「東歐書院」を創立したが、既にその時は往年の信賴なく遂に彼は手を引いて浪人となり、昭和六年突如として蒲田騷動の中心人物として乘り出し、現在は不二映畫株式會社に働いてゐる。

一旦波に乘ると奇策縱橫に廻らして活躍する彼のことだから、或は相當の効果をあげるかも知れない。

【タ】

竹内道之助

彼れは元、藤澤衛彦氏の下に雜誌「傳說」の編輯をしてゐたことがある。偶々、藤澤氏が梅原の「文藝資料研究會編輯部」同人となつた關係から、福山福太郎氏を知り、この福山氏が「編輯部」の三字を除いた「文藝資料研究會」を設立して、上森の手に移つた「編輯部」と分離するや、同會に招かれて機關雜誌「奇書」の編輯に關與し大いに活躍した。

學歷は詳にすることが出來ないが、性頗る重厚で寡言、ちよつと取ツつきにくい男ではあるが、頭も相當よく、なか〳〵の活動家である。

その後、福山氏が同研究會を解散するや、血緣の力强い後援を得て「風俗資料刊行會」を起して、酒井潔、原比露志、佐藤紅霞などの大物を同情者に迎へて、雜誌「デカメロン」を月刊し、傍ら、秀れたる各種出版物を刊行してゐる。

高階喜久也（別名高見文雄）

彼は軟派出版界の元老のやうなことを云つて、關西方面を彷徨ふてゐるとのことであるが、自分の著書、自分の刊行物といふ物は何一つとしてない。偶々巫山房にゐた佐藤勇次郎が同國人である關係から、青雲莊とかいふ出版社をつくつて東海道五十三次の浮世繪を刊行しかけてお流れとなり、それ以來あちこちの軟派出版屋に亘りをつけて殘本の取次販賣をやつてゐたが、支拂關係から誰も相手にする者がなくなり、遂に都落ちをして京阪方面で寫眞販賣をしてゐるとかいふことである。編輯、出版その他に就てはこれと云つた經歴はない。

田中直樹

嘗つて犯罪科學の名編輯者であつた彼は、編輯方針の意見の衝突から、武俠社の社長に辭表を叩きつけて浪人となつた程の陵々たる氣骨を所持してゐる。イギリス型のヤング・ゼントルメンで、風彩など多少氣障な點があるが社交術も巧みだし、よく働く點に於ては數多い雜誌編輯者のなかでも一寸類を見ない。

それを見込まれてか丸木砂土の紹介で三省堂の某重役に紹介され、そのつてで現在は犯罪公論の編輯主任になつた。性格の頑强さから來る雜誌編輯のマンネリズムが、兎もすると缺點となり勝ちであるが、犯罪科學を向ふに廻して叩き潰さうとする努力はなかなか壯烈なものがある。

筆を取つても一家をなし、「モダン千一夜物語」は氏の繁忙な餘暇の所産であるが、發賣早々禁止になつたのは惜しい。

中戸川薫明

嘗つて日本勞働組合總聯合の若き鬪士であつた彼は、昭和三年の暮に芝、田町の文藝市場社に入社し、中野正人が編輯してゐた雜誌グロテスクの記者生活が振出しであつた。それ迄、文藝市場社の殆んど全責任を負つて奮鬪してゐた中野が、世界好色文學第二卷の編纂を終へて獨立するや、梅原が新たに創立した談奇館書局の中心人物となつて活躍した。而も、次々に刊行される書物の大半は非合法的であつたが故に、絶えず東京の全市を轉々し、流石の警視廳檢閲係も梅原と中戸川を捕へる迄には實に數ケ月の苦辛を要した。その腹癒せも交つてゐたせいでか、中戸川は二十九日の拘留を二つぶつ續けさまに蒸し返され、出版法違反としては殆んど類例を見ざる彈壓を加へられた。おまけに、出版法違反幇助罪で罰金刑まで附加されたが、昭和六年三月、雜誌グロテスクが再刊されるやその編輯長となり、大いに氏の活躍を期待されたが僅か四號限りで又々廢刊するの止むなき事情にたち至つた。

中野正人

彼が梅原と結びついたのは、文藝市場がまだ純然たる文學雜誌時代からである。當時の同人は金子洋文、村山知義、伊東憲、それに中野、梅原等で、何れも左翼文藝の錚々たる連中を網羅してゐた。梅原が彼に對する信頼は誰にも增して强く、一時は思想的對立からそれ〴〵別の途を歩いてゐたが、それでも兩者の友交關係に變りはなく、上海事件、その他の出版法違反事件で梅原が牢獄から出て來ると、先づイの一番に再起の相談を中野に持ちかけ、梅原は一切の編輯方針と營業方針を彼に委ね、雜誌グロテスクを始め、數十種の刊行物を堂々新聞紙上に廣告して、矢次早に發賣した。「らぶ・ひるたあ」「秘義指南」「世界好色文學史」等々の著書が、まるで店頭で賣る書物の如く正々堂々と賣捌かれたのだから、その大膽不敵な行動は今日考へるとまるで嘘のやうである。恐らく日本のエロ出版史を通じて、かくの如き華やかなりし時代は空前絶後と云つても過言ではあるまい。

間もなく彼は獨立して文献堂書院を設立し、彼獨得の技能を以つて着實に出版を進めつゝあつたが、その餘りにも巧名なトリツクを同業者に嫉まれて密告され、計劃中の仕事を微塵に粉碎されて淪落したが、支那の一大奇書「覺後禪」の名譯は彼によつて始めて日本に紹介された。取締當局も彼の仕事には全然氣がつかなかつたといふから、多年出版に從事してゐた體驗の力とでも云ふのであらう。彼の再起する日は果していつか？

【ウ】

○梅　原　北　明（別名烏山朝太郎）

彼れはモダン・エロテイシズムの元祖である。早大英文科に遊んだ後、東京の二流新聞の記者などをしながら、その銀翼を伸ばすべき他日を大いに窺つてゐたところ、偶々、朝香屋書店からボツカチオの「デカメロン」譯著を上梓するに及んで、計らずも彼れの文名を高め且つ洛陽の紙價をたかめた。ボツカチオの「デカメロン」には既に戸川秋骨氏の名譯、大澤貞藏氏の譯述等があつたが、彼れはこの二譯があまりに古典に過ぎて近代人の嗜慾に緣遠きを憾み、思ひ切り奔放に、筆に任せてこの著に含まれたエロテイシズムの發揚につとめた。その心意氣が俄然この書を百版に近からしめた原因である。

爾來、順風に帆を揚げた彼れは、次いで「ロシヤ大革命史」を發表して、これ亦相當な聲價を揚げ、間もなく、當時文壇の新鋭村山知義、今東光、井東憲、中野正人諸氏他數十名の同人をもつて「文藝市場社」（The Art Market）を起し、雜誌「文藝市場」に據つて大いに新興藝術啓蒙運動に努力し、傍ら、掲載濟になつた文壇大家の原稿を街頭へ持出してこれをテキ屋の如く叩き賣りして「原稿市場」と稱し、頗る當時の沈滯した文壇の顰しゆくと拍手とを買つたものである。

然るに、大正十五年九月、忽然として彼れはエロテイシズムの大旗を飜へした。即ち、前記朝香屋代表伊藤敬次郎氏、福山製本所主福山福太郎氏と提携して、突如「文藝市場」社內へ「文藝資料研究會編輯部」を置き、「變態十二史」と稱するセリーズを刊行する一方、その機關誌として「變態資料」（月刊）を發刊した。これが、今日流行するところのエロテイシズム流行のトップを切るものである。以來、翌年一月に「フアンニイ・ヒルの思ひ出」（Les Memorie de Funny Hill.）＝ジヨン・クレランド著 佐々木孝丸氏譯＝を新春プレゼントとして發賣したのを皮切りに、日を追ひ月に從ひ、彼れのエロ名は天下を風靡して行つた。

だが、彼れ梅原北明なる者、こゝに於いて、大きな惱みに喘いでゐたことを、誰れが知つてゐたらうか？　筆者は梅原をよく知つてゐるが故に、これを大方諸賢に少しく傳へる義務がある。今でこそ、梅原北明といへば天下一のエロテイストのやうに思ふけれども、彼れが、「變態十二史」をやり「變態資料」をやる動機は、今日に見る如きものを豫想してやつたことではなかつた。彼れはその頃若い學生時代から興味を以つて從事してゐた明治新聞資料の大系的編纂を企畫し、十名に近い男女助手を使つてこれが速成に努めてゐたのであつて、この事實の後援者あつた朝香屋、福山製本所主――殊に福山福太郎氏は、このために數萬金を注ぎ込んでゐたのである。この犧牲打を救ふためには、三壘から走者をホームへ殺倒させねば得點にならない。そこで、梅原は藤澤衛彦、尾崎久彌、齋藤呂三等、等の一騎當千の同情者《シンパ》を得て、こゝに、前代未聞の圖々しい出版戰術を創始したのであつた。何しろ、唄にもある、わが國は岩戸神樂のはじめから、女でなければ夜が明けない――そとをネラつて、これでもか、これでもかと、讀者のキンタマを握つてしまつたのだから世話がない。相當高い價でこの本が飛ぶやうに賣れた。

そこで、仕事が大きくなる。いつか副業が本業の壘を摩することになる。間もなく、さしも新興藝術のために氣を吐いた「文藝市場社」も、有力な同人は四散して全く哀れな形骸として殘るばかりで、反對に、副業の「文業資料研究會編輯部」の仕事は日に日に茫大なものになつて行つた。

昭和二年六月、梅原は惱みに惱んで、この事業を斷念して、新聞資料編纂に沒頭する決心で、この好調に惠まれた事業を、營業部方面に盡力助けてくれた上森健一郎に一切を讓渡した。しかし、梅原は幾莫もなくして、また候この事業を「文藝市場」社の下にはじめた。そして、百に近いエロ出版を敢行した。彼れは、今日では、既に計らざるエロテイストの名稱を、甘んじ苦笑の裡に受けねばならないのである。

彼れはこれがために、當局の忌諱に觸れて、幾十度警察署又は警視廳の留置場へ叩き込まれたことだらう。刑務所へも兩三度刑事被告人として未決へつながれたことがある。しかし、彼れは一向苦にしない。實に朗らかである。

彼れは今桃色のテロリストの假面を、もういゝ加減で棄てたいと望んでゐるらしいとは、彼れを知るすべての人の言葉である。それが、果して、梅原北明のために是であるか、非であるか、こゝでは筆者は論ずることを控へて、たゞ彼れが現在、兎に角、「史學館書局」を起して、彼れ本來の「明治大驚異全史」の蔭にかくれたことは、逃避といふよりは、むしろ局面展開の一現象として、これがよきチヤンスとならんことを、筆者友人として祈つて止まぬ次第である。

山本定一

彼れは京都の產。若き藥劑師であるが、なんの因果かこの方面の研究者では、隱れたる逸物である。殊に性的廢語及び隱語などに趣味を有し、在學中からリトマス・ペーパーの代りにワ印本に耽溺して單語を拾つてゐたといふのだから、とても笑へない。現在では彼れは數萬に涉る語彙を究め盡して、尙ほ綽々として次から次へとヤチ語を漁つてゐる。その傍ら、若返り藥なんかを創製して專門家振りを發揮してゐるが、この和製「ユベニン」がどしどし賣れたか――それは筆者は聞き洩らした。兎に角、彼れはあまりに自己を賣りたがらない篤學の――うれしい存在である。從つて、先手上梓した「日本性語大辭典」があるだけで、其他にこれといふほどの發表したものが見當らない。

【マ】

益本重雄（別名蘇川山人）

彼れの本業はキリスト教牧師である。關西學院を卒へて東京青山學院神學部に遊んだ學歷がある。ミツションスクール出だけに英語は相當たしかなものである。仲々のブツク・メイカアで、評判にはならなかつたが、かなり澤山の著書を持つてゐる。有髯の瀟洒たる好紳士。英米の著書を旺んに讀破するところ、なかなか勉强家でもある。佐藤江霞のすゝめで「變態資料」へ「キツス雜考」を書いたのが彼れのデヴユウであつた。以來、同誌の他、「桃色草紙」「變態黃表紙」等の雜誌及び單行本に於いて益々活躍したが、今日では靜觀の生活に三昧して、英語教授の看板を掲げて鳴りをしづめてゐる。

【フ】

藤澤衛五

彼れは今や日本傳說學界の權威である。彼れは明治大學の第一期で廢止になつた文科の出身で、早くから傳說の研究をはじめて既に一家を成してゐた。溫厚にして篤學の伸士、雜誌「傳說」を出して大いに氣を吐いた。著書も非常に多い。出し惜しみそして、小出しにしてゐるが、軟派方面の材料も頗る豐富なものである。恐らくは、グロテスクな傳說研究の副產物として、自然に蒐められたものに違ひないが、この方面にも亦仲々隅に置けないのである、竹内道之助氏は彼のよき永年のアッシスタントであつた。

【コ】

小林隆之助

この人は曾つて「中央公論」誌上へ「心中の研究」の一文を發表した以外には、文藝資料研究會編輯部發行の「情死考」の一書しかない。鐵道省の官吏で溫厚なる篤學である。氏の研究科目のうちで「心中の最後の營みに就いて」といふ問題は、實に妙諦に觸れた好資料で、この方面は大いに他日發表されるところがあると期待するものである。

神波勇藏

この人は元山中直吉が西洋家具商をしてゐた時の事務員であつた。山中が「文藝資料研究會編輯部」他二社を上森から引き繼いだ後も、彼れは出版の方へは手を入れなかつた。ところが、偶々、大彈壓のために山中が出版事業を宮本君に引き繼いだ時、宮本は彼れの座胸の好さと机帳面さとに惚れて入社を勸誘した。彼れの軟派出版界のスタートはこの時切らしたのである。以來、宮本は彼れの事務的才能に惚れ拔いてゐたが、靑山倭文二のために內部的統率を失ひかけた宮本が、突如として解散を宣したので、これを機會に西谷操とゝもに獨立して書局『梨甫』を起して、まづ「イヴオンヌ」を刊行した。後、西谷と別れて現在では弟の彬君と水入らずで營業してゐるやうだが、大分以前とは方針を變へたらしいやうである。未だ無妻の好男子。母や弟妹を抱へて一生懸命に働いてゐるところ、流石に越後人の氣質に背かない。

【ア】

靑山倭文二（別名富山三郎）

　彼れのこの世界での生活は永い。元雜誌「文藝市場」が文藝雜誌であつた頃からの同誌の同人であり、且つ「文藝資料研究會編輯部」の同人である。以來、純文壇と獵奇方面とをチャンポンにして來たが、結局、獵奇方面の方で近頃名をあげてしまつた男である。明大法科に籍を置いたことがあるだけだが、相當永い間都下の大新聞者の記者生活で磨き上げた常識を以つて、何んでもかんでも書き飛ばす男である。梅原とは郷里の中學時代に同窓であつたとかで、二人はいつもよく喧嘩をやるが結局つかず離れずに往來してゐる。よく飲み、よく遊び、實に趣味の廣いことは一寸比較にならないが、どうも物事に無頓著すぎて、そのために不許を招いてゐる傾きがある。社交術に秀れてゐることもこの男の强味である。白面の好男子、いかにも紬羽織が似つかはしい。硯友社時代に生れさせたかつた。

　梅原から上森へ「文藝資料研究會編輯部」が移つてから上森の許へゆき、上森から山中、山中から宮本といふ順序に附隨してゆき、後、解散となつて浪人して原稿生活をはじめ、一時獨佛文藝協會とか何とかを創立したとも聽いてゐるが、彼は骨の髓まで文筆家肌の男で、事務なんて到底出來ない男だから誰かに賴まれて一寸名前を貸した位のものであらう。

○酒井潔

　彼は日本人と見られることが比較的少いさうである。アラビアの貴族ムハメツト・サイシヤ――本人ではさう云つて、例のスマートなスタイルでボカリボカリと銀座を散歩したものだ。事實、誰が見てもさう思はれる程彼の色彩はエキゾチツクに出來てゐるのだ。美術學校出身で、本來の職業は畫家であるが、氏の髮の薄い頭から發散する才智は、飜譯に、小說に、裝幀に、往くとして可ならざるなきヂレツタンテイズムを發揮する。旣にエロには凝り凝りしてゐるやうでもあるし、ないやうでもあるし、その間の消息がハツキリしないが、何と云つても梅原、酒井のバツテリーで取組んだ頃が氏の最も華々しい時代であつたらう。けれども、どちらかと云へば藝術家肌の人間だけに自から陣頭に立つことは彼氏の最も忌む所で、常に帷幄の人として終始したから、その數外い硏究發表があるにも拘はらず、綳目の恥辱なんてものは只の一度も受けてゐない。いつも運よくすらりすらりと拔けて來てゐる。雜誌變態資料に「古代性慾敎科書」の一文を揭げて慧星の如く出現して以來、その著書は十餘に達するが、就中、「らぶ、ひるたあ」は最大の力作、最大の傑として軟派文献史上に永久に紀念さるべきものであらう。一般的に好評を博したものでは「巴里上海歡樂鄕案內」「日本歡樂鄕案內」等があるが、「世界好色文學史」の編纂に全力を傾けたことも亦忘れてはならない。

現在では某映畫會社のスターと本鄕の下宿に愛の巣を營み、今東光も裸足で逃げ出す程の愛妻ぶりであるが、御本人に云はせると「女なんてものは餘り好きではない」と仰言る。今や雜誌デカメロンを統率して、筆陣大いに鬪はすといふから、切に將來の健鬪を祈つて止まない。

○齊藤昌三（別名茅崎浪夫）

この人は斯界の先覺者であり、文献蒐集の大家であり、軟派文學に興味を有する程の人は尾崎久彌氏の名と共にたいていの人が知つてゐる筈である。

初版物、絕版物、禁止物、その他古書、繪畫寶に數萬卷、三日に一度づゝ整理しなければどこにどの本があるか分らないといふ程の蒐集ぶりで、左翼から右翼に至るまで丹念に集めてゐるところ一寸類がない。

嘗つて花房四郞が「男色考」を書きたいから材料を貸して慾しいと賴んだところ、立ちどころに十幾冊の材料を探し出したといふから、以てその內容を想像することが出來るであらう。

然し、性的神崇拜の硏究や、エロ方面の硏究よりも、主力は常に明治文化研究に傾けられてゐることをこゝでハッキリさせてをく。

エロ方面は研究よりも體驗尊重論者で、いついかなる場合でも年の若いモガさんが「ねえ先生！」とか何とか云つて影のやうについてゐるから、いつも若いものから羨望されてゐる。口も八丁、手も八丁、圓轉骨脫よく人を懐かしめ、コレクトマニアらしくないサバサバした態度がいつも尊敬の的になる。だから、夏になると茅ケ崎の氏の家庭はまるで宿屋みたいで、入り交り立ち交り客が絶えないが、賢婦の譽れ高い夫人は、チョボ髯を貯へた山羊老人が東京でどんなに曼歩するのに多忙であらうと、三人の子息たちの教育に餘念がない。

然し、浪夫さんに云はすと「品行方正なこと日本一ださうであるつもりださうな。」

これぢや何だかわからない。

著書は「性的神の三千年」「變態崇拜史」「藏書票の話」その他明治文化研究に關するもの多數ある。

現世は雜誌「書物展望」同人。

○佐藤紅霞

彼れの本業は外國輸入酒のブローカーである。堂々たる體軀と豐かなる風貌の持主で、一見大學教授にしても恥かしくない男である。少々怪しい發音をするが、兎に角、獨、佛、英三ケ國語をどうにかやるらしい。彼れは獨創的な大系を樹てることは不得手な代りに、異常な精力をもつて歸納することに秀でゝゐる。彼れは、だから、辭典風の編纂にすぐれた著作を殘してゐる。

梅原北明の「變態資料」第二號即ち大正十五年十一月、突如として出現した隱れたる彼れであつた。以來、同雜誌が廢刊になるまで同人として活躍し、後、分離した「文藝資料研究會」（福山福太郎氏代表）の顧問として、種々殘るべき事業を成した。程なく、福山氏が同研究を解散するに及んで、暫らく本然の酒のブローカーに歸つてゐたやうであるが、最近、またまた竹内道之助氏等の風俗資料刊行會に據つて甦生した觀がある。彼れは職掌柄カクテルの作り方にかけては一家を成してゐる。彼れは先頃「風俗學辭典」

を刊行して、これをウヰーン大學教授のクラウス氏へデディケエトしたり、頗るクラウスをかつぎ上げてゐた効があつて、最近、彼れの名はクラウスを中心に組織されるところの研究團體のメンバアのうちに加へられ、日本の部を當然委囑されたといふことである。

この意味に於いて、一番彼れは斯界でのコスモポリタンである。たとへ、彼れの綴るラテン語の語尾の變化が、ヂエンダアを超越した不可思議ものではあつても――。兎に角、頗る才人であることに疑ひはない。

【ミ】

峰岸義一

彼れも亦「文藝市場」社同人の一人である。淺草公園の活動小舍の看板繪かきをやつてゐたこともある苦勞人だが、彼れも亦酒井と一種似通つた人間で、畵家が本業であるに拘はらず、小說も書けば、詩も歌も作る。殊に彼れの小說などは、不思議な彼れの畵に對する感覺などゝ呼應して、怪しい美しさを持つてゐる。しかも、酒井よりは遙かに大衆を動かすカンを知つてゐるところ、彼れはたしかに酒井よりはジヤアナリストとして素質もある。酒井は一生困らないだけの金のある家に生れた人であるが、峰岸はあくまでもこの世の苦勞人である。だから、梅原が「文藝資料研究會編輯部」を設立する少し前から、自宅へ「藝術市場」社といふのを設けて、重に美術方面のデザインやデコレエションの請負業を初めたが、この收入にしても彼れは世の常の軟派諸君のやうにパッパと金ビラを切らなかつた。彼れは家庭生活は相當愼ましく、またかなりつましくもあつた。それに、「文藝資料研究會編輯部」同人にはなつてゐても、これ又ホンの同情者として終始してゐたがために、彼れはこの方面でお叱りを蒙るやうなことは一度もなかつた。從つて、自然的に梅原一派と別れてしまつて、去る昭和三年まで淺々として「藝術市場」社を守り樹てた。その効はやがてあらはれて、彼れはいよ／＼多年の志望であるフランス遊學に旅立つことになつたのである。日活專務根岸耕一氏などに大分面倒を見て貰つたやうであるが、彼れはかうした先輩に對しても亦一つの人德を持つてゐるものと見られてゐる。

遊學三年。つい先達つて歸朝した彼れは、偶々天人社で「文學風景」（月刊文藝雜誌）を止めて「前衞時代」と改題、內容編輯ともに改革するの際、選ばれて編輯長となつたが、間もなく、天人社主が「前衞時代」を投げ出すといふので、峰岸は中京某新聞社長某氏を後援者としてこれを引き繼ぎ、先頃獨立して「前衞時代」社の事業に、その才腕を揮ひつゝあるのである。

宮本　良　別名　松岡　貞治　窪野四十一

彼れは梅原の「文藝資料研究會編輯部」設立と同時に同人となり、同社の機關誌「變態資料」の編輯に從事した。後、梅原が同編輯部の經營一切を上森健一郎に讓渡してからは、彼れは上森を助けて同雜誌の編輯に從事した。軈て、變態資料の廢刊と同時に發刊された同系の新雜誌「變態黃表紙」の編輯、傍ら、新たに設立された「發藻堂書院」及び「前衞書房」二社の編輯事務、並びに前者社名名儀の下に刊行された新雜誌「古今桃色草紙」（月刊）の編輯にも關與した。その間、單行本數種を著したことがある。

昭和三年二月、上森が債務不履行のために金融業山中直吉の手へ一切が移轉した後も、彼れは編輯長として活躍したが、間もなく、新經營主山中は事業の性質に危險を感じて投げ出したので、こゝに宮本がこれを引き繼ぎ、「南柯書院」と稱する一社を創立して、この經營に當つたのである。これより先、宮本は上森の下に「變態黃表紙」編輯してゐた某月、土木請負業某氏の經濟的援助の下に「國際文化研究會」をひそかに設立して、アラビア古典醫學書「老人若返り法」の刊行を企て、業半ばにして失敗したことがある。

彼れは生ッ粹の江戶ッ子で、東京市本鄕區湯島四丁目の生れである。中學を瀧の川町聖學院、大學を早稻田政經科專門部に一年、次いで青山學院人文科（間もなく英文科と改稱）豫科へ入學、業を卒へてからは一時東京市役所河港課の小役人をしてゐたこともある。青山學院時代から木村毅氏や、春秋社々長神田豐穗氏などには世話になつてゐたが、後、村松梢風氏の「騷人」に編輯記者として半年ばかり、それから田中貢太郎氏などの世話になりながら、遂ひに梅原と合流するに及んで、純文藝の精進をすてゝ旺んにエロ本出版に努めた。彼れはあんまり悧好ではない。「南柯書院」を經營してからも、內には部下の統率を缺き、外には財政の運用に失敗し、僅かに半歳を出でずして、「世界デカメロン全集」刊行計畫の發表を挽歌として、見事沒落して行つたゝである。加ふるに、妻の姦通事件に遭ひ、日に日に困窮してゐる時も時、罰金未納の故を以つて市ケ谷刑務所へ五ケ月間叩き込まれて勞役を課せられたのである。

昭和五年十一月、彼れは出所、遁走した不貞の妻の跡片附けを濟ませ、現在で　ヒツソリと鳴りを沈めてゐる。蓋し、これからが彼れの本當の甦生であらうことを信じてゐる。彼れは本名宮本良の外に、松岡貞治、窪野四十一、などのペンネームを持つてゐる。

三浦武雄　別名　藤田圭介　田中美智雄

この人は上森健一郎が「發藻堂書院」「前衞書房」二社を創立して間もなく、更に岩田靑兒が合流して來て「新聞戰線」社を設立するや、これと前後して佐藤一六の紹介で入社したもので、頗る度胸のいゝのが用ひられて、それから暫らくして上森がエロ方面の營業一切を山中省吉に讓渡した後は、「新聞戰線」に立て籠り上森を支持してゐたが、間もなくこれも岩田去り、上森イヤ氣がさしたりした上に、偶々東京市會議員候補に立つために廢業したので、彼れはこゝに獨立して「古今書院」を起して、重に日本軟派文献の刊行に從事して「千種花二双蝶々」がたしかそのスタアトであつたやうに思はれる。

昭和五年三月、監督官たる警視廳特高課係員二三に對して、神樂坂侍合に一夕招いて黃白を撒いたとか撒かないとかいふ問題で、贈賄罪に問はれ市ケ谷刑務所へ收容され、百日を牢獄のうちに呻吟したが、公判の結果、結局、その方は無罪となつて出所した。

その後、牛込築地町に日本醫事協會とかいふものを創立し、博士年鑑で巧みにカモフラージュしながら江戸末期の艶本や、その他各所から既刊された書物の內容見本を旺んに出したが、昭和六年七月檢擧と共に日本醫事協會も潰滅した。

南　紅　雨　別名梳弄堂山人

彼れは數年前まで丸善の店に働いてゐたことがあり、また某社の「支那小說全集」の刊行に關與してゐたこともある。寡言溫厚の紳士であるが、その硏究種目は仲々面黑いものがある。往年、佐藤紅霞のすゝめで「變態資料」へ一文を寄せたことがチヤンスとなつて、以來、同誌及び「變黃態表紙」等には殆んど常連であつた。學歷は不詳であるが、イングリツシユは相當出來るやうである。

その後、前記發表雜誌が二つとも廢刊になつてからは、全く筆を折つて斯界に一顧だに與へない。今では數人の彼れの「第二世」をかゝへて、いゝパパア振りを發揮してゐる。

【シ】

篠　崎　兼　三（別名紫野子綠）

この人は元絹織物業に關係したり、さうかと思ふと三業組合の機關雜誌を發行したり、最近は興信所を起して何かやつてゐるやうであるが、元來この方面が好きであるところから、梅原が「文藝資料硏究會編輯部」を創立するや、いち早くその會員となつて、雜誌と云はず單行本といはず、何んでもエロ本なら片ッ端から買ひ集めてゐたものである。片頰に傷痕はあるが、堂々たる風采の男で、堂々たる邸宅を構へてゐる。つまり、彼れは今日の各軟派出版業者の有難き傍觀者《バイスタンダア》であつたのであつた。この種の出版業者にして、彼れの名を知らないものがなかつた位ひ、よく買つてくれるので有名な男であつた。いゝお客さまだつたのである。

昭和四年七月のことである。彼れは遂ひに道樂氣といふよりは儲ける氣だつたらうと思ふ。俄然、本業の傍ら、その影にかくれて秘密出版を企てた。それが「世界珍籍全集」なのである。彼れは最初讀者名簿を提供せしめるために、住居が近い關係にあつた「南柯書院」の宮本良に近づき、この計畫を打ち明けたが、宮本は秘密出版であることを嫌つて受けつけなかつたゝめに、彼は獨力でこれを刊行した。

何しろ、彼れの方針はまづ資本を自分で下ろして作つてから後に、戸別訪問して賣るといふ方法だつたから、隨分わからないで、瞬くうちに七冊を刊行した。この時、警視廳が探知したことを悟るや、家を疊んで逃亡したが、間もなく自首して取調を受けた。その後は本業の方の事務所も疊んだらしく、今は何をしてゐるか一向知らない。

【ヒ】

○平井通（別名耽好洞人）

彼れはかの探偵小説の鬼才江戸川亂歩の次弟である。彼れの本業は大阪市電氣局吏員であるが、令兄とはちがつて若い頃から變態文献の研究に興味を持つて、旺んに古書を漁つてはノートしてゐるといふ變り者である。元の亂歩もこの節では、探偵小説から怪奇小説に轉換して來たところ、一味やはり兄弟争はれぬ血のつながりがある。勿論、亂歩ほどの流麗たる文は書けないが、彼れの文も亦頗るのびのびとした味のあるものである。

以上の他、雑誌「グロテスク」社の代表中戸川薫明、雑誌「犯罪科學」で賣り出した北川草彦、第二期「文藝市場」社で「世界好色文學史」（上・中・下＝但し下卷は未刊）の一著で有名になつた佐々謙自、某大通信社記者から軟本屋に轉身した尾高三郎、「好色俗話」の研究者である。廣田政之進、曾つて牛込から「巴里の二人羽根子」を發表した上森門下の佐藤一六、伊藤靜雨等と「論語」其他の淫本を出版した坂本篤、「後家百態」其他を發行した眞保三郎、雑誌「犯罪科學」の最近までの編輯者田中直樹、雑誌「變態資料」誌上で突如現はれて再び消えてしまつた河津曉夢竝びに藤田政之介、これ亦、「犯罪科學」系のエロチック・コントの作家布利秋、横濱の酒屋で軟本研究者の加山三郎、近頃頻りに書き出したテキ屋出身の松浦泉三郎、「變態處方箋」の一著に依つて名をあげた相馬二郎、以前曾我廼家五九郎一座次いで明石潮一座の舞臺裝置や支配人をした强歴を持つ小池夢坊等、等、等の諸氏がある。

編輯局だより

○○○

本號はエロ本位の讀者諸氏には物足りない點もあると思ふが、エロ出版に關する文獻ものとしては誠に比類なきものと思ふ。

今日まで多くの不審や疑問を抱いてゐられた人々にも、本篇によつて始めてエロ出版の裏面が諒解されるであらう。

○○○

我々も亦本篇を出すことには可なり躊躇したのである。出す方も愉快ではないが、今日まで幾多の迷惑を蒙つた人々も亦本書を讀むことは不愉快であるに違ひない。

だが、わが洛成館、わが談奇黨は、それらをそのまゝにしてをくのは嫌ひである。つまり本篇はその一大手術と見なして頂けばいゝ。同時に、會員諸賢の有利な參考品になることが何より望ましいのである。

○○○

編輯を終へて心苦しいのは、期待してゐた妙竹林齋氏の原稿が頂けなかつたことだ。家庭の御不幸やら、氏の病氣やらで無理に頼むことも出來なかつた。

然し、近々又力作を寄せて頂ける筈になつてゐるので、特に諸賢の御寛恕を乞ふ。

○○○

尙ほ、熱心な會員諸兄の御投稿をだいぶん頂いてゐる。長いもの、短かいもの、何れもとりどりに面白い。投稿とは雖、決して談奇黨同人の作品に劣らない物ばかりだから、何れ機會を見て一纒めにして發表したいと思ふ。どうぞ同人以上の御期待を乞ふ。

昭和六年十一月二十九日印刷
昭和六年十二月一日發行（非賣品）

發行兼編輯印刷人　鈴木辰雄　東京市牛込區市ケ谷田町一丁目 市谷ビル内

印刷所　泰雲社印刷所　東京市神田區五軒町四二

發行所　書局 洛成館　東京市牛込區市ケ谷田町一丁目 市谷ビル内

談奇黨第四回通信

この一ケ月間ほどいろいろな紛擾に惱まされたことはありません。秋季増刊が出ると間もなく、東京の某ナイト・クラブのエロ實演は貴樣たちの仕事だらうといふので、つまらない濡衣を着せられ、談奇黨のものは代る代る取調べられましたが、結局我々に何等の罪もなく、さうした覺えもないので放免されましたが、そのために十日間もムダな時間を費しました。

第三回の本號が遲れたのもそのためです。

本號に就て一言御詫びを申上ますが、最初百五十頁位にして、定價も金一圓二十錢に發表したのですが、多くの會員諸氏から定價の變動は送金に困るこいふ文句が澤山參りましたので增頁ではあるが普通號通りの定價に變更し、掲載する豫定であつた原稿も相當中止しました。今後も普通號は七十錢を原則といたします。從つて不足金五十錢御拂込の方は、これを新年號の會費に補充さして頂きます、

特種研究號なので、エロ記事のないことに御不滿の諸氏も多からうと存じますが、然し、本誌を熟讀して頂けば、今後いろいろなエロ出版屋に對して、どんなに諸兄の有利な參考資料になるか知れません。どんなにうまいことを言つて來ても、本が來ないのでは何の役にも立ちません。その點に於て、雜誌「談奇黨」の本月號は、軟派出版界に投じた巨彈だと信じてゐます。

一應はかうした研究にも冷靜な批判を下して、さてそれから今後の談奇黨の活躍を期待して頂きたいと存じます。何とか彼とか言ひ乍らも、決してヘコタレることなく、着々仕事をすゝめて行く雜誌「談奇黨」を何卒一ケ年間支持御聲援下さいますやう呉々も御願ひします。

それから營業部の方の註文を、一言申し述べさせて頂きますが、次號の會費は必ず前號着本と同時になるべく至急御送り願ひます。編輯だけがどんなに懸命になつても、營業部が思ふやうにならねば、勢ひ雜誌も遲れ勝になります。突發事件がない限り、必ず雜誌は毎月發行しますし、突發事件があつても、配本しないやうなことは絶對に致しません。その點、わが談奇黨だけは他の出版社と雲泥の相違があると思ひます。

急を要する場合には、會費未拂込の人々に對しても、我々は送本してゐる位なのですが、さうした誠意に對しては、必ず會費を送つて頂けるものと信じてゐます。又、數ケ月分前納の方に對しては、いつでも現在高を御知らせいたします。

談奇黨編輯局

會員諸賢

『談奇党』（第4号）

談奇黨
昭和七年一月十七日印刷
昭和七年一月二十日發行
5
近代檢黴考
妙竹林集
友色ぶり
魔部新嘉坡の裏面
モンテカルロの佝僂男
第四號

談奇黨
趣味道場
獵奇道場
エロ道場
談奇黨
近道

談奇黨第四號 目次

禁止

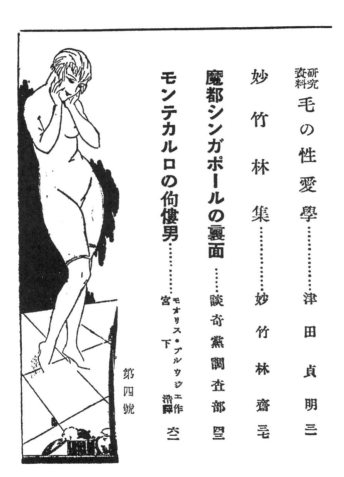

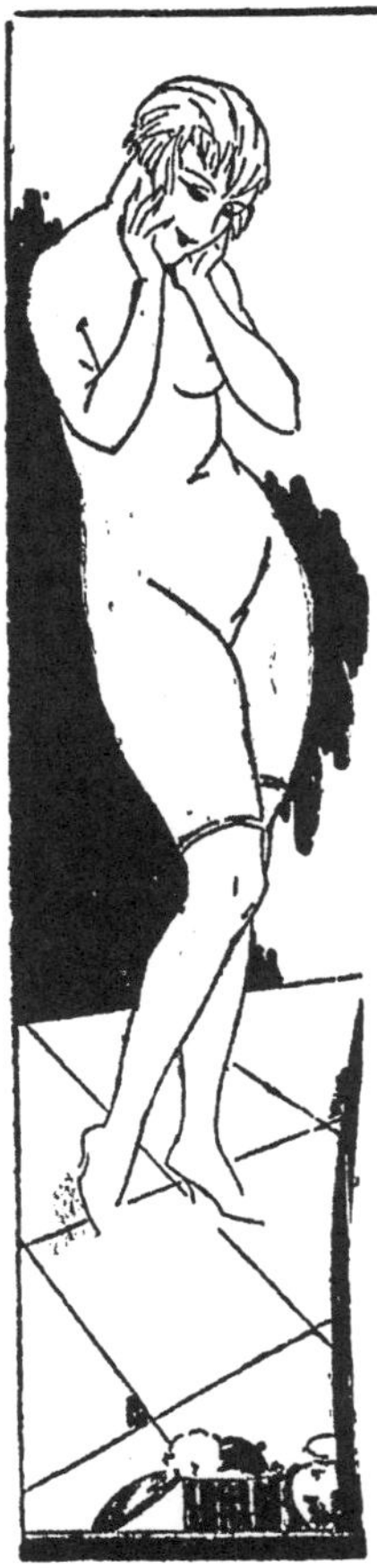

第四號

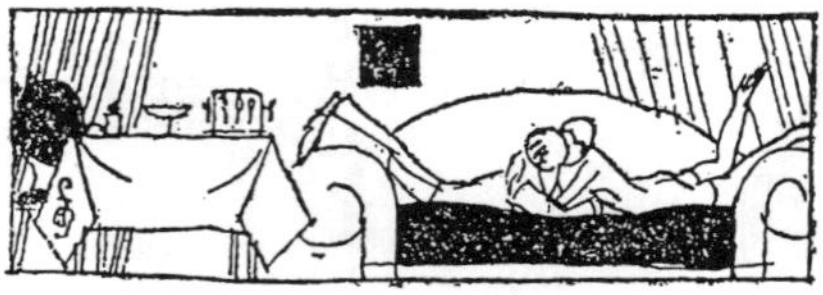

——エロ・ダンス——

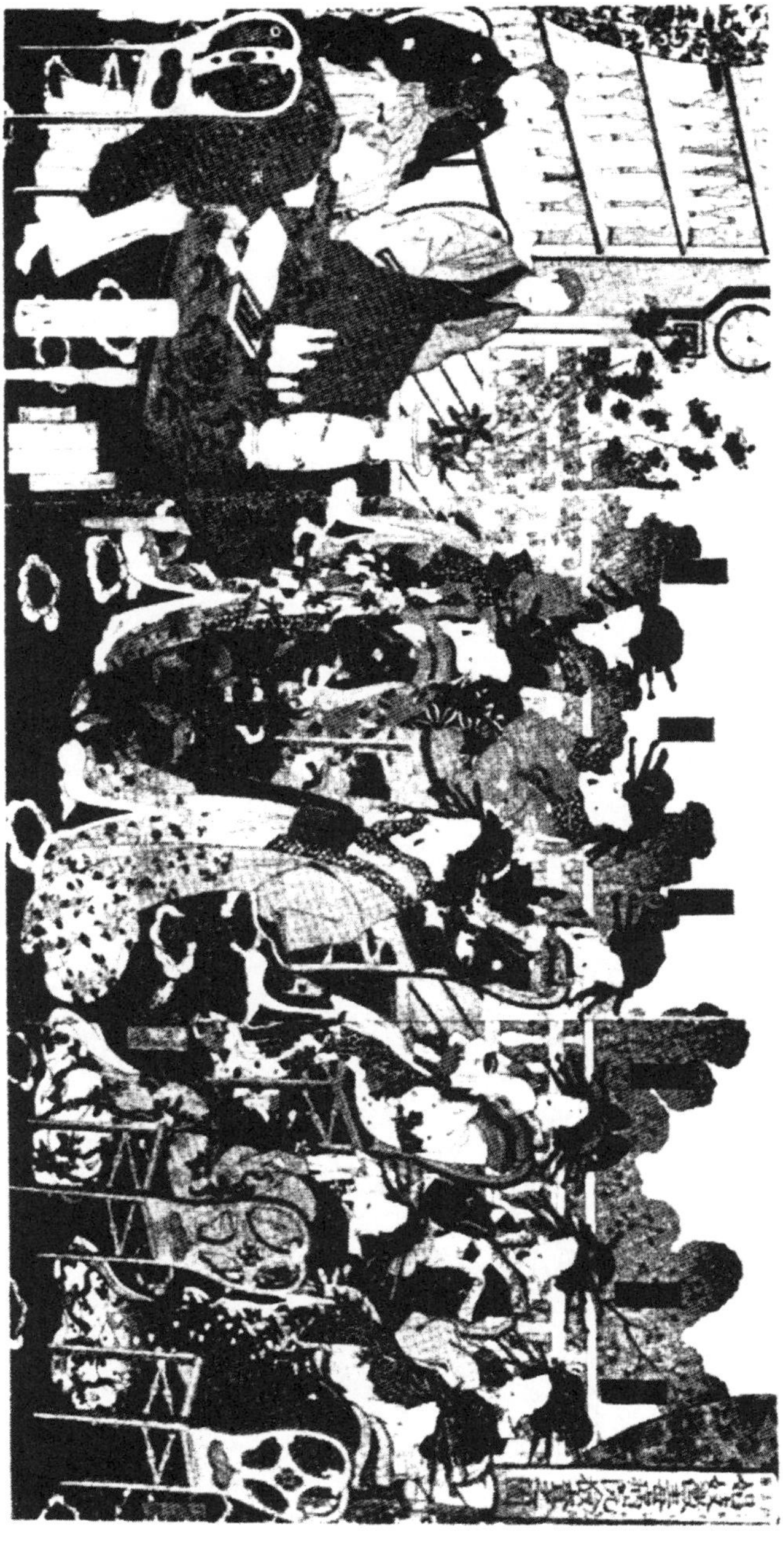

娼婦黴毒病院檢査之圖

誘惑を超ゆる者

近代檢黴考

詩歌俗謠に表はれた檢黴

谷　新　三

（一）

我が國で最初の檢黴が行はれたのは長崎である。

時は萬延元年、長崎の對岸淵村稻佐鄕の終南山悟眞寺に、艦體修繕の爲に入港した露西亞軍艦ポスサジニク號の乘組員が假泊してゐた。長い間の海上生活から解放された彼等の眼には、健康そのものゝ樣な農家の娘達の、小麥色の肌が耐らない魅惑であつた。さらでだに無聊に苦しむ彼等だつた。勢ひそこにエロ問題が起らずにはゐなかつた。

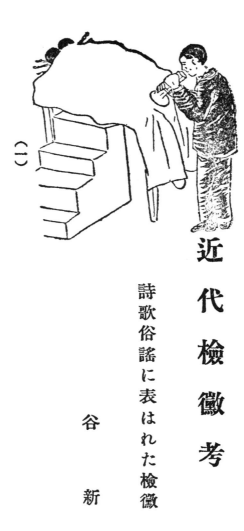

その結果が、艦長から奉行岡部駿河守に對して遊女の提供、檢黴の要求となつたのである。

紅毛人に、唐人に、惜しげもなくその玉の肌を許した、國際的賣色の先覺者である長崎ムスメの事故、遊女の提供は朝飯前の仕事としても、検黴の施行は容易ならぬ一大事であつた。奉行は松本良順を呼んで相談した。やがて良順の指導によつて丸山の遊女屋花月樓の主が、島原邊から若い野獸の樣な潑剌たるムスメを大勢抱へて來て、露西亞人休憩所へ送つた。これらの娘達は「稲佐行遊女」とか「ロシヤ女郎衆」とか呼ばれた。

「ロシヤ女郎衆」の營業時間は、朝の十時から午後の六時迄で、其間正午から午後一時までを午食時間とした。さうして問題の檢黴は、隔日朝八時から十時迄の間に行はれることゝなり、初めの二月は、精得館の敎師ポンペ氏によつて、その後は生徒等が交替で行つた。

これが半年ばかり續いた。

軍艦の修繕がすつかり出來上ると、艦長ビリレフは部下を從へて花月樓に至り、ポンペ氏其他を招いて感謝の饗宴を開いた。ポンペ氏は「皆露國の官費でやつた樣なものだから」と云つて艦長の鄭重な謝辭をさへぎつた。松本良順は檢黴法の實際を學んで、後にひろく國内に用ひ樣として内心喜んでゐたし、女達はそれ〴〵相當の金を貯へて大滿足で歸鄕する、殊に花月樓の主は僅かの間に一萬兩に近い純利をあげたと云ふから、無論ホク〳〵ものだつた。

かうして、我國最初の檢黴施行は大成功に終つた。

これが動機となつて稲佐の地は、その後長く露西亞軍人の歡樂境となり、後慶應二年八月休息所内に貼出された規則書の中にも、左の樣な文言が記されることになつたのである。

一、婦人を得る事を欲するものは、一分銀一ケ半を彼婦に拂ひ得る事を能ふべし。若婦を歸艦の期迄揚置度希望せるものは、一分銀三ケを拂ふ事を要す。但病氣を避けんが爲め魯西亞ドクトルは婦人を見改むべし。依之右家の婦人に限り、他所にて婦人を求むる事は水夫共に嚴に禁ぜり。

次に檢黴の施行されたのは横濱で慶應元年英國公使サー・ハーリー・スミス・パークス氏が來任と共に、再三の要求拒み難く、王政維新前國家極めて多事の際にも拘はらず幕府は已むなく檢黴驅黴を實施することになつたのである。そこで吉原町會所を假事務所とし、同廓名主佐藤佐吉（岩龜樓主）長屋を假病院に充て、英國海軍々醫ドクトル・ニユートン氏之が主任となり、慶應四年四月十二日から毎週一回宛檢黴を實施し、病者は強制入院せしめた。當時ニユートン氏は娼妓に限らず一般の男女が性的衞生に無關心なのに驚嘆して『日本人は腹を粗末にする程度に生殖器を粗末にする國民である』と云つたさうだ。腹を粗末にするとは勿論日本人の切腹好きを皮肉つたのであつて、この短い言葉の中にも當時の衞生狀態が窺はれる。檢黴の制度はこの様にして漸次長崎、神戸、東京、大阪、京都と廣まつたのである。そしてそれはエロ、グロ百パアーセントの事象として世人の眼に映じ、久しい間詩歌俗謠に唄はれたのである。

梅院ノ風流別ニ有レ窩　傳ニ他ヘテノ仙術一ヲ護ニ神娥一ルヲ

嬌紅艷紫春無レ恙　一任ス巫山行雨多キニ

評に「行雨多則檢梅亦忙何暇能護神娥乎一笑」とある。明治十三年版「東京新詠」中の一首である。

東京で最初に檢黴を施行したのは小菅關千住であつた。縣令河瀬秀治は太政官に黴毒の慘害と之が豫防に就て建言をなし、その結果が民部省達となつて明治四年五月、遊女賣婦の新規開業を禁じ、除毒の施設方を命ずる事になつた程であるから、檢黴には頗る熱心であつた。

小塚原に黴毒院を設け明治四年九月から、管下南北千住宿の娼妓に檢黴法を施行したが、無智な娼妓はこれを忌避して、續々檢黴の行はれぬ土地へ鞍替したから、樓主は大恐惶を來し百方嘆願の末、翌五年四月終に廢止された。

明治五年十月には藝娼妓解放令の發布があり、一時は花街の運命も如何なることかと危ぶまれる程であつたから、自然檢黴等の事も立消えの有様であつたが、明治六年十二月に至つて最初の娼妓規則が制定され、從來の遊女屋は貸座敷と名目を改めて公許される事となつた。娼妓規則の中には檢黴の事もあつたので、東京府では明治七年五月八日「達」を以てこれが施行を命じ、同年六月六日新吉原に於て最初の檢黴が實施された。

當時の新聞記事に「吉原檢黴は妓院會所修繕中の爲佐野槌事中村長兵衞方にて施行す。本日は江戸町一丁目より順次檢黴すべく告知せしに、衆妓色を失ひ、休業廢業を裝ひ約半數は脫し成績不良なり」とある。次で七月二十三日には口實を設けて檢黴を忌避する者の爲に取締令が出た程であるから、當時の騷動の程も思ひやられる。

その頃の都々逸（開化新聞都々一）に

親切ごかしにいはんすけれど、人のいやがる穴さがし

病院のおゐしやさんほど人氣がなけりや、なにやら見たとて片果報

とある様に檢黴を忌避する心は、直に檢黴醫に對する嘲笑となつてあらはれた。

（二）

松島廓開春如海　驅梅院聳妓似山

無限仁風吹不斷　檢査遙到玉門關

大阪では明治三年頃、蘭醫ボートヰンの建言に依つて、北の新地、新町、島の內、堀江、新堀、難波新地の各年行司を集合して、廓中申合せ出財の上、病院を設立するやうに相談せしめたことがあり、明治四年十月には松島、堀江、難波新地、曾根崎新地に施藥院を開いて月二回宛檢黴を行つた。

明治五年二月に是等の假施藥院を廢して更に松島仲の町壹丁目に驅梅院を設け、外國醫師一名、內國醫師三名、事務係員二名を置いて院務に當らしめた。

滑稽なのは、此時陰中から眞珠を取るなど〻云ふ浮説がまことしやかに傳へられた事である。「東京日々新聞」第三十號の記事中に「各地の妓誰言となく此度病院にて陰門を御檢査（おぎんみ）なさる〻は全く陰門からよい眞珠が出るさうでございます。其眞珠を病院でとり目藥に用ゆるといふ事でございますと、各妓擧て是をかなしみ親族等大評議にて自業の弦妓は廓を退きて素人とならんことを欲し沸騰大かたならざりしとなり」と見え、更に同新聞第五〇號には、北の新地二丁目池伊の抱へ藝者加賀松の妹らくと云ふ美人が「生きて恥辱を曝さんよりは、死して檢査の患を除かんと、女心の愚にも十八歳を一期として自縊れて果し」とさへ傳へてゐる。

同新聞第一六六號に據ると、京攝の間には從來藝子と唱ふる者があつて遊客に對し定價を以て賣らぬと云ふだけでその所業は娼妓と異る所がなかつたが、陰門檢査の實施より彼女等は大に其事を慙愧し一部の者は斷然賣色をせぬ事に決し、名を藝者と換へたとある。無論殘餘の者は矢張從來の通り藝子として賣色を辭さぬ代り、これは娼妓同様に檢黴を受けること〻なつた。」

『しんせん唱歌の吹寄』に

帯は締れどだらしの無いは、あれは慥に檢査組

とあるのは、この藝子のことではあるまいか。同書には尙次の二首が載つてゐる。

高い山から谷そこまでも、ずつと見渡す檢査醫者

ちよいとお待よ着物をおくれ、屛風の唐子が見るわいな

當時新町廓內越後町會議所へ次の様な落首を貼附けた者があつたといふ。

繪に書た枕草紙を止にして
　生《なま》を見たがる馬鹿な役人

かうした騒ぎであつたから、局部檢査の決して恥づべきものでないことを宣傳して、これを緩和するに努めたのは勿論である。明治五年九月二日發行の「大阪新聞」第二八號の記事は頗る奇拔だから、一例として全文を掲げて見やう。

昔し支那には后妃となるべき女も皆幽處の檢査を受けしことあり、漢の雜事秘辛と云書に建和元年吳姁、詔を受けて乘氏の女、瑩の容止を視る時、日光照レ窓、瑩面如三朝霞和二艷雪一射不レ能正視一、目波澄鮮、眉嫵連卷、朱口皓齒、位置均適、胷乞二緩帶一、瑩面發赤、閉月轉面、內向姁緩捧着二日光一、芳氣噴襲、肌理膩潔、拆不レ留レ手、規前方後、築脂刻玉、胷乳菽發、臍容二半寸許珠、私處墳起、爲展二兩股一、陰溝渥丹、火齊々吐云々。

かゝる貴人にても右の始末なり、況して浮川竹の身、何ぞ此等の事を愧ることあらむや、且つ身體髮膚は皆父母より受けたる器なれば、其の幽陰の奧迄も猶毀傷せしめざるとの行屆たる深き御世話なれば心得違を謂觸しゆめゆめ輕忽に思ふべからず。

冒頭の詩は此の記事の末尾に記されたものなのである。

松島驅楳院の後身たる難波病院の「病院唄」はよく人口に膾炙してゐるが、あれは日露戰爭の頃、惡性黴毒で死んだ友菊と云ふ妓が、世を果敢なんで遺した一片の哀詩だと云ふ。

人も知つたる大阪の、所は難波の病院で、兩親揃うてありながら、お傍で養生も出來ませぬ、皆さん私の振を見て、可愛いやいとしと申します、よもやこれ程長いとは、私も夢さら知らなんだ、何時も治療に上りても、全快する期は更になし、無理なお上の仰せには、こんな病院建ち上り、長い廊下も血の涙、こぼし歩くも親の爲、山家育ちの私でも、こんな病院戀しうない、辛苦島田に結た髮を、病院內では亂れ髮。

更に同病院內で娼妓の歌ふ唄二三を抄出して見る。

病院はいれば先生がたより、かゝる看護婦さんは親のよな

少しや看護婦さんも大目に見やれ、長の入院で氣が腐る

わしが病院の院長なれば、今日の見直しやみな濟ます

「見直し」とは退院する折の診察を云ふのださうである。

仙女趁レテ朝趨レク院中　纖股如レク雪夾二ム生紅一ヲ

誰カ家ノ扁鵲カ殊ニ堪レタル羨ムニ　應ニ是レ香葩ノ翻ヘルナル二曉風一ニ

「西京風雅詩集」百痴居士編輯・明治廿八年版に收むる所である。

京都の檢黴施行は、東京大阪に遙に後れ、明治九年四月五日內務省が乙第四十五號達を以て令達した、最初の全國的「娼妓黴毒檢査方」に依つて、初めて行はれたものらしく、明治九年十一月十日の新聞記事に「京都八坂新地建仁寺內に新築中の黴毒檢査所落成し、藝娼妓の檢黴を施行する由とて藝妓大狼狽す」とある。

この八坂病院には「一ツトセ節」があつて、入院娼妓が運動時間に聲を揃へて歌ひ且つ踊ると、明治三十五年に書かれた「八阪病院」と云ふ記事中にある。

一ツトセ　人様御存知此頃は檢査が嚴しふて困ります
二ツトセ　兩親揃てあるなれば辛い勤はせぬわいな
三ツトセ　皆さん揃て檢査ぢやと云て上るは療治場へ
四ツトセ　漸々親方暇貰て泣々來るのは驅楳院
五ツトヤ　毎時の事ぢやと思へども何時が限や分やせん
六ツトセ　無理に引開○○《原文不明》○○○○綿の玉
七ツトセ　泣々上るは療治場へ御顔見ながら恥しい
八ツトセ　聽て妾は何日頃と問て叱られ蕭々《しほ〳〵》と
九ツトセ　此處の座敷は上の客御客の心が變らうかと
十トセイ　頓と座敷に居り詰も體に毒じやと砂地付

九ツの「此處の座敷」十の「頓と座敷」は何れも病室を指すのである。

（三）

大分長くなつたから、あとは單に歌詞を列記するに止めやう。
明治十一年版「開化新題歌集」大久保忠保編に「黴毒檢査」と顋して左の五首が收められてゐる。

なりあはぬ所あらはす妹よ〳〵　なりあまれるがみるやくやしき　作者未詳

皆人にきずあらせじと毛を吹て　疵をみる世も嬉しからずや　千浪

くるしさはいづれまされり玉手箱　あけてみる身と明らるゝ身と　信立

穴かしこ草むす谷の奥までも　御世の光のおよびける哉　柳漁

劍太刀さやがに見つゝ毛を吹て　疵なき玉を拾ひける哉　藤光

明治十三年版「明治開化和歌集」佐々木弘綱編に「陰門檢査」として一首

思ひきや親にもかくすみとほとを　月々三度しらるべしとは　弘綱

明治十二年十月發行『芙蓉新誌』第二號に二首の狂歌がある。作者は醉花翁

開けゆく御代の惠みのありがたや　今日開かるゝ婦慈の人穴

三寸の穴より深き惠みやは　みほどの奥も病たへなん

明治十三年六月發行『風雅新誌』第八三號に「梅毒檢査の興歌」として左の五首

梅毒檢査　　玉陽舍　染益

奥までも心をとめてみやこ鳥あしき病のありやなしやと

同　　酉水園　飄子

穴かしこ日影は疎き谷間だに御代の光りの極めこそすれ

同　　竹の舍　松島

墨染の花の姿も羞るかなうろの朽しを見するうかれめ

同　　雪の舍　ゆたか

牡鹿來て睡る一夜の妻といへば簪しても見む白萩の花

同　　不二の舍　雪澄

朧夜の松の位も檢査日に月のかささへ見ゆるうたてさ

最後に『園珍』第一號から第一七五號までの中から佳作を蒐めて編んだと云ふ『四季花揃珍々集』第一編（明治十二年五月）――第五編（明治十四年五月）に收められた川柳中、檢黴に關するものを拔いて見る。

檢陰器深くお世話の眼が屆き

開行御代あなまでも届く世話

—第一編—

毛を拭いて疵を求むる檢査醫者
玉に疵あるを見分る檢査醫者
辨天が出開張する驅ばいゐん
檢査醫は鼻を保護する巡査也
檢査せぬ安蛤蜊を河岸で賣り

—第二編—

檢査醫は機關《からくり》を見る身の檢へ
首を低《たれ》て故郷を見る檢査の醫

—第三編—

檢査した巾着へ醫者金を入れ
檢陰器長八寸が極度なり

—第四編—

巍然たる見世物小家は驅梅院
貸舟は修復の檢査よくとゞき
檢査醫は目の儲けだけ鼻で損
檢査醫の脈はせがれが打て見《みせ》
船檢査あるので棹は多く無事

—第五編—

尙檢黴に闘する文章に付ても書きたかつたのであるが、それは全部割愛することゝした。

—昭和六・一〇・九—

友色ぶり（三）

（陰間川柳考）

鳩々園主人

▽後　家

後家へ出す蔭間一本づかひなり

お釜のばく〳〵を後家は買ひに來る

振袖を着して後家の相手なり

芳町で化けそうなのを後家へ出し

陰間の年齢は十歳から約十年とされてゐた。水々しい年頃がすぎて、そろ〳〵○に薹《トウ》のたつ頃になると、もう後の方が賣物にならなくなる。そうした年頃（廿歳以上）になると今度は前の方が、頗る役に立つて來る。そこで年増客、御殿女中、孀婦等專門に色を賣らしたものである。

芳町で年増のぶんは二役し

よし町で女の客は返り討

陰間を買ひに來たは、來たものゝ、結果から見ると女の方は返り討である。

芳町へ行くをみつけて口説なり

名題の後家を甚太衞門で見掛け

「あの後家さんが……へえ……」「芳町通ひかい……へえ……堅い〳〵と思つてゐたのにね……」つて所から後家さんを口説いて、美事射止める町内の若い者もある。

甚太衞門云々、これは吉原の開祖？ 庄司甚太衞門が掛けた橋——照降町と芳町の間へ——を親爺橋といふ。この橋の邊を通つてといふ意味である。

脊に腹をかへて芳町客もとり

商賣柄、たとへいやな客であらうと、否應なく御機嫌をとらされ、うんざりする程おつとめをさせられる。それも稼業。

近いうちごんせと後家をおくるなり

口は重寶、後家も、御殿女中もみなこの一言でとろかされてしまふ。

中條で度々おろす陰間の子

然し、だが然し、女はこれが損、因果はめぐる小車、自ら求めた快樂の種は、やがて主のないのに目立つて來るお腹、とゞのつまりが、中條流醫者の御厄介になつて闇から闇へと葬る。そうして又「來てくだんせ」を忘れかねて——。

▽武　士

寡聞のためか、川柳が餘り見當らぬ。どうも武士は矢張り女性の寶を求めて、性の滿足をみたす方が多かつたとみへる。吉原の方の句には、ありあまる程、武士の句がある。淺黄裏、勸番者などといはれる位。どうもこれは酒屋の小僧が御用きゝに來るのをつかまへて安直に事をすましたり、野郎上りの行商人を仲間部屋や御長屋でものにしてゐたらしく思はれる。それは

酒買つて尻をされるは樽拾ひ
尻をされますと德利を取つて來ず
尻をされるさかいと御用寄りつかず
德利が欲しいかこれだとおやしてる

等の句によつて證される。

今川は尻をいましめぬので亡び

これは義元が背後から攻擊されて桶狹間で敗亡した事だとも、其子氏眞が父の歿後荒淫度なく嬖臣三浦義鎭と衆道にのみ耽つた爲復讐もならず滅亡した事だともいふ。

けつの恩命投げ出す關ケ原

天下分け目の一戰も、秀吉の恩に對する石田三成の尻禮だと川柳子は皮肉つてゐる。

幸村ももちつとゐると尻をされ

幸村が幼時上杉謙處へ人質にやられた事があつた。その事だといふ說と、高野山中九度山村に幸村が隱栖してゐて、もう少し大阪入城が遲れたら高野の坊主共に……といふ說とある。幸村の大阪入城は四十七歲の折であるが、高野六十那智八十といふ事さえある位だから――。

加藤左衛門重氏けつをされ

これはあきらかに高野の猛僧共の亂行を表したものである。重氏よりか筆者は可憐なる石童丸の方を心配する。

釜をかさないで松永しめされる

松永が釜を信長心がけ

松永彈正久秀、大明から足利將軍東山殿に傳つた「平蜘蛛」といふ、天下に二つとない名器を拜領して自慢してゐた。も一つ娘の多門、これは四拾歳になる迄子供がなかつたので志貴の多門天に祈誓をこめて、初めて儲けた娘である故「多門」と名付けして寵愛してゐた。器量萬人に秀れて——といふ位だから茶釜と娘が松永家の寶であつた。これを二つ共信長がねらつてゐたのではないかしら。

底倉でいかけて元の釜となり

箱根底倉の湯、但馬の城崎等に昔から、湯治に來る人の大部分は痔の病の人であつたとか。そこでこの句が生れたわけ。平賀源内はその著「根南志倶佐」に——

昔は坊主計りがもて遊びし故にや痔といふ字は病冠に寺といふ寺なり、しかるに近年は僧俗押なべて好むこと甚だ以て不埒の至なり——と書いてゐるが、仲々うまくあてはめたものである。

せわしさは寢てするゝことを立つてするゝ

これは別に男色に關係のある句ではない。勿論女色の句である。處が寢てすることを立つてした名高い若衆の故事がある。

關白秀次に御寵愛の御扈從に不破萬作といふ容姿艶麗なる若者があつた。深草の鄕に住む一浪人がふと關白殿下のお供をしてゐる萬作の姿を見初めてからぶら〳〵になつて主家を暇取り、うき月日をたゞ戀慕の情に明暮をすごしてゐた。これを傳え聞いた萬作は、哀れに思つて、「もし閉理に御狩の催しがあつたらその夜勢田の橋の傍まで來よ」と玉章《タマヅサ》を送つた。そしてある夜御狩の歸途萬作は假病をかまへて一人勢田の橋詰へ忍んで行つて欄干の傍で、いと濃かに情をうつして契つた。その浪人は本望をとげ得たので萬作の志を深く感謝して切腹をして死んだ。といふ事が「新著聞集」寛延二年板、索行篇第五に詳述されてゐる。史實からみても秀吉と三成、秀次と萬作、信長と蘭丸等御小性といふものは男色用の寵兒であつた。

▽町　人

生酔になつてかげ間を一度買ひ

芳町へ俗の行くのが末世なり

どうも町人は餘り芳町の客にならなかつたらしい。尤も羽織を着ては派が利かないといふ句がある位だから、行つても、もてなかつたとみへる。生酔になつて登樓《トウロウ》するのが關の山か。

番頭に釜をかすのは朝寝する

けつをされ小僧を手代叱りかね

町人しかも商店の手代番頭達は、女を買ひ度し金は不自由なので、その地位を利用して店の小僧の菊座をしめて、わづかに性の満足をしてゐた。現今でもこの風習は恐らくあることゝ思はれる。

淋しさに番頭うらをしめに出る

島屋の番頭子供らは見ると逃げ

島屋の番頭。鶏姦に陰話にこの言葉がある。天保十五年辰年正月五日に江戸小傳馬町一丁目の島屋吉兵衛といふ呉春へかけて流行唄が傳誦された程有名であつた。

服屋の番頭の某（上州の者）が小僧の肛門を犯して氣絶さしたといふ事件があつた。この事件は弘化二年暮から三年

▽薬　　品

天神の裏門でうる通和散
大師流にて筆ぶとに通和散

これは既に前述した「ねりぎ」のことである。昔下谷車坂の花海堂で發賣してゐた。何んでも明治初年頃迄賣つてゐたそうである。天神の裏門——この天神は上野山下にあつた五條天神のことゝ思ふ。

肛門の怪我はん貝でやつと治し

これは多分東海道興津で賣つてゐた清見寺膏藥のことであらう。この膠膏は松の脂を精製したもので、小さな一片を木の皮か蘆の葉に包んで賣つてゐたものだ。一時は素晴しい賣行であつたそうだ。

▽菊　慈　童

菊慈童こと七百になる穆王がすてた釜
慈童が菊を王は初年愛し
菊慈童かげまにすると德なたち
長生で穴ツをされたを人が知り
お釜がばく〱にならない菊慈童

外國といつても隣邦支那、昔から可なりこの事は旺んであつたらしい。この穆王は、周の時代（紀元前三五一年）の名高い王侯である。菊慈童はこの穆王の寵をうけた美童で齢七百迄長壽を保つたとかいふことである。餘りあてにはなりませんが。平賀源内は、菊座の名の初りはこの菊慈童のキクから初つたのだと一流の戯筆を弄してゐる。

餘り長くなると、段々ボロが出て來るから、足許の明るい内に退散する。妄觧謹んで御詫をする。

本文にもれた句を次に蒐錄して擱筆する。

寺小性蓮華往生する氣なり

寺小性丈けに蓮華往生が非常にきいてゐる。

あはれさは祗園囃子に三味がなし

陰間茶屋祗園囃子で火をともし

祗園囃子は遊女か純見世をするとき清攪を彈くのと同じ場合である。

寺持の大門口は親仁橋

尻で餅つく芳町の年の暮

芳町へござるたちかと納所いひ

眞似をしないで

よし町へ行くのは和尙たちのまゝ

閨中秘話

己れがよりづないとさぐる陰間客

雪隱へ二度來た陰間なぐさまれ

――吉原大門口の番所

四郎兵衛の鬪で陰間はひんまくり

芳町で和尚線香を手向けられ

つら〳〵おもんみれば芳町は損

孝行の釜よし町でほられてる

御殿女中のこと

よし町で深く合せた前をあけ

陰間と女

よし町でだから合ふのは不首尾なり

――猥形

牛はものかわと陰間へつぼねいひ

踊子とかげまをあげてまゝ子立

――陰間　――御殿女中

紫帽子源氏名の客があげ

（前後三回に渡つた陰間川柳考はこれで一應打切ります）

（完結）

治療
秘話

瘡《かさ》

志摩速夫

昔、清涼殿の隅に鬼が出たり、娘が蛇に嫁いだりした時代に、典薬頭といふやんごとない醫者があつた。世に竝びない療治上手であつた故、何時も門前には頼みに來る人が群をなしてゐた。

　或日、この家に、美しい檳榔毛《びらうげ》でかざつて目覺むるばかりの出衣《だしぎぬ》をした女車が、花のこぼれる様に入つて來た。

　相當身分が高いらしいので老醫師は自から迎ひに出て、

「誰方の車か」と聞いたが、供人は返事もせず群がる群衆を押分け掻分けして、無理やり車を押込んでから頸木《くびき》を蔀《しとみ》の木にかけて門の側に退いてしまつた。

　老醫は車の側によつて

「唯方ですか。何の用でいらしたのです」

と聞いたが、その答へはせずに

「なるべく奥まつた所に屏風几帳を立てゝ局《つぼね》をしつらへて下さい。降りてその局《つぼね》で用向を申し上げます」

といふ。その聲は上品な優雅な中に何とも言へぬ媚めかしさが含まれてゐて、嬌態《しな》を作りながら話す氣配まで感ぜられたので、元來好色者《すきもの》の上、珍らしい事は何でも好きな老醫は、すぐ家人に命じて身舎の人氣のない隅に几帳屏風を立てさせ、疊を敷いて簡略ながら局《つぼね》を作つた。

「局《つぼね》が出來ましたよ。降りますか」

「はい、では皆退いて下さいませ」

　言はれるまゝに物蔭に退いて見てゐると、女は扇で顏を隱しながら、なよ〳〵と降りて來た。供人が介添して乘つてゐるかと思ふたが誰も出て來ない。その時、外から十五六の女童《めわらは》が來て、車の中から蒔繪櫛の筥を取出して女の後に續いた、かと思ふと忽ち車には雜色共がよつてたかつて門前に押出し、急いで牛を懸けると飛ぶが如く何處へか去つて仕舞つたのである。

　女が局に這入つて落つき、女童は櫛の筥を包んで屛風の後に隱れた時、老醫は几帳の前に近づいた。

「何の御用で御座りませう。どこか御惡い所でもありませうが」

「別段恥しがりも致しませんから內へ御這り下さい」

　守は簾《すだれ》をかゝげて入つてから、初めて女と眞向に顏を見合せた。女は女房らしい裝束である。年の頃は三十ばかりにならうか、艶やかな髮が丈《たけ》にあまる程長く、やゝ下ぶくれの可愛いゝ顏立が透きとほる位白い。少し熱があるらしく眼瞼《まぶた》に隈が出來て、やゝ强い負け嫌ひな所は見えるが、唇は芥子の花の樣に赤く、體はすらりとしてまづ美女といつていゝ。

　老醫師は少し惑《まど》ついた。それは覺めるばかり鮮かな萠黄の小袿《こうちぎ》にたきこめたらしい香の薰りが馥郁と包つて、甘酸つぽい爛熟した女の肌の香と共に、烈しく鼻を衝いたからである。三四年前に死なれて、寄る年波といふ程でなくても五十近くなつて淋しい獨身で暮してゐる老醫は、頭がくら〳〵として几帳屛風もぐる〳〵躍りまはつてゐる樣に見えた。が女は別に恥づる風もなく、妹が兄の所へ里歸りでもした樣に安らかに落ついてゐるので、やつと力を得て、

「この樣子では何をしても怒るまい。俺の自由になるだらう、この圖々しい女は」

と思つた時、老醫は身內がぞく〳〵して、自分の齡《とし》を忘れてしまつた。そして齒はすつかり拔け落ちて、皺がおびたゞしくよつて干からびた顏一つぱい嬉しさうな笑を浮べ、不恰好な體に無理にしなを作りながらいろ〳〵話しかけた。女は浮かぬ顏で

「此の樣な體になつてまだ生きてゐたい私の心はまあ何といふ淺間しい事でせう。私は一命の惜しさに如何な恥しさも忍んで助かりたい一念から貴方の所に參りました。さあ生かすも殺すも今は貴方の御意のまゝです。一切を御任せ致しますから、どうぞ命だけは助けて下さい。」
と言ひ乍らオイ／＼泣き出してしまつた。

老醫は何が何だか判らくなつて呆然と女の顏を見つめた。しきりに當惑しながらも亦可愛想にもなつて言つた。

「一體どうしたといふのです」

女はまだしやくり上げて居たが、やがて思切つた樣に立あがつて、緋の袴をづるりとまくりあげ、股も露はに默つて老醫の眼の前につき出した。ひやつとしながら覗くと、ふつくら柔らかい雪の樣な股倉の奥の方が赤味がゝつてすこし腫れてゐる。その腫れが不審なので、老醫は職業意識を取り戻して緊張した。

すぐに、たゆたふ女の袴の紐を解いて脫がせ、前の方を開く樣にして坐らせて覗きこんだ。丸くむつちり白くもれあがつた股倉の線がうねつて合さるうす暗い所に、眞黑にちゞれた毛が柔らかさうに生ひ茂つて居る。その毛の兩側は赤く腫れあがつてゐるが、其處は別狀はないらしい。毛の中には何かあるらしいがよくは判らぬ。そつと手を入れて搜つて見ると、すこしねば／＼した濕りけのある窪みに、やはらかいぶよ／＼した疣の樣な肉塊がゐる／＼と指先にふれる。その上の方の毛の中をさぐると、ほつこり堅くふくれ上つて熱い程熱を持つた所がある。「これだ」と思つて、仰向けに寢かし、×を開かせて、生ひしげる毛を兩手で一本／＼搔き分けながら、丁寧に檢めて見ると、毛の中はひどく腫れて眞赤になつてゐる。

その中にゐる／＼した赤い窪みから着上一寸ばかりの所が、最も高くぽつちり盛れ上つて白く濁つた膿が皮をとほして見える。老醫は額に浮いた脂汗をせはしく拭いて顏をしかめた。

「これは大變です。命に關りますから、少し痛いがすつかり療治してあげます。暫くそのまゝ待つて下さい。」
と言つて慌てゝ立ち上つた。女は×を開いたまゝ仰寢けに寢て眼をとぢてゐる。

老醫はすぐに藥箱と白布と土器に水を一杯持つて來た。そして褌をかけ股立を取り、若者の樣にシャンとして、再び露はに開いた×の間に顔をうづめた。むつとする異臭が熱氣と共に顔にかゝる。それに屈せぬ老醫は、先づ腫物の兩側にある毛を美しく刈りはじめた。

すつかり毛を刈り取ると惜しさうに眺めてから、鳥の羽に水を含ませて綺麗に洗ひ、白布でよく拭《ふ》ひてからその白布は股にしつかり挾ませて下の窪みを塞いでしまつた。

次に藥筥に包んである五葉松の枯葉を取出して丁寧に拭ひ先を淸めて、眞赤にはれて膿を持つた腫物の頭に、五本の指先を揃へてぷつつり突刺した、女は股に波打たせてぴくりと動いたが聲はない。その時老醫の枯手にぐつと力が入つたかと思ふと、黄色に腐つた膿がもくり／＼もれ上つて噴き出す。噴き出した膿はたら／＼流れて股にはさんだ白布をいたましく染めてゆく。そのうちに膿はだん／＼赤く濁つて、終ひには眞赤な血になつたが到頭出なくなつた。

すると今度は苧《を》を打ち柔げた綿で手早く膿の汚れを拭ひ、鳥の羽に水を浸して洗つた。そして飯粒に松脂を乾して粉にしたのを混ぜて練つた膏藥を張り、皮袋に氷を入れてあてがひ、白布を褌にして股をきつく縛つて蒲團の中に臥《やす》ませた。その夜、女は壁土をどろ／＼に融かした湯と錯を飮ませられた。

翌日もその翌日も、膿を出しては松脂を張り、氷で冷した。三日目に膿を押した後を拭《ふ》いた所が白い膿がぽつちり殘つてゐる。亦拭いて見たが取れないので、老醫は「これだ」といつて、鑷《けぬき》でもつてそつとつまんで引張つた。すると中から熊蜂の蛆みたやうな白虫がづる／＼二寸ばかり出て來て、後に直徑三分ばかりの大穴がぽかりと開いた。押すと少し血が出る。血をすつかり拭いた老醫は、生きながら蛞蝓を油に溶した、薄黑いどろ／＼の藥液を穴に注ぎこんで、氷で冷した。翌日は一層腫れが引けて赤味が褪めて熱もなくなつたらしい。膏藥を取つて見ると穴は半分程に小さくなつてゐる。

かうして二三日經つと、傷はすつかり癒着してしまつた。後は冷す事をやめて、茶琓《もひ》に何か搯り込んだどろ／＼の白藥を塗つて居る內に、股の赤味もいつしかとれて雪の様に白くなつた。少しのびかけた毛叢を見た老醫はわく〱して「今だ」と思つたが、足がぶる〱慄へて、素面《しらふ》では出來なかつた。

×　×　×　×

その暮方、女は

「親にも見せてならぬ所を御見せ致したとはいへ、命に關る所を助けて戴いて厚く御禮申します。今宵は仰せのまゝ、ひたすら御賴み致します故、明日は車で送り返して下さい、その際、私の身の上話も詳しく聞いて戴き、親代り、夫《つま》代りとして時々伺はせて貰ひます。甚だ恐れ入りますが今宵は風が寒うございますから、女房宿直の薄綿衣でも御貸し下さいますまいか」

と言ふ。委細承知して帳を出た老醫師の心は、懸想人《けそうびと》を待つ宿下りの如く浮々してゐた。あの様な腫物を出かす女の事だからさぞ手管の多い好色者《すきもの》であらう。久しく男に離れて戀しさにうづ〱してゐる女盛りの肌、あの萎びてかさ〱してゐた亡妻の體を今更のやうに忌々しく追想しながら、何時もより酒を一本餘計に呑んだ。老醫のうすく、禿げ上つた額には珍らしく脂が浮んで灯の影に樂しさうに光つてゐた。

老醫師は闇の中をそろ〱と手搜りしながら、醉に定らぬ千鳥足を運んだ。そつと簾をまきあげると、媚めかしい衣の香がふはりと鼻を襲ふてくる。息がはづんでがく〱慄へる膝をやつと耐へて、ぢり〱這ひ乍ら女が何時も寢て居る方へ忍びよつて手をのばすと、やはらかい衣の端が手に觸れる。はつと思つて息を凝《こら》せば、女の寢息すら聞へない靜けさである。やがて物狂はしく几帳の中の空氣がかきみだされて後、老醫は獸めいた烈しい息をふいて、非常な勢で簾を刎ねあげて飛出した。

あはたゞしい怒號がくり返へされて邸内は鼎《かなへ》の沸き立つ如くひしめき始めたが、やがて灯をさげた老醫の姿が几帳の中に見られた。局の主は何時しか去つて空しく、燃えたつばかりの緋の袴に、鮮かなる滴る綠の小袿《こうちぎ》がみだれちつて、悩しい香を立てゝゐるだけである。

晝の如く明く灯された根松《ねまつ》によつて、邸内は隅から隅まで搜しつくされ、その結果、女は女房宿直の薄綿衣に身を寞して逃げ去つたと判つた時、奥の几帳の蔭に戻つた老醫の爛《たゞ》れた眼には口惜し涙が浮んだ。と何時の間にかその涙は、悲しみの玉とかはつてぽろ〳〵と頬をつたはりだした。涙と鼻汁でくちや〳〵になつた皺だらけの顔を、眞赤な緋の袴に挿しあてゝ、媚めかしい薫香と、三十女の肌の移り香を貪り咽《むせ》んで伏轉《まろ》んでゐる老醫の口から、再び呪はしい獸めく呻き聲が長く〳〵聞え、やがて弱々しい啜り泣きと變つて行つた。

間を隔て臺所には、二三人の雜色たちと水仕女達が、爐をかこんで朗らかに笑ひ興じてゐた。

「あの年になつて好色《すき》盛りの女に這ひ込まうといふ家の大將も氣が強すぎるではないか、どうだい、あの口惜しがり樣は、ハッ〳〵〳〵」

「それにしても怜《きか》しい女《ひと》ね。身を變へて逃げるなんて。家《うち》では名も身分も聞かないと言ふぢやないの、よほど、長いわ。あら厭だ、ほ、、、、、、」

研究資料

毛の性愛學

津田貞明

本誌は今後機會ある毎に、人體諸器官の眞摯な研究なども續けて行きたいと思ふ。本篇など寧ろ醫學雜誌に掲載さるべきものだが、談奇派の人々と雖も知つておく必要があると思ふ。

陰毛は第二次性徴の一であつて、生殖腺が成熟し、性「ホルモン」の内分泌のはじまると共に發生すること、腋毛、鬚髭等と同じであるが、併し他の毛髪とは其の狀態及び性質を異にしてゐる。女子は思春期に達するに先だち、既に陰部の處に軟かき生毛を發生してゐるが、次第に思春期に達した後は、濃厚なる陰毛を生じて來る。而して其の發育は先づ陰阜の中央部及び大陰唇の邊緣より始まるのが常である。

最初に發生する陰毛は多くは圓直であつて捲縮することも少きも、既に十七八歳以後となれば、殆ど常に屈曲捲縮し、或は螺旋狀、或は輪狀に轉回する。而して其の陰毛は陰阜の中央部に向ふに從つて次第に濃厚强剛となり、之に反して陰阜の周邊に赴くに從つて稀薄となり薄弱となる。

女子の陰毛は男子のに比すれば通常短かきも、その直徑は遙かに大であり强剛であると云はれてゐる（女子の陰毛直徑は〇、一五ミリに對し男子の陰毛は〇、一一ミリ）。

パツフの始めて認めた處に依ると、その長徑に至つては個人的に甚しき差異あるも、平均長徑は殆ど二乃至五センチであつて、其の强く捲縮せるものは九乃至十センチの長さに達するものもある。されどまた異常の長さを有するものもあつて、チヤーンの如きは、一婦人に於て其の陰毛の頭髮よりも長く膝の下方にまで達したるを見、パウリニーに羅馬の一女子に就いて其の陰毛が膝にまで達し、鬘を製作するために商人の買ふ處となつた一例を記し、またバルトリンは背部に於て編み合はす程の異常に長い陰毛を見、わが國の娼婦に於ても衞生檢査の際陰毛を髮形に結つて行き醫師をして苦笑させるもあるといふ。女子と男子とは陰毛の配列狀態が異つてゐる。男子に於ては陰部より下腹部に向つて上列し、臍部に達して上方に尖頂を有する三角形の狀態に配列し、また一方には、肛門部にまで及ぶものであるが、女子に於ては多くは陰阜に限局し、外方は僅かに大陰唇、下方は會陰の中央部に達するに過ぎない。併し稀には男子に於けるが如き配列狀態を呈するものもある。ローテは北獨乙の女子に於て大約四％、ロムブソーは伊太利の女子に於て五％、ベアはデンマークの賣笑婦二千人の中、その一、三％に之を見、シユルチエーは百名の婦人中、五人に就いて男子に於けるが如く臍部に達せるものを見た。其の他、往々陰毛が側方に擴がり、鼠蹊部及び大腿上部に及び、または腸骨棘に達すが如きもある。

　女子の陰毛は腋毛と一定の比例的關係を有し腋毛の多い者は從つて陰毛も多い。また眉毛の强く發生する者に於ても同樣である。併し頭髮とは一定の關係がない。ベアーは陰毛少き女子百四十四人の中、其の七十二人は頭髮の濃厚なるを見た、また陰毛が全く缺如し、殆ど有せざる者を女子の三％に於て認めた。ベアーは陰毛の密度及形を形容するに、扁平にして捲縮せる芝草の如く、或は密生して高く茂れる藪の如きものありと云つた。プロッス・バルテルスの說に依れば、ビスマルク半島の婦人の陰毛は甚だ多く密生し、之を以て自己の手を拭ふ手巾に代用する者さへあるといふことである。

　ローテは北獨乙の婦人千人に就いて調査したが主として暗茶褐色であつた。而して赤き頭髮の女はその陰毛も赤く、黑き髮の女に於ては其三分の二は黑色、三分の一は褐色の陰毛を有つてゐた。また猶太の女は主として褐色の陰毛である。陰毛は他の毛に比して白色に變ずることは最も遲いもので、此の事實は夙にアリストテレースも知つてゐた。

またその非薄となること遲く、老人に至れば頭髪は既に著しく脫落すれども、陰毛は依然として脫落しない。

陰毛は內部生殖機能の發育と密接の關係を有し、幼年時代に於て卵巣を摘出された者は決して陰毛を發生しない。卵巣の發育不完全なる者に於てもまた同樣である。プラントは子宮及び卵巣の發育不完全なる一處女に就いて頭髪の長く發育せるに拘らず、陰毛及び腋毛が毫も發生しなかつたことを見た。

ミツハエル・スコツトは頭髪及び陰毛の粗剛にして、且つ捲縮せるは性慾强しといひ、ルーポは陰毛の密度、色、及び捲縮の狀態は性慾の强弱を判定すべき尺度なりといひ、マルチノーは生殖機關の發育愈々完全なれば隨つて陰毛も多く發生するものであると記し、タルヂユは色情の濃厚なる女子に陰毛の多きことを說き、ベズーは二千二百人の賣笑婦を檢査して、其の陰毛の著しく密生した者の多數なるを發見した。其の他モラグリアも性慾の强き女子、就中賣笑婦を檢して陰毛の密生せるを認め、ロンブロゾーもまた同一の成績を收めてゐる。陰毛の發生發育が、生殖腺の發育成熟と一定の關係あることは明白であるが、併し陰毛の多寡を以て性慾の强弱の推定をする絕對的の尺度となす事は出來ない。それは實際上の事實が證明してゐる如く陰毛が缺如し、或は寡少なるものにし、性慾の濃厚なる者も決して尠くない。江戶時代の文化文政の頃、三代目阪東三津五郞の妻お傳は「かわらけお傳」と呼ばれて、陰毛の缺如した女性にも拘らず、甚だしい淫婦で、數十人の情夫を拵へ、世間に醜名を流したことは隱れなき事實である。

然し毛髪の美に依つて異性の愛慾を唆るものであることは事實である。我國の古文學にも陰毛を禮讚したものがある。

在原業平の東國に下りて陸奥に到り八十島といへる處で宿つた時、此の地で死んだといふ小野小町の髑髏の目の穴より、一本生ひ出た薄の風に靡きて『秋風の吹くにつけてもあなめあなめ』と歌の上句を詠み出づるを聞き、其の下の句をつけて『をのとは言はじ薄生ひにけり』と詠んだ事が『無名秘抄』にも見えて人の知る處であるが、此の歌は女陰を詠んだものなることは、既に古人も說いた處で、髑髏の目の穴を膣に見立て、それより生ひ出た薄を陰毛に聯想したものであらう。されどそれよりも具象的に陰毛を詠んだものは、『堤中納言物語』の中に見える。

かは蟲にまぎるゝ前の毛の末に
あたるばかりの人は無きかな

といへる和歌である。『かは蟲』とは即ち毛蟲のことで、陰毛を之に譬へて詠んだのである。

羅馬の帝政時代に於ては特に金髪が賞美せられたので、當時の婦人間にはわざと其の頭髪を黄金色に染め、或は金色の鬘を被りなどして、異性の注目を惹くに努めた。我國でも上古時代より、頭髪の特に長い婦人が美人として持て囃されたが、平安朝時代に入つてより女子蟄居の風が起り、あらはに其の顔を人に見せぬ用意に几帳を垂れ、或は檜形を當て、或は髮を振りかける習慣となつた結果、顔貌以外のものに美の標準を置き、他人の眼に附き易い頭髮の長く美しいのを美人型の一と看做すやうになつた。それ故に當時の物語本を讀むと、美人の容姿を描く個處には、特に黑髮の長く美しいことを記してあるのが五月蠅程眼に附く。例へば『榮華物語』に『御ぐしの紅梅の織物の御ぞのの裾にかゝらせ給へるほど、ひななう、やうじ掛けたる樣にて、御たけは七八寸ばかりあまらせ給へらんかし云々』とあるが如き、『大鏡』に『御ぐしの上にいと長く曳かせ給へて出でさせ給へしは、いとめづらかなりしこと哉』とあるが如き、また『紫式部日記』に『髮うるわしく、もとは、いとこちたくてたけは一尺餘あまりたりけるを』とあるが如き、また『文德實錄』に檀林皇后のことを記して『后爲ㇾ人寬和、風容絕異、手過ニ於膝一、髮委ニ於地一、觀者皆驚』とあるが如く、いづれも頭髪の長いのが讃美されてある。されば顔貌はさのみ美しくなくとも、頭髪の長く美しいがために美人と看做された者もあつた。例へば『源氏物語』を見るに、末摘花といふ女は、色靑く顔非常に長きが上にも鼻の尖が赤く爛れ、痩せすぎの醜い女であつたが、其の髮だけが長く麗はしかつたので、光源氏の好色心を挑發した。『源氏物語』の『末摘花』に此の女の髮の有樣を叙して『頭つき髮のかゞりはしも、美しげにて、めでたしと思ひ聞ける人々にも、をさ〳〵劣るまじう、うちきの裾にたまりて曳かれたるほど、一尺ばかり餘りたらんとおぼゆ』とある。

異性の頭髪美を讃美し、また之に憧憬するのは固より生理的であるが、併し頭髪及び陰毛に對して異常の戀着心を抱き、其の匂ひを嗅ぎ、或は之を瞥見し、或は掻き亂すことによつて快感を覺え、性慾を滿足するが如きは、慥かに變態者である。這般の變態性慾は女性身體の一部分たる眼、口唇、鼻、手、足、陰部等に對して異常の戀着心を抱く處のものと其の性質を一にする『節片性淫亂症』（性的崇物症Fetischismus）であつて、特に之を稱して毛髮性節片淫亂症 Haarfetischismus と云ふのである。既に千七百八十五年の頃、アルヘンホルツは其の著『英國と伊國』England and Italien, 1785 の中に、ある英國人が美人の頭髪を自ら梳ることによつて絶大の快感を覺え、それがために美しい姿を置き、時に留針を除せしめて自分の手で其の髪を掻き亂し、燃ゆるが如き情熱を滿足して、最大の快樂を感じた者のあつたことを記述してゐる。此樣な異常性慾はまた往々同性愛を好む婦人に於ても認めらるゝ處で、ダヌンチオの創作『快樂』Lust（獨逸譯）の中には婦人が婦人の頭髪に愛着憧憬することが描寫されてゐる。

此の如く女性の頭髪を異常に愛好する者は、之を瞥見して性慾の發揚興奮する結果、暴力を以て其の婦人の頭髪を截り取り、之に接吻し、或は其の匂を嗅ぎ、或は之を撫でゝ性慾を滿足することである。所謂截髷漢 Zopfschneider と稱せらるゝ者は此の種の人間で、這般の變態性慾的行動は、特に十八世紀時代に盛んに行はれたことがあつた。我國の江戸時代に於ても屢々髪截りのあつたことは、當時の種々なる隨筆中に散見せる記事に徵して明かである。例へば『諸國里人談』に『元祿の初、夜中に往來の人の髪を切ることあり。男女共に結びたるまゝにて元結際より切り、結びたる形にて上に落ちてありける。切られたる人曾つて覺えなく、いつ切られたりと云ふことを知らず、此のこと國々にありける中に、伊勢の松坂に多し。江戸にも切られたる人あり。云々』とあり、また『敗鼓錄』にも『明治六年春末より初秋の頃まで、江戸市中の婦女、曾つて眼に遮るものなきに忽然として頭髪を截らるゝこと幾百千人といふことを知らず』とあり、また『善庵隨筆』にも『予幼かりし頃、髪截りとて一時流行せしことあり。その後も一二見聞せり。これ狐妖とは云ひど道士の狐を驅使して然らしむるにて、大抵は婦人の髮を截り、男子の髮を截ること聞かず』とある。思ふに此の髮截りと稱せられたものゝ中には一種の絲狀菌が頭髮に寄生するより起る處の傳染性毛髮病、即ち寄生性毛髮斷裂症 Trichorrhexis parasitaria に起因するものもあつて、それが流行の髮截りとなつたこともあるかも知れぬが、併しまた前記の如き毛髮性節片淫亂症に罹つた異常性慾の人間ある時は、其の都市村落に於ける多數の婦人が、其の頭髮を截り取らるゝことのあるのも固より怪しむに足らない。

夙にクラフト、エビング等の著書にも掲載されてある其の中の一實例の如きは頗る極端なもので、三十歲許りの位高き男子であるが、既に十歲の頃より婦人の頭髮を見れば忽ち快樂を覺え、詩を詠じ文を草して、女の髮の美麗なることを讃美し、非自然な方法の下に其の燃ゆるが如き性慾を滿足した。而して女の髮に觸れた許りでは猶ほ充分なる快感を得られないので、之に接吻し、或は吸吮することによつて始めて愉快にその色情を滿足することが出來た。若し女の髮を見る機會なき時は甚だしく不愉快になり、已むを得ず腦裡に美しい女の髮を想像しつゝ自慰を行つた。途上貴婦人に邂逅すれば、先づ第一にその頭髮を注視し、色情勃々として燃ゆるのあまり、頭髮に向つて接吻せんとする心が起つて、胸内の苦悶實に喩ふるに物がない。一日それがため一處女の頭髮を截り取つたこともあり、また密かに貴婦人の髮の櫛目に殘つたものを盜み、之を口にしつゝ自慰をなしたこともあつた。またマグナンの報告した二十五歲の男子の如きは、平素夢に見るものはいつも美しい婦人の頭髮で、若し之を實際手に觸るゝ時は、忽ち發情して射精した。一日途上で少女の頭髮三條を截り取つたこともある。

毛髮性淫亂の反對に禿頭に對して異常なる愛着心を抱く者もある。ヒルシュフエルドは『禿頭性淫亂症』Clatzenfetischismus と稱すべき一賣笑婦に就いて記述した。プロッホも二三の民族に於ては、脫毛が却つて性的刺戟となることを記した。我國にも靑く剃られた坊主頭に惚れて夢中になつた者も無いではない。

随筆

妙竹林集（その一）

妙竹林齋

指の雑談

正月を嬉しがるのは、世の中の荒波を知らぬ頑世ない子供と、借金で首の廻らぬ人間がホツと一息して安心する位のものである。

然し、正月早々愚痴をこぼしたり、泣言を並べるのも胸糞が悪いから、これといふ表題もなく頭から出まかせに何か書かう。

寒くなつてペンを持つと、熟々自分の指の老ひたことが感じられる。と同時に、よく戰ひ、よく遊び、つまらない人生ではあつたが、俺の今迄の生活を支へて吳れた指に對して、哀れにも亦痛ましいやうな感謝の念が湧く。

創造主《かみ》が人間に指を與へたのは、物を喰ふために與へたのか、働らくために與へたのか、そんなことは今日迄たゞの一度も考へてみたこともなかつた。

同じ人間の指であり乍ら、ある人の指はスリを働き、或る人の指は一大發明をなし、又ある人の指は永遠不朽の價値ある大著述をしてゐる。

それを想ふと俺の指などは誠につまらない指であつた。それにつけても、フト胸に浮び上つて來るのは指の犯すいろ〳〵な性的罪惡である。

創造主《かみ》は罪を造らせるために、人類に指を授けたわけではないと思ふが、この指先といふ奴は實に凡ゆるものに觸れたがる。

スリ、萬引の方面に恐るべき天才があるやうに、電光石化の早業を以つて婦女子の妙な所に手を差入れる罪人だつて、世の中にはどれ位ゐるか一寸見當がつかぬ。

活動寫眞《シネマ》館《ハウス》が男女同席を許した時代には、この「逆か碁を打つ」犯罪が至る所で頻出した。逆か碁を打つ犯罪なんて甚だ妙な隱語だが、知る人ぞ知る、立派に通用してゐる言葉なのだ。つまり、碁は人差指を下にし、中指を上にして摘むが、あそこを摘む場合は指の位置全く相反してゐるところから起つた名稱である。

もうだいぶん古い話しだが、東京四谷の某理髮店の職人に、逆か碁を打つ達人がゐた。この忌はしい病は既に膏肓に入つて、側に婦人さへゐれば、電車の人混の中に於てさへ間一髮の隙を狙つて指先の感觸を貪ぼつたといふから、その技既に入神の域に達してゐたのであらう。

川柳子の「なかなかに湯卷へ迄は屆きかね」の名句も、この理髮職人の技を以てしては、實に取るにも足らぬ馱句であつたらう。

女の弱さは弱い部分を摑まれた際に、いよいよ女性の特質を發揮する。

强姦されてすら泣寢入りする女さへ多い位だもの、逆か碁を打たれた位では、十中八九人迄は必ずあられもなき恥に耐へ忍ぶ。女權擴張を叫ぶ前に、女性は先づさうしたすなほさを打ち破らねばならぬ。

然り而して、性凝りもない彼の職人は、後に活動寫眞《シネマ》館《ハウス》で又もやこれを繰返し「探盡十洲亦五島、「玉波津々漂峯來」の妙境に陶醉せんとしたのはいゝが、悲しやその時は對手が惡く、忽ち腕首捕へて柳眉逆立て、憤然として開き直つたからサア耐らぬ。遂に臨席の警官に引張られて檢事局送りとなり、彼の自白によれば、逆か碁を打つこと四十餘回に及んだといふから、流石の係官も呆れたといふ。

　風俗取締が頗る嚴重になつた爲に、最近では男女混浴を許す溫泉場は極めて寥々たるものであるが、以前は溫泉場といふと、他國者同志のはかない一夜の性的取引所であつた。

　すつきりした太肉《ふとりじし》のマダムとやら云ふものが、眞白い襟あしを微風に弄らせて、たつた一人で欄干《てすり》かなにかに凭れてゐたら、敢て好者ならずとも多分に心は動かされやう。況んや湯煙朦々たる中に、一人の女、一人の男が同じ浴槽內に、雪白と赤銅の皮膚を晒すに於てをや――である。

　北國のある溫泉場で、東京の某知名の士が、藝妓風の同浴者に對して、牛の歩みのノロノロと手を差しのばしたと思ひ給へ。小刻みに顫へる男の戰々恂々たる指先と相反して、彼女の腰部たるや泰山の如く、泰山は少し大袈裟すぎるが石臼の如く、自若として厘毛の動搖を見せなかつた。

かくて、男の思ひのまゝにさせた女は湯壺から上ると大聲一番

「こゝのお湯は女の不淨物まで流してくれるわよ！」と叫んだとか。

　おゝ、何と憐れなる知名の三助よ！

　ポカポカと暖かい小春日和の眞晝間、錢湯の流し場に大胡座をかいて、ジヤリジヤリと小氣味よく頬髯を剃り落すのも悪い氣持ではない。剃り跡の皮膚をクネクネと摘まんで見て、その彈力性がどこやらの皮膚に似てゐると、無性に嬉しがつた亡き友の影が、今この稿を草しつゝある俺の眼前にチラホラと浮ぶ。

　條々たる餘韻が深夜の巷に流れる按摩の笛。嘗てさる未亡人の宅へ按摩が呼びこまれる。肩から胸へ、胸から腹へ、指力がだんだんに下にさがる按摩の指先を……「そんなこたア考へてみたこともねエ」と、腹の底から啖呵の切れる

人間が幾人ゐるだらうか。

辷り醫者といふ言葉もチョイチョイ耳にする。幼い頃は何のことかさつぱりわからなかつた。

舌を出して、眼をあけて、大きい息をして、サテそれから腹をまさぐるのが大抵の醫者の診斷の順序である。

この時に、對手が若くて美しい婦人の場合には、故意にか遇然にか、思はず知らず下に辷りすぎる醫者のことを、辷り醫者と云ふのださうである。

手を辷らされたことに、淡い幸福を感じたさる大家の未亡人が、

「お手が汚れたからお湯を澤山にもつてお出で」と女中に命じたといふが、さもありなん。さもありなん。

支那の小説の中にこんな場面がある。

ある男が友人を訪問して應接に案内され、茶を運んで來た女中をみたら、餘り美しい肉附についフラ〳〵となり、逆か碁の一手を試みた。そこへ匆然と主人が扉を押して這入つて來たので、突嗟のことゝて二本指のやり場に困り、側にあつた刻み煙草を無我夢中で摑んで

「どうして僕はかう脂手《あぶらで》だらうなア」はよかつた。

大正十三年だつたか十四年だつたか、岐阜の鵜飼舟の中で、同市の市會議員といふ三人のお歴々が、一人の年增藝者に對し、イヤガル彼女を羽貝締めにして、落花狼藉、例のところをつぶさに愛《め》でゝ鑑賞した。果然問題は擴大して、事件が法窓の明るみに持出された。女は人氣商賣に差障りがあるといふ强抗態度を最後まで押通した爲に、三者それぞれ刑を受け、市會議員の肩書までハタキ落されたことがあるが、三人のうちの一人は而も年齡五十路の坂を越えてゐたといふから、たとへ酒興の上とは云へ指一本仇やおろそかに使つてはならぬ。

銀座の女給のエロ・サービスにはいろいろあるといふことだが、その中でも華々しいのになるといきなり男の手を摑んで、御叮嚀千萬にも五本の指先を溫めて吳れるといふ。

見方によつては簡單な勞働であり、見方によつては悲し

いサービスである。
そのために、數圓のチップを奮發する人よ呪はれてあれ。

大阪南地の有名な某料亭に、なかなかお愛想のいゝ仲居がゐて、生醉ひの客がしなだれかゝつても、あそこ迄は端然として許容する。瘡氣と己惚れ氣のない男がないやうに、大抵の男は只それだけで意外の成功に、ピクリと鼻をうごめかすのであつた。

「俺があれまでにして、默つてゐる位だから……」

かくして、一人ならず二人ならず、實に夥しい頓馬野郎が、安宅の關所を越えやうとあせつたが、結局、何回來てもそれより以上は斷乎として拒絕し、對手の指先を利用して巨額の金を儲けたといふ。

なかには根氣のいゝのがあつて、同じことを二十回も繰返したといふに至つては、間抜け加減もこゝまでくると滑稽すぎて笑へもしない。

川柳に

辨當をその手で貰ふ切落し
人柄をよく棧敷でもクヂルなり

などいふのがある。
切落とは下席見物席のことであることは敢て說明する迄もなからう。

芝居などで猛烈な濡れ場など見せられると、婦人の手はどうしても上の方へはのびて行かない。と云つて、不思議だ、不思議だと頭をひねくり廻して考へるほどのことでもあるまい。

男の爪の伸びたのは十人が十人の女がいやがる。結婚した婦人が夫の長い爪を見ると神經が苛々して來るといふ。「どうしてだらう？」なんて、そこまで間抜ける必要もあるまい。

爪について面白い話がある。

某省の官吏が地方に出張して、教育映畫か何かをやつた時に、暗い時間があまり長かつたと見えて、大向ふの彌次が

「爪がほとびるぞっ！」と實に怪しからぬ與太を飛ばしたので、満場どつと笑ひ崩れ、感動も感激もあらばこそ、百日の說法屁一つに歸したといふ珍聞がある。

これは前科數犯の色情狂患者の話だが、彼の犯して來た數十の婦女子のうち、いよ〱その大切な貞操を蹂躙されやうとする時、五本の指でピタリと局部に蓋をして、必死の防禦を試みたものは、後にも先にもたつた二人しかなかつたといふ。

さすがの彼もこれには退却した。壯烈なる意氣、一少部隊で數千の敵を追散らす滿洲の兵士のやうではないか。

江戸時代の戯作者たちは、夫婦和合の道に於ても、極力指の果すべき役割に就て書き立てゝゐる。

けれども、指弄の悪戯は何人もこれを愼しむにこしたことはない。

往時、東京のある娼妓が、初夜の客からこの悪ふざけをされて、ムックリと起き直つて對手を面罵した爲に、ビール瓶で頭を叩き割られたといふ悲慘な話があるが、ちよつとした指の感觸を貪ぼつて刑務所迄行つたのでは、どうひいき目に見ても算盤に合はぬ。

男子よりも婦人の方が、小狗や猫を愛撫する熱度が强いのは、その柔かい毛に觸れる時の感じがいゝからではなく、小狗や猫の指でそちこち引搔き廻されるのがいゝからだと說く人もあるが、マサカ………

あゝ、くたびれた。今回はこれ位にして、次は嗅覺——鼻、視覺——眼——聽覺——耳の犯罪てな方面に就て述べて見やう。

魔都新嘉坡《シンガポール》の裏面

談奇黨調査部

子を産んだ處女

談奇黨調査部からの秘命を受けて、私が○商船の半荷半客船H丸に便乘して、目指す新嘉坡に上陸したのは×月×日の午前十一時。豫め電報で打合せてあつた友人のU君に出迎へられて、そこから直ぐ私は彼の家に伴はれて、兎に角、當分彼の家に落付くことにした。私は既に、總てを呑み込んで居て呉れるU君には、只久濶を謝しただけで、晝餐も怱々にして外へ飛び出した。晝間のうちに大體街の外見だけでも見て置きたかつたからである。

是非、一緒に行くといふU君をやつと斷つて、外へ出ると私は、直ぐ近所の書舖で地圖を買ふと、通り掛つたタクシーを呼んだ。

乘つてから私は運轉手に、

「此の街の一番賑かな場所と、その裏通りと、それから、ブッサーの近所を一廻りして、二時間以內に再び、此處まで戻つて來て吳れ、速力はなるべく遲い方がいゝんだ」

斯う云ひ付けると、私は手にした地圖を繰り擴げた。私は實の所この新嘉坡には、四年前まで、約八年間も居たので、およそ當市の地區には明るい心算りだつたが、重大な使命？　のために、一應念には念を入れて、市街の地區の變化を見て置かうと思つたのである。

×

こうして用意周到の下に私は、その夜矢張り一緒に行かうといふU君を斷つて、只一人ジャラン、ブッサーの魔窟へと足を向けました。調査の第一歩といふ譯です。

「東洋《トワン》！　いゝ所へ御案內いたしませう」

突然橫丁から飛び出した、福建車夫が阿片吸飲者のやうな、ヨボ〳〵した半裸體の支那男が、私の側へ來てこんな誘をかけた。

「ホウ、素適な所があるかネ？　私に氣に入りそうな所が……？」

「ありますとも。小さいの、小さいのが」

私は廣東婢《カントンピー》の小さい汚らしいのには、もう凝り〳〵してゐるのです。

「オラン支那《チーナ》か、支那は御免だよ」

こういふと、彼奴《やつ》等は必ず當惑らしい顏付をする。しかし直ぐにまた、狡猾な彼等一流の片笑ひを泛べながら

「ババでも　スラニーでも、オランマラユでも何んでもありますヨ、旦那《トワン》」

と答へやがるんです。ババ南京といふのは土着の支那人、スラニーは混血兒、マラユは馬來人の事です。ババ南京の女は、廣東渡來の支那人と違つて、美しい髮、白い皮膚、華美なサロンでカバヤを着て、新嘉坡を飾る唯一の美人種屬で、歐羅巴の此種金髮美人も、その容姿の點では、到底及ばないものがある。

「ババは何處に居るんだい？」

「ホテルに連れて參りますヨ、旦那《トワン》！」

「美しいのでなければ斷然俺は斷るぞ！」

「好《パイ》！　好《パイ》！」

　ともう走り出そうとする。

「おい〳〵、貴様何處のホテルに連れて來るんだ？」

「知つとりませう旦那《トワン》、旦那はタニジョンパンガーの東洋ホテル、あそこへ行つて、勘定場《カウンター》へ、今晩はといへばいゝのですヨ、へツへ……スラングン路の乾物屋の嫁さんです。小さいの、小さいの別嬪です」

　このポンピキのやうな支那男は、主に吾等日本人目當の車夫《チャー》で、ホテルの支配人とはスツカリ打合せ濟になつてゐて、夕方になると魔窟に出入する日本人を見張つて居て、追跡してはこんな誘惑勸說《かんぜい》を試みる、不思議な存在なのであります。

「乾物屋の嫁さんとは貴様いゝ加減な嘘をいふな」

「おゝ、決して嘘ではないです、旦那《トワン》！　チョツ」と舌打ちして、その眞實性を確信して貰はうと努力するのです。

「さうかね、嘘云つたら承知しないぞ、舌を引つこ拔いちまふぞ！　で、その何か、其奴は確かに賣娼婦《しやうばいにん》ぢやないといふんだね」

「エ、勿論ですとも。旦那！」

それから私は、凡てを呑み込んだホテルの支配人の案内で、三階のルームにバスを使つて煙草を薫らしながら待つて居ると、やがて十一時も大分廻つた頃、例の福建車夫、良泰明が連れて來た女は、成る程、正直正銘のババ南京の女で、艶麗な美人である。

車夫は、非常に冒險を冒して、此の女を連れて來たのだから、女に二十弗、自分に五弗呉れ、と要求する。

「ヨシ／＼、併し良、金は正《まさ》しく拂つてやるが、先刻も云ふ通り、若しこれが常習の賣娼婦であつたら、貴様のそッ首は胴に着いてはゐないぞ！　いゝか！」

「好《パイ》、好《パイ》、旦那《トワン》！」

金を受取ると直ぐ良泰明は歸つて行つた。私は彼女を寢臺の傍の藤椅子に掛けさせると、扉に鍵をかけて了つた。實際こゝには、口のうるさいユダヤの女モゼールや、エストニアの女などが、日本の獨身紳士を注目して巣喰つてゐるので、若しもこんなことが發見されやうものなら、それこそ大變な騷ぎになるのです。

いよ／＼、私はこれから、このババ南京の女を試驗し、點檢しなくてはならないのです。

私は、女の前のも一つの藤椅子に腰を下ろして、ジロ／＼と女を眺め始めました。よく／＼見ると、如何にも車夫の云ふ通り、彼女は娼婦ではないらしい。何んとなく素人らしい風態で、決してわざとではなく、オド／＼して首俯れ、時々小房《へや》のあちこちを偷見してゐます。

「お前は、明日の十時頃まで此處に居てもいゝんだらうね、良泰明との約束だが」

「それは困ります、旦那《トワン》。妾は今晩、一時か二時頃に歸して貰ひたいのです」

「そりやア、また、どうしてだね？」

「妾は家《うち》の者に發見《みつか》るといけませんから」

「ホウ、そりや亭主にか」

「亭主は去年死にました」

「なる程、そうかね、何歳《いくつ》になるね」

甚だ下手な質問だが、調査といふ重大使命があるので、讀者諸君《みなさん》に報告の心算りで、敢へて愚問を發する譯です。

「二十三です」

「あんたの家族は誰と誰とです？」

「私と亡夫の子供二人と、亡夫の兩親との五人家内です」

「そうですか。で、今迄にも、こういふ所へ度々出入してゐたんですか？」

「イ、エ、妾は今晩始めてです。」彼女は強くかぶりを振つて、「妾の家は、良夫が死んでから、その上舅が病氣になりまして、貧乏しかけて參りましたので、こんな……」

云ひかけて彼女は涙ぐんで、俯《うつむ》いてしまひました。黒い上衣に黒いスカートとが、彼女を極めて上品に見せてゐます。人魚のやうにしなやかな姿態は、ボンペーの薄羅《うすぎぬ》のやうな感觸を與へて呉れます。私は少し有頂天になりかけました。

私は彼女の手を取つて、寢臺の上に坐らせました。私の彼女への點檢が始められるのです。私は彼女の下袴を取つてやつて、靜かに股をひろげやうとしますと、流石に彼女は恥かしそうに俯いて、輕く抵抗する。

「無論、病氣はあるまいね？」

「病氣があつたら妾を殺して下さい」

私は電氣のスヰツチをパチンと捻つた。

「………」

「でも妾、此頃は、少しも藥を使つてゐませんので……」

彼女は、いかにも恥かしそうに私語くのです。彼女の白い顏には、暗の中でも稍々紅潮を呈したのが感じられる。

「えツ？　な、なんの藥!?」

「………」

彼女は默つてゐる。私は驚いた。彼女が藥を使用すると云ふからには、てつきり賣娼婦に違ひない。「よし、そんなら此奴追ひ返してやらう。幸ひまだ取引は濟んで居ないのだから。」私はそう考へた。

「オイ、貴樣ア、藥を使ふといふからには、淫賣の常習犯なんだな。支那人の梅毒と來たら猛獸よりも恐しいんだ、僕は豫防法も知らないんぢやないが、兎に角歸つて吳れ、もうい〻！」

彼女は、私のこの突然の怒聲に吃驚して、オロ〳〵と泣聲を出して

「アラツ、妾しなんにも病氣なんぞ……」

「でも、今貴樣、藥を忘れたといつたぢやないか、一體なんの藥なんだ！」

其處で彼女は、仕方なくなつたのか、途切れ〳〵にその藥の說明を私に聞かせて呉れた。

彼女が藥といふのは、普通の女が子供を生んだ後で、局部に付けると、一時的ではあるが、その度毎に局部が縮小する藥だといふんです。いや、流石は支那人です。どうです、讀者諸君《みなさん》、早合點は禁物といふもんですよ。

×

翌る日の夕方、例に依つて私が歩いてゐる所へ、彼の福建車夫の良の奴が寄つて來て、

「今晩は。旦那《トワン》、如何でした昨夜《ゆうべ》のは？」

と、相變らずニヤ〳〵してゐやあがる。

「所で良奏明、あの女は藥を使つてゐなかつたよ」

「勿論ですとも、旦那、當然ですよ」

「何故當然なんだね？」

「素人ですもの！　旦那」

「素人は藥を使はない習慣なのかね？」

「勿論ですよ、病氣豫防の藥なんぞ、使ふ必要がないぢやありませんか、旦那」

「イヤ、その病氣豫防の藥ぢやないんだよ、異ふんだ、素人の使ふ、その、子供を產んだ女が、處女と同じやうになる藥なんだよ」

良の奴は、眼の球をクル〳〵廻して、

「エヘヘ、、、旦那、その事ですかい、そんなら、この次からは、その藥を使つてる來やうに申して置きませう」

私は笑つて答へませんでした。

「然し、旦那、キリンストリートの女は、みんな使つて居ますヨ」

「ホウ、あの印度人かね？」

「そうですよ、いかゞです、一度？」

「……………」

「そりや、小さいですよ」

「然し臭いので御免だね、どうだね、近頃はよく洗ふやうになつたかね？」

「大丈夫です。オランボテ（白人のこと）もよく行きますよ、旦那」

「イヤ、僕は止さう、あんな鼻に串をさして、皮膚に油を塗つてギラ／＼光つて居る裸の女なんて、見たゞけでも胸が悪くなる」

「旦那、その油に趣きがあるといふもんですよ、ものは試しです。一度御試しになつては如何です？　それは小さいですよ」

「でも、印度人は大方、大女ぢやないか？」

「ですから旦那、その薬のおかげで……」

良の奴め、盛んに勵めるのですが、印度女だけは、流行の私もその臭いのに凝りて居るので、行く氣にはなれない。その夜はそれで歸つて了つた。

それから二日ばかり經《た》つて、私はまだ、例のババ南京の女を、ホテルへ連れ込んだんです。三週間ばかり滞在する間私は時々彼女とホテルへ行くやうになり、彼女も次第に馴染になつて、お終ひにはスツカリ安心して、愉快に談し合ふやうになりました。

そして或時は彼女は、自分の方から

「藥の効驗《きゝめ》はいかゞですか？」

と恥かしそうに、俯きながら尋ねるやうになりました。（これは少々、惚氣染みますが、イヤ　決してそんな心算りではないのですが、でも、これは冒險（？）をするもの丶餘徳（？）だと思つて御勘辯下さい。）

なる程、そう云はれ丶ば、その奇怪な藥の効驗でせうか、彼女の局部は、始めの時よりも堅くしまつてゐました。

國際ハウスの彼女達

新嘉坡の國際花街、馬來街《ステレツ》は、今では私がまだ此市《こゝ》に來た時分、即ち日本娘子軍華かなりし頃程のことはないが、併し未だにその面影だけは留めて、「溫い氷屋」として、今ではその氷屋の看板の下に、島原や天草のムスメが、盛んに色を賣つてゐるのです。

洗足の南京車夫、半裸の印度人、褐色の馬來人、それ等も人間である以上、金さへ出せば、吾が大和撫子の一夜の客となり得る資格は、充分にある譯だ。だからこそ、彼等、五百羅漢の行列みたいな裸男達も、三々伍々、「溫い氷屋」のカキリマ（軒下）を素見かしてあるく。

其の外、支那人、印度人、馬來人、西班牙人、パパ南京、白人と有ゆる國籍の女達が諸所に割據して、國際的人肉販賣の陣營を敷いてゐる所、それが今、私が探檢しやうとする馬來街《ステレツ》のインター・ナショナル・ハウスなのです。

が併し、これ等多數の國際人肉販賣陣營にも、おのづから階級等差があつて、それに依つてまた、お得意先が、支那人向、日本人向、白人向といつたやうに自然と區別されてゐる。だから、此の怪しい南洋の市街、殊に魔窟は、餘程の通でないと、いづでも下等な代物を摑ませられて、おまけに、目の玉の飛び出る程、まかり間違へば財布ぐるみフンだくられて、這々の態で逃げ歸る場面も決して少くはないのです。

併し又、人間の獵奇癖といふものは、その危險な處を探檢して、偶々上品な代物に有りつき得たと、獨りよがりに喜ばうとするのも、自然の人情かも知れない。

だからこそ、此處怪しげな魔窟も、その怪しければ怪しい程、むしろ繁昌するといふことになるらしいんです。

私はその晩は珍らしくU君と連れ立つて、それらハウスの一軒である、スラングン路の先、郊外の閑靜な住宅區域に、堂々たる大邸宅の如く構へてゐるインターナショナル・ハウスに自動車を乘り付けたのです。

このハウスは西班牙女の經營するもので、此の種のハウスの中では、その設備・大きさから云つて定評のあるハウスなのです。丁度横濱で云へば、KIYO・HOTELといつた格なのです。

ハウスの門は鐵の扉で閉され、その兩側には各一人づゝの、頭巾《ダーバン》を卷いた番人《ジャガ》が二人、彼等が手製の棕櫚縄で綱を張つて造つた寢臺の上にゴロリと横になつて番兵の役を勤めてゐます。極めて身輕く自動車から先きに下り立つたU君は、

「門番君《ジャガ》！　僕達は中に這入りたいんだがね」

「貴方がたは？」

「日本人だよ」

「日本人の旦那《トワン》たち、何御用です？」

「用事は中に這入れば判るんだよ」

「中には這入れませんが……」

「ナニ、そんな事はないよ、ミセスに尋ねて來てごらん」

間抜けの印度番人が、草臥れた象のやうな恰好でノソリ〳〵と這入つて行くと、暫くして玄關の扉が開く音がして、そして番人の後から一人の女が出て來た。そして

「ヴヰナス、ノッチヱス、シンヨーラ」

彼女が西班牙女の主將なんです。

「僕等は日本人だ、安心して中に入れて呉れませんか？」

こんな交渉にはU君は素晴しく馴れてゐます。

「どうぞお這入りなさい！　お靜かにね」

私達は、瀟洒な應接間で、約五分間許りも待つてゐると、やがて案内された大ホールには、ゐる！　ゐる！　綺羅屋のやうに女達が並んでゐます。

イスパニヤ、ポルトギー、オランマラユ、イスラスフヰリツピナス、オランチーナ、ヒンヅー、ビルマ、ジヤヴア、シヤム、ルシア等々、白、黑、褐色、黃色、赤銅色等、有ゆる國々の女達が、まるで世界婦人展覽會とでも云ひたい程、いろ〳〵の女が、いろ〳〵の姿態《ポーズ》で並んで居るんです。

「御氣に召しましたら、番號を仰有つて下さい。今歩かせますから」

女將は、低い聲で私達にさういつて囁くと、女達に、傍から一人々々歩行して、奥へ這入るやうに命じました。女達は、私達の前を、いろんなポーズで、或は眄目を呉れながら、奥の方へ消えて行きます。

そして二人とも云ひ合したやうに馬來女を希望しました。それには、こゝの女將が最初に、馬來女のサービスが、一番紳士方の御氣に召すやうですとヒントを與へたことに依るのかも知れません。

寢室や、寢臺には、殊更に說明申上げる程、格別變つた點はありません、只、用の濟み次第に、何時でも勝手に裏門から出て行けるやうになつてゐます。されば、私も、またU君も、U君のハーフには大した懸念もなく、堂々と安心して惡友になれた譯なのです。

兎に角、馬來の女達には一般に、强い名譽心や物質的慾望を持つてゐない者が多いためかも知れませんが、彼女達が、日頃只管考へることは、如何に性的技巧を盡して、相手の男達を滿悅せしめるかといふことになりさうで、その點は、世界でも有名な西班牙女でさへも、むしろ一籌を輸して居る位だそうです。

私は、彼女、馬來女の見せて吳れる種々な裸體ポーズに、素晴らしい性的技巧に、つい私は讀者諸君《みなさん》への報告を書くのも危く忘れる程、およそポーツとなりそうなのを、漸くにして堰き止めました。失禮！

處でその、インターナショナル・ハウスの女達の素性は一體何であるかといふと、私の調べた所に依ると、勿論女達の大部分は、純粹の商賣女ですが、中には、全然素人があるやうです。殊に白人の女は、殆んど素人が多いといふことです。といふのは、何しろ、世界でも有數な海港であるこの新嘉坡には、多くの、海を家として、東洋、南洋、西洋と、世界を跨にかけてゐる、商人或は船員達が、この海港に家庭を持つてゐながら、六ケ月或は一年も歸つて來ない者が多いのです。

そして、その人達の留守を守る女達は、造物主の攝理に依つて、自然に生理的排泄の必要に迫られた結果は、又こうした海港に於ける一般習慣として、道德、羞恥心、貞操觀念等からは、一切合切、可成り割引されてゐるのが常なので、自然と彼女達自ら、こんな場所を求めて集まるといふことなのです。

×

それにはこんな逸話が殘されてゐる。

ある國の領事が、所用を兼ねて、夫人を殘して賜下休暇を得て歸國した。所がその後で、領事の不在を預つてゐる若い館員が、このインターナショナル・ハウスに、一夜遊んだといふものです。そして、そこで彼は何を見出したか？

例の通りの行列の中に、少し肥り肉《じし》の老年の領事夫人が、ニコ〳〵と媚を賣りながら、奥に消えたといふのです。

惡戲盛りの青年館員は、その夫人の番號を命じました。

「まさか、出て來はしまい」と心の中に考へながら……。

然し、しかし、彼女は喜んで青年の部屋へやつて來たばかりではない、所謂その通行税さへも免除して呉れて、

「ムイ、ヴヰノー、オンブレエ、アモール、ミヤ」と、歡待至らざるなかつたといふことです。

そして又、彼樣な素人の女に、斯ういふ場所で、最も歡待を受ける男達は、どんな種屬の男かといふと、白人の女達に受けのいゝのは何んといつても埃及人の男だそうである。

現在、歐洲諸國の貴婦人、未亡人達が、わざ〳〵ポートサイドまで旅行して來るのは、そこに、彼女達の期待してゐる逸樂のルツボがあるからなのだといふことも、宜《むべ》なるかなと肯けるのです。

つまり、埃及の男の味は、世界中で最も興味の深いものだといふのです。


私はU君と相談の上、一週間乃至十日間の豫定で、この萬國HOTELに宿ることにしました。勿論それは、この中で行はれるあらゆるインチキ商賣と、性慾の交響樂とが釀成する雰圍氣《アトモスフエヤー》を探るがためなのです。

港の近くにあるこの安下宿は、四十年間、連綿として日本人が住ひ、一度も異邦人の手に渡つたことのないといふ由緒付のものだつたのだが、三年ばかり前に、現在の經營者であるW老人の手に移つてからは、萬國人相手の安下宿、名も萬國HOTELといふやうに改稱された。

三階建の見るからに陰氣な、うす汚いやうなこのホテルも、今は昔、日本娘子軍華かなりし頃は、彼女達の肉體賣買取引所の牙城であつたといふが、さう思つて見る故か、各室各層には今でも、何んとなく無氣味な陰慘なエロ氣分が漂ふて居るやうである。

香港、濠洲あたりを航海する英船の飲んだくれの船夫、ジャワ、ボルネオの馬來人などが時々來て宿泊する以外は、大抵、港務局の倉庫器、商館の下給カラニー(書記)など、東西八ケ國以上の人間が、いつでも三十餘の部屋に群雄割據してゐるのです。

火を拜む人種、牛を尊ぶ人種、水を禮拜する人種、豚肉のみ喰ふ支那人、豚肉を忌む馬來人、生の野菜とパンばかりを嚙つてゐるユダヤ人、眞裸になつて廊下を濶歩する日本人、他人に皮膚を見られるのを極度に禁じてゐるババ南京、裸體姿を見てプル〳〵怒るエストニヤの女、日本娘子軍出の印度人の妾、大酒飲みで法螺吹きの日本老人に淸教徒のやうな敬虔な日本青年、その他等々々。

私はこれら多くの人達と、出來るだけ早く懇意にならうと、私は階下の小さな食堂に、何時でも一番永い時間居て、彼等に近付きになることに努力しました。

そしてその結果、私はこの楡子油、黄梔子《こうばし》、汗、アルコール、香料等々の種々の香ひのカクテルの中に、次のやうな問題を見出したんです。(但し正直に白狀すれば、此の間にも時々私は、例の最初のババ南京の女と東洋ホテルで遇つて居たんですが、これは談奇黨營業部の方へは內密々々です。)

下宿人の一人、ワーフのゴー・ダウン・キーパーで、ヒンドスタン人のアラナ・サラミーは、勘定日に何處からか二十弗を出して妻君を買つて來た。

かの女は父母のないババ南京の女で、豚のやうに肥え太つて、牛のやうによく食べた。

そして彼等夫婦は、いつでも室代の二三ケ月を滯納してゐたので、月末が來て支拂に困ると、決つてはげしい夫婦喧嘩をおつぱじめて、ホテルの下宿人達の仲裁を待つてゐた。その上、ホテルからの退去命令を待つてゐた。つまり、退去命令が下れば、宿探しといふ名目で、幾日かの間は無事に過せるからといふ寸法なんです。

然し、そう〳〵サラミーの注文通りにばかり、うまくは行かなかつた。で、ある日曜日の夕方の事である。彼は一人のルンペンを連れ込んで來て彼の妻に托したまゝ、彼自身は再びこのホテルには戻つて來なかつた。

豚のやうな彼の妻君ヒチーは、知らぬ間に夫によつて、この薄汚い、得體の知れないルンペンに賣られてゐたんです。

翌朝ホテルの爺さんが

「おいヒチー、貴樣は昨夜その宿無し犬と一緒に寢たのかい?」といふと、彼女は活潑に答へるのです。

「エヽエ、寢たんですとも、旦那《トワン》」

「フン、呆れ返つた奴等だ、で、そこな宿無犬、俺は貴樣に宿を貸した覺えはないんだが此家の始末は一體どうして與れるんだね? まさか、華民保護局にでも行きたいといふんではあるまいがナ」

「でも旦那、あつしはアラナ・サラミー に拾弗支拂つたんですよ」

そう云つて彼等は平然としてゐるんだから、ホテルの爺さんもホト〳〵始末に困つてゐるんです。

No．１２號室には、濠洲無宿の手品師が巣喰ふて居た、彼は既に五十歲を過ぎた獨身者で、自炊してゐることになつてゐるんだが、時々深夜ホテルの臺所に忍んで、パンやバターを失敬することがあつた。偶々海南ボーイ《ハイラム》に發見されて、許らずもそこに英支葛藤の一幕が起ることも珍らしくはなかつた。

彼は、彼の持つてゐる手品藝を賣りものに、附近の小學校を廻つて興行してゐた。そんな時、辻々に貼り廻されるポスターには、彼が獨身者であるにも拘はらず、いつでも窈窕花の如き美人と踊つてゐる所の寫眞が印刷されてゐた。そして同宿の誰彼は、時々彼の部屋で踊る足音、私語く聲を聞く毎に、未だ見ぬ相手の美人を想像して窃に彼の艶福に對して美望の指を嚙むのです。

彼はまた時々、泥醉した擧句、帳場の椅子に悠然と坐つて、マドロスパイプを啣へながら、泣いたり、喚いたり、大聲で笑ひ出したりすることがありました。そんな時私は、慰め顏に彼の側へ寄つて色々と宥めてやるのです。

彼は七年前、バタビヤの病院で妻を死なし、今ではたゞ、自分とミス・ダーミイとの二人切りで實に淋しいとのことなのです。

私はそのミス・ダーミイに是非一度でも拜顏の榮を得たいものだがといふと、彼は心よく承知して、

「いつでもいゝですよ、御易い御用です。併し彼女は非常に恥かしがり屋で困るですから、ウヰスキイを少し飮してやつて下さい」

「ウヰスキイの一本位はいつでも差し上げますよ」

で、私はウヰスキイの一瓶を提げて彼の部室を訪れました。すると彼は、奇妙な腰付をして、寢臺の下に手を延して引出したものは、これはまた、なんと、デパートのショウウヰンドウの中にあるやうな、素敵な美人の人態なんです。

彼は私の目の前で、直ぐ、口笛を吹き〳〵その美人、いや人態と踊り廻るのです。

呆ツ氣に取られたやうな私の顏を見ると、彼は

「ゼントルメン、あなたはミス・ダーミイを知らなかつたんですか？……」

なる程、私は生ツ噛りのブロークンイングリッシユに、まんまと人態にウヰスキイの一本を獻上した譯です。

「併し日本のゼントルメン、あまり御立腹は御無用でせうよ、あなたも今に、このミスを抱いて寢たくなるでせうよ。若し、お差支へなければ、これを×××て見て下さい」

彼はニヤ〳〵と頻りに笑ひながら、そのゴム製の人態の腰の邊を指すのです。それからまた、彼は、

「所でマア、ミス？ダーミイを抱く前に、あなたの御氣に召すやうな代物を御覽に入れて、折角のウヰスキイの御禮としませうかね？」

と云ひながら彼は、私の手を把つて部屋の奥の方へ導いて行つた。そして彼は其處、寢臺の下に再び蹈んで、一つの板切を外すと、そこには下の室にまで突き抜けてゐる管があつた。彼は、その管に一寸目を當てた後に、私に覗けといふのです。私は何だか一寸見當が付かなかつたが、云はれる通りに覗いて見た。

とそこには、一人のユダヤ女が寢臺の上に寢そべつて、窓の方を見てゐる姿が見られた。

「ね、いゝ時に見受ければ、拾弗は安いもんでせうがね？」

驚くべき所に金儲があればあるものです。彼は時々、こうして金を儲けて居たのです。

で、彼がこの素晴らしい金儲を發見したことに就いて、說明する所を抄譯すればザッと斯うなんです。

ユダヤ女アスラヤ・モゼールは、まだ十七になつた許りの小娘の癖に、もうとつくに四五人もの亭主を代へてゐる阿婆擢もので、彼女がこのホテルに下宿してから、人間の臭を嗅ぎつけて寄り集つて來る痩せ狼のやうに、いろんな男共が、次から次へと集つて來るのだつた。

彼女は妙に砂つぽいザク〳〵な聲で、ゴビの砂漠の一角に立つて天に向つて怒鳴つてでもゐるやうに、丸い太鼓を叩きながら、それらの群り來る狼男達と共に、唄つて踊るのであつた。然し、彼女は、たゞそれだけで、決して變な

眞似をして、ホテルの室内をけがすやうな怪しげな所行は絶對にして居ないと主張して、ホテルの主人や同宿の客達にも確くそう信じさせてゐた。

そして彼等は、若し彼女が醜行を働いてゐるのならば、彼女が時々外出する時に、どこか他所へ行つてゐるのだらうと噂をしてゐた。

併し、奇術師の彼氏は、早くもこの小さな娼婦に類するユダヤ娘の正體を看破した。その結果として、彼の金儲の發明がなされたのだといふのです。

このユダヤの小娘アラスヤ・モゼールの部屋に、例の男が二三人以上這入つて來ると、彼等は暫く踊つたり、笑つたり、談じたりした後で、男の一人は必ず寢臺の下に隱れて居て、他の男達は殊更にガヤ／＼と騒がしく喋舌り立てながら歸つて行くのです。

そして女も彼等と一緒に連れ立つて、ホテルの外まで送つて出るから、ホテルの人々は誰もが、皆歸つたものと思つてゐるのです。

「なんと、ユダヤ人が他人を欺くのは、なか／＼鮮かなものですなア」

と、彼氏は感心して、コップのウヰスキイをツヽと一度に呑み干しました。

ある時、バタビヤの土人巡査《マタ／＼》だといふのが宿泊しました。彼は若い細君を同伴してゐたが、巡査《マタ／＼》だといふのに、目に一丁字も讀めない無學な男なのです。街を歩くのも大した興味はないらしく終日室内に籠つて細君ばかり愛撫することのみを事としてゐた。

そして二三日居るうちに、平常蒼い顔が益々蒼くなつて、まるで神經衰弱患者のやうに痩せ細つてゐた。

たまに食堂で合ふと、

「ア若し、日本人の旦那《トワン》、性慾がひつきりなしに旺盛になる藥は、日本にはありますまいかね？」

と、突然に、私に尋ねるのです。

「だつて、それは、君たち、馬來人の方が本職ぢやないかね」

「イヽエ、私はもう馬來のものでは、少しも効かなくなつたんです」

するど、その時、傍で聽いて居た奇術師の彼氏は、

「オイ、巡査《マタ〳〵》君、わしに拾弗出せば素敵な靈藥にも勝る方法を授け、いや、拜ましてやるが、どうだね拾弗はあるまいがナ……」

「ホウ。それはまた、滅法に高い藥ですナ、もう少し安くはまかりませんかネ？」

「駄目、駄目、拾弗からは一厘もまかりませんよ」

奇術師君は、狡猾さうな顏をして私を見ながらテヘラ〳〵笑つて居る。彼はまた、例の管から覗かして金儲けをしやうと企らんだのだらうが、悲しいかな、この貧乏なバタビヤの巡査《マタ〳〵》には、拾弗を出して彼氏がいふ靈藥を求めるだけの力はなかつた。（ヲハリ）

モンテカルロの佝僂男

——性的變質不具者の生活記錄——

モオリス・ブルウジエ作
宮　下　活　譯

1

黒い姿見——

俺は三十有幾年の長い苦悶の生活を經て來た今日でも、うつし世の煩惱の捕虜《とりこ》となつて、齢毎にいやましてゆく、已の醜い姿を憎まずにはゐられない。

シヤルル・ルヴエルといふ立派な姓名と、有り餘る財産を繼承して、フランス名門の嫡流として生れた俺は、最高學府に學んだ豐かな教養と、自惚れではないが、明晳な頭腦を持つてゐるにも拘はらず、この人並以上優れた境遇の裡で、たつた一つ缺けた俺の外貌の醜怪さと歪《いびつ》な體軀が、人間の總ての幸福から俺を退《の》けものにするのだ。

俺は過去の生活では、いつも他人を恐れた。幼ない子供であつた頃の俺は、暴虐殘忍な友達の者から揶揄と嘲笑の的にされた。

「やあい、海豹《あざらし》の佝僂野郎！」

「もゝんがあのお化け！」

二言目には惡童達は、何の罪も犯さない俺に、斯うした聞くに堪えない罵言を浴びせかけた。

俺は酷く殘念だつた。そして、口惜しいこゝろの遣瀨なさで、幾度俺は母の形見の姿見に向つて、俺の姿を映して見たことだらう。

あゝ、けれども、その姿見の鏡面に映つた己の容貌――ひどく拔け上つた顏、深く窪んだ金壺眼《かなつぼまなこ》、剝《む》き出た白い齒――海豹《あざらし》の顏に似てゐるのだ。背を丸めて首を肩にのめこませた己の醜い姿態は、もゝんがあのお化けと言はれる恰好なのだ。俺は泣いても、喚めいても、慰められない悲哀《かなしみ》に身悶えした。

俺は情けなかつた。だが、誰れに對つて怨み言を云ふことが出來やう？

亡き父にか？　亡き母にか？　それとも、造物主にか？　運命の神々にか？　俺はしかし、たゞ己の不幸な姿を嘆くことのみしか知らぬ憐れな少年であつた。

單純な少年期を過ぎて、俺は性的に惱ましい思春期の年頃を迎えた。俺の朋輩はそれ〴〵の女友達を持つた。それが、美しからうとさうでなからうと、娘達から相手にされない俺には羨やましかつた。

容姿の醜い俺は、若い娘から輕蔑された。

「シヤルル、あたし、あんたのお嫁さんにして吳れない？」

亞麻いろの頭髮《かみ》の下品な蓮葉娘にまでも、俺は馬鹿にされて嗤はれた。

人間は求めて求めきれぬ物事に對しては、激しい熱情を感じるものだが、俺も亦、女と云ふ未知數に想ひ惱やんだ。

漸く若者となつた俺は、成熟した情感の疼くやうな苛々しい氣持と、次第に高まつて體內に溢る性慾の觸手に悶えた。

けれども、俺は俺の黒い姿見に映る己の醜怪さを知つてゐるが故に、女に近づかなかつた。そして、俺には淸純な年月が平和に流れて行つた。

それとは逆に、俺の內心ではいつも滿されぬ肉慾の暴風雨が吹き荒んでゐた。押へれば押へるほど、壓力に二倍三倍する反撥力で、歪《いびつ》にゆがめられた性慾が、怪しくもおどろおどろの空想の夢を、俺の胸の底に根强く瀰漫《びまん》させて行つた。

俺は空想の中で、絶世の美人を姦した。次から次へと、俺の亂淫な情慾の犧牲は增えて行つた。處女も、人妻も、女優も誰れでも、俺の眼に止つとほどの女といふ女は、悉く俺が征服して了つた。

俺は勝手な空想の遊戯に耽つた。世界の女達は俺の命令通りに裸形を曝して、豐滿な四肢を自由自在に動かした。俺の汚ない蹠《あしのうら》を甜めた。俺は後宮幾千人のハレムの宮殿の王座にも坐つた。それから――。

この性的遊戯の空想は面白かつた。だが、これは次第に俺の興味をそゝらなくなつた。俺は孤獨の空想でなく、實在の女を相手にこの素晴らしい性的遊戯をしてみたくなつた。

遂ひに、臆病者の俺は或機會に、澤山のフラン紙幣を撒いて、街の天使と知合ふことが出來た。俺はそこで、本當の人生の歡樂と昂奮を感じることが出來た。同時に、俺はむかしのシャルル・ルヴェルの卑屈な殼を脫した。人生には金《ラルジャン》に依つて購へる凡そ無數の幸福があることを知つた俺は、最早や只單なる不幸者ではなくなつた。幸ひ惠まれた澤山の財產は、俺の幾多の淫蕩と快樂を遂げさせて呉れるに充分であつた。

俺は軈て、モンテカルロの華やかな賭博場《カジノ》に根城を構へた。俺はルーレットの危險に眩惑されて、破滅の淵に陷込む女達を捉へる粘い斑蜘蛛の網を張つて待つた。

俺は、ルーレツトも、ポーカアにも、他の總ゆる賭博にも深入りはしなかつた。然かも俺は、賭博にかけては天才的敏感さを備へてゐた。俺は如何なる勝負にも、曾つて負けたことがなかつた。從つて、モンテカルロに遊ぶほどの者は、賭博の天才倜儻男の子爵ルヴェルとしての俺をよく知つてゐる。けれども、子爵ルヴェルが、賭博場《カジノ》を迎る淫魔と知るものは、秘密を護ることの巧みな當の女達と、本人の俺以外にはなからう。

そこで、俺は俺の性的生活記錄を詳細に記しておいた。次の二三の交渉は、俺の數へきれない亂淫生活のほんの一部の見本に過ぎない。――

桃いろのダンサン――

1

賭博場《カジノ》の華やかな空氣に、俺はまだ馴れてゐなかつた。皎々と輝く裝飾電燈《シャンデリア》の大廣間の眞中に、玉突臺ほどの大きさのルーレツトが四つ据えられてあつた。その周圍を取巻いた紳士淑女が、廻轉する小球の落着く穴を眺めて眞劍な顔をこはゞらせてゐる勝負最中、俺は靜かに一つのルーレツト臺に近づいて行つた。

「貴紳《ムツシユウ》、少しお賭けなさいますか？」

ルーレツトの監督官が輕侮の眼いろを湛えて、背の曲つた不恰好の醜い俺を憐むやうに云つた。周圍の三四の人々も振り返つて、俺を殊更に默殺するやうに直に、首を元に戻した。

「うむ、聊か遊んで見やう。」

俺は他人が俺に接する時にいつもする同じ眼附や態度を、表面は輕く受け流すことが出來た。

そして、俺は人々の背後から割り込んだ。

「貴紳《ムッシュウ》、誠に恐縮ですが、五フラン、十フラン、百フランの數子《ジュトン》があります。あちらでお求め願ひたいのです。」

「いや、數子《ジュトン》はよろしい。私は一萬フラン現金で7の數字にアンプラン賭けをしたいのだ。」

「え？　一萬フランをアンプランに？　はい、承知いたしました。貴紳《ムッシュウ》。」

監督官は急に態度を改めて、叮嚀な口調で應じた。周圍の紳士淑女達も、好奇な驚異をもつて、背丈けの低い俺に視線を向けた。

アンプラン賭けといふのは、一つの數字のみに賭ける方法で、その選んだ數字番號にルーレットの小球が這入れば、賭金の三十六倍拂ひ戻しがある豪奢な賭け方である。俺は千フラン紙幣十枚を無雜作に、ルーレットの臺の上においた。

ルーレットの回轉が始つて、象牙の小球がカチカチと刎ねる小氣味の好い音がして、勝負は終つた。俺は最初の一萬フランを負けた。

「7に一萬フランをアンプラン賭けた。」

俺は平然と千フラン紙幣を十枚、再び臺上に投げ出した。俺の紙幣に壓倒された人々は、俺の顏を見直した。然し勝負は再び俺の負けだつた。

「7に續けてアンプラン賭けた、幾度でも構はぬからやつて來れ給へ。」

俺は千フラン紙幣の束を取出して、監督官に示めして命じた。

勝負三回目も破れた。四回目、五回目、六回目も續けて負けた。俺は冷やかにそれを眺めてゐた。が、流石にルーレット勝負の凄まじい氣魄が、賭博者達のこゝろに反映して、眞劍な空氣が醸されて行つた。

「7數字アンプラン！」

第七回目の勝負は遂ひに俺が勝つた。俺は平然と三十六萬フランの紙幣を受け取つて、ルーレットの席を離れた。人々は蒼褪めた顔に羨望の表情を浮べて、來た時とは別な眼附で俺の後姿を瞶めた。俺は輕い復讐の遂げられた快よい氣持で、賭博場の玄關を出た。

2

玄關前の廣場に出ると地中海から吹き寄せるそよ風が、幾分熱した俺の頬に快よく觸れた。しつとりと夜露を含んだ何となしに、女の欲しいやうな晩だつた。

「貴紳《ムツシエウ》、今晩《ボンソワアル》は。」

椰子の樹の下から出て來た女が、俺に挨拶の聲をかけた。

「今晩《ボンソワアル》。令嬢《マドモアゼル》。」

どうせ、魔性の女と高をくゝつて簡單に挨拶を返した俺の眸は、瞬間女の容貌の上に吸ひ寄せられるやうに止つた。黑い添みを湛えた圓らな眸に、紅の瑪瑙を銜へたやうな口唇と、上品なふくらみを持つた顔の輪廓と、背丈けのすんなり高い容姿は、細光燈の光の輪の中で崇高な感じさえ與へた。俺はこの黑髮の南國の女に興味を覺えた。

「いゝ晩ですね、令嬢《マドモアゼル》。貴女は私をどう思ひますかね？」

「え？　どうつて、あたくし、わかりませんわよ。」

「いや、私をきつと醜くお思ひでせうといふのですよ。」

「いゝえ、あたくし、些つともさうは思ひませんわ。貴男のお心の美しさが、あたくしに他のいろんな缺點を感じさせないかも知れませんわ。」

怜悧な女はさういつて、嫣然と微笑つた。俺はこの女を、征服したい欲望にかられた。

「それでは、貴女は私と遊んで呉れますかね？　令孃《マドモアゼル》。」

「えゝ、若し貴男が本當にさうお望みなのでしたら――。」

「ふむ、貴女の名は？」

「ロベール。それ以上は何も訊かないで頂戴ね。身分も、生國も。」

「總てが疑問の霧に包まれてゐるほど、女は美しく見えますからね。」

「さうかも知れませんわ。けれども、あたくしは貴男に勝てませうか知ら？」

「といふのは、貴女の美貌が私を魅惑し盡して了ふかどうかといふ意味ですか？　それならば、貴女は確かに私を惹きつけましたよ。」

「有り難う《メルシイ》。では、何處へでも貴男のお供をいたしますわ。」

「しかし、令孃《マドモアゼル》。斷つておきますが、私は今宵ルーレットに勝つて大變運が好いのですから、或は私と貴女の勝負も、必ず私が負けるとは決つてゐませんですよ。」

　俺はかう云つて、肚の中でにやりと笑つた。美貌で怜悧な若い女を征服して、思ひきり弄んで踏みつけてやりたい殘忍な氣持が、胸の底からむら〳〵と沸いて來た。

俺とロベールと名乘る女は、俺のホテルの部屋に歸つて來た。女は入口の扉の鍵をかけてから、寢室の方へ這入つて行つて、電燈のスヰッチを捻つた。

　次の瞬間、女は身に着けたドレスをするすると脱ぎ棄てゝ、全裸の片足を俺の寢臺にかけて、蠱惑的な眸で俺を誘ふやうに視て立つた。

3

大理石のやうになめらかな白い胸に盛りあがつた乳房のふくらみ、肉附の豐かな太股の邊から腰への曲線美、薄い觸れゝばおのゝく陰毛の感じまで、ローベルは容貌の美しさ以上のイットを、俺の眼前にひけらかせた。

それは美しい牝豹のいどむ姿にも似て、傲慢にも妖艶な姿態《ポーズ》であつた。

「ルヴエル子爵、お氣に召しまして？」

ローベルは獲物が完全に自由になることを豫想して云つた。

「ローベル。私は――。」

俺はこの時、ふと愉快にも殘忍な思附きをした。

「私は貴女にこの紙幣《さつ》をあげやう。」

裸體のローベルの傍へ近づいた俺は、千フラン紙幣を一枚彼女の鼻先へつき突けた。

「いゝえ、、ルヴエル子爵。あたくし、そんなもの戴きたくありませんわ。」

蒼白むだ頰に手をあてゝローベルは云つた。

「なるほど、貴女はお金をいらないといふのですな？」

「えゝ。」

「では、何を貴女は、不具者の私から望むのですかね？」

「何にも――。」

「何にもお望みにならない。それでは、この不要な紙幣は斯うして棄てませう。」

俺はマッチは擦つて、指先につまんだ千フラン紙幣の端に火を點けた。火はのろ〳〵と紙幣を燒き焦して行つた。俺はロベールの顏をじつと見据えてゐたが、女は表情の一つの線も變へなかつた。

紙幣は灰屑となつて床に落ちた。俺は再びマッチを擦つた、次の千フラン紙幣に火を點じた。ロベールは素知らぬ顏をしてゐた。俺の指先で、紙幣は脂肪を含んだ焦げ臭い匂を放つて燃えた。それが消えさうになつた時、俺は次の紙幣を持つて、前のに變へた。

二枚、三枚、五枚、六枚、八枚、次から次へ、俺は千フラン紙幣を燃やして行つた。ロベールは片足を俺の寝臺《ベツト》の上にかけたまゝ全裸の姿態《ポーズ》で、平靜な無關心を裝つてゐたが、次第に顏いろが蒼褪めてゆくのがわかつた。

しかし、女は醜い俺に對して望むものが、金《ラルジャン》のみであることを最初に拒否した變な見得と意固地から、默つて俺の無暴を止めやうとはしない。

俺は千フラン紙幣の束を持つて來て、最後の燃え殘りの紙幣の火を移した。俺はさうすることが、馬鹿げたことではなく、何か非常に痛快な意義のあることをしてゐるやうな錯覺に捕へられに。莫大な紙幣のめら〳〵と焔を吐いて行くのを凝視めて、俺は變態的な快感を覺えた。

「惡魔！　畜生！　氣狂ひの罰當り奴！」

突然、髮を振り亂したロベールが喚いて、俺の傍へ馳せ寄つて來て、床の上に燃えかゝつてゐる紙幣束を、跣足の跡で踏みにぢつて、泣きながら消した。

4

ぴち〳〵躍る白鮫のやうなロベールの股や、臀部の運動を見てゐる裡に、俺の身内にむづ〳〵する情感が沸いて來た。

「不具者《かたわもの》のお化け！　畜生！　何んてことをする莫迦者だらう。あたしは、生れてはじめて、こんな侮辱を蒙むつたんだわ。」

ロベールはおい〳〵泣きながら、俺のことを罵つた。

「ロベール。私は貴女が好きになりましたよ。貴女は冷めたい情熱の假面を脫ぎ棄てゝ呉れましたからね。」

俺は女の膚に喰い入るやうな眼附で、かういつて一足近づいた。

「いやです。そんなことが、どうならうと、あたしの知つたことぢやないわ。貴男のやうな獸物《けだもの》と愛の遊戯をするのはもう眞つ平だわ。」

ロベールは憎みの刺すやうな瞳で俺を遮ぎつた。

「ふ、ふ、ふ、ロベール。貴女が嫌だといつても、私は貴女の肉體が欲しいのだよ。」

俺は兩掌を差伸べて、女のこの胸を拐へやうとした。ロベールは、本能的に後退いた。

「何をするの？」

「私は貴女を自分の愛慾手帖の一頁に記したいのですよ。」

俺は言葉が終らぬ間に、水泳のジャンプをする恰好に、兩掌を拔いてロベールの脚に飛びついた。

「あら！」

不意を喰つてロベールの體は、俺の上體と一つに縺れながら、床の上に轉んだ。

「よして！　そんな亂暴なことをしないで！」

ロベールは、胸を、股を、腰をばた〳〵させて、俺の胸や、頦や、複を突きのけやうと暴れた。

「ふ、ふ、ふ、ふ、ロベール。大きな聲を出したつて駄目だよ。この部屋へは誰れも來ないやうにしてあるのだ。默つて溫順しく、私の自由になるがいゝよ。」

俺は女のすんなりした脚から、次第にぢり〳〵と腰の邊に兩掌を這ひ伸ばしながら云つた。

「は、はなして！　そんな嫌なことしないで頂戴！」

俺は女の裸體の觸感を愉しみながら、強くロベールの肉體にしがみついて、蜘蛛のやうに貪淫に情慾の焰を燃やしながら、女の肉體に這入り込んで行つた。

「おゝ、ルヴエル子爵、あたしは、溜らないわよ。まあ、何んて、酷いことをするんでせう！」

ロベールは悶え喘ぎながら、俺の體と一つになつて、印度絨氈の柔かい床の上をごろ〳〵轉げ廻つた。俺は執拗な性慾の秘技をもつて、女の最後の精力の餘燼までも燃えつくさせやうとして、全身の四肢をしねくね捻ぢらせて、ロベールと爭つた。

「おゝ、いとしいロベール。」

黄いトレモロ――

1

アン・ブランのルヴエル子爵といふ綽名が、いつの間にか賭博場《カジノ》の連中から俺に呈せられた。俺の人眼を惹きやすい不具な醜い恰好が、古い迷信の勝負事をする前に、佝僂の背に觸れて望めば必ず勝つといふことを想像させて、人々の間に變態的な人氣を持つやうになつた。

「やあ、ルヴエル子爵。今日の運勢は如何ですかな。」

見知らぬ男が馴々しい言葉をかけて、俺に近寄らうとすることもあつた。そして、俺が輕く挨拶を返して行きすぎ様とする時、必ず彼等は、俺の背にそつと掌を觸れて行くのだ。

「おい、今日は素晴らしいぞ。佝僂子爵の背にそつと觸だからな。」

賭博者は朋輩にこんな風に話してゐるのを、俺は屢々聞いた。

道化者《バリアウチ》――俺の淺間しい姿は、頬紅と白粧に塗りつぶされたあの滑稽な道化師《バリアウチ》の姿だ。俺はしかし、俺の慘めさを嘆くほど、細い神經を今では持つてゐない。反對に、俺の底にひそむ粘り強い反抗心を、變つた形で示めしてやつた。

「ほう、ルヴエル子爵が五十萬フランを儲けたといふのか？」

「あの佝僂は賭博の天才だよ。いつも僕達の金を捲き上げて行くぢやないか。」

今は俺の復讐がルーレットの勝負に賭けられてゐることを知らずに、俺の幸運を羨み嫉んで、俺にあやかりたいと念つてゐるのだ。

そして、俺は賭博場《カジノ》での一つの王座を贏ち得たとも云へる。更に、俺の女性に對して執る陰險な荒淫的毒手は、いよ〳〵潜行的にピッチをあげて行つた。

或る朝、俺は賭博場の前の公園を散歩してゐた。ルーレットに望む前の冷靜さを培ふためには、朝の清冽な空氣は何よりもいゝ。俺は陽にくだけて吹きあげる憤水の邊を、逍遥してゐた。

すると、向ふの歡木の影からブロンドの美しい夫人《マダム》が、しぼめたパラソルを輕く振りながらやつて來た。瞳のエメラルドのやうな輝きに豐滿な頬から首筋へかけての線、どつしりと肉附《じゆつき》のいゝ若い夫人《マダム》は、酷く性慾的な感じだつた。

俺の傍をすれ違ふ折、夫人の右手が極く輕く俺の背に觸れた。

「はゝあ、迷信家の夫人《マダム》は、これから賭博場《カジノ》へ出かけるところだな。ふン、夫人《おく》さん貴女は好い運にありつけますよ。」

俺は肚の中でかう呟やいて、夫人と反對の方向へ歩いて行つた。そして俺は、今夜の收穫を如何に慰むかを、空想しながら愉しい散歩を續けた。

2

俺は眞直ぐに賭博場《カジノ》のルーレットの部屋に進んだ。第一の大廣間には、俺の目的物は見當らなかつた。俺は扉を開けて呉れるギヤルソンに、フラン紙幣を握らせて次の部屋へ這入つた。

ブロンドのエメラルドの瞳は、そこのルーレット臺に座り込んでゐた。

「おゝルヴヱル子爵。さあどうぞ。」

俺の姿をみたバルタデイオといふ伊太利人の賭博者が、席を開けて讓つて呉れた。

恰度その左隣に、夫人《マダム》が數子《ジュトン》を弄りながら、ルーレットの廻轉を瞶めてゐた。

勝負は終つて、夫人《マダム》は五千フランほど負けた。俺は、つか〳〵と夫人《マダム》の隣に割り込んだ。

「五萬フランをアン・プラン賭けにして欲しい。」

俺の言葉に、皆が一齊に俺の方に注意を向けた。俺を知つてゐるものは、眼を輝やかせて囁いた。

「アン・プランのルヴヱル子爵がはじめたよ。」

俺を知らぬ異邦人《エトランゼー》は、五萬フランを一度に的中率の少ない賭け方に投ずる俺の無暴を、反感と驚歎と好氣の瞳でみた。

「あ――」

ブロンドの夫人は俺を認めて、輕く可愛い口唇を開けて何か言はうとした。

「夫人、この方を御存じですか？」

前からの知合らしく、バルタデイオが俺を指して、夫人に云つた。

「いゝえ。」

「左様ですか。差支えなければ御紹介させて戴きたいのですが――。」

「えゝ、どうぞ。」

夫人は應揚に答えた。

「ルヴエル子爵、この婦人《かた》はグレモン伯爵夫人でございます。夫人《マダム》、シヤルルル・ヴエル子爵を御紹介いたします。子爵はモンテカルロ随一の賭博《ガンブル》の名人でございますよ。」

バルタデイオは形通りの紹介をした。俺はグルモン伯爵夫人に輕く一揖して言つた。

「お美くしいグルモン伯爵夫人にお眼にかゝれて、私は甚だ幸榮に思ひますよ。」

「あら、あたくしこそ、貴男様に御近づきになれて、どんなに嬉しいか存じませんわ。ルヴエル子爵様。」

柔かい微笑を湛えてくだけた挨拶を、グルモン伯爵夫人は云つた。

ルーレツトの勝負に俺は運がなかつた。五萬フランを三度負けた俺は、調子の向いて來るまで退いて止めた。グルモン伯爵夫人も、瞬く間に、七萬フランほどを負けた。伯爵夫人の美しい顔が愁ひのいろに曇つてみえた。俺はこの機會を拐へることを忘れはしなかつた。

「伯爵夫人。甚だ無躾けがましい申出でゝありますが、若し私に出來ることでしたならば何でも申付けて下さいませんでせうか。聊かながら、玆に三十萬フランほど持合はせがございますから、伯爵夫人の御役に立てば幸せに思ひますが――。」

俺は叮嚀に辭を低くして、賭博に溺れるものゝ弱味を突いた。

3

俺はバルタディオ伯爵から夫人が、二三日前から賭博場へ來て、數十萬フランの金を負けたといふこと、夫君のグルモン伯爵が急用を帶びてリヨンへ歸つたといふことを聽き訊した。

グルモン伯爵夫人は俺が貸與へた三十萬フランも、數時間の裡に煙のやうに負けて了つた。俺はエメラルドの瞳の憂鬱な曇を視た。グルモン伯爵夫人は、俺のかけた罠に完全にかゝつた。

「ルヴエル子爵樣。濟みませんでしたわねえ。」

「いゝえ、伯爵夫人。私はそれしきのことは何の痛痒も感じませんが、貴女は今日大變御運が悪かつたのです。ルーレツトにはさういふことが、よくありますよ。」

「えゝ、でも、あたくし、貴男樣にお氣の毒でございますわ。」

「いや、何でもありません。そんなことを氣になさらないで、私のところへゐらつしやつて氣慰みに旅行の變つたお話でもいたしませう。」

俺は巧みに伯爵夫人を誘つて、賭博場を出て俺のホテルへ歸つた。俺が美しい夫人を度々連れて戻るので、昇降機《アサンスール》のギヤルソンが、いんぎんに頭を下げながら皮肉な微笑を浮べた。俺は、ポケツトから二十フラン紙幣を取出して、小憎い奴に握らした。

俺は部屋に這入ると、リツト・スタンドに燈光を點けた。淡紅いろの光線が部屋の裡を詩的に彩つた。

「グルモン伯爵夫人、どうぞ、おくつろぎ下さい。」

「えゝ、有り難う。大さう御立派なお部屋ですわねえ。貴男様お獨りでゐらつしやいますの？」

壁にかゝつたフランス頽廢派の畫家の裸體畫や、桃花心木《マホガニー》の机卓や、七寶の花瓶、日本の遊女裲襠等の装飾調度がなまめかしかつた。

「伯爵夫人、古いボオルドオ酒を召上りになりませんか。」

俺は長椅子《ソファア》に並んで、伯爵夫人に酒杯《グラス》をすゝめた。

「あたくし、あんまり戴けませんのですけれど、少し頂きますわ。」

伯爵夫人は酒杯《グラス》を赤い口唇にあてた。俺達は珍らしい旅行の話をしながら、盃の數を重ねた。

「あゝ、あたくし、何んだか體中がぽか〳〵と好い氣持でございますわ。」

眼の椽を薄桃いろに染めて伯爵夫人は、胸を抱くやうにして云つた。

俺は肚の底でにやりとした。伯爵夫人の酒の中に、俺は催淫媚薬を入れておいたのだ。

「伯爵夫人、貴女は印度の奇妙な風習を御存じでせうか。男と女との――」

俺は、さういつて、伯爵夫人の頸筋へ顔を近づけた。

4

「いゝえ、あたくし、些つとも存じませんわ。」

「それは、斯ういふ風に、男が女の肩や頸のところを舐めるのですよ。」

俺は伯爵夫人の白い頸の肉に、舌をあてゝ舐めた。

「あらッまあ何をなさるのです。失禮な。」

伯爵夫人は長椅子から立上らうとした。俺はその胸を後方から抱いた。

「伯爵夫人、貴女は私の債務をお返しになるお積りではありませんか？　三十萬フランの負債は、貴女の夫君グルモン伯爵がお知りになつたら、貴女の破滅ですぞ。」

「まあ、何んて、汚らはしい。貴男は卑怯な方でせう。」

伯爵夫人は俺の腕の中で身悶えした。俺は女の胸の乳房をしつかと掴へて云つた。

「さあ、默つて、貴女は尤も賢明な、氣輕い方法で、貴女の負債をお返しなさい。伯爵夫人。」

「あゝあたくし、そんなこと嫌ですわ。」

「いや、それは他人に知れることとの場合に丈け通用する言葉です。絶對に、こゝでは貴女と私以外には、この秘密は永遠に保たれるのですよ。私は醜い、しかし、御婦人をお愉ませする技巧《テクニック》に長じて居りますよ。印度の男の秘密な愛撫を貴女に教えてあげやうといふのです。」

「——————。」

「さあ、默つて私と一緒にいらつしやい。」

俺は伯爵夫人の耳に數々の暗示を囁いた「伯爵夫人の顔の表情に、性的の誘惑に抗する苦悶のいろが浮んで消えた。瞳孔が怪しい光に輝やき、鼻息が荒く烈しくなつて行つた。それは、俺の飲ました催淫媚藥が効目を顯はして來たのだ。

伯爵夫人は夢遊病者のやうに、俺に從つて次の寢室へついて來た。

「着物を脫いで、すつかり裸におなりなさい。」

俺の命ずるまゝに、伯爵夫人は意識のない催眠術にかゝつたものゝやうに、着物を脱ぎはじめた。眞白い弾力のある四肢を惜氣もなく伯爵夫人は、寢臺の上に横たえた。俺は伯爵夫人の腰に手をかけた。かすかな濕ひのある皮膚が燃えるやうに熱かつた。俺も一糸まとわぬ裸體となつた。

長々と寢そべつて、眼をつむつてゐる伯爵夫人の口唇を、俺は飢え渇したものゝやうに音たてゝ吸つた。胸のふくらみに顔を押しあてゝ、べろ〳〵と舌を出して舐めた。鹽つぽい味と、ぷんと女嗅い匂が俺の味覺と嗅覺を昂奮させた。俺は伯爵夫人の局部をなめた。べろ〳〵と體中を舐めながら俺は堪えられぬ快感に恍惚となつた。伯爵夫人は悶えた。

「あゝおゝルヴエル子爵様、あたくし――。」

伯爵夫人は寢臺の上を轉げ廻りながら、俺の肉體を犇々と抱きしめた。

俺と伯爵夫人の情痴の寢室に、向ふの部屋からルウト・スタンドのなやましい淡紅いろの光線が射し込んでゐた。

編輯後記

○○○

年は新たになる。景氣はよくなる。これで支那のゴタゴタさへ片附けば、上下こぞつて一陽來復、從つてわが談奇黨も更に更に飛躍したい。

○○○

近代檢黴考は谷新三氏が始めて本誌に執筆されたもので、檢黴の研究に數年間を費してゐる異色ある文獻。乞御愛讀。

友色ぶり、陰間川柳考は愈々本號で完結しました。現今でも陰間の存在するところは東京市內だけでも數ケ所あるとのことですが、何れこれらの內狀も紹介したいと思ふ。

○○○

本號には談奇黨夜話を掲載し得なかつたが、その代り短篇の隨筆は妙竹林齋氏のを始め何れも一粒選りの逸品で、一讀いづれも微苦笑ものである。毛の性愛學これ又堂々たる文獻である。

○○○

創作二篇、從來のものに比べてエロには稍々缺けるが、グロ味たつぷりな點に於ては充分玩賞すべきものがあらう。

次號からはこの特別讀者に、より一層の力を加へるつもりですから乞御期待。

○○○

雜誌に對する批評をもつと多くの人々からきゝたいものです。讀者の批評が編輯者を左右する力は頗る大きいし、第三號の受難錄の如き、今日迄のうちで尤も感謝されたのは、編者の實に意外とする所で嬉しかつた。その代り、各方面からずゐぶん脅かされもしたが。——

昭和七年一月十七日印刷
昭和七年一月二十日發行（非賣品）

編輯發行兼印刷人　鈴木辰雄　東京市牛込區市ケ谷田町一丁目 市谷ビル內

印刷所　泰雲社印刷所　東京市神田區五軒町四二

發行所　書局 洛成館　東京市牛込區市ケ谷田町一丁目 市谷ビル內

禁止

『談奇党』

（新春特集号）

昭和七年二月廿八日印刷
昭和七年二月廿九日納本
談奇黨
新春特輯號
研究資料 てばこの底解題
漫說 糞尿風景
談奇小說 踊る夢魔
巴里の靑挙事件
南歐好色文學名作集
6

談奇黨
新春特輯號
Contrat
entre

禁止

新春增大號正誤

快　　獣

惡　　戲

踊れよ踊れ

研究資料

筐《てばこ》の底解題

談奇黨編輯部

筐の底は明和五年三月、大阪心齊橋北久太郎町の大阪書林から刊行され、作者は幡州の幡玄春といふ醫師である。全篇婦人病に關する治療法と、秘藥の處法とを發表したものであるが、勿論、今日の如く科學が發達してゐない時であるから、漢法醫學であることは云ふまでもない。今日でこそ、どんな婦人病の難症でも手術したり切開したりして、最善の治療を施すことが出來るが、江戸時代の人々はさうはゆかなかつた。

現代人の眼から見れば、寧ろ危険でさへあると思はれるやうな手當が平氣で行はれてゐたことは、これから誌す作者の文章によつて自から明かになつてくるであらう。

今日迄屢々聲明したやうに、わが談奇黨はこの種の記事を只單なるエロティシズムの立場から紹介するのではなく、一國の文化の消長がいかに迂餘曲節を經るものであるかを知る參考資料として提供するのである。

先づ筐の底の書物の體裁から紹介すると、和綴の横本で縦三寸横六寸全文八十二丁よりなるもので、當時の治療書としては相當權威のあつたものであり、秘藥に關する文献としてはまさしく珍書の部類に屬する。

さて、筐の底の序文を見やう。（括抓内は筆者の註）

寳の永きはじめのとし、をもひたちぬる事ありて九重の西吉備《きび》の國へまかり待りしあづま潟、入間のさと（武藏國入間郡）にすてをきしもの、、をもひ出にけり閨中獨り見るらんと月をうらみてすこす白樂天が詩にいへるも、人うまれて婦人となるなかれ。百年の苦樂他人によると身の心にまかせざるをばいかゞせん。やまひさへかずそひておとこになきいたはり、そのかずをしらず。中にもかくすべき病にいたりては、枕ならぶるおつとにかたらず、ましてはじがはしきくすりあらはすべきや、月を見れどもいさぎよからず、花をとれどもかんばしからず、もふ〳〵として朝をおくり、うつ〳〵としてくれをすごす、せめて心の中のゆたかたとては淡島の御神のみ、祈るしろしもなきときは、日にそへてやせつかれ、ほねあらはに、はだへかじけ、たましいくらく、心ほれてのちやう〳〵かたへの人のをしあつるにぞ、そのやまひとはしられいたましきかな。かくなりてたすかるはすくなく、くすりもまたいにしへのあきらけき目をもたず、にたるをとゞめてそのあとをおひ生くべきをころすことしらず、その幾千萬といふことをこのゆへにもだすべからず、ひとつふたつひろひあつむる瀬々の網代木《あじろぎ》、あらはすべきやまひとさしをきぬ。いわでの森のいわでこがる、、くるしみにひとり手箱のそこをさがして、くすりを求むるたよりなれかしと、みな月のもちに誌しをはりぬ。

別にこんな難かしい言ひ廻しをしなくてもなべての婦人は、局部の病氣は多くの場合只ひとり煩悶して、その爲に放任してをくと飛んでもない結果になるから…と言へばいゝのであるが、この醫者も一寸戯作者らしい無駄口を云つてみたかつたものらしい。

次は篦の底凡例、即ち目次の前書である。

一、もくろくの下に一二三のかずかきたるは、かみかずの一二三づけにしてをくとひきあはせばたずね見やすし。

一、やくはう（薬方）とやくしゆ（薬種）は漢字にてかきかなつけてをく。かなばかりにてはまがふ事あるゆへなり、やまひのなも所により漢字にかなつけてをく。

一、此の書物にのせたるやくしゆはみなくすり屋にあるものなり、とゝのへがたきときはかなつけてやるべし。

一、こしらへやうをつけぬくすりは大かたせやんくなり、みなせいやく屋（製薬屋）よりとりよすべし、又はねんごろなるくすり屋にあはせもらふべし。つけぐすり、さしぐすり、あらひぐすりなどはせいほうこまかにかきのせをく、手まへにてもてふごうなるべし、またくすりやへもいひつくべし。

一、くわいにん、（懐姙）りんざん（臨産）さんご（産後）にいたりてはもろこしの名誉たかき醫者のことばをうけ、とし月こゝろみたるてうほうをしるす、かたへてそむく事なかれ、をり／＼よみをよくおぼゆべし、ゆきあたりてはうろたゆるものなり。どくだち（毒を断つ）などはかきぬきかべにはりをくべし。

一、このしようもつのたいせつなるくすりをのす、ぶさたにしてとりちらかすべからず。ねんごろなる女どうしはくすりをつかはしたすくべし、わが身のいんとくにもなるべし。

一、ことば、かなづかひまでさもしくかく事、此の書物うたざうしにてもあらざればなり、つくべしをつけべしなどゝかきたるわれながらいやいやひまをもとめてかきなをすべし。

一、さのみかくすまじき事をかきのするはいまのくすりよくあやまちをみれるゆへ也、をわりにしるせしくすりどもは、おもひだしたるまゝてうほうにもせよ。

かしと　おもふのみ

なんと叮嚀な凡例ではないか。作者の眞摯な態度と、醫師としての面目躍如たるものがある。

いよいよ「もくろく」である。

一、むすめの子陰門あかぬ事同じく月水始てみる事、同こしけの事
一、よめ入してゐん門そんずる事
一、まじはるたびに血いづる事
一、陰門のうちひゆる事
一、陰門はれいたむ事
一、陰門にはかにはれとがりいたむ事
一、同はだかゆき事
一、同しらみわく事
一、陰門蛇《くちなわ》のごとくなる物いつる事
一、陰門たけの事
一、陰門のうぢむしわく事
一、陰門はれいたみてあしすくむ事
一、陰門はれいたみとぢざる事
一、同はれ小便しげき事
一、同はれ大小べんつまる事
一、同はだしめりかゆき事

一、同さねのびる事
一、同なすびの事
一、陰門なりてやかましき事
一、同にほふ事
一、こしけの事
一、ゆめにちぎるやまひの事
一、月水いきものになる事
一、月水つかへとなり陰門のうちひきつる事
一、けんようの事
一、ぢ、しりはすの事
一、だつこういづる事
一、くわいがうにいむ事
一、くわいにんようじやうこゝろもちの事
一、くわいにん大べん血をくだす幷さんも血小べん血の事
一、同ちづなはるす事
一、くわいにんに月水をみる事
一、くわいにんに乳もるゝ事
一、はらの子鳴く聲きこゆる事

一、りんざんこゝろもちの事
一、りんざん小べんつまる事
一、同きをうらなふ事
一、さんごやうじやうの事
一、さんご陰門いたむ事
一、さんご子つぼいづる事
一、同にしせんとて陰門よりしてほそきものいでいたむ事
一、同だい便かつする事
一、さんご小べんつまる事
一、同血の小べんする事
一、同小べんもらす事
一、同ちぶさのいたむ事
一、同ぜんそくの事
一、同らんきする事
一、同しゆきさす事
一、ちゝほそき事
一、ちゝはれる事
一、ちまめさけいたむ事

一、ちごちゝにくひつく事

一、乳がんの事

一、かみぬくる事

一、かみみじかき事

一、かみあかき事

一、しらがの事

一、かほのつやいたむ事

一、かほのいろ白くする事

一、あせぼの事

一、わきがの事

一、ほぐろ抜く事

一、いぼ抜く事

以上が本書にをさめられた治療法である。われわれが知つてをいて決して悪いことではない。知ることのいゝ悪いよりも、さて然らば、昔の人々はどんな風にしてこれらの諸病を治療してゐたであらうか。今日の臨床醫學と比較して、そこに盡きぬ興味があり、文化の興亡を知る絶好の資料となるであらう。

そこで、漸くわれわれは幡先生の本論をきくことが出來る。

○女《むすめ》うまれて陰門のあかぬ事

同月水はじめて見る事

一、むすめの子生れて陰門とぢうすかはひつぱりてゐる事あらば、ぜにの耳をとぎ、双をつけて陰門をそろ〳〵ときりあくべし。はものにてきるべからず、そのあとへは、石灰をこまかにすりつけをくべし。今のいしばいは貝がらをやきたる物也よくせんぎしてまことの石灰をもとむべし。

女十四歳になれば月水をみるものなり、おとな心はやくあれば十二三にて見るもあり。心あどけなきは十七八まで見ざるもあり、まづは十四歳に夫はきまりたるものなり。そのころにもならばやがて女のやくを見るべし。膽《きも》つぶす事なけれ。そのときの身ごしらへかくのごとくするものぞと、うばにても母おやにてもよくいひきかせをくべし、おもひがけなくみるときはつよくおどろきてやまひとなる、おどろく時は氣につれて血もとゞこほり、こしけとなる。はじめて月水來とてはほうさきうすあかく、桃の花をみるがごとくになるものなり、はやゝ氣をつけて月水みる事あらん。その心得をせよといひきかすべし、はじめよりとしよるまで月水のうち大切にまもるべし、つよくおどろくときは氣につれてのぼり口鼻よりいづる事あり、身にとゞこほればしゆきとなり、つよくはら立つときはこしもと、むね、はら、手足のあいだにとゞこほりおもくかなしむことなかれ、心くらうすることなかれ、おもきものもつことなかれ、水にひたることなかれ、しよくもつ氣をつけて一切のからき物、一切のひえたるもの、一切のくだもの、そばきり、冷むぎ、こんぶ、あらめ、わかめ、さがしめ、のり、ひじき、くさびら、ところてん、さしみ、なます、いか、たこ、ゑび、かに、ざこ、にし、さゞゐ、いわし、このしろなどかならずしよくすべからず、みなとゞこほりてつかへとなる。世の中に女房むすめのなやみほどかなしきものはなし、平の清盛ほど心たけき人はおはしまさねども、御むすめけんれいもんゐん御さんのときは身をふるはし、なき給ひてあはれ清盛いくさのぢんならば、かほどまではをくれぬものをとてなき給ひ、御平さんありければ、おもはず聲をたてゝ泣き給ふよし平家物語にみえたり。此心をよくおもひやるべし、いづれの物やとてもおなじおもひなり、ちゝはゝのなげき、おつとのくるしみ思ひやりてゝかならず、今の女つかへ、づつうをもたぬはまれなりと、大かたは月水の内にいでくる物なり、その身もすこしのわがまゝより一代のくるしみをするかなしきことならずや、いまだよめ入せぬ娘こしけをみば、琥珀辰砂丸《こはくしんしやがわん》をば用ふべし。十四歳よりうち男のはだふるゝ事ゆめ〳〵あるべからず、おもきやまひとなりて、りようぢもならぬものぞかし、源氏物語にもむらさきのうへ十二にて此みちありしと出たり、此のさうしはつくり物なればいつわりとしるべし、いにしへは二十歳にてとつぐべきよしきわめをき給へりしかれども今はときちがひたり

○琥珀辰砂丸　むすめのこしけをよくする藥

◇琥珀　くすりやにてうるはにせなり、たまやのすりくずをとゝのへ、ちやわんにこまかにすり粉にす。

◇木香　そのまゝ刻ゐやかんにておろしこにする。

◇沒藥　おろしこにする。

◇當皈　きざみおろしこにする。

この四色四匁づゝ

◇乳香　おろしこにする　一匁

◇麝香　ほこりとけをさり、ちやわんにてそろ〳〵とするべし、つよくすればすたるものなり。

◇辰砂　すりて水飛すり此二いろ　貳匁五リンづゝ

右七味よくふるひまぜ水にてこね、むくろじ（椋の實）ほどにぐわんじ一どき壹粒づゝ泔酒にて用べし。

○よめ入りして陰門そんじいたむ事

一、よめ入して陰門そんじいたみ、血のはしるにはおはぐろ（鐵漿）につくる五倍子《ふし》をこまかにをろし、いたむところへつけてよし、血とまらずいたむには

○補中益氣湯を用べし、よめ入するならば、まへかたよりせんやく、つけぐすりともにたしなみもつべし、またのち〳〵

もおとこわるざねしていたむることあり、その時もこのくすりよし。

一切の氣のくたびれ、ふしよく、しらち、ながちたちゐくるしく、めまひ、たちぐらみ、せきいでねつさし、さむけなどをよくする藥なり。

○補中益氣湯

黄芪　三分　人參、白朮、當皈　貳分づゝ　陳皮一分　柴胡、升麻五リン　甘草三リン

右八いろかけあわせ一ふくにて、しやうが二分、なつめはんぶん、水一ぱい半入、一ぱいにせんじ、二ばんは一ぱい入はんぶんにせんじ用ゆべし、人參なくば砂參にてもよし、五六ふくも用ひてしるしなくば附子貳分、肉桂一分くわへ用ゆべし。

○まじはるたびに血ばしる事

一おとことまじはるたびに血はしることあり、そのときはねやをとほざけて交はるべからず、もぐさをなるべくよくもみぬきやはらかなるきぬにつゝみ、ゆびのなかにこしらへ陰門の中へさしこみをくべし、補中益氣湯を用ゆべし、ないしやうのくたびれ也

○陰門のうちひゆる事

一ゐん門のうちつねに冷へてきみあしきには丁字一匁粉にしてきぬにつゝみ指のなかにこしらへさしこみてをくべし。

○陰門はれいたむ事

一ゐんもんはれいたむには四物湯に柴胡、山梔子、牡丹皮、龍膽（四いろ一分づゝ）くわへせんじ用ゆべし、大蒜《にんにく》をこくせんじてさいさい（度々）ゐん門をあらふべし、さうじて陰もんのはれいたむによし、又ふだんにちよこ〳〵はれいたむこ

とあり、四物湯に防風、栗本《ろうほん》一分づつくわへせんじ用ゆべし。

○陰門にはかにはれとがり痛む事

一ゐん門にはかにはれいたむには
四物湯に牡丹皮、天花粉、澤瀉、柴胡（四いろ一分づゝ）くわへせんじ用ゆべし。

四物湯製法　一切の血の道くすり

當皈、川芎、白芍藥、熟地黄の四いろみな三分づゝくわへ右つねの如くせんじ用ゆ、にんにくせんじあらふべし。

○陰門のはだかゆき事

一ゐんもんのはだかゆきには蛇床子《じやしやうし》五匁明礬《めうばん》せんじあらふべし、さうじて陰門のかゆきによし、明ばんはそのまゝにて一匁入れるべし。

○陰門にしらみわく事

一陰門のはた毛の中にこまかなるしらみわきてはなはだかゆきことあり、きせるのやにをとり指のさきにてすりつくべし、陰内へは付べからず、そのまゝしらみしにてほうほうとおつる、またおとこよそよりうつりてくる事あり、はやくやにをつけさすべし。

【註】つまり往年は煙草のやにが水銀軟膏の役目をしてゐたわけだ。水銀軟膏は梅毒菌に有効であるばかりでなく、いかに頑固な毛じらみでも、二三回すりこまれると大ていへト〳〵になつて死んで了ふ。

○陰門の中に蛇《くちなわ》のごとくなる物いでていたむ事

一ゐん門の中よりくちなわのごとくなる物いでてよくいたみ小べんしぶることあり、朝よりひるすぎまで補中益氣湯を二ふくのむべし、ばんかたには龍膽瀉肝湯《りうたんしやかん》を一ふくのむべし、つけ藥には黎蘆《りろ》膏をばこしらへつくべし、補中益氣湯はまへにもあり。

○龍膽瀉肝湯　一切のりんびやう、小べんしぶりいたみ陰はれかゆく、熱さし氣むつかしきをよくす。

龍膽、澤瀉《たくしや》（二分づゝ）車前子《しやぜんし》、木通、生地黄、當皈尾《たうきび》、山梔子《さんしし》、黄芩《わうごん》の六いろ各一分づゝ甘草五リン、灯心五すじ

右かけあわせつねのごとくせんじ用ゆべし

○黎《り》蘆《ろ》膏《こう》　一切陰門のできものによし

黎蘆（五匁にても、十匁にても）なるべくこまかにおろし、ゐのしゝのあぶらにて煉りあはせ、かうやくのごとくにしていたむところへべつたりとつけるべし、まい日つけかゆべし、ゐのしゝのあぶらなくばまんていかもよし。

○陰門たけの事

一陰門の中より木くらげなぞのごとく、またにはとりのとさかのやうなるものでき、うへ下。はだともにはれいたむことあり、陰茸といふなり、まへの補中益氣湯に山梔子、茯苓《ふくれう》、車前子《しやぜんし》、青皮《しやうひ》四いろを五厘づつくわへせんじ用ゆべし、つけくすりはまへの黎蘆膏よく大かたなをりてのち皈脾湯《きひたう》に山梔子、茯苓、川芎《せんきう》三いろを五厘づつくわへひさしく用ゆべし。

○皈脾湯　一切のねぶそく、くたびれ、惡夢、むなさわぎ、心ほれほれとなり物わすれをして寝汗かき、ねつさしわづらふなどによし。

黄芪《わうぎ》　人參　白朮《びやくじゆつ》　茯苓　當皈　酸棗仁《さんそうにん》　勇龍眼肉《いりりうがんにく》　遠志《おんし》の八いろを二分づゝ、木香、甘草の二いろ一分づつ

右十いろにしようが二分なつめ半分入れせんじ用ゆ、人參なくば砂參にてもくるしからず。

○陰門の中にうじ虫わく事

一ゐん門のなかにうぢむしわきて、かゆく氣むつかしくなやむことあり、たいせつなる事なり、ゆだんすべからず、まへの四物湯に

黄連《わうれん》、龍膽、木通、石菖蒲の四いろを一分づゝくわへ用ゆべし、さてあらひぐすりをしてそのあとへ銀杏散をさしこむべし、このやまひきのとどこほりよりいづる、後家になりてひとしほあるやまひなり、あるひはおとこを戀ひしたひまたこしかた行くすへをあんじ、物ごと心にかなわねば夜もねられず、そろそろとねつさし、手あしのうらほめき、むねいきれ、此のやまひとなる也、はやく氣をつけ陰門のうちかゆくばやうじやうすべし、大かたははづかしさに久しくこらへ陰門のはだかさぶたでたむしたくさんにわき、そのかゆさしのびがたく、しだいしだいにねつさし、さむけだち、かほいろあしく、せきいで、やせおとろへろうさいになりて死するものなり、四物湯二三十ぷくのみ、かゆさ止まずんば早く逍遙散蘆會丸とをあわせ用ゆべし、あらひぐすり、さしぐすりはまへのごとくなをるまですべし、すこしよくなるともかならず〳〵すてをくべからず。やまひおこりやすくふだん逍遙散用ゆべし。

○陰門の虫を殺すあらひぐすり

苦辛《くしん》　葳靈仙《ゐれいせん》　蛇床子《ぢやせうし》　狼毒《らうどく》　當皈尾《たうきび》の五いろ五分づゝ鶴虱《くわくしつ》一匁

右六いろかけあわせ水三合入二合にせんじ、さはちに入おきまづくすりの湯げにて陰門を蒸しさめたるときそろ〳〵あらふべし、ゆびのさきにて陰門のなかをもくり〳〵とよく洗ふべし、そののち火ばちにてあたゝめまたあらふべし、さて銀杏散をさしこみおくべし、まいにち四五どほどづゝ陰門を洗ふべし。

○銀　杏　散　陰門の虫を殺すさしぐすりなり

杏仁　すこしのうち水にひたし、かはとけるをつまみきり茶わんにてつきつぶしこまかにすりこにする
水銀《みづかね》　一匁に硫黄二分まぜて茶わんにてよくすりおろしほしのみへぬほどするべし
雄黄《いわう》　すきとほりいろのあつきを用ゆべし、茶わんにてする
輕粉《けいしや》　おしろいの事也そのまゝつきまぜる

右四いろいづれも等分一匁づゝなりとも、二匁づゝなりともよくかけあわせなるほどすりまぜ、さてなつめの核《さね》をすて肉をとりてすりつぶしてのりにし、此くすりをすり合せ、ほうづきの大きさにまるめ、きぬにつゝみ糸にてくゝりさしこむべし、そのいとのはしをきらずしてをくべし、あらひぐすりをする時小べんする時引きいだすためなり、またさしこみをくべし、まいにち一粒さしかゆべし。

○逍《せう》遥《よう》散《さん》　一切女の血ふそくしてさむけだち、ねつさし、身ふしいたみ、ほうさきあかく、痩あせなどによし

當皈　白芍薬　白茯苓　白朮　柴胡の五いろをおの〳〵三分づゝ甘草一分
右六いろをしやうが二分入れつねのごとくせんじ用ゆべし

○蘆　會　丸　陰門の虫をころすくすり

蘆會　つぼに入れふたをして、こよりにてくゝり、その上をどろ土をこねてぬり、さて庭に穴あるを掘りつぼを入れその上にあら糠を山もりにおき火をつけて燒く、よくやけて取出しこにする
胡黄蓮　きざみこにする

鶴虱　すこしいりてこにする
撫夷仁《ぶいにん》　こむぎの粉にまぜ、きいろになるほどいりてこをふるひすておゝす。
雷丸《らいぐわん》　かうをわりてすて、實をとりせいらうにてよく蒸し、とりあげて干しかはかし粉にする。
青皮　水にひたし、しろみをけづり、きざみすこしいりて粉にする

右七いろ五匁づゝ

麝香　ほこりをさりすつて粉にする五分
木香　そのまゝきざみをろし粉にする一匁五分
右九いろよくふるひまぜ、かき餅ののりにてあづきほどに丸じてすきはらのとき、めしの取湯にて二十五粒づゝ一日に三度づゝのむべし、せん藥、丸藥たがひちがひに用ゆべし。

〇陰門はれ痛み手足すくむ事

一ゐんもんのはだ、はれていたみ、手足のすじつまりのびがたきことあり、一もじ三ぼん乳香五分つきまぜ餅のごとくにしてはれたるところつけべし、さんごに陰門はれいたむにもこのくすりよし。

〇陰門はれいたみとぢざる事

一ゐんもんはれいたみ、ほつかりとくちをあきとぢざることあり、まへの逍遙散よし、はれはひきてもくちあきふさがらぬにはまへの補中益氣湯に山梔子、牡丹皮二いろを一分づゝくわへ用ゆべし

〇陰門あき小便しげき事

一ゐん門とぢずしてせうべんさい〳〵しげくはらのうちにてなにやらんうごきのぼることあり、まへの逍遥散に柴胡一分山梔子、車前子三分づゝ加へ用ゆへし。

○陰門いたみ大小便つまる事

一ゐん門いたみ大小べんつまりてなんぎすることあり、たいせつなるやまひなり。

陳皮　枳實《きじつ》の二いろきざみ四十匁づゝほうろくにていり、きぬにつゝみ身うちをさすりのすべし、むね、はら、臍の下あたゝめのすべし、くすりさめたらばまたいりなをしあたゝめのすべし、はれたるところをばさい〳〵のすべし、くすりのにほひのどにいづればよし。

○陰門のはだしめりがゆき事

一ゐんもんのはだじく〳〵としめりかゆく、かきやぶりてみづをいだし、そのあと引つかきいたむにはまへの皈脾湯に柴胡、山梔子、牡丹皮、芍薬右四いろをくわへ甘草五リンにしてせんじ用ゆべし、前の蛇床子、明礬のせんじたるにてあらふべし。

○陰門のさねのびる事

一ゐんもんのさねながくのび出ることあり、茄子根をくろやきにして、ごまの油にてなるべくかたくとき、はながみにてまき、ゆびのふとさにしてゐんもんのうちへさしこみをくべし、まい日くすりをとりかゆべし。

○陰門なすびの事

一ゐんもんのはだかたくなり、たまごのごとくまたはぶらりとたれさがることあり、せんきなり、なすびといふ。

穿山甲のうろこ五匁うちくだき、ほうろくにていり粉にしてもろはくの寒酒にてさい〳〵用ゆべし、右のはだならば穿山甲も右のかたのうろこよし、左ならばひだりのかたのうろこよし。

○ゐん門鳴りてやかましき事

一ゐん門のうちよりいきいで、ぶう〳〵となりおならのごとくやかましき事あり、陰吹といふやまひなり。かみの毛のおち一にぎり、あぶらをよくあらひおとしゐのしゝのあぶらにてせんじ、かみのおちとけてあぶらになりたるときのむべし、このくすりあぶらくさくしてのみにくし、されどもこの外にくすりなし、一二度ものめばやまひ小便よりくだりてなをる。

○陰門にほふ事

一さい〳〵ぎやう水してもゐん門にほふことあるはやまひなり。狸の毛をくろやきにしてこうばいのきぬにつゝみ、二日三夜さしこみてをくべし、ふだん心がけてこしゆをしてさうじすべし。

○こしけの事

一こしけはさま〴〵あり、あかきもあり、白きもあり、きいろ、くろいろあをいろあり、まづはしろきとあかきと多し、いづれも九苓湯をせんじ用ひ、地偸散をまじへ用ゆべし。

○九《く》苓《れう》湯《とう》　一切のこしけをなをす薬

當皈　川芎　熟地黄　白芍薬　白朮　白茯苓　澤瀉　猪苓の八いろを二分づゝ肉桂一分右九いろせんじ用ゆ。

○地偸散　一切のこしけによし、ひさしく用ひてよし

地偸二匁に酢をすこしづゝ加へせんじ用ゆべし、こえたる人のこしけはひえよりおこる、やせたる人はねつよりおこる

氣ぐらうよりおこるものあり、さまざまりようぢあり、くわしくやうすをかたりて醫者にかゝるべし。此のくすり二いろをのみてもなをらずして、醫者ひさしくくすりもれどもきかざるときは八味湯を用ゆべし、又ときどきまへの補中益氣湯用ゆべし。

○八味湯

一切のこしけの病、しらちながち、りん病、こしいたみ、ゐん門ひへ、男とねることいやになり、おとろへ氣むつかしきによし

熟地黄三分　山藥二分五厘　白茯苓　澤瀉　山茱萸の三いろ貳分づゝ

牡丹皮七分　附子三分　肉桂壹分

右八いろせんじ用ゆべし、さうじて女こしより下のやまひながちなどやみてこしぬけ、醫者のもてあましたるとき用ゆべし、めいよの藥なり、秘藏すべし、このくすりねりやくにしては八味丸といふ、八味丸と補中益氣湯かね用ゆるときは男女ともにきよろうをはじめもろ〳〵のつかれたるわづらひをよくするなりとおもふべし、おぼつかなき醫者にあわんより手まへにてりようぢすべし。

○りんびやう血の小便する事

一ひさしくりんびようをわづらひ血の小便して、そのあとつよくいたみ身をもだへくるしむことあり、いしやいろいろとすれどもくすりきかぬものなり、此の病人はいかほどもみたるにせけんのいしやなをしたることなし、まへの八味湯にてみなよし。

○ゆめぢにちぎるやまひの事

一おつと遠國へ行きなどし、またはやもめになり、あるひはみや仕へなどして、ひさしくひとりねをして、心にそのこと足らぬときはゆめともなく、うつゝともなく、たれとも知らぬひときたり、まい夜〳〵ちぎりをむすび、はらみたるごと

くになりて月水とまり、はらふとりかたまつて、ひとりごとをつぶやき、泣いたり笑うたり物くるはしく、されども顔しよくはつねのごとし、はやく藥を用ゆべし、二夜もつゞけて交はる夢を見ば、おもらぬ先よりりようぢすべし、ゆめのちぎりはおもしろくなりて止めがたきものなり、しかれどもおそろしき事也、大かたはきつねたぬきの類その女に心をよする事あり、またはあだをなしてする事もあり、またおそのたわれ雄と川うそはきはめてゐんらんなるものにて、女をみるときはたちまちこしにいだきつくよし、もろこしの書にもかきたり、我が朝にても男にばけて女のもとへかよふよしむかしよりかたりつたへなり。

○茯《ふく》神《じん》湯《とう》　女ゆめのうちに物とまじはり心うか〳〵となり月水とまつてはらふとるをよくする藥

茯神　羌《きやう》活　蔓荊子《まんけいし》　防風《ばうふう》　薏苡仁《よくいにん》　石《せ》菖蒲《せうぶ》　黄芪《わうぎ》　五味子《ごみし》　麥門冬《ばくもんどう》　黄芩の十いろ二分づゝ甘草五厘

右十一いろせんじ用ゆべし、きしよくよく心はすゞしくなりても、はらのかたまりはのこるものなり、除天散《じよようさん》を用ふべし。

○除天散　月水かたまり、はらみたるがごとくなるをくだす藥也

芫花根をきざみていり、きいろにしておろし一匁、桃仁一匁のせんぢ汁にて一日に一度づゝ用ゆべし、月水を見ばくすりをやめよ。

○月水いきもののかたちをなす事

一つねならざるやまひあり、月水を見る時そのをりたるしも忽ちいぬ、ねこ、きつね、むじな、とび、からすなどのかたちとなりその人にとびかゝる事あり、をどろくべからず、その時はそのまゝ眞綿か絹にてゐん門をふさぎて湌藥を粉にして一匁づゝ白湯にて用ゆべし。

○月水つかへとなりゐん門の中へひきる事

一　月水つかへとなり心うつけ、胸、はら、こし、せなかよりゐん門のうちへひきつりいたみ、小べんいでがたく、しよくじをこのみ喰ふときはときやく心いで懐姙のごとくなるものなり。このかたまり手足のかたちにつくときは必ずその人をよくころす、はやく藥をのむべし、このやまひは月水のとき心にくらうありて、或はかなしみ、或はをどろき、またはつよき雨風のそらにあふて、くだるべきしもとどこほりてなるものなり、まへにもいふごとく月水のうちは物ことは心をつけてつゝしむべし。懐にんとのちがひは心うつけ身うちいたむと、ゐん門の中へひきつるとがめあてなり、よくがつてんしてくすりのむべし。

○新　鼠　散

月水とゞこほり、かたまりとなるをよくする藥

新鼠　ころしてそのまゝあたらしき鼠のことなり、あたらしきまわたにつゝみ、そのうへを泥をこねて握りかため、さて庭にあなをほりてその中へ入れをき、そのうへにて桑の木をたきゞにし、一日一夜火をたきくろやきにしてとり出だしどろをこそけ落し、ねづみを粉にして桂心のこを一匁五分まぜあはせ一さぢづゝもろはくにて用ゆべし、この藥二度ばかり用ゆればかたまりおるゝとの事也

○けんようの事

一　けんようとて蟻のとわたりに蓮のみほどの物できそのかゆさ忍びがたく、しだい〳〵にいたみいで、のちにはいどころくさり抜け、大小べんともひとつになりて、そのあなよりいづるおそろしきやまひなり、先づ清血湯を四五ふくのみ、そのゝちよき醫者をたのみ、けんよういでたるよしをいひきかせ、いたさかゆさをまい日つゝまず語り、るいやくをのむべし。けくわにもこの由をかたり、かうやくをつけべし、はじめよりおはりまで國老膏を用ゆべし、むづかしくならずし

ていゆるものなり。

○清　血　湯　けんよういでゝかゆきはやくのむべし

川芎　當皈　赤芍藥　牡丹皮　生地黄　天花粉　甘草筋以上の七いろ三匁づゝ大黄、澤瀉二いろ五分づゝ

右九いろかけあはせよくまぜて三匁すゝ（煤）かけて一ぷくと灯心十すぢづゝ入れせんじ用ゆべし

○國　老　膏　けんようはじめよりのちまでたくさんに用ゆべし、しあはせよければ二度ばかり
のみて癒ゆることあり

粉草十匁　甘草のなるべくふとくやはらかなるをふんさうといふなり、山の谷の水をくみ茶わんに一ぱいばかり此の甘草を十匁をひたし三ときほしてぬれとをりたる時、ぬるき炭火にてあぶりかはかす。よくかはきて又茶わんの水にひたしてあぶる、一ぱいの水みなになるまでいくたびもあぶりて、そののちもろはくにてのむべし、又あんずるに、はじめよりにんにくをしきて灸をすべし、あつくなくばぢきにすゆべし、あつくなるまですべし、一切のようてうに灸ほどなるりようぢなし、今のげくわといやがることおかし。

○ぢしりばすの事

一　大べん道のまはりにいづるは痔なり、いぼぢ、まめぢ、おへぢ、はしりぢ、ないぢなどいふてそのかづあまたゆへ、ことごとくわのせずさうじてはじめはかゆく、のちいたい、あるひはうつぶれ血ばしるものあり、さまぐ\りようぢあれどもせゝるほどむつかしくなる。補中益氣湯に附子、肉桂貳分づゝくわへいつまでも用ゆべし、はぢめよりにんにくをしきてゆいひ（灸）をすゆべし、おそるゝことなかれ、なかぐ\よいきがなるものなり。すゑてきびよくば痔にすゆべし、このりようぢほどよきはなく、はりをさし、血をとることなかれ、またしりばすとてゐどころのまはりに小さき穴でき、うみし

る流れいでゝくさく、のちにはいくつも穴あくもの也、附子を粉にしてつばきにてねり、ぜに五もんの厚さにしてそのあなのうへにつけ、そのうへよりゆい火をすゆべし、せんたくは補中益氣湯に附子、肉桂二分づゝくわへいつまでも用ゆべし、たやきずりようぢすればなほる。

○くわいごうにいむ事

一　ねやにいむことあまたあり、よくつゝしむべし、おとこ熱病をやみて百日のうち交はるべからず、うつるものなり、月日のひかりさすところにて交接るべからず、日蝕、月蝕のとき、大雨、大風、八せんのうち、どようのういみ、くろ日もつ日、めつ日みないむべし、おとこ酒にえひたるとき交接るべからず、心うかれてつねよりはのぞむものなり、大なる毒也、暴食のうへも毒なり、かのへ申の夜とまりたる子は生れたるより盗みするよし。

むかしの草紙にもいひおけり、子のぬすみよりまづ親の毒なり、いまだきらふべき事あまたながらかず多ければまもらぬものなり、こゝにのするところは必ずいむべし、又くわいにんしては、つねより心うごくもの也、つゝしむべし、七月よりのちはねやを別にしてかたくいむべし、難産をするのみならず、その子もたい毒ふかく、あるいはかたはもの、またそだちてもうつけ者にて役に立たぬものなり、人としてけだ物に劣るべきや、うし、うま、いぬ、ねこをみよ、くわいにんしたるのちは牝をはぢきて寄せつけぬ也、鶴は聲をきゝてはらみ、鴨は目を見合せてはらむ、みなその天然をまもりてそむかず、いたづらなるは人なり、くすりをさして交接るは大毒なり、男女ともにげかんをやむ。

○くわいにんやうじやうこころもちの事

一、月水とまりてすきものをこのみ、しよくをきらふは大かた懐妊なり、血くわいのよどみとまぎるゝもの也、三月目よりはあらまし白くなり、ねたるときにあをむきになり、ほぞ(臍)の下右か左のかたに桃ほどのくり〳〵したる物あるものぞ、宵より夜中までのうちにそろ〳〵さぐりて見るべし、あさはしづみて見えぬものなり、しだい〳〵にさきくろくなりしよくもつ見ることいやになるはまぎれもなく懐妊なり。

一切のかたきもの、一切のくだもの、一切のひへたるもの、そばきり、ひやしむぎ、さしみ、なます、ゑび、いか、たこのかたき物の中にても蓼、からし、たうがらしは忽ちしようさんする事あり。芽だち姜芽を喰ふときは六つ指の子を生む、かにを食すれば横にゐざる子をうむ、うさぎを喰ふときはいくち（唇の切れたる口）を生む、すゞめを食へばその子いんらんにして恥を知らず、このほかあまた毒だちあり、いしやにとふべし、いまどきの女おろしたがりて、さま〴〵のどくを食ふことあり、さん〴〵おろかなる事なり、その子にあたるばかりにてなく、その身の氣血をやぶるにより大なるやまひとなりて、十人が五六人はなんざんをして死に、そのほかは懐妊の内さんごともにしぶり腹、下りはら、しわき、ながちをやみ、死なねどもこしぬけ、きちがいなどになる。いたましきことならずや、たとへまた下し得たりとも、わが子ながらにも天たうより授けたまはつたる種なればその身にむくふて思はぬなげきをするものなり、よくよくがつてんすべし、はらまぬやうも、下しようもあれども、不義をすゝむるなかだちなればこゝにしるさず、五月めより帶をすることわが朝のならはしなり、そのいわれは、むかし神功皇后御さん月にてもろこしといくさをなされ、御かといでのとき御しきりたちければわがはらにやどらせ給ふは此國のあるじにてはましますずや、はゝがいくさにかちてかへるまではうまさせ給ふなとておびをなされければ、やがて、しづまらせをはしまし、御かいぢんののち御たんじやうあそばし應神天皇とぞ申たてまつりける、いま山城のくにおとこやまのいわしみづ、八まん宮といはれさせおはします。かゝる目出たき御ためしなればとていわたおびと申して代々のきさき此の帶をなさるゝゆえ、今いやしきしづやまがに至るまで、そのまねをすることになりしなり、御やうじやうの御ためとておびなされしにあらず、御祝ひの御ためなり、かならず〳〵つよくしむることなかれ、のちのどくになる、てんじく支那をはじめ世界の國々懐妊にをびすることなく、されども久しきならはしゆへみな人がつてんせず、そのいひぶんをきけばはらの子そだちてむねへあがるとの用心也、いまどきの醫者さへこのわけを知らず、帯しめよなどゝさしずするあり、片はらいたき事なり、もろこし、てんぢくの子はなにとてふとらざるや、また馬、牛、犬、猫などはあまたの子をはらめども帯することなし、鯉、鮒など百千萬の子をはらめどもふとりもせず、むねへもあがらず、みなそれの天然よりやすく生むものと知るべし。人はおびをしてかへつて難産をし、そのはゝうまき物をくひ、ひるねがちなればふとるものなり、瘦懐卄枳散を用ゆべし、天和のはじめより寶永のころにいたるまで、われらのうけ取たる懐妊にはおびをさせねどもなんざんさせし事なし、しかれども、がつてんせざる人には、なるべくゆるくさするなり、一だんとよろこびかねし人の身の氣血、よるとなく、ひるとなく、みやくにつれてながれめぐるゝ事ゆへ、川のながれのごとく此水せきとめてながさねば腐り水となりて、まかなくに浮草しげり、ぼうふりわきいづる帶をしめるは氣血のながれをせきとむるがごとし、きよらかなる氣血くさりて、しゆき、たんせき、りびよう、しらこしけのやまひとなる、十が五六はおびのゆまするところなり。

○こつぼより下る血の事

一、こつぼ（子宮）より下る血に二品あり、はらいたみてくだるは胎動といふて、はらの子いたみわづらふものなり、りようぢは醫者にたのむべし、はらいたまずしてくだるを胎漏といふ。これにもさまぐ＼あるほどに醫者にたのむべし、そのうちにあらはしがたき交合ののち下る血なり、八物湯をば用ゆべし。

○八　物　湯

懐妊のうち交はりて子つぼを破り血を下すによし、このほか一切の氣血のくたびれによき藥也

黄芪　人參　白朮　當皈　白芍藥　川芎　熟地黄七いろ二分つゝ　甘草五厘　此の八つつに阿膠　艾葉三分づゝくわへ

せうが一分を入れてせんじ用ゆべし。

○懐妊のうち月水をみる事

一、血たくさんなる女はくわいにんしてもつねのごとく月水をみることあり、小豆を粉にして五分づゝもろはくにて用ゆべし。

○懐妊のうち乳もるゝ事

一、くわいにんのうち乳いづることあり、その子そだちかねる物なり、はやく補中益氣湯を用ゆべし。

○はらの子なき聲聞ゆる事

一、はらの子泣き聲きこゆることあり、おどろくべからず、よくあることなり、黄連二匁ばかり濃くせんじ用ゆべし、なきやまば、くすりをやめよ。

○りんざん心もちの事　よろこびをするときをさしてりんざんといふなり

一　くわいにんのうち淫慾をつゝしみ、しよく養生よくし、身もちまめやかなるときは、たとへすこしわづらふといふとも、よろこびはなるほどかるく氣づかひすべからず、子を生むときは青竹をにぎりひしぐ、あの世この世のさかひを見るなどいふてその人をおそれしむることさんく〵なることあり、さなきだにはじめの懐妊しては物ごとこゝろぼそくやがて死ぬべきものをなどおもうものなり、おそるゝときは氣とゞこほる、氣とゞこほれば血もとゞこほるゆへ、したがつて産もおもくなるものなり、あんずるよりは生むがやすしといふ世話をおもふべし、すこしのうちはらとこしとのいたむまでなり。はらいたむともこしいたまぬうちはよろこばず、はらいたまずともこしいたまばよろこぶとおもふべし、大かたは小べんしげくなるものなり、はらいたみいでばよこに寝てをるべし、かならずおきなをるべからず。すてゝをくべし、はやくよろこばんとおもふことあしく、とりあげ婆にはらせゝらすことすべからず、そばに人あまたをくべからず。そばよりいかほどいきめといふともいきむことなかれ、うまるゝときは、をのづからわきて出づるものなり、そのときいきむべし、よろこびやすし、水しもきたるとき（をりもの）芎皈湯を一二度のみよこに寝てをるべし、ちごはらのうちにて手をのばし、かぶりたるゑなをひきやぶり、その手をおとがひの下へをさめ、さて子がへりをして足をのばしうまれいづるなら、ちごたつしやなれば、身ごしらへ早くするゆへよろこびやすし、ちご弱ければゑなをやぶるも子がへりするも、てまをとるゆへよろこびおそし、ゑなをやぶるとき水しもくるものなり子がへり、するとき色血もくるものなり、此心をよくがてんしていそぐことなかれ、子がへりしてのちおきてゐるときは、腹の子はさかさまになりて苦しきゆへ、ゑなのおをくびにまとひ又は小便道へ手をさしこみ難儀に及ぶなり、おなじくは寝てゐながら産みをとし、そのうち床へなをるがよし、唐土《もろこし》にては寝ながら産む人をすこしだきねするなり、いらぬことなり、生きとし生けるものゝ中にて難産をするものは人ばかりなり、子がへりせぬときいきむ時はあしを出してさか子となる、子がへりするところをせわしくいきめば手を出して横子となる、ゑなをやぶらぬうちにいきめばふくろ子を産む、これにてよくがつてんすべし、みなこしらへて難産するなり、いわれざる骨をりならずや、さて産みをとして頭をあをむけてうつむくことなかれ、目をふさぎて心をしづめ、ゑなをりてくすりを二度ばかりのみ古血をよくをろし、湯づけなどすこし食ふてそろりとたち、床へなをるべし、さい〳〵酢を嗅ぎ、鼻の下にも酢をぬらするがよし、此ときもまた帯つよくしめさすべからず、古血をりかねてとどこほり、血塊となりしゆきとなりこしけとなる。されどもひさしく帯しめたるがくせになり、おびせねば氣がゆるまりてあしきといふて好むことあらば、なるべくゆるりとさすべし、婆はむしやうにしめたがるものなり、帯しまりくるしきゆへさい〳〵血心あるものなり、又婆により此とき水をのまする事あり、さんざんの事なり、のむべからず、ぜひほしがるときはふくみてのちこぼすべし。

【註】昔風の産後に於ける注意のほどみるべきものあり、この種の文献としてはまことに壓巻といふべく、現代人である我々が一讀しても多分に有益な參考になるであらう。諸氏の熟讀を乞ふ。

〇ゐなひかゆる事

一、ゐなひかゆる事あらばゆづの核《さね》をひとつのむべし、また腹はりてくるしくならば螻蛄《けら》ひとつさわさわと煎じのむべし。これらの水くすりはかねてより用意してたしなむべし、さしあたりてはこと缺くものなり。

〇りんざんに小便つまる事

一、りんざんに小べんつまり死なんとする事あり、子小べんだうへ手をさしこむなり、いしやもうろたゆることをし、その人をあをむきに寢かせてをき兩方のあしくびをとり、さかさまにひきあけ、つむりたゝみをはなるゝほどにすべし、さてそりを下にをくべし、そのまゝ小便いづるものなり。

〇さんごにゐん門いたむ事

一、さんごにゐん門はれいたむには、まへの乳香ひともじづゝあわせたる藥にてよし、やぶれさけいたむには五倍子《ふし》の粉をつけてよし。

〇さんごに子宮いづる事

一、さんごに子宮《こつほ》いでゝをさまらぬには、枳殼《きこく》をせんじ、よきかげんにさましをき子宮《こつほ》をひたすべし、さめたらば、又あたゝめてひたすべし、まへの四物湯に龍骨を一分くわへせんじ用ゆべし。子宮のかたちは茶わんをあわせたるごとくにてふたまたあるものなり、子宮よりまた大きにながく、巾ひろきもので、おもくして蓐につきてあがらぬことあり、おどろくべからず、まへの補中益氣湯に柴胡を大ぶくにしてせんじ用ゆべし。

○さんごにくせんとて細き物いでいたむ事

一、さんごにゐんもんの中よりこよりの太さなるもの三尺も四尺もいで、少しものにさはればきもにこたへいたむ、たいせつなるやまひなり、まづ失笑散を四五ふくのみ、そののち柔かなるふくさ物にてかのいでたる物をうけなるべくそろ〳〵とまげて元結をたぐりたるごとく三わげほどにしてゐん門のそばまでもちあげてをき、さてせうがの袋にてあたゝむべし。

○失　笑　散　さんご一切の胸腹いたみ血塊あとはらによし

五《ご》靈脂《れいし》　そのまゝ粉にする

蒲《ほ》　黄《わう》　そのまゝ

右の二いろ各五匁づゝ酢にてかうやくのごとくにねりあわせ、一時に二匁づゝ水かげんせん薬ほどにしてせんじのむべし。

生姜袋　しやうが一本つきつぶし、ごまの油五合につきあわせなべにていり、きぬのふくろに入れゐん門のそばへそろりとおしつけ蒸すべし、さめたらば又いりなをしてあたゝむべし、二日ほど蒸せばよき物なり、なをりても失笑散を用ひ芎皈湯を用ゆべし。

○さんご大べんけつする事

一、さんご七夜ほどは大べんしぶり、ゐにくきものなり、きづかひすべからず、だいべんつまりて難儀せば、川芎、當皈防風、枳殼四いろ一匁づゝ甘草二分かけあわせ煎じのむべし、さうじて雪隱へゆくべからず。ゐん門より風邪ひきむつかしきやまひとなる、人をのけておかわ（便器のこと）にするべし。

○さんご小べんつまる事

一、さんご小便つまり腹はりくるしむことあり、臍の中へ塩をつめ、葱《ねぶか》をつゝきつぶしもちにしてぜに五文のあつみにしてその上にをきよほど大きなる灸をすべし、熱みとをれば其まゝ小便いづるなり、其のまゝ灰をとるべし。大かたの醫者これを知らずしてころすものなり。

○さんご乳ぶさのびいたむ事

一、さんご汚血のぼりて乳ぶさ細ながくのびたれ下り、臍の下までさがることあり、そのいたみたとへん方なし、大せつなるやまひなり、川芎　當皈五十匁づゝ大なべにてなるべく濃くせんじひた物に用ゆべし、ほかにもこの二いろ百匁ほどづゝ火ばちにうちくべ、そのかをりを嗅がせ、ちゝをふすべさすべし、このほかにくすりなく、癒ゆるまでこの療治すべしいたみやみ、乳ぶさちゞまれども、もとの如くならずして長くのびてあらば、とうごまをすりつぶしてあたまのまん中につけよ、さつそくちゞまる、ちゞまればとうごまを取り捨つべし。

○さんご亂氣する事

一、さんご血のぼりてきちがひ狂ふには、麒麟血を粉にして一匁づゝ寒酒にて用ゆべし。

以上のほか、乳腫れの療法、美顔術などのことがあるが、これらは餘り興味もあるまいから省畧する。

兎まれこの書は往時の家庭醫書として珍重され、大阪書林からその他いろ〳〵の醫書が出てゐるが、いづれも今日では容易に得難き珍書となつてゐる。

屍姦者の心理

羽太鋭治遺稿

世果的性慾學者として、キング・オブ・キングの創製者として、輝かしい業績を遺して逝いたわが羽太博士は、またその半面に於て、談奇派の堯將であつた。氏の悶死に就てはいろ〳〵な流説が傳はつたが、本篇は博士の逝かれる一週間前に書き下した最後の絶筆で、ふとした機會から吾が談奇黨編輯局がこれを手にすることが出來たのである。本號の掲載原稿として稍々短かきに失するが、輝ける亡き博士の面影を彷彿たらしめるために、敢てこの一篇をわれら談奇派の同志に御紹介する。

サディスムス

クラフトエビングに依つて「サディスト」と名づけられた一種の變態性慾者は、異性を虐待して色慾的快感を得る一種の精神病者である。例へば色慾的熱情が相手を毆打し、咬嚙し、接吻が知らず咬嚙に移行するやうな事があるのは我々の聞く所であつて、相愛者、婚約者が「放恣」の爲に互に痴話喧嘩して毆打、格闘することも屢々見受けられる。此等は生理的範圍を脱して居ないが、斯うした狀態がすゝんで相手の生命を撲滅するやうな奇怪なる行爲に至るまではその間、不斷なる移行があるのである。

男性が女性に性交を強ふる場合、拒絶或は躊躇が彼の色慾興奮をかつて、暴力で押し倒して望を遂げるが如く、その場合の拒絶、躊躇は彼の淫好を益々興奮せしむるは常である。彼の興奮するや、周圍を顧慮することなく、場所と危險とを問はず、汽車、料理屋の便所に於てもこれを挑む等に到つては常人の考へ得ないものがある。しかしながら彼は××に於ては一回も求めた事がないと言ふ彼の告白を聞いては一層不可解な心持ちになる。しかしかゝる傾向は現今の文明的生活に於ては往々見られるので、確かにサディスリス的と言へる。又最早生理的でない一種固有の現象は、夫婦生活に於ては夫の行爲に際して猛烈なる先驅行爲なし、又相手を脅迫し、歐打するものである、而して男の要求に對し、女が甚だしく躊躇し、殊に性交最中にあつて夫の色情過敏にも拘らず、妻が逡巡する際に、夫にサディスムス的傾向を發起するものである。

現今文明人に於ては遺傳的原因の有さない限り淫好と殘忍との聯想は唯弱く共鳴し、甚だ原始的に現はるゝに過ぎないが、最も奇怪なる行爲に於ける發見は、類似の感情及び動物界の結合の傾向（色情及び運動圏）と異常（變質）素質とに其闡明を求めねばならない。

イ、淫樂的兇殺

一八八七年十二月翌々八九年九月まで倫敦の廣場に於て持種の方法で婦人が殺害せられ屍姦された最も兇暴を極め慘虐を極めたジャック事件の如きは、以上述の如き基礎の上に移行されて淫樂的兇殺（殘虐、殺人淫樂、喰人症としての淫好）等となつて表はれた變質病者である。

一八九二年八月三十一日十五歳の牧羊者が殆んど裸體のまゝにて腹は裂かれ、尚多くの傷を負ひて、死骸となれる屠牛者殺人事件等

彼が捕へられて鑑定の結果によれば遺傳的素因は十分でなく、毫かの腦性疾患をも發見する事が出來なかつた。又

當人の生涯中癲癇をも認められず、叡智異常、小兒の時より刺劇性、惡性にして、動物を虐待し、彼を雇傭するものさへなかつた。曾て彼は教會に雇はれた事があつたが、同僚を絞殺せるが故に直に解雇されてしまつた。彼は酒は飲まなかつた。一回精神病に罹かつて癲狂院に送られた事がある。當時は憤怒性で且つ追跡妄想狂だつたが全治退院後殺人十一回、その多くはサディスム及び淫樂的兇殺の行爲で、其大部分は絞殺頭部切斷であつた。屍體を　　し殊に局部を抉り取り、時としては屍體に姦して猶熄まざる狂樂を滿足せしめた。

以上の事で彼が奈何に冷血であるかゞ讀者に諒せられる事だらう。斯くして十分の意識內にそうして犯行を敢へて行つたのである。

以上の例にありては、虐殺せる犧牲者の肉に就いて、淫樂の現れたるのみでなく、倒錯的附帶の結果、實際上、死者の　　を喰つた、例　二十四歳の男　若き頃より陰欝にして狷介なりき。一日、森の中を徘徊せし時、十二歳の少女を襲ひ、之を姦し、後之を兇殺し、心臟を抉り取り、〇〇〇ひ、血を啜れり。彼が捕縛せられたる時、初めは之を否認せるも、遂に自白せり。其剖檢に際して、エスキロールは腦膜と腦との間の癒着を證明せり。

元來斯した例は外國ばかりでなく、日本に於ても三河守忠長殺生關白秀次武田信虎の淫虐狂は歷史的に有名なものである。亦雨月物語りに禪師ちかくすゝみよりて、院主何をか嘆き給ふ。もし飢給ふとならば、野僧が肉に腹をみたし給へ。あるじの僧いふ、師は夜もすがらそこに居させ給ふや。禪師いふ、こゝにありてねぶる事なし。あるじの僧いふ、我あさましくも人の肉を好めども、いまだ佛身の肉身を知らず、師はまことに佛なり。とある。犯罪文學の大半は殺人淫樂者の例を詳述されて居る。ヴィンチエン、ヴエルチエニーの例は現今の科學が淫好と兇殺淫樂乃至喰人症との關係を識らんとするに適切なものである。

彼は以下の理由で告訴された（一）四年間も病床に横たはれる伯母を絞殺した事、（二）二十七歳の女を同樣手段で絞殺した事、(三)某女に對し同樣絞殺を試みた事、(四)下に述ぶるやうな殺人罪の嫌疑が濃厚だつた。十四歳になるモッタが隣村に出懸けたが夕刻になつても歸宅せぬので下男が搜索に行つたところ、村の近傍の森に通ずる道に彼女は慘虐な死骸となつて横たわつて居たのを發見した。その死骸は再目と見られぬ程で檢使の顏もそむけせしめた程だつた。

その狀況から察して彼女は極力賊に對して反抗の形跡があり腰部並びに局部の損傷は、〇〇行爲的襲撃を想像せしめた。

一八七一年八月早朝二十八歳のフリジエニと言ふ女、畑へ赴けるも時經ても歸宅しなかつた。夫が發見した時はモツタの場合と同樣殆んど裸體の死骸で、頸の周圍には絞殺によりて生じたる跡は歴然としてゐたし。尙多くの負傷が發見された。

同月、十九歳になる女マリア、ブレヴィタリが畑にて農に從事せし折り、ヴエルチエニーに追跡捕らへられて、投げつけられ、頸を絞められたが、彼が周圍の樣子を見んと手をゆるめた折彼女は救助を哀願することしきりだつたので、しばらくの間彼は女の喉をしめて後彼女を赦るした。

斯くしてヴエルチエニーは遂に法廷に立つた。彼は二十二歳で、頭蓋は左右不均等、右側前頭は左側より狹く且低く兩側とも耳輪の下半は缺如し、右側の顳動脈は稍硬化して居た。彼は遺傳的素因あり、叔父二人はグレムン罹り、父はペラグマ官質の痕跡があつた。

亦ペラグラ性心氣症の發作る有せり、從兄は習慣性竊盜だつた。

彼の家族は固陋で、卑吝なり、彼自身は叡智略々尋常であつて、自身の犯罪を否認し、之を他に嫁せんとするの術を知つて居た。既往には、精神病たりしことを證するに足るやうなものはない。彼の性は特殊であつて、寡言、孤獨を愛してゐた、監獄内にあつても恥ぢる樣子なく、手淫を行つた。

彼は遂に己の犯罪及びその動氣を自白するに及んだ。彼の自白によればその行爲に際して言語に絶する快感(淫的)を惹起し、及び△△を伴ふのであつた。彼は犠牲者の頸に觸るゝや、直に色情的感覺が起つて、女の年齢美醜の如何を問はず、此の感覺は殆んど同樣に起るのである。適例は單に搾すれば滿足が出來、生命を奪ふには及ばないのである。上述の例の如く、絞殺せる所以は色情的飽滿の起ることが妨げられる爲で、長く絞搾する餘儀ない爲に死に致らしめるのである。絞殺に際して起る飽滿の感情は、手淫に於けるより勝して大なるものである。

上記ヨハンナ、モッタの局部內に生じたる傷は、彼の咬嚙によりて生じたるもので、彼は血液を吸ひ、之を嗜めり衣服及び屍體は家に持ち來りて此れを嗅ぐ事によつて無上の悅樂として居た。亦彼は行爲の道行に際しては殆んど周圍を顧慮するやうな事はなく、非行の道行後は大なる滿足の感情を覺へ、しかも聊かの悔もないのであつた。

ロ　屍　姦　者

淫樂的兇殺なる群の次に位するものは淫好で、是にあつては淫樂的兇殺及び類似の場合と同樣、健康者非變質者には殘忍な觀念を喚起するやうな事柄が、快感を特つて附帶せられ、之に依りて淫好的行爲に對する衝動となるのである。

屍姦に關する例證に現はれるものは總て病的なる感がある。少數の例にあつては、淫慾激甚にして、目前に相手の陰部を見ながらも、其の淫慾飽滿を妨ぐるやうな事がない爲めに屍姦をなすに至るものである。

モロー氏の報告によるものにかゝる例がある、二十三歲の男五十三歲の女に姦淫にせんと試みたるに、女が極力抵抗せし爲めに彼は此れを殺し、色慾に利用し、後水中に投じ、さらに屍姦せん爲めに引あげた。

かゝる變質病者にあつては生命ある女性よりも、直接に屍體を好愛するもので、死者に對して殘虐なる行爲寸斷等を加ふることが絕無なる理由から、倒錯的行爲者に刺激となるものは「無生」そのものであつて、全く無意識で人間の形を具ふる死體は、淫慾の對象物として毫も抵抗するやうな事がない爲めに、無際限に服從し、其病的要求を滿足せしむるに好都合の事を考へ得られる。亦行爲者が死體に非行を加へ、且つ之を屍姦する場合は、比較的理解し易いが、かゝる例は直接に淫樂後兇殺に續くものであつて、殘虐性は少くとも婦女の身體を虐待しやうとする要求が主人の淫的と聯結するものである、而して恐らく道德的思慮の猶多少なりともあるものは婦女に對して殘虐行爲を嫌惡して、空想の中に淨樂的兇殺を果して後屍體そのものに聯結して考へるものであらう。しかし此際に屍體が無意識なると云ふ事も考へられるのである。

以下に愚作の一行を割いて書いてみやう。

一日、一回の斷した奇怪な彼女の洗滌をどんなに私はもどかしく待ち詫びた事でせう。此魅力、そうです私が何年間期待してゐた慾望を彼女の美くしい身體から充分滿足し得たのです。彼女は私の最も興奮して狂染みた嬉びを斯した場合にのみに發見するので彼女自身すゝんで私を滿足させて吳れるやうになりましたが、彼女は至極物足りない樣でした。しかし晝間の奇怪な肉體の洗滌は十分か二十分、一日一回が二回にもなるやうになりました。そして興奮は、彼女の病勢を一層つのるやうにしてしまつたのです。私が此處でおことわりして置くのは彼女との關係は原始時代の裸像そのまゝの生活でしたが、決して肉體的關係はなかつたのです。彼女との肉體的關係はずつと後の事で彼女の病氣が益々險惡になつた頃なのです。そうした事は後に記す事にして……。私は畫家でしたから彼女の身體の色艶から首の太さ、乳房の明暗、腰の細い曲線、馬足の踝の陰影、そした彼女の肉體の全般にわたつて、一部一部寫眞に現象したやうに私の心に燒付いて居るのです。しかし彼女はひどく瘦せ衰へてしまひました、私達はアパートを引越して閑靜な私のアトリヱに來ました。

私は隣室に力のない彼女の空咳をきゝ乍ら製作にとりかゝつて居ました。モデルは彼女でした私は多大の自信を持つて描いて居ました。私の美術展にはかならず特選の折紙をつけられる事を充分期待出來ました。又彼女は私の狂染みた要求に何時も悪るい顔もせずにやつて呉れました。彼女は勿論モデル臺に立つ事は有りませんでしたが或る曲線が如何しても思出せぬ場合、私の慾求の製作に充分満足させて呉れる譯になるのです。私は此れ程幸福に浸れた事はありません。丁度財産と美くしい伴侶者、二つ乍ら得た時の感じなのです。保子の寢て居る病室は彼女が此處に引移つてから新たに增築したもので、明快な光線を充分入れるやう仕組むだサンルームまがひの部屋なのです。南向に彎曲した硝子窓で一日中凉しい光が流れこむやうに特に工夫してあるのです。その中央の眞白なベツトの上に保子は寢て居るのでした。顔を橫に傾けさへすれば四季の花々一眺に入れられるやうに庭師の洗練された手腕がきいたのです。そんなふうで保子の健康もアトリヱに來てからずつと見直して、毎日庭に或は私のアトリヱに來て製作する私の樣子を見て居るまでになりました。私はすつかり餘裕のある心持ちで製作が出來ました。昔のやうに幻想に追はれる事もなくなりました。私は彼女を置てよく街に出懸けました。私のアトリヱは郊外の大分奥まつた所にあつたのです。それで市街まで出るには三十分近くかゝるのです。そこで色々彼女の好きそうな物、醫者の問合はせ、そした總ては彼女の爲めだつたです。保子は結核三期になつたのですが醫者は此分で進めば二三年のうちに常態に復するとまで言はれました。療養、節制二つながら型に嵌つたやうな生活でした。保子と私は事實上の夫婦であり乍ら私は如何したものか、實際自分に問ひかけたい程一般の人の考へる慾望には興味がないのです。それで私は相變らず童貞でしたが身體に生理的變調があつたり、肉體的不具者でもなかつたのです。所謂精神上の不具者なのです。前にも申した通り彼女の物足りなさの原因をよく知りながらも如何しても、そうした心持になれなかつたのです。此頃では前のやうな奇怪な洗滌は行はれずに彼女の房室に据へられてある浴室で一切の用を足せるのです。私は甚だ不滿でしたが快方にある彼女の心を痛める事を欲しなかつた事ですから辛抱する事が出來ました。でも私は屢々何故か彼女の身體の觸感にせめたてられのです。それで製作上の疑問として彼女の身體に觸れることを許されるのでした。一日二回或は三回とカンバスの上には何等認められぬ事でも藝術の名に依つて、そうした冒瀆を犯してゐるのでした。（フエテシスリス）

略

「旦那樣は狂のやうな無氣味の人で、宅では色氣狂ひとか淫亂とか言つてますわ、瞳の色と言ひ私達を見る時の顔のけわしさなどは普通ぢやない」そした事をよく陰口されて居るのを知つて居ました。私は實際その通りでした。しかし氣に病まない譯ではないのです。口やかましい女より今度は男を雇ふ事にしました。

小間使の仕事としては多くは保子の部屋と私のアトリヱを掃除し庭の一つでも掃く氣のきいた人間であれば誰でも出來る事なのです。

勝手口の仕事は私の兒供時代から世話をして吳れた腰の曲つた老母がやつて吳れました。彼女は年に似合ず元氣で家の煩はしい一切の事は此の老母が殆んと引受けて吳れて居たのです。老母の事に就いても多分に面白い話があるのですが限りある紙面の事ですから省く事にして大體かいつまんで書いて見ますと、彼女は若い時はたしか十人並以上の美貌でした。そして私の母親が死ぬ二三年前から私の父と關係があつたらしいのです。母親が死んだ時は父は未だ三十四五の働き盛りでしたが後妻も娶らずに死ぬまで獨身で通した理由も彼女と關係があつたことが容易に推察出來ます。

父が夜おそく彼女の寢室に入るのを何度か見かけましたし、父親が死んだ後彼女は私から離れることは出來なかつたのも二十年ちかく私の家で暮らした彼女は、父とそうした關係になつたせゐによることでせうが、私を眞實の子のやうに可愛がつて吳てゐました。彼女の記憶を聞くと私の父は常人と違つた甚だしい精力家だつたそうです。私はそれ以上彼女からきゝたゞす事は出來ませんでしたが父のセラスアリス生活を窺ふ事が出來ます。父も私のやうな變質狂であつたかは全く想像することは出來ませんが、父の多情な血が私の血の中に流れてゐる事は慥な事です。亦父は非常に飲酒家でしたので、私のまだ幼い頃、飲酒と性慾はかならず附隨すべきものだと信じてゐました。が、私は一滴の酒精も飲めないのです。亦父は粗望で暴虐でした。私は何度か父が母をいぢめてゐるのを見ました。その折は殆んど飲酒後の場合で、父は酒によつて異狀の色慾昂進をおぼへるのでせう。それで父は色情倒錯症におちいつてゐたことが自ずと頷けるのです。そうです彼女の寢室から異樣な悲鳴を聞いて私は何度か不安の戰慄におびえた事でせう。私は父のやうに決して粗暴でもなければ暴虐でもありませんが、性慾上の事で私が保子に對する對度は一體此れを暴虐とでも言ふのでせうか。しかし私はそうとは思はれません。が、父と子、そうした關聯は私に變質病者の血をながさして色情狂に養はれゐたのです。

小間使を解雇してから丁度四日目に書生と言ふ名義で十七八歳の非常に奇麗な少年が參りました。保子もひどく氣に入り、私もやつと救はれたやうな心持が致しました。少年は亦忠實に働いて吳れました。實に慣れてまいりますに隨つて彼は無邪氣によくしやべりよく笑つて淋しい此家の空氣を非常に軟かくしました。私はやはりその間習癖のやうになつてゐる浴室の洗條は續けて居たのです。少年がまいつてから二週間目でしたでせう。彼は保子の言ひつけで彼女の背を流すことになつたのです。私は今までと違つた緊張を感じました。今までは同性同志の事でした。しかし前から氣を充分許して居ましたが、今度は少年とは言へ異性同志の事ですから、私は思はず襟を直すやうな身の引締るやうな心地になりました。立籠めた白い湯氣の中にぼうと心持上氣した少年の顏を見た時、私はなんとも言へぬ胸の戰慄を如何する事も出來ませんでした。そうです私自身の身代りに少年がなつたのです。少年が感じるやうに私も感じるのです。私が思つた通り少年もその通りして吳れるにきまつて居るのです。彼はおど〳〵と保子の背を洗ひ始めました。少年の手は微かに震へて居ました。私があのアパートの一室で保子の身體を拭いた時と同樣の心地を少年は味はつて居るのでせう。私の浴室の洗條は一層激しくなつてゆきました、小間使の場合に感じた嫉妬そうした事を度外視したより以上の快味に私は恍惚とされるのです。私と少年を結びつけて私自身の姿を浴室に働らかせ得るからです。もし此の場合少年が保子の爲めに弄落されるのではないかといふ一種の豫感が私の頭腦を支配して異樣な緊張で見られる事は實際心よいものなのです。そした場合嫉妬は、勿論感じません。私はそうなるべきを非常に願つて居るのですから。……少年は裸になつて彼女の身體を……。

略

少年の圓々した頬は何時の間にか暗らいへこみを見せて來ました。保子もひどく瘦れて顏は一層蒼白になつて、すんなりした肩や腰部の曲線はくづれ始めました。私は非常に不快な心地になりました。殊に少年に對して甚だしい嫌惡をおぼへたのです。

略

彼の顏を見ると激しい殘虐な心が起きるやうになつて了ひました。少年はよく緣にしやがんで重たげに頭を抱へてゐるのを見かけました。そうした場合そこに石でもあれば、少年の頭の上に投げつけてやりたい衝動をおぼへるのです。そうした不吉の心情は、少年をきつと殺してしまふのではないかと、寢てもそうした幻想に私は非常に恐怖を感じるやうになつたのです。少年は私の變化を認めたのでせう。ひどく落着きのない眼で私を見るやうになつたのです。私の姿の片鱗さへ嫌つて逃げだす程でした。

略

私は此處で白狀せねばならぬ事は少年を殺して、彼の身體を抱いた時の事です。意識のない死體に私は淫虐に狂ひ立つやうな心情に支配されてしまつたのです。ぐつたりとした身體を抱いて居る間、まだ考へた事もなかつた事を私は性慾に結びつけて考へてしまつたのです。その間、秘密にした雰圍氣が私の性慾全部を都合よく支配して了つたのでせう。私は保子に對してそうした方法に腐心し始めました。少年を殺すよりも最も簡單にそれは實行出來ました。彼女の死後の紅茶の中にルミナールの少量を溶かしこむ事なのです。保子は無心に深い眠りにおちてゆきました。しかし私のやゝもすると粗野におちやすい興奮を考慮して、その上にクロヽホルムをかゞして私の淫虐を満足させたのです。深夜光のない此の部屋に畫かれる情景を書くに實際忍びないのです。たゞ傀儡か影繪のやうに彼女の寢室におどつてゐるのです。それだけで恐ろしい私の心とほしいまゝの行動を御想像下さい。保子と殆んど一年近くの生活を續けながら性交を知らなかつた私は、始めて意志のないぐつたりした身體から總てを満足し得たのです。私の最も不自然な淫虐に保子は全く衰弱してしまつた。彼女は日に何度も喀血しました。そしてだん〳〵死線に行く憐れな姿に變つて行きました。丁度四度目喀血の時でした。彼女の鮮血がリーリコームの床に眞赤に飛散しました。そして彼女はぐつたりと死んだやうに沈んでしまつたのです。私はどんなに興奮して彼女を何時まで抱擁し愛情の接吻を續けたことでせう。彼女の喀血した血で私の手も胸もそして顔もすつかり眞赤に色彩られてしまいました。むつとする生血の香に私は全く失心せんばかりに心よい興奮に心湧きたゝせられるのです。終ひに狂つたやうに血の中に泳ぎまわりました。そして私は兩手に附着した血を無我夢中で甜めずりました。彼女はその夜靜かに死んでゆきました。私はどんなに悲しみそして、どんなに彼女の身體を抱いて私の飽滿な淫慾を満足させたことでせう。私は彼女を愛して居ました。彼女が死んでから一層私は狂ほしいまで彼女の傍から一分間否一秒間でも離れることを好みませんでした。そして狂つたやうに彼女を抱擁し續けてゐました。私には死は少しも悲しいものではないのです。それは非常な幸福な興奮に變つてゆくからです。でも彼女の身體を白布につゝまれた棺に入れて持つてゆかれた時、私はどんなに絶望に哀悶した事

でせう。その夜今は形のない保子の身體を求めて泣き沈む胸を焦がし彼女の骸の名をよびました。（サディスム）

次にベルトランド事件をかいつまんで書いてみやう。彼が好んで想像し色慾滿足を感じさせるものは婦人の集會場或は舞踊室だつた。彼はそうした想像に自分の想を滿足出來た。そうした理由も彼の體格は纎病質だつたので出歩くことも出來得なかつた。それで彼は孤獨を愛して何時も想像腦裡に彼の想をなぐさめて居た。彼は實際不思議な事には激しい興奮を感じると屍體に愛慕をおぼへるのだつた。斯くして漸次屍體に對して自分の色慾を滿足させる方法を考へ始めたが屍體を得る事は容易な事でないので、彼は動物の屍體を以て之に代用し、其腹部を割き、內藏を剔抉し彼は言ふべからざる興味を感じるやうになつた。彼はそうした動物の屍體には滿足し得ず遂に一八四六年の終りに人間の體を利用し得る機會を始めて得たが、恐怖に彼は殆んどなす事を知らなかつた。一八四七年に於て偶然墓地に新しい屍體の埋められたのを知つて、彼の要求は頭が重くなる程心情を感じて遂に彼は屍體發堀を遂行したのだつた。その場合附近に人の居るのを顧慮することなく非常な危險を冒しながらも、筆紙に盡くし難い性慾的興奮を覺へた。

一八四八年六月、彼は十六になる處女の墓を掘り此時始めて屍體と△△しやうとする慾念に燃へた。彼のその當時の筆記に

「余は屍體に接吻し、胸に抱きぬ。其時感じたる快感は人々が生命ある婦女によりて受くる快感とは到底比較すべからず。余は十五分間、賞美せる後、例の如く屍體を寸斷し內臓を抉り出せり。其後、屍體を再び埋沒せり。」

此れ等の例は常人の考へ得ざる事でむしろ顔をそむけて嘔吐を催す種のものであらう。淫虐的行爲には種々あつてその法律に牴觸するものは、重大なる犯罪より、一點に附けるにも足らざる行爲に至るものさへある。而して其の間の階級は多種多樣で、最も輕症なるものは、倒錯的要求に單なる表象的滿足を與ふるに過ぎないのである。

淫虐的行爲は、其種類によりて異なり、之を類別すれば次の如くなすを得。

一、性交後に行はるもの。これは淫好が單に情交に依りて飽滿せられざるに因る。
二、豫備的に應用するもの。これは精力の減退に際し之を興奮せしむるが爲なり。
三、性交に代りて　　を目的とするもの。此れは全く精力の缺亡せるに依り、其代償として性交の用をなさんが爲めなり。

右のうち二、三、にありては陰萎なるも淫的は尙激しく或は少なき場合に於ても、　　行爲が習慣となれる時には尙淫好は存するものである。

談奇黨マンダン集

MOK生

プロログ

漫談と漢字で書きたいところですが、そうは行かないところに味がある。味は上味、やまとのつるし柿といふところだ。このマンダンのマンを、何とカイシヤクしやうと勝手だが、どうかすみやかに氣を廻して、このマンダンのマンをカイシヤクして下さい。

この世の中に男があり、女がある限りマンダンはつきない。人々は、マンダンをよろこぶ、聞きたがる、語りたがる。よきマンダンはなきものかなと、いつも眼をみはり耳をそばだててゐる。

秋になる。

天高くM肥えるときだ。

燈下したしむ時だ。（これは十日したしむとも書けるしどうかしたしむとも書ける）

秋の夜はながい。

彼女との口ぜつも長くなる。ねむらずに燈下したしみたいのだから、話しがなくては困るだらうとの老婆心から談奇黨同人より集まり、輕くて一寸くすぐつたくて、もよほしさうで（氣をまはしてはいけない小便のことですぞ）肩のこりがとれて、お乳のしこりがなごやかになつて、お尻に電氣を感じて、まあとためいきをつくやうな意氣な手輕な一品話し、つまみものがたりを皆さんに聞かせやうといふことになつた。

で、えらばれたのは僕。ＭＯＫ生である。

僕の名まへ

ところでこの僕の名まへだが、これがひと通りや二た通りの名ではない。ひよいと考へるとすぐわかつて吹き出す名なのである。

わかりますかね、

ＭＯＫ《エムオーケー》!!!

これを、かうよむのです。

ＭＯＫ《ユムオーキー》とね。　ペンネームは、そうだが事實は、そうでないことを申しそへて置く。

發明萬年紙

御婦人用萬年紙といふのを發明した男がある。御婦人だから紙の名にまでマンがつく、マンダンの價値があるところはこゝでげす。

御婦人用万手紙、どんなものかと聞いたら、

「ランプのほや掃除、牛乳の瓶掃除から思ひついた」

と、その男得意である。なる程御婦人は一種のほやであり、瓶であり、壺である ことは僕もみとめる。

「どうなつてゐるんだい」

と、きくと身ぶり手ぶりよろしく

「要するに一本のみぢかい棒に、ふさ〳〵と布がついてゐる。便所で用を足して紙のかはりにこれを使ふ」

「大便かい」

「いゝや、小便だよ、それも婦人に限るよ」

「棒についてゐるから、なかまで隅《くま》なく掃除が出來て、ちようはうこの上ない」

「なるほどね」

と、僕もおろかな男だ、首をふつて感心した。すゝとその男圖にのつて

「これだけなら、たいしたことはないが、それを一寸リゾール液か何かで洗つてほして置く、これが萬年紙だ。ねえすてきだらう、すてきだらう」

と、鼻をうごめかす。

「すてきだ」

と、感心したら

「小形のも出來てゐて、それは外出用に出來てゐる一寸かざりがついてゐて、かんざしの代りに頭にさして行くのはどうだらう」

これには僕たるものたぢろがざるを得なかつた。

發明　新ナイトキャップ

ナイトキャプなんて書くと、氣の利きすぎる皆さんはすぐに

「あゝ、コンドームか、ルーデサックか」

と、考へてしまふであらうが、それは見當ちがひである、なるほどコンドームも夜の帽子には違ひないが、あれは倅のかぶる方、これは正しん正めいそのせがれの父親たるべき人物がかぶるナイトキャップである。

ナイトキャップの流行はおどろくべきである。モダンボーイかシークボーイか知らないが、ナイトキャップをかぶつてのそ〳〵散歩してゐる世の中である。ことほど左樣に流行してゐるナイトキャップであるが、ナイトキャップでは單にナイトキャップの用だけしかしない。もう一つ位何かに役立つてい〻と考へた男がゐた。僕じやないぜ。その男の言ひぐさがすばらしい。

「そうじやないか、女房といふ人種をみたまへ　エヘン」

と、きた。皆さん女房は何人種に屬しませうか。

「よくき〻たまへ女房は女中の役目をする、洗濯女の役をする、コックの役をする朝は亭主をた〻き起すニハトリの役をする。ときには裁縫屋となり、そめもの屋となる。夜となれば愛らしくも哀れにも、うれしくもよろこばしくも、何か何やらわからなくも娼妓の役目までする。實に便利この上なく、まことにい〻ものである。それなのにナイトキャップは………」

と、うそぶいた。女房とナイトキャップといつしよにしてゐるとは驚いたやつだ。

「そこで俺は考へた。サルマタをナイトキャップに應用するのだ。サルマタのひもをゴムにする。夜はサルマタをはづして、頭にかぶつてねむることにする」

「サルマタをかい」

「きたないといふのか、何もきたなくない。どうせ寢床で

はサルマタは不必要なものだ、それを應用したのだ」
「うん　それでは應用をみとめるとして古いやつをかぶるのはおそれ入るな」
と、僕が顔をしかめると
「わからんな君は、古いのがなか〳〵いゝのだ。古ければMの油がしみこんでゐる。俗にこれをキンアブといふ。このキンアブがほどよく髮の毛についてポマード代りだ」

發明　するとり紙應用

發明の話しついでにもう一つやらう。

また應用だ。またサルマタだ。

これは僕の發明だ。

サルマタのなかがはに、きれで四角く「わく」をつくる。ガグブチをつくるのだこれにするとり紙をはさみこむ。

どうです。この發明は…………

「それは何です？」

なんて聞かないで下さい、これがたいしたもの
「小便のしたみ受け……すなはちきれの悪い小便でサルマタをよごさず、するとり紙にすはせてしまふといふ寸法です」

淋病に惱む者、小便後氣持悪しき者の大福音。無料で敎へたのは、いさゝか惜しい氣もする。

岡村文子の間違い

些か古くさい話だが——

岡村文子と言へば松竹キネマの女優さん、いさゝかくそパンの感じなきにしもあらずだが、洋服を着せたら當代文子女史の右に出づものはないだらうといふ位よく似合ふ人。この人あれでゐて、品がいゝ。下品なことを嫌ふ。それと共におそろしく氣がつく。氣がつくのを通り越して氣が廻りすぎる感じがある。

正月に近いある日。

グラススタデイオのわきで岡村文子がぼんやり陽なたぼつこをしてゐると、愛らしき小藤田正一君と高尾光子君が手をつなぎあはせてお正月の唄をうたひながら、その前を通つた。

「マツタケ　タアーテテ」

と、その唄聲が終らないうちに

「正ちやん、光つちやん、一寸、お待ちなさい。そんな品のわるい唄をうたつてはいけません」

何とみなさん、わかりましたかね。

傳　明　絹　代

これも前同様かなり以前のことだが――

田中絹代が鈴木傳明のMにすがりついたと言つたら皆さんは

「ウム」

「エツ」

「ゲツ」

「ダアー」

と、おどろき、よろこび、且つ呆然とされるであらう。しまひまでよんで下さい。特だねですからね。

鈴木傳明はランニングのユニホーム姿で撮映所ないのグランドに立つてゐた。スポーツ映畵をとつてゐるときのことである。

そのとき突然、ものかげから

「タスケテ下サイ」

と、田中絹代の聲がして足音がして、姿があらはれて、彼女はいきなり鈴木傳明の大きなMにすがりついたのである。

「どうしました、大丈夫です」

よほど、かけて來たらしくMにすがりついたまゝ絹代は肩でいきをしてゐる。

「僕が居れば大丈夫です」

彼のMは大きい。彼はそびえてゐる、

だが諸君、このMは胸のMである。Mといふユニホームについたマークである。明治大學の頭文字である。

彼女はMにすがりついた。

彼は彼女を抱いた。

おゝ彼女と彼のMの密接なることよ！

てな、タイトルが出てこれはシネマとなるのである。

國　名

「國の名なんてみんなワイセツに出來てゐるね」

と、言つた男がある。

「どうして」

と、聞いたら

「ニギリス（イギリス）」

と、にやりと笑つた。

「ナメリカ（アメリカ）」

と、鼻をひくひくとうごかした。

　痛リー（イタリイ）」

と、顔をしかめた。そして最後に
「乗る上へ（ノールウエー）」

と、うそぶいた。

モダンな話し

彼女は、ためいきをついた。

金魚鉢をながめて、ためいきをついた。

「お魚は不幸ね」

　それをきくなり、彼は
「どうして？」

とやさしく聞いた。　すると彼女はすまして答へた。

「だつて、お魚は股がないのですもの」………

股から幸福が生れますかしら。えゝそうですと答へる人が何人ゐるでせう。いゝえと答へる人が何人ゐるでせう。はつきり僕に答へさせれば
「股から生れるのはベビーですよ」

説明者はどうした

諸君。

諸君は、活動寫眞館のなかで夢にも、知らない他人の女の手を握つたり、又は御自分の連の女の膝を愛撫したりしたことはないでせうね。

活動寫眞館のなかは暗い。

何をしても大丈夫だ。

人々は寫眞に氣をとられてゐるから、何しようと他の人からわからないと思ふのはたしした間違ひです。なるほど見物してゐる他の人にわからないで手をにぎつたり膝を愛撫したりはいくらでも出來ますが、説明者の目をごまかすことは出來ないのです。

あの暗い辨士席から見物席を眺めますと手にとるやうに一々動作が見える、わかる。うそではない。うそだと思つたら僕の親友の説明者、津田秀水にでも、國井紫香にでも、泉　天嶺にでも、小澤遊聲にでも聞いてみてごらんなさい。

「え〻、ときどきはこつちが顔まけするやうなシーンがありますよ」

と、彼等はいつせいに答へるであらう。

——ジヤツクとメリーは——と說明しながら暗いなかを見渡す。說明者のもつ第八感で、やつ、やつてるなとすぐ感じさせる二人をみつけてしまふ。目を大きくする。まさしく見物席の二人は寫眞をみてゐない。

——かくしてジクツクとメリーは抱きあつた——

見物席でも抱きあはんばかりである。

——お〻何と二人の幸福なることよ——說明者のこの言葉は、ジヤツクとメリーの寫眞の說明であらうか、それとも見物席の二人への投げ言葉であらうか、お〻何とや〻こしきことよ。いらだゞしきことよである。

Ｍ の 話 し

Ｍといふとすぐ、あの方にとるほどＭといふ言葉は普及した。ゴムマリの上等に

赤ヱム

と、いふのがある。運動具店へそのゴムマリを買ひに行くのが何でもない筈なのに氣恥かしいやうな氣がしてならない。

「赤ヱム下さいな」

「はい、かしこまりました」

店員が赤ヱムをさしだすまで、僕はいつも赤ヱム赤ヱムと胸でくりかへして、ぽつと赤くなつてゐるのである。

中學一年のとき、はじめて四年生からＭといふ言葉をおそはつた。

「メンブランといふ言葉の頭文字だよ、」僕はなるほどなとすつかり感心してしまつた。

「めんと向つてブランとさがつてゐるからメンブラン、」世界の人はどこでも同じやうなことを考へるわいと感心したのである。

前田とか水島とか百田とか前川とか、とにかくマミムメモのつく名前の人に手紙を書きにくい。ことに女の人は弱るだらう。

Ｈさんその後は……なら書きよいし、シヤレても見えるが——

Mさん、お丈夫ですか……では何だか變だ。そんなことに氣をまはさなければいゝといふやうなもののMといふ字が言葉がいけないのだ。この六月かにカナダから日本の公使として來た人の名が非常にをかしかつた。僕といつしよにその新聞をよんでゐたカフヱー三橋亭のウヱイトレスは三人が三人とも笑ひころげた。廣告のためにそのウヱイトレスの名も敎へやう。お高さんお文さんにおてるさん。わかりましたか。そのカナダ人の名は

ハーバート・エム・マーラー氏

といふのだ。ごていねいな名だ。

フランスの話しに三人のモダンガールがMについて語つて一人が

「あれはやはらかいものだ」といふ。

「いゝや軟骨だ」と二番目がいふ。

「いゝや　木の如きものだ」と三番目がいふ。

そこへ紳士が通りかゝつたのでふれさせてくれ、いま論議が起きてまとまらぬ故に、さわらしてしらべさせてくれとたのむ。紳士承知する。

一番目が

「ほら　わたしの言つたとほりだ」

と、手をひつこめると次が、

「いゝや軟骨だ」次が、

「ほうら　この通り木だ」

と、いふのであるがMについての話しとして面白い。もつと充分話したいのだがしかられるからこの位にしてをく。

氣の長いナンセンス

ナンセンス。

輕い　おはなしを一つ。

ある人が、そばやへはいつた。

「いらつしやい」

と聲はしたが、一向出て來ないので、その人も呑氣もの故あがりこんだ。奥に夫婦らしい男女の聲がしてゐるやうだが一向出て來ない。

「おい、何でもいゝから早く持つて來てくれ」

「はい、かしこまりました」

ある人は、そのまゝ新聞をよんでゐた。しばらくたつた。

「まだ、できないのか」

「たゞいま、こしらへて居ります」

との返事。そのまゝいつまでたつても出來てこない。この人よほど氣が長いと見えてそのまゝそこへねこんでしまつた。一日二日三日四日……いゝですか……これはナンセンスですよ……そうして十月、十日たつたそのときはじめて
「お待ち遠うさま」

と、聲がして亭主が、お盆にのせて持つて來た。みればそれは赤ン坊であつた。

といふ氣のながい話しを考へた奴があるが（もちろん談奇黨の同人だが）

「まだできないか」

「ただいま、こしらへて居ります」

あたりはこれを寄席で落語家にやらせたら、さぞと思はせる。


彼の本體は？


ぶらりと吉原へ行つたら、酒の匂ひがぷんととしたのでその横丁をめがけてとびこんだ。

おでんかんざけといふ店だ、吉原もほんとにひさしぶりだ。三年ばかり前にはサトウハチローといふデブとよく來たものだ。ヤツこのごろはすつかり淺草のすゞめとかいふわりばしみたいな女の子と出來て、あごのひげをぬいてヤニ下つてゐるそうだ。キザなヤツだ。

「がんもとお豆腐だ」

と、鍋をにらんでゐたら、

「いつぱい、のましておくれ」

「おや、いらつしやい」

ふりかへるとあぶらぎつた爺さんだ。あぶらぎつたといふやつは、大本教のお二世様でなくとも、わいせつな感じのするものだ。

「旦那、これからどこへおしけこみで」

と、にたくと油ぎり爺さんが言つたから、

「チンチンの向き次第でさア」

と、にちやくと笑つて答へてやつた。

「御案內、いたしませう」

と、いふから

「俺なんか案内すると、とんでもないことになるぜ」

と、言ふと
「まづ、ひとつどうです」

と、杯をくれた、さした杯下駄足駄。おつとちがつた。さしたからかさだと、爺さんにとも誰にともなくつぶやいて
「ありがとう、お返杯」

と、かへしたら
「旦那、わしの話しを聞いてくだせえ」

と、爺さんが言つた。めんどくさいと思つたからいやな顔をすると、おでんやのかみさんが
「旦那、このお爺さんの話しは聞いて置いて損がありませんよ」

と、目顔で知らせる。それではといゝ顔をすると
「旦那!!! 旦那は今日どこへおあがりになるか知れませんが、なるべく揚屋町になさいましよ。わつしはね揚屋町の女なら一人のこらず知つてゐますよ」

「へえー」

俺はほんとに感心した。ずいぶんこの親爺おいらん買をしやがつたなと感心した。

「わつしは、ひとり〴〵の腰巻さへ知つてまさ」

たまげた親父だ。

「大increment岡楼の錦糸は冬は本ネルですよ、少將はメリンスが重です。楓はサラシがすきでそれも二日としてゐません。高橋楼の若葉は、フランネルで、それによくウンコをつけていけません」

俺は、おかしいので吹きだした。

「成八の紅葉は赤いおこしです。品川楼の桂舟は困つたことに、都こしまきです。あれはアクですね。金寶來の雪丸榮龍、龍田はリンネル。何でも榮龍のいろとかが（親指を出して）横山町のリンネル問屋なのだそうで、ひものついてゐるのを専門にしてゐるのは……」

と、爺さんの話しはつきない。よごれ具合、血のつき具合幾日目にとりかへるとか、幅とか長さとか、實に實にくわしいのです。俺は感心した。

「ずいぶん、あそんだんだね、お爺さん」

すると

「そんなでもねえよ」
と、にたくと笑つて出て行つてしまつた。俺はすつかり感心して
「どこの人だい」
と、おでんやのかみさんに聞いた。かみさんはコンニヤクをはさみながら
「旦那、いまの爺さんを何だと思ふね？どうしてあんなに腰巻にくわしいと思ふね？」俺はキョトンとした。するとかみさんは
「あれはね、揚屋町全體のおいらん屋の腰巻きの洗濯屋なんだよ、洗濯爺いだよ」
俺は、ぼんやりした。道理でくわしい筈だ。と思つたらフンドシがずつこけた。

いゝところ

「もし　旦那　もし　旦那　旦那」

と、皆さんはかならず雷門か新橋か、上野か言問橋附近かで、かういふ言葉をかける車屋に出會したことであらう。

「何だい」

と、立ち止まると
「いゝところへ御案内しませう」

と、くる。

「どんなところだい」

と、のりだして聞かうものなら、向ふは壺ばとかり
「素人よりどりといふところでさ」

と、いふ。

「どんなのでもかい」といふと
「あらゆる階級をそなへてをりやす」

位のしちめんどくさい言葉位使ふ。

そこで行くことにする。

行つてみるとたいへんだ。

「僕は幼稚園の先生とねたいのだが」

と、注文を出す。たいへんなものが出てくる。幼稚園の先生なのにチィチィパッパとも何とも唄へなくて默つてねてしまふ。唖者の幼稚園の先生かも知れない。

この式のやつでとても愉快な話しがある。

大阪の玉出のやはりこの式の家へある男が行つた。

「看護婦がのぞみなんだ」
と、いふと、おかみらしいのが心得て
「よろしうまつせ」
てなことで、すぐに引きうけた。やがて來た女。ちつとも看護婦らしいところがない。話しをしたり、たべものをつゝいたり、いざ御寢と、いふことになつたとき、看護婦らしいところをその男は始めて發見したのである。どうしてか？――女のまたぐらはヨードホルムの匂ひぷん／＼であつたといふことである――

タ　ン　ポ

タンポといふのがほんとかタンポといふのが、ほんとかといろ／＼いま考へたがどうもタンポらしい。タンポと言つたつて、金を借りるのに入れるあのタンポじやない。入れるには違いないが、タンポとは脱脂綿の丸めたヤツである。さてこのタンポなるものは、女が一ヶ月のうちに限られたる特別な幾日間女の體内に入れられてゐる。不思義千萬菓子マンジユーの玉である。

菊千代さんといふ藝者がゐた。英語でいふとシンガー、ドイツ語でいふとジンゲル。マレー語でいふと、と言ひたいが、知らないのでやめてをく。ロシア語でいふとミズテンといふ種類に加入すべきジングルである。

この菊千代さんの愛する人に成田さんといふ人がゐた。成田さんと言つたつてお不動樣ではない。二人はよく逢つた。語つた。よろこんだ。だきあつた。ねた。ないた。起きた。すべつた。ころんだ。キスした。とたづくしであつた。

ところがある月のある日のある夜。この怪事件が生れたのである。どうです、すばらしいマンダンでせう。

その夜、菊千代さんは一ヶ月に幾日かない日であつた。タンポ挿入の悲しき日であつた。二人は、話しあひ、語りあひ、吉井勇流に言はせると

君が　なや手を我が肩に
こゝには誰も來ぬものを

といふ風に

今日はふたゝびないものを

と、いふ具合によもすがら語りあひ、泣きあひして、夜があけはなたれて、とろ〳〵とまどろんだ。そのとき菊千代さんは、挿入してゐた丸き玉を紙に包んで枕もとに置いたのである。

菊千代さんのわづかのまどろみも、箱屋さんといふつれないものが來たのでさまされた。ねむい目をこすり起きあがり、昨夜まくらもとに置いた紙に包んだものを便所にすてやうと見たがないのである。

サア　怪事件、

ねづみがひいたか、ひとりで足が生えたか、菊千代君のタンポはどこかへ行つてしまつたのである。なくてもいゝやうなものの、座敷のどこかに轉がつてゐれば、あとで誰かにみつかつて恥をかゝなくてはならない。さあどうしよう、どこへ行つたらう。と一生懸命さがしたが、あるのは上のつゝみがみばかり、中の丸玉はないのである。菊千代さんは不思議がりつゝも、しかたなく眠つてゐる成田さんの頬にキスして歸つて行つた。

さて、どこへ行つたのでせう。

いづくに行きしか面妖なです。

やがて成田さんは起きた。顔を洗ひに下へ下りた。顔をあらつた。朝のお茶をのんでゐる。このとき、すつかり謎はとけたのである。奇しき運命の丸い玉はどこへ行つたか。かの脫脂綿の名玉は？

成田さんをごらんなさい。新聞を讀んでます。

「いよ〳〵犬養內閣になつたな」

と、言ひつゝ小楊子で齒の間から脫脂綿のケバをほじり出してゐました。

ねえ　わかりましたか、タンポの行方は。

一寸いゝものがたりでせう。

彼女の罪名

裁判所での出來ごとである。

男「彼女はわたしの精心をみだしました。わたしを目茶目茶にしました。わたしの精心をみだしたのは彼女です。わたしの心をみだしたのは彼女です。どうぞモダンなる裁判長閣下　どうか彼女を精心サクラン罪で罰して下さい」

そこで裁判長はうなづいた。

「なるほどね」

すると彼女は立ちあがつた。

「あたしは罪になるのはかまひませんが、間違へた罪名のもとに罰せられるのはいやでございます」

裁判長は彼女にたづねた。

裁「お前は彼の心をサクランさしたとは思はないか」

女「サクランなんて、飛んだことでございます」

裁「ではたづねるが、お前は自分でどんな罪をおかしたと思つてゐるのだい」

すると彼女は威勢よく
女「マツタケ陰慝罪」

ケの字の嫌ひな男

或る辯護士の宅で、談奇黨同人みたいな餘リタチのよくない人間が雜談中、一人の男がふと思ひ出したやうに、
「僕はどうもケの字のつく所、ケの字のつくものが嫌ひだね」
　この突拍子もない話材に
「なぜ？」と、思はず知らず一座の人たちが眼を瞠つた。
「だつて考へて見給へ。先づイの一番に警視廳だらう。警察だらう。檢事局だらう。檢事だらう。刑務所だらう！」と來た。
　さてそれから
「檢査、喧嘩、毛虫、怪我、尻から一番」と來た。
「だつて女の尻ならいゝだらう？」と、誰かゞ駄酒落を飛ばす
「いゝや、尻よりも前がいゝ」

流石は職掌柄

なべて、お役所の取調べといふものは、廻りくどいと昔から相場がきまつてゐるが、こゝにその例外を一つ御紹介しやう。

H辯護士自漫の笑話だ。

或る強姦事件で若い女が法延に呼び出された。只おどおどして肩が怪しやくも亦いぢらしく顫えてゐる。

なにしろ問題がデリケートな事件だけに判事の奇問は愈々出でゞ愈々妙。

女は泣き出したいのをやつと耐へて、縷々その時の模様

を微かな聲で陳述した。

如何なる口答試問と雖、彼女にとつては、これ以上辛い答辯はなかつたであらう。

かくして微に入り、細をうがつた陳述が終ると、我々ならクスリと笑ふか、でなければチエッと舌打ちでもしたいところだが、流石は理否曲直を明かにする職掌柄の裁判長「フム、その時被告はよかりしや？」と來られたので、それつきり娘も二の句がつげなかつた。

ダンゼン處女だわ

とにかく彼は結婚した。うれしかつた。有頂天だつた。なにしろ新婦は若くて美しい處女である。いや處女であるといふことだ。

面倒くさい儀式萬端が終つて、新郎新婦は極り惡さうに寢室に這入つた。

もちろん着物も拔いで帶も解いた。

新郎の枕は退屈してゐた。

浪花節語りに云はすと、二つ枕らアに――體が一つ――と云ふ。

聽て雲霧飛散、新郎はなごやかな聲で

「お前はほんとうに今迄處女で押通して來たのかい？」

「あら、なあぜ？妾しダンゼン處女だわ」と、新婦は稍々恥しさうに反問したが

「だつて、始めてにしては實に達者なものだ」

と、感歎これ久しうすると、我を忘れてウケに入つた新婦はピクリと鼻をうごめかして

「あらさう。みなさんがさう仰言つてよ。」

溫泉場の浴槽

溫泉場の浴槽の緣はたいてい低いものだ。浴槽の緣の低いのは、湯に浸りながら流し場の風景を眺めるのに都合がいゝ。もう一つ重大な事は、緣が低いと、女が這入る時に股間を見るのに都合がいゝ。緣の低い浴槽が繁昌する原因は此の邊にあるのではあるまいか。

Ｓに聞いたことがある、「いくらお前達だつて、男が浴槽に浸つてゐて、下から見てゐる時に、這入るのは困るだらう？」と、さうしたら「少しも困らないわ。男の居る方の側の脚を先に湯の中に入れてから這入るの、かうすると、

たとへ手拭を持つてゐなくとも大丈夫よ。」と云つてゐた。それ相當に工夫するものだと思つた。

是れは隣の浴槽で話してゐた女の話だ。湯に浸つて充分溫まつてから、　　に冷い水をスポイトで注入すると、氣持がよいと云ふのである。

女が股を擴げて立つたまゝ、手拭を絞るために、又は足を拭くために、腰から上を前に屈める時に現はれる逆さ舛には、全く面喰ふよ。然し若いのに美事なのがあるね。是れは女でさへ惚れ惚れするさうだよ。

湯屋によつては、男湯と女湯の境で、番臺から見えない所がある。他に人が這入つてゐない時に、そこで背中を流す振りをして　　するのがゐるさうだよ。

コンドームを入れておく

彼女が性的に興奮すると言つて要求する方法である。

彼氏は陽物にコンドームを被せる。その被せたコンドームに油を塗つて、更にその上に他のコンドームを被せる。つまり二重にコンドームを被せて、その間に油が塗つてあるのである。その二重コンドームの〇〇を、彼女の〇に奥深く挿入して、そして次にそれを拔くと、外側のコンドームが〇内に殘る。それを數時間そのまゝにして置くと、〇とコンドームとが粘着する。その粘着したコンドームを徐々に引き出すとコンドームは〇から剝がれて出て來るその時彼女は非常に性的に興奮すると云ふのである。なか〳〵念の入つた方法である。

リンの玉を落した

S君が今は離縁になつた細君と結婚して間もなく、新婚旅行で方々歩いてゐた時の話だ。

T温泉の某ホテルに一泊した時に携帶のリンの玉を使用したのだそうだ。事后、細君は玉を入れたまゝでWCへ行つた。用便中に玉はする〳〵と滑り出して落ちてしまつた二階のWCだ。鐵管が下まで眞直に通つてゐる。リンの玉は眞夜中の靜寂を破つてガラ〳〵リン〳〵大變な音を立てゝ鐵管を轉つて落ちた。細君は肝を潰して部屋に逃げ歸つたそうだ。大笑ひさ。さあ、どうかね、始末などする暇はなかつたらうよ。多分そのまゝで馳け出したんだらう。

水平垂直運動と顎

俺は公娼禮讃者だよ。達者なのが居るからな。一番達者だつたのは、陽物を挿入したまゝで陽物を獨樂のやうにくりくり迴轉しながら、同時に上下の運動をするんだ。そして此の二つの運動——卽ち水平と垂直の運動をしながら、足で男の背中を打つ奴があつたよ。顏か？　無論、醜の醜さ。迴轉運動の下手な奴はすぐ判る。運動と一緒に顎も動くからね。顎と云へば、顎は何のためにあるか知つてるか？　知らないだらう。顎はなア、女が男の後からおぶさつて、男の肩に顎をかけてぶらさがつて、足をバタ〳〵させたり、絡んだりする時に使うものさ。解つた人は手を擧げなさい、ハッハッハ……。

箱枕と櫻紙

枕は箱枕に限るね。その箱枕も船底形に限るよ。理由か？先づ、第一に髮がこはれないし、それに横向きに引き寄せる時に、船底だと、手を肩に廻して引寄せると直ぐそのまゝ廻轉して來て近づくからね。括り枕のやうに移動させる必要がない。それから体が下に下つた時、枕を下の方に移し易い。上に出た時も同じだ。枕を外すにも外し易い。次に口と口の場合に、枕をしたまゝ頭を後に落すと、口が低くなつて、胸が高くなつて、交接がしやすくなる。抽斗には、秘藥を入れて置くによい。とても〳〵括り枕の比に非ずさ。

それから紙は櫻紙だね。音はしないし附かないし。紙は舌で捲つて取るに限る。何ツ？　又理由か。理由は早く一枚宛まくれるから、時間の經濟さ。その間、片手で相手を抑えてゐるにいゝからね。それよりも、女が舌で紙を嘗めて取るのは、男にとつてはエロだよ。閨房でこれに慣れてゐる女は、他人の前でも、不用意にこれをやる。娘はこれをしないね。

弄指術を敎へられた話

僕は云はゞ早熟の方でね、青年になるかならないかの時代に、初めて娼婦に會つた時のことだ。本能的に　の中に指を入れてくぢつたら、「それでは駄目よ、こうなさい、」と云つて敎へられたのが、此の弄　術なのだ。

「そこの上に硬い所があるでせう……え丶そこそこ………そこを　るの……親指の腹で下から上に擦りなさい……横からも……上から下へ……それから二本の指で摘まみ上けるやうにさう／＼……今度は三本の指で……横に捻り廻はすやうにして。エ丶さうよ……それから親指の腹で　の頭を壓すようにして擦りなさい。い丶わ、上手ね……今度はね、小指の根元と手首との間の掌の柔い所で、　を上下に擦すんなさい。鋸で引くやうに大きく擦つて頂戴……ア丶い丶ことよ……それからね、二本指で　を力一杯に摘んで頂戴……もつともつと有りつたけの力で摘んで頂戴……アッ……さうされると、たまらないのよ……今までのを混ぜてやつて頂戴。そうしてね、思ひがけない時に、急に力一杯に摘んで頂戴よ。とてもい丶氣持だから……」と云つた具合で敎へられたものだ。

彼女は　を急に強く摘ま丶れると、頭の裏から足の先まで痺れるやうに氣持がい丶と云つてゐた。そして強く摘ま丶れる度に、棒のやうに反り返つてよがつたものである。

エピロオグ

本日の談奇マンダン放送はこれをもちまして終りといたします。皆樣御氣嫌やうおやすみなさいまし。

JOVK

（完）

シャワー・ルーム

荻澤　寛

洋行歸りと云へば、誰でも外國のエキゾチックな情緒を無理にでも聞きたがるし、又本人もモンマルトル、ブロードウエーを初めモナコ、トルコ、ヴエノスアイレス等、等のあること無いこと取りまぜて、一流の外交官もどきゼスチュア宜しく、得意がりたがるものです。が最近出來た私の友人の西谷さんは生れ落ちたときからアブノーマルだつたのかどうか、普通一般の人達とは全く違ふんです。

洋行歸りと云つてはあまり大げさかも知れませんが、兎に角西谷さんはついこの間フランスから歸朝したばかりなのです。彼は今まで一番エロであり、グロであつた事件は一九三二年の東京にあると云つてきゝません。西谷さんと云ふのは、最初大畫家を夢想して遙々パリーまで出かけて行つたのですが、生來のアブノーマル性とアバンチユール性とに禍ひされて、變るも變つたり自稱自動車運轉手になつて歸つて來たのです。

彼に云はせると、運轉手になつたことが、古今未曾有、奇拔千萬極まる今度の事件に遭遇せる鍵であつて

「ソリやー、とても、エロチックで、愉快痛快なんて云ふ言葉ぢや表現出來ないよ。畫家になんかなつて居たら一生あんな無類飛切りの極樂至境に入れなかつたらう……」

と獨りで悦に入つちまふんです。

之れは私が横濱のあるキャバレーで彼から直接聞いたまゝを彼の口調にしてお話し致します。

（一）

それは、忘れもしません一九××年巴里で方々食ひつめた末に畫の方はうまく行かないので、丁度日本でも自動車が流行し出したそうだから、運轉でも練習して故國に歸り一儲けしようと飛んでもない慾心を起して一生懸命勉強したあげくどうにか斯うにか試驗にパスして、自分では意氣揚々ですが、物質的にはスッカラカンで横濱についたものです。處が一九三二年のモダーン日本は其のテンポの急速さに於て電波も追越される程の速さで、私が苦心して習つて來た自動車の運轉手なんか、掃き集めてゴミ箱に棄てる程ウヨ〳〵居て、何んの役にもたたないんです。私も之れには實に驚きましたよ。今になつてこんなことを云ふと隨分トンチキな間抜け野郎だと云はれるか知れませんが、あの殺風景な横濱阜頭に立つて勢ひよく走り去る自動車の後ろ姿をボンヤリとウラメシ氣にながめたときの私の心を考へて見て下さい。實に悲しかつたんですよ金は一文も無し、知人はなし、實に、實に、淋しかつたんです。

それで何ふしよふも無いと云つても仕方がないので、南京街の裏の方へたゞ一つの荷物トランクの小さなのをブラ下げて、這ひ込んで行つたものです。其處にはまだ震災跡を思はせるようなバラック建ての小屋があつて、「宿」と書いてある灯がつるしてあつたので、先づ其處にしばらく居ることにしました。この附近獨特のあの動物的臭氣は三疊の部屋に入るとすぐ胸をムカつかせ、久しく見ない疊は珍らしくなつかしかつたが、足裏がベト〳〵ねばりつく氣持惡さはトテも我慢が出來まいと思はれたんです。まあどうにでもなれと云ふ、ドン底に落ちた人間の誰れしもが持つ一種のデスペレートな氣持になつて、數日ボンヤリ暮してしまいました。天氣は毎日よかつたが、年初めの寒さには全く閉口しました。それで、寒氣に追ひ立てられるとでも云ひませうか、寒さに耐ゆるために、横濱市内をよく日光に當りながらボツヽキ歩き廻りました。

其のうちに段々氣持も落ちつくに從つて何か金の入る仕事にあり付かなくてはと思ひまして、あちこち雇はれさうな處を廻つて歩きましたが、全く仕事が無いんです。故國に歸つては來たものゝ、初めて外國の港についた時の樣な譯なんです。職業は其後ルンペン仕事を種々やつてみましたが、思ふように行かず落つく處はやはり自動車の運轉手に雇はれるほか無いんですね。こんな悲慘な氣持で、暗い、汚い、臭い、小さな部屋で丸くちゞまつて寢ころびながら暮してました。隣室には毎夜殆んどかゝさず、附近の淫賣が客をつれ込む音が絶えないんです。かう金が無くては其んな淫賣女と遊ぶような氣も起らず。金があつたらなあと此の時位い金を欲しいと思つたことはありませんでした。

　二月の或る日曜日だつたと思ひます。棧橋の上の風はまだつめたくつて、監黑色の海面を見ても、稅關や、ホテルの建物を見ても寒さのために身震ひするような日でしたがいつもの樣に仕事にあぶれて、たつた拾二錢しかない内から新聞を二枚程買つて歸つて來ました。勿論、新聞は募集廣告を見るためなのです。先づ最初に雇入とある部分に目が行くんですね。これはほんとに不思議なことなんですが、無意識のうちに其處に眼が行くんですね。と確か『求運轉手、木原』と云ふ、文字が眼に入つたのです。私は一瞬、心臓が止るかと思ふ程ドキンとしました。そして身體中が無暗にボツ／＼とほてつて來るのが分るんです。そして眼に寫る文字はチラ／＼動いて仲々止まらないんです。そして「此處なら」「此處なら」、と云ふ、まあ何んて云ひますか、第六感つて云ふんですか、第七感つて云ふんですか、求職感つてでも云ふ奴なんでせうね、此處なら大丈夫雇つて吳れると云ふ氣が起つて來たんです。

　心を落つけて見ると

『求自動車運轉手、最近歸朝者、年齢廿五乃至三五歳、風采美、面談上即時雇入、希望者午後六時、ホテル・オリエント、木原』

　私はそれをよく判讀する落着きもないんです。そしてあまり條件がよく揃つて居るので其の廣告は私のために出されたような氣がしてならないんです。風采は美とありますから、しばらく放つて置いたカラーやネクタイや、上衣、ズボン、ワイシャツと念入に汚れを落し初めました。相手は運轉手を雇つて置く位いなんだから、何んな人か知らないが、餘程の金持ちに違ひないんです。

「無理にも雇つて貰ふように、間違ひなく行かなければならない」

と思ふと今からでも出かけて見ようと決めたんです。

ホテル・オリエントは山下町を一寸廻つてすぐでした、ガイドに木原さんと聞くと、

「あのマダムでございますか!」

私は全く突然なので、面喰つてしまいました。實は、木原さんは、女性だか、男性だか、分らかなかつたのです。それで餘程うろたへたのを、ツンと押しかくして

「エヽそうです」

と答へたものです。

「では今ティー・ルームにいらつしやいます。」

ボーイに案内されて今後女主人となるべき、木原夫人に會つて、彼女の顏をまともから眺めたとき、そんなに奇麗な女ではないなと思ひました。が何處かレファインされた上品さを持つた、明るい感じのする女だと思ひました。そして丁度その時は、夫人は均整のとれたスマートな紳士連と一緒に何んかの話しに打ち興じて居たので、私が、うや〳〵しく來意を告げるまでは、全く廣告を忘れた樣子でしたが、それに氣がつくと、

「マア、そうでしたね、よく來て下さいました。さあどうぞ、こちらへお掛けなさいまし。」

と彼女のすぐ側のソファーを指しますので、あまり無遠慮ではと思つて、モヂ〳〵しながら、この狎れ〳〵しい妙竹林な夫人を見つめて居ますと

「あゝ、そうでしたね、では私の部屋に參りませう。皆樣一寸と御免遊せ」

と周圍の紳士連に會釋しながら、私をつれて自分の部屋に入つて行きました。

夫人の部屋は、入るとすぐが居間になつて居り、その奥の方にカーテンが下りてベットになつてるやうです。調度は旅行中の一時的裝飾の樣ではなく、大きなソファやどつしりとした黒い机、相當な數の書籍、マントルピースの上

に置かれたレフアインされた輕い置き物等、等で頗る感じのいゝ調和のとれたものです。

彼女は木製の、これも彼女の趣味に合つた樣な椅子をすゝめながら、

「なるほど、あなたはまだ若いわねえ。運動の事は何んかやつて？ボクシング？ラグビー？………」

「え、その私はまあ、なんでも……」

「あゝ、そう、」

夫人は、わざと私に近よつて來て、肩のあたりや胸のあたりにその手をかけて、ギユーと揉むようにするんです。そしてまた、ボン〳〵背中を輕く叩いたりするんです。それでも夫人は別に醉つて居るような氣色もないんです。運轉手一人を雇ひ入れるといふ上家の夫人の態度としてはあまりに奇妙です。

「ちよいと、足を見せて御覽。ホー、これは確かに素晴らしいわ。」

夫人が私の足の前に屈んだとき、私はよく夫人の風貌を觀ることが出來ました。洋裝のスツキリとした夫人は、初め見たときはそう太つてゐるとも思ひませんでしたが、斯う近く見ますと、肩幅の廣さや、腰のふくらみなど相當、エロチツクな感じを起させました。殊に、私の兩足をシゲ〳〵と眺めて、その柔らかな掌で足をしづかになぜ上げる手と、オーデコロンか何んか香りのよい毛髮油をつけた生え際を見せられたときは、前から分つた樣に感じてゐた未亡人だなと云ふ感じが判りとして參りました。

それから、私の額や顏や首すじをふつくらとした夫人手でスラ〳〵となぜ廻してゐましたが、

「さあ、今度は妾を抱き上げて御覽、どの位い力があるか試すんだから、それから妾の身體に馬乘になつて、ギユー〳〵押しつけるんですよ」

と、もう命令の樣な言葉です。私もついその強い言葉につられて、その不思議な採用試驗問題を實行したのです。

然し、私はこの變てこな試驗にパスしました。

夫人は亂れたスカートを直して立上りながら

「今日からお前を使つてみるわ、妾のうちは東京市外の下北澤×××番地だから、明日の午後一時に來るようにし

なさい。月給は當分二百圓。但し場合によつてはもつと特遇するワ、それからお前の名前は……?。」

「西谷と申します」

私は、また〳〵驚かされました。運轉手だと云ふのに、運轉手の運の字も云はず、初めて來た、何處のものだかも分らない私に二百圓、いやそれよりもつと給金を出すと云ふのだから、實際、金は欲しくて〳〵たまらなかつた時だつたのですから、それで、私が變な氣になつたり、驚いたりするのは無理もないでせう。そして、あげくの果は空おそろしい氣にもなつたのです。

(二)

私は翌日の午後一時キツカリに夫人の宅に行きました。宅は小田急沿線の下北澤で下りて、坂を二三度曲つて昇つて行きますとすぐでした。割合に陵たかだつだ故か、高臺になつてゐる其處から眺めると、冬には珍らしく處々に青草などが見え、なだらかなスロープが足下からズートうね〳〵と續いてゐるのが見えました。もう春が來たなと感じました。あたりは田園氣分が溢ち滿ちてゐます。横濱の南京街裏に永らく住んでゐた私にはとても氣持よく感ぜられ、此處で受ける日光は變にキラキラ眩ゆくつて、本當に朗らかな氣分になれるのでした。

ドツシリとした高いコンクリートの塀に圍まれた隨分廣い邸宅を見ると、少しく怖氣がつくのをどうすることも出來ませんでしたが、重々しい壯重な鐵の横門を潜つて、綺麗に摘まれた芝生の間を通つて、玄關でベルを押すとスンナリとした小間使が出て來ました。來意を告げますと、夫人は今在宅との返事ですが、小間使の奴が「運轉手さんですつて……」とジツト私の顏を見つめて微笑を浮べるんです。サテは今朝あまり急いだので面か服裝に變な處でもあるんではないかと思つて、身體を見廻したけれど別に何んともありません。そのうちに小間使はクニヤ〳〵とした姿態で奥へ案内しました。

邸の建物は二つに別れてゐました。其の何れもが近代的上流階級好みの所謂立體派的建築とでも云ふのでせうか、頗る明るい感じのする贅澤な建物です。更に驚いたことには内部の裝飾です。全部外國式に出來てゐるんです。私は一時はフランスに來たのではないかと感じた位いでした。リノリユームを敷いた幅廣い廊下には更にズート續いてカーペツトが敷かれてあり、その端は美麗に磨かれた眞中板で止められてあるんです。天井はアラベスチツクなモザイクであり、長い四圍の壁には處々に高價な西歐大家の油繪や奈良朝時代物や、下つては歌麿、北齋等々の日本畫が掲けられてあるんです。私はズート前に畫家を志しだこともあるので、急になつかしくなつて一つ一つよく見たいとは思ひましたが、急いで通つてしまいました。

私が連れられて來たのは、玄關とは別になつた建物の奥まつた一室でして、小間使は此處に奥樣がお待ち兼ねでいらつしやいます、と云つて歸りました。私は未だ錄に口も利いてない運轉手風情を最初からこんな夫人の私室の樣な處に案内するのはおかしいと思ひながら、ガツチリとした扉をノツク致しました。

すると中から、「どうぞお入り」といふ低い聲がきこえました。

私はどんなに驚かされたことでせう!!!私が今入つた室はシヤワー・バツシング・ルームなんです。夫人は、シヤワーの眞最中なんです、カーテーンの間から首と腕だけだして其の手にはカクテールのカツプが持たれてあるんです。そしてニツコリしながら、首を上下に振つておいで〳〵をしました。私はたゞあつけにとられてボンヤリしてしまつたんです。夫人の聲が妙に低い聲に聞えたのも無理もありません。部屋中はジヤー〳〵と云ふシヤワーの音と、朦々と立ち罩める湯氣とで一杯なんです。私はドギマギしながらも、夫人の側まで參りました。そして夫人の顏と二の腕を穴のあく程キツくジツと見つめました。其れが夫人には餘程可笑しく見えたのでせう。

「あは……ホ……。どうしたの？驚いて？それでもまあよく來たわね。早くチヨツキもズボンも脱いでお入り。」

私は夢遊病者の樣になつて、何も彼も其處に拔きつ放しにして、眞裸になりカーテンの中にもぐり込まふとしました。

「お前一寸お待ち、その棚の上からシヤンパンか、カクテールをついで二つ持つておいで、この中で飲むのはとても甘いものだよ」

そう云はれて見ると、一段高くなつた處のちがひ棚になつた處に數十種類の洋酒の瓶が置いてあり、半丸なシャンパンのグラスや、長い足のついたカクテル用、ヂンウオツカ等用のキラリとしたカツプやグラスが行儀よく立ち並べてあります。私は朦朧とした氣持ちで何にが何んだかよく見別けもせず一番前にあつた綠色のお酒を注いで持つて來ました。

カーテンの中は普通のシャワー、ブレースとは違つて大きく場所がとられてありました。私が入つたときは丁度シャワーは止められてありましたが、今まで外を歩いて來た私にはトテモ氣持ちのよい湯氣が私の毛穴の一つ一つを押し開く樣に感じられました。

「どうも有難ふ」

夫人はチョビ〳〵とグラスの端をなめずる音を立て、

「この中の氣分はどう？よくはなくつて、お前は初めてなんだつけね。此處に慣れると他のことは何にも出來なくなるよ」

そして夫人は一方の手で私の身體の何處を嫌はず撫ぜ廻すんです。其の度毎に夫人の柔らかな腹や、腰の肉がチョイ〳〵私の背や腹や、腰や、手先に觸れるんです。私は無理にも妙な興奮を感ぜずには居られませんでした。中はボンヤリとして、どんなに近くとも顏の輪劃も分らないし、たゞ、黑いモヤ〳〵とした物體がモゾ〳〵と動き、たゞ二人の荒い逆上したような息き使ひと、トギレ〳〵の話聲が起るだけなのです。

何んて不思議な、グロテスクなバスシングでせう。

私も好奇心に馳られて、初めての屉入れにも拘らず、薄暗いのを幸ひに、夫人の身體の全部を所かまはず、夫人のする樣に、撫ぜ廻してやりました。すると夫人は、キャツ〳〵と喜びながら、柔い肉塊を從橫無盡に躍動させて其の快感を滿喫してゐるようです。果ては二人共湯氣と汗とでトロ〳〵になつて股と股とを揉み合はせるのです。二人は無上の、、に醉ひしびれました。そして疲れ果てるとシワーをジャー〳〵出して、身體を洗ひ元氣を囘復するのです。然し、ものゝ二十分もすると双方共クタ〳〵に疲れきつちまつて丸いスベ〳〵したバス、タツブの兩側に腰を下して休みました。もうグラスの酒は一滴もありません。私はアルコールと蒸される樣な溫度のために呼吸は苦しくなり、ハツ〳〵と激しい息き使ひとなり、ひどく苦しくつてたまらなかつたんです。が然し、先きの不思議な遊戯を考へると、無性に勇氣が出るようです。前の夫人も判つきりとは見えませんが、長い頭髮をバラ〳〵に亂し、其れが肩や腰や股の邊まで、湯氣でベツトリとさせ、苦しそうに口を大きく開いて、口の兩側から、涎れと汗と水滴とをダラ〳〵流しながら、先程の無上の快感をまだ殘してゐる樣子です。

其れは正しく崇高な、一つの繪畫そのものです。何んと世にも得難いヴアリユアブルな繪畫なんでせう。確かに一つの天國的藝術作品です。

私がこんな美術感に恍惚としてゐますと、「西谷も一、度、今度は別の方法にして、バツスシングしませう」

私は丸くなつてゐる湯槽に立ち上るや、すぐに夫人の溫いスベ〳〵した、上半身を兩腕の中にギツシリと抱きました。

夫人はす早く、手を延してシヤワーのヴアルヴをひねりました。瀧の樣になつた湯は激しい音と共に二人の身體の上に降りかゝります。目も口もあいては居られません。夫人も固く抱き合つて來ます。其の拍子にどうしたものか、足をすべらして二人は、共にタツプの中に倒れてしまひました。二人は同時に手を離しましたので、夫人はあふむけに私は伏してスツテンコロリンと倒れました。夫人は上から落ちて來る湯がまともにかゝつて來るので苦しがつて私につかまつて起きようともがきます。私も底に殘つてゐる風呂水を飲んぢまつたので夫人を押しつけて立上らうとしました。

「アレー、クル〳〵、苦しい、ハヤク〳〵、ウー、ウー、ブグ………。」

「アツ、ゲツ〳〵、ベツ、ベツ」

ジヤー〳〵、バタバタチヤブン〳〵。

遂に大した騷ぎになつてしまいました。

だが、此處は棟違ひとなつてをり、それに、シツカリと密閉された部屋なので他の誰にも聞えません。又、聞えたとしても、扉は内部から自動的に鍵が下りる様になつてゐますから誰も來られません。若し人に來られてこんな情景を見られたら大失態です。

夫人も、私も、苦しさのためにタツプから轉がり出てしまいました。

明るい處に出てみると二人の樣子は益々以つて變竹林です。夫人も私も眞裸です。それに全身が眞赤になつて、まるで茹で蛸のやうです。そして皮膚の表面は汗の湯氣にグシヨ〳〵に濡れて、それが折から長押の窓から差し込む午後の陽に照されてテカ〳〵光つてゐる處は金屬を横に寢かしたも同然でした。

夫人は隨分疲れたと見えて、肩で息をしながら、俯向きになつて幅廣の分厚いタオルの上にグタリとしてゐます。そして彼女の體内を流れる血官の動悸は彼女の全身をドクン〳〵と搖り動かし、呼吸の一つ一つ毎に腹部が正確に動くので膨れたり、縮んだり不可思議な、おかしい蠕動をやつてます。毛髮もビチヤ〳〵に濡れて肩の邊りから背中の方にかけて疎《まばら》にくつ付いて居り、眼はさも氣持ちよさそうに、惚りとつぶられ、太く大きく完全に發育した乳房や臀部や股間からは大つぶの水滴がしたゝり落ちてゐます。これはまた薄暗がりで見たのよりは遙かに雄大で、美觀です。

私も、同樣、兩足を投出して、腰を下したまゝ、「うん〳〵」苦しいんです。

此んな氣狂ひじみた、興奮からしばらくして正氣にまで落着きました。

「まあ、隨分愉快だつたわ。お前どうして？とてもサツパリしたらう。さあ妾のガウンを持つておいで、そして着せてお呉れ」

夫人は立ち上つて身體を拭き乍ら命じました。

「ほんとに面白ふございました。初めてゞ御座いますのに、あまり無躾でございました。」

「お前、もううちの人なんだから、そんな遠慮がましいことは今後一切ぬきですよ。」

「どうも初めてのものですから慣れませんで……」

「あの位いの力と技術があるなら大丈夫よ。そのうちもつと上手になれてよ。寢室へ行つてゆつくり休みませう。

さあ、こちらへおいで」

ガウンのボタンをつける間に私はす早く、ワイシャツにズボン丈はつけました。夫人は部屋の向ふ側の方に行つて姿見の側の壁を押しますと、隣室へ通るドーアが開きました。そしてズン／＼私を引張つて行くのです。

其處は夫人のベット、チャムバーになつてます。おかしなことには大きなベットが三つ程置いてあるんです。調度の位置や型ちや、裝飾はどの部屋よりも最もデリケートなニュアンスを保つて、上品であらう夫人の趣味にピツタリ合つてるやうです。

「此處で妾とゆつくりお休み。おなかゞ空いたなら、此處に何んでもあるからさあ、おあがり」

成る程、開かれたクラシツクな扉の中にはおいしい御馳走がチヤンと整へられてありました。高級なワインも口が開かれて注がれるばかりになつてます。私は夫人と一緒に云はれる儘に何年來にもない、否、未だ食べたこともない立派な贅澤な、そして充分滋養に富んだ食事を採りました。

「あまり疲れたから、オゾンでも吸つて一寸ゆつくりしよう。ちよつと其のハンドルを廻しておくれ」

オゾンは幽かな音を立てゝ出てゐます。何んて贅澤な裝置を特つた部屋なんでせう。昨日に打つて變る今日の生活は眞に夢の樣に感ぜられてなりませんでした。

「奥樣、あの自動車は如何致しませう」

私は、本來の職業意識をとりもどして、尋ねますと、

「さうだつたね、お前は、何處で運轉手をしたことがあるの、女の主人は此處が初めてだらうね？」

「左樣でございます。フランスで免許狀をとりましたものですから」

「フランスに永くゐたのかい？どうも物腰がそうらしいと思つた。妾も向ふに良人と一緒に十三年程居たんだよ。こちらへ歸つてからは二年程にしかならないんだがね。それはまあ、丁度都合がよかつた。向ふではいつも自動車ばかり使つてゐたものだから、こちらでも車でないといけないのでね。それに內地の運轉手では氣が利かないものだから、何人置いてもいやになつちまつて駄目なのよ」

「はあ――」

「お前は今日の試験では上手の様だから、上手にやつてお呉れ。妾は宵つぱりで、朝はゆつくりして居るから、そう早く起きなくてもいゝよ。お前の部屋はこの二階の見晴しのいゝ處にして置いたから、其處にこれから寝起きするようになさい。妾もそう急がしくないから、そんなに働かなくつてもよいが、私が此の呼鈴で呼んだら、どんなことがあつても私の處へ來なくてはいけないよ。」

「ハイ、畏りました。確かに、いつでも參ります。では今日は自動車でも掃除致して置き度存じます」

「そうしてお呉れ、車は玄關横のギャレーヂに入れてあるから。小型のロードスターだけどよく走る車だから」

私はいゝ頃を見はからつて夫人の部屋を出ました。どう考へて見ても變な家です。あのシャワー・ルームと云ひ、今日の寝室と云ひ、あの接待ぶりと云ひ、腑に落ちないことばかりです。若し私がそんなに貧乏でなく、困つて居なかつたら貳百圓にしばりつけられずに早くも此の邸に見切りをつけたことでせう。

私は、先ほどの大努力で、骨の節々や、足腰のだるいのを我慢してギャレーヂに入つて行きました。車は成る程輕快なロードスターです。一時間に速力は八九十哩は出さうです。だが、餘程長い間放つて置いたと見えてカバーや屋根や窓などは塵で白くなつてゐました。私は仕事着に着更へて、エンヂンに油を注いだり、ギーヤの調子を直したりしていつでもドライブの出來るやうに手入れをしました。

仕事を終へると、もう二月の淡い夕陽は向ふの丘に沈んで邸内の建物や樹木の蔭はもう暗くなつてゐました。周圍が殊にヒツソリ閑として居て、時々小田原急行の電車の音が坂下の方から間歇的に聞えるばかりで、寒さが急に感ぜられて來ました。

（三）

もう、私の二階の部屋には電燈が、ほんのりとついてます。私はゆつくりした大きなソファーに上向きに身を沈めて、先刻の夫人との狂態をしばらくうつとりと追想し乍ら休みました。

下の夫人の部屋からは、時々夫人の嬌聲が聞えます。そして其れに和してバスの低い男の聲が響いて來ます。もう何人か男の來客がある樣子です。そして、バタ〳〵と亂れた足音や小刻みに馳け廻る音が傳はつて來て、其の次に食器の倒れる音、物のキシむ音が夫人の干高い聲と共に耳に入つて來ます。

私は、其んな物音を聞き乍ら、つひ眠つちまつたんですね。あんな狂亂じみた動作は未だかつて經驗したことなんか無いんですからね。ヂリン〳〵と云ふ呼鈴の音で目を覺まさせられました。ハッとして、私は飛上りました。部屋は誰がつけたのか、ストーブが赤々と燃えてゐますので、温かでした。然し、頭部の後ろが輕くウズク樣に痛いんです。時計を見るともう夜の十一時です。晝間夫人に云はれた言葉を思ひ出して、階段を馳け下りると、夫人の寢室をノックしました。

もう先程のお客は歸つてしまつたらしいんです。

夫人も流石に疲れたらしい顏つきで、左手のベットに絹布の薄物をかけて橫になつてました。

「お前、寢てたんかい、もう隨分リンを鳴したんだよ」

「ついうつかりしてゐたものですから、」

「疲れたんだらう、無理もないわ。まあ疲勞囘復藥にこれでもお上り。」

何んだか得たいの知れない、眞赤なドロ〳〵した液體を飮みました。甘い樣な酸いやうな味です。

「どう?、おいしいだらう。妾は疲れるといつも之れを常用してゐるんだよ。疲れなんかすぐ囘復して來るよ。妾も、もう少し飮むわ。お前もよかつたらもつとお飮み」

此の部屋もバス、ルームと同じく非常に温いんです。私は、此の赤い藥が利いた故か、內體的の元氣がモリ〳〵と出て來るやうです。醉つて來たのかも知れません、頭はそう判りしたやうでもありませんでしたが、何んか突拍子もない事をやつて見たい衝動を受けました。夫人を眺めるとトロンとした目つきをしては居りますが、頰の筋肉や顎の筋はとても緊張して、ジット私の身體を見つめて居ります。私は不意に立ち上つて、夫人の身體を引づり下ろし其の上に乘つかつて、處ら嫌はず打ちのめしてやりたいと云ふ、まあ變態的と云ひませうか、狂暴な考へが浮んで來たのです。邸の外も內も、物音一つしない靜寂な數秒が經ちました。

私は、其の間に、昨日夫人がホテルで命じた、あの馬乗りになつて夫人を押しつけた場面を考へ、ニヤリとして偉大なショックを受けました。

私は、突然、クラ〳〵と暈ひを感じたようになつて夫人に向つて飛びかゝつて行きました。だが、夫人の嬌聲と共に私の身體は、夫人の寢てゐた空のベットの上で不格構に二三回バウンドしました。夫人は素早く、隣のベットに移つたからでした。もう斯ふなつては遠慮も會釋もあつたものではありません。半狂亂になつた私は人間のあらゆる動物性をサラけ出して、隣りのベットに微笑してゐる夫人を襲ひました。夫人はまた干高い嬌聲を残して素早く三つ目の寢臺に飛び移ります。私は不名譽にも、また先つきの不様を繰返しました。

今度は、急いで飛びかゝるのをよして、長々と横になつてゐる夫人の足の方から、ヂリ〳〵とつめよりました。私は其のとき初めて夫人の着物をよく見たのですが、夫人は透き通るやうな絹のワンピースを着けて、ノー、ズロースなんです。椀を二つ伏せた様な乳房や、餘り太からず均整のとれたノビ〳〵とした兩足、其の太股のつけ根、私は益々、いやが上に極度のパッションを感じさせられました。

夫人は相變らずドンヨリとした眼に、ニヤ〳〵とした淫樂的な微笑を浮べて私を見つめてゐます。私の深い大きな苦しい呼吸が肩のあたりでゼイ〳〵云つてます。

夫人の足の方から、捕へようとした私の努力が無駄にされたのを知つたとき、チーク製の肘掛けにもたれてゐる夫人に双手を擴げて突進しました。だが、夫人は其の猛激を巧にさけヒラリ〳〵と羽根の生えた少鳥、否、大狐の様に逃げ廻ります。遂に、小さな部屋の中を一つの机を中心として鬼ゴッコが初まりました。二人共疲れて來るとテンデに赤い液體の不思議なエネルギーを攝りながら、今度は四ツン這ひになつて、馳け廻るんです。

「さあ、もつと〳〵、もう着物は何でもすつかりおぬぎもう、此んなに暑いのに、おぬぎつたら〳〵、」

私はとう〳〵眞裸にされつちまいました。もう二人はまた先刻の様に全く動物です。本當の氣ちがひです。

それでも、最後の精がつきるまで、ハー〳〵、ゼイ〳〵

云ひながら、馳け廻り、飛び廻り、二人が身體をひつ組んではのた打ち廻り、離れては毆り合ひ、近づいては、觸つたり、なめたり、輕く摘むだり、身體の全部を臭ぎ廻つたりするのです。

調度は倒れる、器物は破壞する、着物はやぶける、亂暴狼藉の限りです。もう全くの狂犬連だつたのですね。

それでも部屋の空氣は換氣の設備がよいのと、オゾン發生器のためか、少しも汚れてゐるとは思はれません。かへつて香氣自動發生器も備へつけてあるのか、氣持ちのよい香氣が充滿してゐました。

私がグツタリとなつて、大きなベツトに休んでゐる間に夫人はバス、ルームからもうチヤンと化粧を濟ませキチンと服裝を整へて出て來ました。

私も、よく身體を洗つて、二階の部屋に入つて、グスツリと休みました。

◇

明朝、目を覺したのは、十一時半でした。しばらく、ボンヤリして昨日中の出來事を頭の中で、まとめて居りますと、小間使が、朝食を持つて來て吳れました。そして私が目を覺したらすぐに、夫人はお出かけになるからと申していらつしやいますと告げて出て行きました。

「もう奧樣はお目覺めになつたのですか」

「いゝえ、まだグツスリお休みになつていらつしやいますが、いつもそうなんですよ。」長らく居るらしい小間使は夫人の要領をよく知つて居ます。

其の日の快速力のドライブは氣持のよいものでした。東京近郊と横濱間の道路は皆改良されて自動車にはおあつらへ向きです。繪の樣に轉開されて行く郊外の景色、それが超スピードで運展して行くさまは眞に一つのパノラマです。

私はこんな贅澤極まる生活と、毎夜訪れる夫人の友人連や、訪れて來る異性の友だちから受ける莫大な收入にもかゝはらず、こゝをよすことになつたお話しをこれから申し上げますと云つて、西谷さんは、さも慣れた手付きでカクテールのカツプを取り上げました。キヤバレーでは次のブルースが初められて幾組もの男女が靜かに踊つてゐます。

私も、此のアブノーマルな話しに無中に聞き惚れてゐました。　（終）

漫説

屎尿風景

左右目双平

飛行機上での屎尿の始末は怎うするんだらう？なんて、餘計な心配して居ると、昨年の秋に歐州から二三名の女流飛行家が、訪日飛行とあつて、威勢よく飛んで來ましたね、男なら、小便の方はゴム管を取りつけて置き、大便の方は管かけに加工して、何とかゴマかせそうですが、ハテ女の場合は、ゴム管の取入口を如何うするか、コイツ問題だ、なんて窃かに心配の度を増して、ライ〳〵てし居ると或る日の新聞紙のゴシップに——女流飛行家の長途の飛行にはタオルの如きものを股の間に挿み、排便はこれに吸ひ込ませ——云々、とありました。これでひと先づ私は若干の安心を強いられた次第です。ア、、吾等の頭上を翔るエンジエルよ、垂れ流しの、途中無着陸の、ソノずろうすを——グツショリ濕つた、すぽんぢ——を、夢々とり落さないで下さいよ、と天を仰いで合掌、ではない、三歎したものです。ツエツペリン伯號來訪の際も、私は他人の屎尿を頭痛に痛みました。毎日のニユースの報道に、眼を皿にして居ますと、乘客の一婦人の登乘感想記を發見しました。——非常に愉快な空の旅でした……船內の設備、サービス何一つ不滿はなかつたが、便所だけは少々ヘコタれました狹隘で不潔で、……とありました。ソコで私は考へましたね。由來便所いとふャッは、汽車や汽船はともかくも、ホテルにしても、デパートにしても、合理的、水洗式でありながら、どうも親しめないものです。「ソノ紐をお引き下さい」「タバコの吸殻は投入れないで下さい」だなんて不愉快な言葉ですね。タイル張りの床に水氣を招んで、黴菌の培養基の感があります。縮れ毛が、キンカクシ附近に、必らず一二本は落ちて居ます。男のだ、と思ふと腹立たしくなります。女のだと思ふとヘンな氣持ちになりますね。實に便所なんてものは、ヤツカイな存在ですよ。――

そんなに便所を詈るなら、先づ屎を詛へ――と叱られるかも知れませんが、そも／＼屎や尿や精液を呪ふ事は、神に對する冒瀆でして、「神は過剰を排泄せしめ、その製産の勞に對して、快感を酬いて犒い給ふ」と窮厄全書に出て居ます。イヤ、これはヨタですが、と、ココに於て私は、野屎を禮讃するのです。仰も野屎は何時の頃より初まつたか、と愚問を發するまでもなく、元來人類も他の動物と等しく大自然に抱かれて、過去現在未來、永劫に、堂々と太陽の下で屎尿を排泄し、本格的に屎野の使命を果すべき筈のものではないでせうか。從つて吾等文化人と雖も、若し希望とあらば、禽獸虫魚の現狀に倣つて、飛行機で空中射尿を試みるもよし、山川風物を背景にして、地上排便の快を味ふもよし、虫の模倣、魚の眞似、氣の向くまゝに試みるべきだと思ひますが如何でせう。併し乍らです、慣習の連鎖に禍されて、現在の文化人は、屋外にての排便を耻と心得日常の屎尿排泄を御不淨と稱して、親子、夫婦の間柄でも互に內密に用を達します。病臥の折以外は、他人に見せるさへ快しとせぬ、……とは何とナサケない事でせう。禽獸虫魚以下の待遇に甘じて、自らの自由を自慢して居るものと言へませう。

とは言へです。十八のお娘御に、路地口で立ち小便を試み給へ、とは申しません。シークなタキシード紳士に、片脚を持ち揚げて電柱に小便をひつかけ給へとは申しません。せめても、郊外散歩の折とか、溫泉滯在のツレヅレに山の麓を彷徨つて、若しも屎尿の强壓を覺えたらとしませう。その時です。翻然として無自覺を排擊して、先づ一回とその後二回、三回と野屎の努力を重ねる事ですね。乞食と同じで、三日すると忘られぬ味が、自から湧いて來やうと言ふものです。

扨て私の體驗したもの丶內、忘られぬ快味を得た例に擱き交ぜて、他人さまの見たハナシ、その他屎尿に絡る珍談を並べて、お目にかけたいと思ひます。

或る年、富士登山をしまして、「雪の上屎」を試みた折のハナシですが、——當日は七合目まで登つて一泊しました。同宿の石室の客員は二十名ばかりありました、女學生らしい若い婦人も五六名居ました。互に見知らぬ他人が枕を並べて、奇らしい一夜を明かして翌日の早朝、起きた者から順々に朝食を給されて、急ぐ人はソコ／＼に出發して行きます。ドテラのまゝで、附近をウロつく者もあります。私は石室から少し距つた「萬年雪」の山襞積へ降つて、雪で口を漱いでから、「程よき屎所」を物色して歩いて居ました。折から御來迎で、石室の前には人々が群がつて、禮拜して居ます。私の脚下は五彩に輝く雲の泡？が、積りつもり、重なりかさなつて、シャボン玉の海！を現出して居ます。背後の萬年雪も、單なる白さが何時の間にやら、銀地に金の星を碎いて散したやうに、キラ／＼さんらんと、燦き初めて、得も言はれぬ神秘を見せて居ます。——頃はよし、コンデイションは上乘。私はオモムロに、その場でその雲の上へ尻を向けました——ア丶實に……イヤその次は語りますまい。そして、それから私は、急いで石室へ取つて返へしました。出發を急いだのではありません、この石室の便所は何處にありや、アノ四五人の女性は如何にして屎をシマツするかを、見屆けて置かなければならない、と氣がついたからです。——石室から五メトル程を離れて、犬小屋より少々太きい位の板ばり小屋が、點在する岩の隙間に頭を見せて居ます。接近するとそれは確かに便所でした。小屋の四周に白いものが散亂して居ます、屑籠を引繰り返へした情景です。注視すると、ウヘッ、野屎、野屎、野屎！です。私は百年の知己に邂逅したやうな愉悦を滿喫しました。思はず……アワヤ、萬歲！を發唱しやうとしましたが、待てよ、です。從來シバシバ私は野屎に敬意を表して馬鹿を見た經驗を餘りに多く持つて居ますので、場所が場所だけに頗る愼重な態度を採つて、その累々たる新舊の屎のタヽズマイを驗討しました。その結果は、單に私を不氣嫌にした、に終りまつた。「富士の屎」もつまりは語るに足らぬ、實用的の野屎、に過ぎませんでした。失望、落膽、「何の事だ、ワカラズ屋どもめ、今朝の富士はワシが貰つた」とツブやき乍ら石室へ引返へそうとしました。するとトトトトト。女、女！、屎をしに來たのです。無意識の裡に私はソコへ蹲りました。岩かげから頭も得上げないで、但し、モノの音は一切聞き逃がすまいと、耳をマイクロにしました。――ブー、シャー、ブツブツブッ。――屁だナ小便だナ。大便だナ。――よくマア何の滯りもなく順序よく、運ばれるものだ、と聞き惚れて居ると、オヤ、彼女はもう、室の方へ歩いて居るのです。――痔疾を持つて居る私は、――餘りにも易々と事を辨ずる、彼女の健康に、嫉妬を感ずるのでした。併しながらです。コヽでも亦私は、徒らに敬意を拂ふ事の危險を慮りまして、現場檢証を行つてやらうと、オソルおそる、岩角から半身を乘出して、眼のピントを湯氣の揚りつヽある屎に合せやうとして居ると續いて二人、三人、若い婦人が駈け寄つて來ました。「アラ、きたないわネい」と誰かゞ叫ぶ聲が聞こへます。一二三四五六……十まで數へぬ內に、もう一人は立つて行きました。續いて二人とも去りました。揃いもそろつて、その速さ、實に事もナゲな簡單さ、瘂然、呆然、私は暫く失神の狀態から囘復し得ませんでした。漸く氣を取り直ほして彼女等の偉業の跡を訪ねる事にしました。小便の跡には紙、それは、一枚のものを、無雜作に丸めて、グイと局所を拭つた。と言ふ形を留め、尿汁は壓し窪められた指のアトだけに、濃きニジミを露はし、おそらく指頭にも、その餘汁を附着せしめた、であらうと觀察されました。それから、……イヤ、マア、このハナシはあまり衞生上利益がありませんから、この邊で停めて置きませふ。

○紙數いて糞する富士の道者かな

と言ふ句があります。カレコレ思ひ合はせて、私は苦笑を禁じ得ないものでした。……六根清淨！……

次に水中射尿という事と、海水浴場の便所の風景を御紹介しませう。水中射尿は文字通り、水中に於て小便をする事です。雨蛙が逃る時に、後方へシッュと射尿します。人間も水中にて小便を射出すると、身體は逆の方向に、移動する譯ですが、水の抵抗と體重の爲めに蛙の如き効果は見へませんが、その代り尿道口に輕るい壓力を知覺します。この壓力が一種の快感を齎します。これも三度すると忘られぬものとなります。海水衣着用のまゝで行ふと、股間に和らかな溫さを感じて恍惚境に遊ぶ事が出來ます。

古來淋病患者が錢湯の浴槽の中で、屢々この放尿を試る、といふハナシは此間の消息を語り過ぎたものではありませうが、大に頷ける次第です。無智なテアイがその浴槽中の湯でウガイをしたり、赤ん坊の顔を洗つたりして居ますが、知らぬがホトケと言ふヤツですね。風呂の中での放屁と水中の屎は餘り賞讃する事は出來かねますね。併し獸虫類の眞似事見たいですが、陸上から水中への射尿、脫屎は仲々棄て難い味のあるものです。先年私は朝鮮の金剛山探勝中に明鏡臺の清流中へ、岩に跨つてボトリ〳〵と流し込みましたが、よい心持でしたね。水洗式の便所を無上に禮讃して居る都會人に、一度だけでも味はせたいと思ひましたよ。

水尿の序に海水浴場の便所の横顔をちよいとごらんに入れませう。床は粗末な板張りで、中央に板を張らぬ部分があ

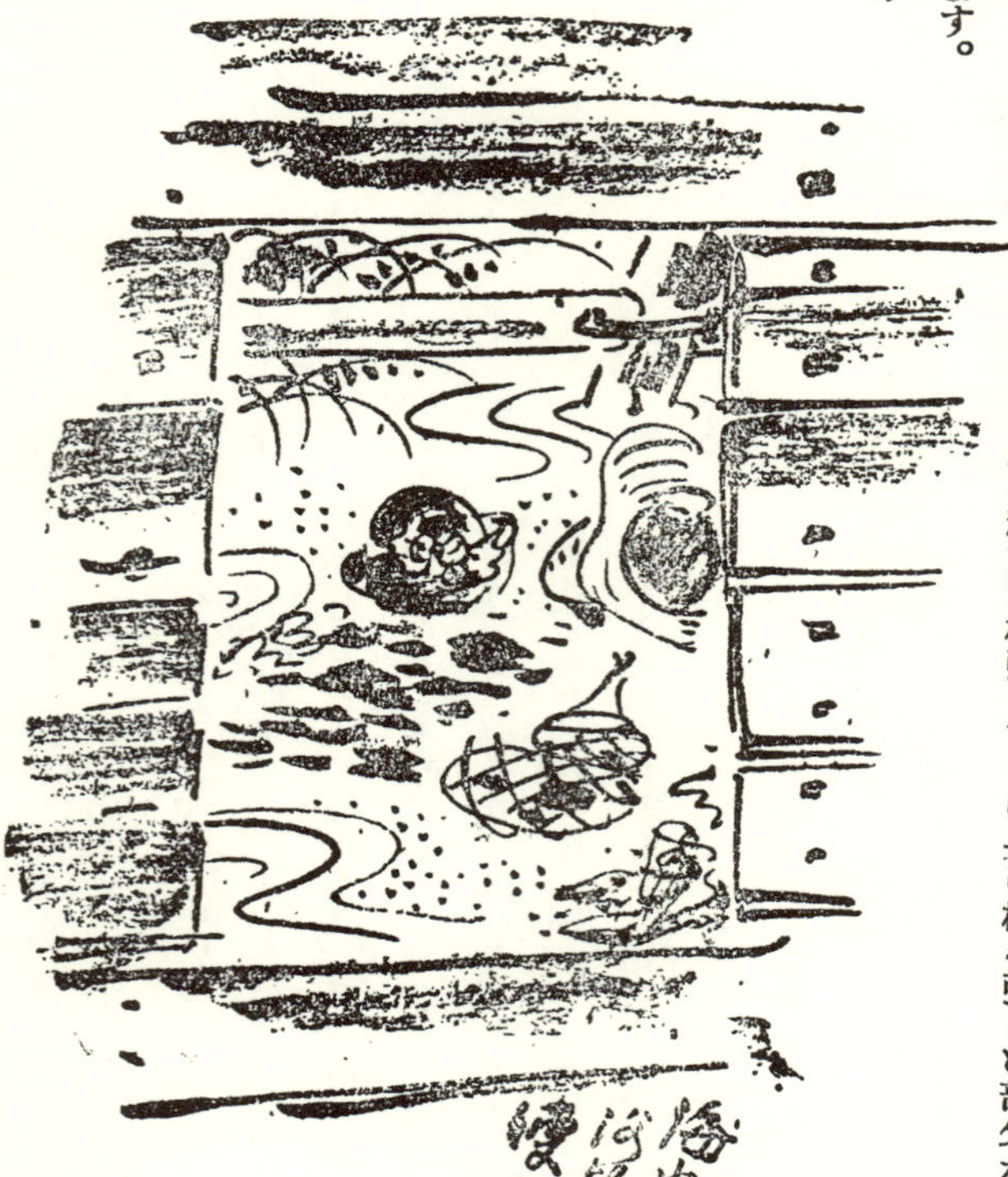

ります。大抵は脱衣場、休憩所に續いて居るので、中二階位の高さがあります。周圍は葦簾張り、廣さは半疊敷位、濡れたまゝで飛込んで來るから、床は砂と水とで、ジャリ〳〵ヌラ〳〵と、ウス氣味惡るく、殊に婦人便所は男子に比べて、水中射尿者の尠い爲め非常に繁昌して居る所へ、小供は大抵女の方へ附いて行きますから、一層雜沓を極めます。キンカクシの無い平面の穴の內へ、婦人が見事に、一糸亂れず用を達す事は、相當難事に違ひありません。と同情を寄せる譯ではありませんが、女性の尿道はその道程が短かい上に、男性の如く、體外に凸出した銃身を有して居ません、更に又氣の毒にも、男性の銃身には螺旋の彈道が設計されて居るのに、女性の尿道は單なる、ハニワの眼見たいに、木切れで、チョイと突いて拵らへた穴に過ぎません。ですから、口角が廣く、射尿は末廣形に、宛然撒水車のやうに、ブチまかれますから、四邊の汚れるのも無理からぬ譯です。斯くして汚された床板は、小供たちの大便のやりそこないと、無精女どもの大小便以外の液體の點滴などに依つて、醜態の限りをつくして居ます。今此の狼籍の床板を額縁と見て、穴の內の風景を覗いて觀ませう。これは正にシュールリアリズムの、百鬼夜行の圖ですね。一面から見た海水浴場の便所のプロフィールは略、右の次第ですが、も少し立體的に？且つその惡を見ないで、趣のある所を拾つて見ませう。海岸の美しい砂の上、丸太柱のバラック建、柱の中半から上だけが葦簾張り、足は露はに丸太のまゝです。內側の出演者には見へないが、外から芒の株に隱れて見て居ると、內の容子はスッカリ判ります。落ち散る屎も尿もその他のものも、歷然とその落下の姿を發表します。若しも變態マゾ氏が少しばかりの苦勞を厭はなかつたら、額縁內の風景は、心ゆくまで下かう賞觀し得るワケです。昔、仙人中の變態もののクメセン氏は、上から下を眺めた爲め、思はぬ失態を演じましたが、此所では、下から上を眺めるのですから、絕對に墜落の懼れは無用です。

附近の小川から岐れて逃げて來た、小さな流れが、丁度この穴の下を流れます。小便と、かよわい婦人の屎とは、チヨロ〳〵と運び去られますが、健康婦人の大屎と、男性の强大な重量あるものが、そのまゝ堆積してデルタを構成して居ます。小さな流れは、更らに幾つも支流を作つて、セセラギの音も和やかに、海水浴場の中心を指して、汐水の中へと溶け込んで行きます。デルタのまわりに、水泳帽、サルマタ蛤の網袋、その他、寫眞機、腕時計……イヤこれはウソですが凡そあらゆるものが落ち散らばつて、休職陸軍中將閣下のシカツメ面をも、苦笑させずに置きません。

次に關東大震災直後の、特種スナツプのクローズアップを少々映出して見ませふ。

常時にあつては婦人の野屎の圖を得る事は至難の業ですが、關東震災當時は到る所で、自由に目擊、賞味する事が出來ました。復興の緒に就くまでの一二ケ月間は、實に野屎の黄金時代で、樣々な風景が毎日毎時隨所で展開されました。

婦人風景で珍にして奇なるは、大便の場合よりも小便の方が、色彩は濃厚でした、——

田舍の道端に於ける、くの字形に半身を曲げてする立小便、なるものに敎はる機會のなかつた都會の婦人たちは大災に依つて便處を奪はれて、ハタと困つてしまつたワケですね。卽ち彼女等は野屎をしなければならなくなつたが、その方法を知らないのです。地上の狀況の如何に關はらず便所でする時の姿勢で初めますから、種々の不都合が生じました。傾斜面で「水は低きに流る」を忘れて、己の小便に浸つたり日頃キンカクシの恩惠に與つて、辛うじて事なきを得て居た身の上を忘れて、前にある味噌漬桶にひつかけたり、男の眞似をして、コンクリ塀に直射して、彈ね返へりを喰つたり、燒けトタンに變な音樂を生ませたり。水溜りの名月を粉碎したり――誠にハヤ、見るに忍びざる慘狀でした。

ところが九月十日に湯島天神の境内に挿話の如き莚張りの頗る風流な婦人便所が出來上りました。イヤその繁昌する事！遠近、老若を問はず、おし寄せます。「移動ヤツチヤバ」「移動食堂」なんてものが出來たのに、移動便所、と言ふものが發明されなかつたのは頗る遺憾でしたね。

やがて、各所に同樣な「公衆便所」が設けられ、各個人のものも、追々に出來て來ましたが、わが野屎は引續いて隆盛を極めて居ました。ハナシ換はつて、……楠公の銅像附近に、陸軍からお貸し下げのテントを張り、恰も野營陣地を見るやうなテント村なるものが現出して、その統制が行屆いて居るといふので評判でしたから、一日私はその生活現狀を見學の爲めに、カメラを提げて出かけました。

この村の中央に小高い岡があります、それは震災前に道路工事をした折、不用の土を一時積上げて置いたものです。私は村の風景を大きくまとめてカメラに收めて置きたかつたので、何の氣なしにこの山へ登つて行きました。すると俄然、私は見て惡るいもの……イヤ大いに見なければならぬものを見たのです、……野屎！現行犯？――美しい、若い婦人が――尻も露はに、今用を達して居る最中です、その婦人は俯いて居るので、人の來たのに、氣づかぬ容子でした。私は無意識の裡にカメラの$\frac{1}{50}$を押して居ました。何時までも氣づかぬ容子でしたから、徒らに人を驚かす必要もありませんので、ひとまづソツと山を降つて暫く時間を潰しました。が、ちよいとその婦人は降りて來ません、それだのに又一人若い婦人が、向側から登つて行くのが見へました。ハテナ、どうなるのだらう、女同士だから好いやうなものゝ、異性だつたら、互に變テコな顏をしなくちやならぬだらう、とオセツカイな好奇心が、私を唆かして、チツとして居られなくなりました。私は何喰はぬ顔で見へ隠れに山を登つて見ました。然るにです。私の杞憂は全然裏切られて、其處にはゲにも素晴らしい光景が展開されて居るのでした。先刻は慌てゝ居て目に入りませんでしたが――燒けトタンを僅かに、心ばかりの屛風として立てかけ、四五ケ所に同樣な設備がしてあります、それがこの村の便所だつたのです。今、男も女も入り亂れて？平氣でヤツて居るのです。それで瞬間に私は一計を案じました。つまり、私も一村人の如くに裝ほひ、早速尻をまくつて山の一隅に蹲みました。用便の如き姿勢を作り、何ゲなく觀

察の眼を動かせました。その結果得る所は非常に多かつたですが、殊に面白い事に、私は豫期せざる、一つ二つの發見をしました。――多くの婦人は正前から手を股の間へ挿込みましたが、一人、横から手を持つて行く娘さんがありました――その後「屎の拭き方」の研究に好資料を與へてくれたワケです。それから今一つ此際に限る挿話ですが、拭ひ紙―鼻紙―を誰も所特して居ないので、代用さるべき各種のものが使用されて居るといふ事でした。――婦人の腰卷きを小

さく切断つて、幾度にも用ひたもの。木の葉、石ころ、等々々。

ところで、この不便な高い所を便所にせず、今少し他に適當な地域を求めなかつたのは、何の理由に依るかを不思議に思ひましたので、一村人に訊ねて見ると、「低い所にアノ程度の便所を設らへても、屋根も壁もないのだから、通行人から丸見へです。見へない處といふと、アノ山の上が最も安全、と言ふ事になつたのです。」誠に御尤な說です。

かうして燒跡附近の人々が、便所難に悲鳴を揚げて居る時、山の手の燒け殘つた方面でも亦、屎尿苦戰が演じられて、大騷ぎでした。それは避難して來る知人を收容して、ドコの家屋でも人員過剩、從つて屎壺氾濫を現出しました。自然の趨勢で野屎禮讃、と言ふ事になり、「居候のクセに、便所で屎をする橫着者メ……」と叱られて、智惠のあるのは新聞紙の上へ用を達し、夜陰に乘じてソツとドブや川へ投込みました。婦人小兒の分は纏めてバケツに入れ、人通りの少い路地へ運んでぶち撒けて來るのです。

ですから、この頃の山の手は何所を歩いても、屎氣底迷して、足もと頗る危險、イヤハヤくそいま〳〵しいくそばからしい、情景を呈しました。

大正十三年七月十五日の報知新聞に——現在の東京市四十五萬戸から、一日に生産する糞尿は、十萬坪に萬遍なく振りまくに足り、卽ち日比谷公園と、不忍池だけの廣さが一日に二つづつ埋められる、言々。とゴシップ欄に見へましたが、震災後の山の手一圓が、如何に屎尿に惱まされたかゞ略ぼ推察されませう。この慘狀を見て、當局は色々苦心して、一日も早く人々を屎の海から救ひ上げやう、と頭を捻つた形跡があります。九月卅日に私はお茶水の屎尿積込所を訪れますと、當局の苦勞をマザ〳〵と見せつけられて市民に代つて感謝の胸を高鳴らせた次第です。

震災前の東京市役所の屎尿汲取桶は、挿畵の如く細長い形のものでしたが、今、お茶水で積上げてあるソレは、四斗樽に僅かに加工した、挿画の如きものでした。後になつて考へて見ると少々滑稽に屬するものですが、四斗樽に考へ及んだ所、誠に妙味があります。——九月二十八日の信濃每日新聞紙上の「東京短信」が、此時の消息を面白く傳へて吳れます。……さうだ生記、穢い話ばかりつづけるのは書く方にしても、決していゝ氣持ちはしまいが、併し序にモー一つ穢いのを片づけて了ふことにする、ちやうど、東京市役所の或る役人に出つくわすと、妙にはしやいで居る、どうしたのだと聞くと、嬉しい報告が今手に入つたのだと言ふ。サテは死んだと思つて居た親戚の者が生殘つて居た、と言ふ通知にでも接したのか、と訊いて見ると、さうではない。その嬉しいと言ふわけが又大變なことなんだ。答へに曰くサ「君も知つて居る通りの糞尿責めだ、これでは困ると思ふものゝ、サテ然らばどうして汲み取る。實は肥桶が大不足なんだよ。ソコで、肥桶をどうかして手に入れなければならないが、ちようど先達て、神戸市役所へあてゝそれを一萬個ばかり都合して貰うやうに打電したものだ。今その返事が手に入つたんだ。いゝ返事なんだ。喜ばずに居られるものか、それに又、これで一部の失業問題も解決が出來ると言ふもの……。

（をはり）

談奇小説

踊る夢魔

タケシ・ハラ

紺碧の大空に、若人の血と燃える眞夏の太陽――。

ジャック・エンド・ジャック、それは今春まで米國C大學水泳部の主將として、アメリカ水泳界の花形として、余りにも宣傳され過ぎた、當年廿五歳の一青年たる私、ジャック・ヘインズのニックネームなのです。

今春大學を卒へると直ちに、フランス水上聯盟の招聘に應じて渡佛後、最初に迎える異國の夏です。二ケ月後には亦アメリカに歸らねばならない私です。せめて此の短い期間に精一杯、夏のフランス情緒を滿喫しやうと漸くコーチの暇を盗むで、一週間の豫定で此のツルーヴキールの海岸へ出掛けて來たのです。

汽車から降りてホテルに着くなり、休む暇を惜んで海岸へ飛び出しました。

空は紺碧です。文字通り眞夏の太陽が輝き渡つてゐます。レッド、ブリユー、クリーム、ピンク、色とりどりのそれ等のテントは、やゝ斜めに陽を受けて、その影を一杯に黒く長く砂上に引き伸して居ます。浪打ち際には五彩眩ゆき人魚の姿が潑剌として踊つて居ます。沖には遙かに二三のヨットが、その白い腹を紺青の波間にちらつせか乍ら辷つて行きます。眞に眞夏の海は吾々若人の血を唆り立てます。其處にはエロがあり、グロがあり、開放された肉惑的情緒があります。灼熱した砂の上にこれを灼熱した戀が幾組となく轉つて居ます。彼等は眞夏の太陽の下ですつかり大膽に成り切つて居ます。それは熱病患者の樣に熱して居ります。時折りその熱に耐えられなく成つた連中の幾組かが、その心身を冷やしに互ひに手を取り合つて水に浸りに行きます。是等の連中の熱丈けでも、海水の温度は心然的に昇るべきです。

夏の太陽は彼等の胸に火を焚き付けました。波のリズムに彼等は戀の囁きも覺えました。そしてお月樣が彼等の味方である事を知つたのです。月は彼等の言葉に美事な歌を乘せて呉れます。彼等の胸には甘い夢を運んで呉れるのです。そして彼等はしつとりした情緒に包まれて、お月樣の保護の下にその懷ろの中に隱れて彼等の最後の取引を濟ますのです。所で實は此の私も是等夏期戀愛病患者の仲間入り志願者？の一人だつたのです。

丁度、私が或る天幕の傍らを通り過ぎた時、「ランドレー伯爵夫人」といふ言葉を耳にしたのです。私はハッとして立停りました。で耳を澄して聽くと、彼の問題の伯爵夫人が此の海水浴場へ來て居るとの話なのです。私の興味は涌然として湧き上りました。でもこれはそんなにも素晴しいニュースなのです。それは今、花の都巴里で此の「ランドレー伯爵夫人」の名は、一種の神秘と不可解な謎と成つてゐるからです。

何故？まあ、靜かに聽いて下さい。

それは斯うなのです。此の伯爵夫人は結婚後三年足らずで未亡人と成つた、窈窕花の如き麗人との噂なのです。齡は廿五六と云ふ人もあれば、もう三十歳にはなろうと云ふ人もあります。が兎に角、見た所は廿四五を出でた程の素晴しい夫人だとの評判は一致して居るのです。唯だ、主人存世中すら二、三度社交界へ顔を見せた丈けと言ふ位ひですから、未亡人と成つてからは、殆ど誰れもがその片影すら見た事が無いと言はれる程、外出嫌ひとの噂なのです。それにも増して人の口の煩いのは、夫人の邸には一人の男の使用人も置いてないと云ふ事です。邸には主人の伯爵が使用した華麗な二頭立の馬車と馬が三頭飼つてあるとの事ですが、男の馬丁もなく、時稀の外出には待女自ら鞭を振つて馬車を進めるそうですが、此の待女が亦大變な噂の種なのです。撰りに撰つて花の様な若い美女が三人、年齢は十七八から廿一二歳迄の女だとの事ですが、それが何れを何れとも定め兼ねる麗しさで、主人の伯爵夫人との間も、お友達か姉妹の様な親しさとの事に、さては何かあるのぢやないか？と言ふ様な憶測が出て、いや早や偉ひ評判が立つて居るのです。私が渡佛後。F大學の水泳選手から聽かされた第一のニュースが此の伯爵夫人の噂だつたのですからその評判の大した事と言つたら、とてもお話に成らない位ひなものなのです。その外出嫌いで、地元の巴里つ子も顔を見知らがと言ふ「ランドレー伯爵夫人」が同じ海岸に來て居るといふ話なのですから、若い人一倍獵奇家の私が興味を覺えたのも無理はない事でしよう。

其時、突然ザワ〳〵と音がしたと思ふと、其處此處のテントの中から、亦は砂の上から起き上つて人々が馳け出しました。何んだろうと思ふ間もなく、それが伯爵夫人見物の人々だと判るとそれなり、私も一諸に成つて走り出して居ました。もう其處には既に人垣が造られて居りました。漸く人の肩越しに前方を見ると、オヽ！、何んといふ素晴しさでしよう。其處には上品なクリーム色の海水着を身に着けたヴィナスが立つて居ました。その左の乳の上と薄水色の海水帽の眞額には、情熱に燃え立つ眞紅の薔薇の大輪が一輪つゝ浮き出されて居りました。

長い睫の蔭からは黑燿石の様な瞳が、何物か不可思議な神秘を湛えて輝き、端正な鼻筋は如何にもノーブルな形を以つて整ひ、その丹花の唇の小にして愛くるしい事は、見る者をして一瞬の口吻けに永遠の生命を賭けるも猶辭せさゞる程魅惑的なものでありました。

實際それは美と愛の權化でした。それは燿く許りの麗しさです。それを見る者の心は痛み、胸は嘆息の溜め息に波立ちます。此の他に申上げやう言葉もない程の美しさです。其處此處の男達の中から讃美の嘆聲が起りました。況して若い私は聲もなく唯だ呆然として生唾を飲み込む許りでした。

やがて夫人は更衣場へ向つて歩き出しました。例の噂の待女の一人でしよう。ブロンドの髪の毛の美しい廿歳許りの美女が、手に眞黑なマントを持つて遣つて來ました。近寄つて來る彼女の顔は戀人にでも會つた樣に嬉しさに輝いて居ります。零れる樣な微笑を滿面に浮べながら――夫人を迎へて居ります。

歩みを運ぶ夫人の後ろ姿を見入る群集の眼は、夫人の臙脂色のベルトを境界として、一歩毎にピチ〳〵と音を立てん許りに發達した腰部から太腿に掛けての曲線美に、我を忘れて、灼き付く許りに凝視し續けて居ます。何んとまあその足の運び、腰の動きの魅惑的である事でしよう。成熟し切つた四肢には健康そのものゝ樣な潑剌さが滿ち溢れて居ります。その彈力のある肉體との接觸を胸に描いた丈けでも、身内には惱ましい性感の戰ぎが起るのです。やがて夫人の肉體が待女のマントの中に包まれた時、期せずして多くの男達は吻ッーと安吐の溜息を漏らしました。それは重苦しい耐難い肉感の締め木から漸く脫出する事が出來た、開放と安心の吐息だつたのです。

お恥しい乍ら私もその一人だつたのです。私は夫人がマントに包まれてからも、その姿が待女と一諸に更衣場のドアの中に隱れて仕舞ふ迄、恰で吸ひ付く樣に見送つて居りました。夫人の姿が消えると同時にハットして四方を見廻すと、思ひは同じ男達が呆然として直立して居る姿を見出しました。と同時にその余りにも間の拔けた恰好に自分自身の事が思ひ出されて急に恥しく成りました。で矢庭に走り出すと無中に成つて海の中に飛び込みました。無茶苦茶に波を蹴飛ばしたり、潜つたりして暴れ廻りました。それは興奮した頭腦を冷却する一方、遣り場の無い情熱の刷口を此の大海原の中に流し込んだとも云へるのでした。

こうやつて思ふ存分暴れ廻つて居る内に、すつかり衣服を改めた伯爵夫人が例の待女を伴つて、その瀟洒たる姿を歸路に運んで居るのが目に付きました。私は夢中になつて海から飛び出すと直ぐその傍に走つて行つて、伯爵主從が近くの海濱ホテルに這入る迄見送つたのでした。その晩は私にとつて實に寢苦しい夜でした。次から次へと色々の雜念が私を責め苛みました。あの端麗な伯爵夫人の顔が、あの魅惑的な腰の格好と入り混つて、消えては現れ現れては私の心を搔き亂しました。夫人のあの妖麗そのもの〻樣な瞳は、私の眼の中に喰ひ入つて離れやうともしません。あの肉豐かな白絹の樣な四肢は、ピチ〳〵と肉感的な音を立て〻私の頭の中を跳び廻ります。あの妖しい許りに愛らしい唇は、熟れた莓の樣な新鮮さをもつて私を誘惑して肯きません。私はそれ等の情念から逃れやうと必死に成つて藻搔きました。幾度か毛布を被り、幾度となく右に左に寢返りを打ちました。

でも妖麗は執拗に迫つて來ます。到頭私は耐らなく成つて跳ね起きました。そして愛玩のヴアヰオリンを取り出すと窓に腰を掛けてドリゴのセレナーデを彈き始めました。その間にも兎もすると妄想が白魔の樣に現れて來て、此の靜かなメロデーをも搔き亂そうとするのでした。――

翌朝私が重苦しい眠りから目覺めた時は既に十時を過ぎて居りました。クラ〳〵する頭を抱へ乍ら窓を開けて遙かの沖合を眺めました。今日は私の氣分と同樣に物憂ひ空模樣です。白雲が一杯に空を掩ふて水平線の彼方には岬の影さへも見られません。海上には可成の風が吹いて居るのか、後から〳〵と大きな浪が青黑く高まつて來ては、白い飛沫を揚げ乍ら瀧の樣に碎け落ちて行きます。濱邊には昨日の半分の人出も見られません、でも砂上にはもう一浴び浴びた連中が長々と寢そべつて居るのが見えました。

私は氣分を明瞭りさせるためにバスに浸りました。漸く平常の氣分を取り戻すことが出來た私は、早速ボーイを呼んで軽い朝食を攝りました。元氣付けに飲むだ二三杯のワインにすつかり爽快な氣分に成つた私は、煙草を咬へ乍らお得意のホノルル、マーチを彈き出しました。

丁度正午のベルが鳴つた時です。私はハツと氣付きました。それは昨日海岸で、例の伯爵夫人は定つて正午過ぎに遣つて來ると云ふ話を聽いて居たからです。

私は慌てゝ海水着を引摑むとその儘ホテルの玄關から飛出しました。私の居るホテルから海岸迄は一町程の道程でした。私が海岸の砂を踏むだ時は未だ夫人の姿は見えませんでした。其時私は若しかしたら今日の天候を案じて夫人は海岸へ出て來る事を中止したのではないかと思ひました。私が不安な氣持で海濱ホテルの方を見渡した時、私の心は歡びに躍り出しました。何んと其時待女を從へた夫人の姿がホテルの玄關に現れたのでした。

私は喜びに震える胸を抱き乍ら急いで更衣場に飛び込みました。私が海水衣に着替へて室の外へ出た時、丁度夫人が待女と共に婦人更衣場へ這入る處でした。私は其儘波打ち際へと歩むで行きました。そして砂の上に腰を下すと恰で戀人を待つ樣な、オドオドと落着かない氣持で夫人の出て來るのを待つのでした。やがて夫人が昨日と違つた水色の水衣を着けて此方へ歩むで來るのが見えました。夫人の姿が砂上に現れると其處此處の天幕から幾つもの女の妬ましそうな瞳が覗きました。寢轉むで居た男達は言ひ合せた樣に身を起して夫人の一歩々々の肉體の動きに、好ましそうな視線を送るのでした。

夫人は自分の身邊に注がれるそれ等幾多の無遠慮な視線を氣に止めず、靜かに波打ち際から腰の深さの處まで進むと其儘、鮮かなクロールでぐんぐんと伸して行きました。其處此處に居た男達をもソレと許りに續いて海に飛び込みました。私も負けずに後を追つた事は勿論です。私は日頃の腕前は此の時と許り、恰でレースにでも出場した樣な熱心さでグングンと他の連中を拔いて行きました。颪も相當に強く思ひの外に浪は荒れて居ました。私が凡そ六七丁も沖に出た頃は、流石にこの浪に降参したのか、最早や誰れも追つて來る者はありませんでした。夫人はと見ると私より十米許り先きを、疲勞の色もなく泳ぎ續けて居ます。その泳法の如何にも見事に修練されて居る事と、體力の强健さには男の私も少からず驚嘆して仕舞ひました。私はスピードを出して夫人の背後二米許りの處迄追ひ着くと、其儘同じ間隔を保つて追從して行きました。

凡そ沖合十丁余りも出た時、突然前方の波間から夫人の叫び聲が聞こゑました。

「アッ！　誰か來て下さい………」それは如何にも急迫した叫び聲でした。私はその聲を耳にすると同時に、猛然と浪を蹴つてフル、スピードで泳ぎ着きました。

「足が……足が攣つたのです………」夫人の聲は突發した事故のために上擦つて居りました。私は早速夫人の手を取るとその身體を浮かす樣にして支へ乍ら、海岸に向つて一諸に泳ぎ出しました。夫人は唯だ身體を浮かせて片手で水を搔いて居るのみでした。

暫くすると夫人は

「有難ふ御座居ました。もう自身で泳げますから――」と辭退するので私は手を離しました。そして夫人と併行して十米許り泳いだ時、夫人は亦再度の叫びを揚げたのです。今度は前よりも一層酷い樣でした。で私は躊躇する暇も與へず夫人の身體を背中に負ひました。夫人の手は私の首に力強く捲かれて居ります。夫人の豐かな腹部や乳房は僅か水衣一枚を通して、殆ど直接と同じ感觸を私の背部に感じさせます。私が力一杯浪を蹴る時、夫人の玉の樣な双の乳房はグリ〳〵と私の背中の上で震えるのです。私は其の都度その柔軟な肉塊の震動に擽ばゆい程甘い情感を覺えるのでした。夫人も見知らぬ若い男性との接觸に、思ひなしか相當興奮して居る樣でした。その心臟の動氣は、私の背中に手に取る樣に傳はつて來ます。その體温は火の樣に熱して居ました。私はそれ等の甘い〳〵觸感を心秘かに味ひながら岸へ岸へと泳いで行きました。私達が漸く岸に泳ぎ着いた時、濱邊は黒山の樣な人だかりでした。私が夫人を其處の砂の上に抱え降ろすと、待ち受けた例の待女が顔も蒼褪めてオド／＼と心配そうに介抱するのでした。やがて夫人は立ち上つて待女の肩に凭れ乍ら靜かに更衣場へと向ひました。私が氣が付くと多くの男達が妬ましそうな美望の目付で自分を眺めて居るのが判りました。

　私は急に恥しく成つて考へもなく夫人の後から更衣場の方へ歩いて行きました。でも私の心中は思ひも懸けない幸福で一杯でした。他の男達かどんなに美ましがつて居るかと思ふと痛快で耐りませんでした。而も彼等が指一本觸れる事の出來ない夫人の肉體に餘りにもまざ／＼と觸れる事の出來た自分を考へた時、私は思はず「ブラボー」と大聲に叫びました。私が白のスーツに着替へて更衣場を出た時、丁度夫人も出て來た處でした。そして私に氣が付くと親し氣な微笑を浮べながら傍へ寄つて來ました。そして

「ほんとに先刻程は大變な御心配をお懸けして濟みませんでした。お蔭樣でもうすつかり良くなりましたの。でも隨分無遠慮でしたわね。御免なさい……」と言ひ乍ら、一寸恥しそうに目を伏せました。

「イヱ、どうしまして……でも、結構でした」私はすつかりドギマギして變な挨拶をして仕舞ひました。顔が赫々と火照つて目がクラ／＼と眩みそうな氣がしました。

「どうぞ、夜分にでもお遊びに――」

夫人はこう言ふと輕く會釋して歸路に着きました。

　私はとても朗らかでした。胸一杯の幸福に感激して居ました。今私は此のツルーヴキール一番の、否フランス一番の幸福者に成つた樣な氣持がしたのです。私は口笛を吹き吹きステツプを踏みました。何んと云ふ心地良い海の風でしよう。こんなに氣持の良い風に吹かれたのは今日が初めてでした。これで空がコバルトであつたなら、そして眞夏

の太陽が昨日の樣に赫々と照り付けて居たら、恐らく私は餘りの朗らかさにきつと氣が狂ひ出した事でしよう。それ程に私の心は有頂天に成つて居りました。私は此儘ホテルに引き揚げるのが如何にも殘り惜しく、もつと〳〵此の幸福な氣特を心行く迄に享樂したいと思ひました。私は音高く口笛を吹きならしました。それは今迄に聽いた事の無い程、我れながら恍惚とする冴へた音色をもつて高鳴りました。實に愉快でした。何んとまあ！ステツプの輕い事でしよう、踏む砂土の感觸の何んと云ふ心良い柔かさでしよう。それは擽つたい程の氣持を足底に感じさせました。

白らちやけた陰鬱な空合ひも、今は反つて程良い和やかさを感じさせます。岩打つ波の音も自然の交響樂です。吹く風も戀人の訪れです。頰に脣に目に、萬遍なく強いキツスを與えて行きます。今私は大自然の寵兒です。世界一の伊達著です。こんな時に憎い仇敵と出會つたとしても、私は恐らくその手を取つて踊り出す事でしよう。今私に聲を掛ける人があつたら、それがどんな者であらうと直ぐに友達と成るでしよう。そして此の幸福な胸の中を語るでしよう。否話さないか知れません。でも、それは他人に語るには餘りに勿體無い事です。矢張りソツと自分獨りの胸に秘めて置きましよう。此の胸一杯に張り切つた幸福が、ほんの少しでも外へ漏れる事は耐えられない事ですから――

――◇――

夕暮近く持ち切れない程の幸福を兩手で確りと抱えて私はホテルへと戾りました。ヴアイオリンを取り上げて見ましたが、ソハ〳〵して手に付きません。ソフアに腰を下したり、部屋中を步き廻つたり、寸時も凝つとして居られないのです。今夜あの夫人に逢へる――といふ輝かしい期待が、こんなにも私を動搖させるのです。

「今夜にでもお遊びに――」と夫人は言つて吳れました。この優しい言葉――がこんなにも私を有頂天にさせたのです。あの時の日な差し、あの微笑み――其處には言外の言葉かありました。感謝があり、好意があり、愛情さへも含まれて居た樣に思はれました。否確かに夫人は自分を好ましい若者と思つて居るやうでした。それは私の心がそう自分に傳えるのです。いや私の心が夫人からそれを受取つたのでした。私はそれ程自己惚れでは無い積りです。然し私は超自然的な心の神秘を信じ、戀愛の不可思議を信ずる青年の一人なのです。

私は近き將來に彼の伯爵夫人と私との間に、何か神秘的な心の連りが出來るのではないか――と言ふ漫然とした期待を持ち出したのでした。私の心はその期待に唯々躍るのでした。六時になると私は食堂へ出ました。でも如何した事か直ぐ腹が一杯に成つて仕舞ひました。私はサッサと食事を濟ますとバスに這入りました。そして近付いた今夜の訪問に胸をときめかし乍ら、念入りに身體を洗ふのでした。バスから出ると私は黑のスーツに縞の白ズボンといふ手輕さで丁度八時二十分前にホテルを出掛けました。私のホテルから夫人の宿までは僅かな道程でした。私は道々夫人に對する挨拶の言葉を考へ乍ら歩きました。間もなくホテルに着いた私はボーイに名刺を渡して案內を乞ひました。流石に此のツルーヴキール第一のホテル丈けあつて內部の壯麗さは私の居るホテル、レナとは格段の相違でした。やがでボーイが戻つて來て部屋の前まで案內をして呉れました。

私がノックすると扉が靜かに開かれて、十八歳位ひな、それは〳〵可愛らしい小女が、一寸と腰を屈めて挨拶をすると私の帽子を受取りました。そして無言で私を案內して呉れるのでした。其處は立派な應接室でした。華麗なソファやテーブルが程良く配置されて居りました。夫人は此のホテルに此の他に三、四の部屋を取つてある樣でした。何しろ隨分豪奢な生活を仕て居るやうに思はれました。かうやつて私が色々と觀察を下して居る時に靜かに正面のドアが開かれて眞白なドレッスを着た夫人が現れました。髪を解いて其儘無雜作に後ろに垂らしたその姿は、恰で聖母マリヤの像を想はせる程神々しい許りの美しさでした。私はハッとして椅子から立上ると、暫し呆然として見恍れて居りました。

「マアよくお出でに成りました。妾少し頭が重いものですから――此儘で失禮させて頂きますわ、御免下さいませね」

夫人は莞爾やかに微笑み乍ら斯ふ言つてその手を差し伸べました。私はすつかり固く成つて「イ、エ」と言つた切りで握手を致しました。その時の夫人の手の滑らかさ、私はそれ丈けでもうボーとして仕舞ひました。

「まあお掛けなさいませな」と夫人に言はれて初めて氣が付いた程私は呆然として佇むで居たのでした。私が赤く成つて椅子に腰を下した時、亦別の待女が何かワインの入つてるらしい二三のボツトルとフルーツを運んで來ました。

「まあ、お一つ如何です。このボートワインならば身體にもお觸りにならぬでしよう。さあどうぞ」夫人は親しく手づからボツトルを取上げて、私の前に置かれたグラスに白葡萄酒を注いで吳れました。

「いくらスポーツマンでも少し位ひは宜しいでしように――」夫人は未だグラスに手も付けずに畏まつて居る私に重ねて勸めるのでした。私がスポーツマンと言はれて吃驚りして居る顏を眺めて、夫人は急に惡戯つ子らしく笑ひ出しました。

「ホ、、、吃驚りなさつて？　でも貴君がC大學のナンバーワンだて事は、F大學の監督から聞いて知つて居ます。其の人は妾の水泳のコーチをして吳れて居るのです。妾はアメリカの青年である貴君の美事な泳法を見て、適つ切り貴君だと思ひましたの。先刻名刺を拜見した時妾の豫想が適中して居た事を知つて何んだか嬉しく成りましたわ。妾も女學生時代からスポーツが好きで、大概のものは遣つて見ました。その中でも水泳が一番好きでした。是でも學生時代はチヤンピオンだつたのですわ。ホヽ、隨分お轉婆娘でしたでしよ、今夜は何んだか若い學生時代に返つた樣な氣かしますの。こうやつて貴君とお話を仕て居る內にとても朗かに成りましたわ。妾がこんなに人樣とお話をする事なんて全く珍らしい事なのですもの。ねえ、ニーナ、眞實にそうだろう？」夫人は笑ひながら傍の待女に同意を求めました。ニーナと呼ばれた侍女は、如何にも主人の言葉が眞實であると言ふ樣に、幾度も〳〵肯きました。

夫人は先刻程からの會話中に二、三回グラスを空けました。私も二杯程のワインですつかりと寛いだ氣持に成つて居ました。お蔭で私は美しい夫人の顔を眞正面に見る事が出來る樣に成りました。そしてその言葉のアクセントの明瞭で音聲の亦途方もなく美しいのにすつかり魅せられて仕舞ひました。實際此のランドレー夫人は總ゆる美の所有者であるのです。容貌と謂ひ姿形と謂ひ、それに氣高ひ中に百パーセントの魅力を持つて居るのです。この夫人に會つて惱殺されぬ男が果して幾人有るでしようか？　實際或る意味に於いては、男性に取つて實に恐るべき存在であると言へましよう。況して若い私はすつかり夫人に魅惑されて恍惚として仕舞つたのです。でも一時間半程雜談を交してから私は椅子を離れました。此の僅かの時間内に私は夫人とすつかり親しく成つて仕舞ひました。冗談を言ひ合つたり稽けた身振りを仕たりする程近しく成つて居ました。勿論それは水泳の同好者としての共鳴點も多分に有つたには相違ありませんけれど、亦一方に性格的な融合點の存在した事も否定出來ません。夫人は私が好きに成つたと言はれました。此の言葉を聽いた時の私の歡びは如何うだつたでしよう。恰で魂ひが天外に飛ぶ樣な思ひでした。若しもあの侍女の目が無かつたら、私は必つと夫人の足元に身を投げて床が濡る程、サメ〴〵と感謝の涙を流した事でしよう。

私は夫人の、もつと御裕りなさい――と言つて呉れる言葉に名殘りを惜み乍ら左樣ならをしました。夫人は戸口まで見送り乍ら、また被居しやい――と情け深く言つて呉れました。私は嬉しさに泪が出そうに成りました。私は階段の中途で見送つて呉れる侍女を強て辭退して歸しました。そして其の儘降りもせずに其處に佇むで仕舞ひました。どうしても足が進まないのです。私は恰で憑き物でも仕た樣に一足々々階段を戻り出しました。何かに引摺られて行く樣に――そして遂々階段の上まで來て仕舞ひました。私は密つと先刻の應接室の前まで忍び寄りました。そして一寸ハンドルを捻つて見ました。それは音もなく開きました。私は震へる足を踏み締め〳〵静かに這入つて行きました。處がどうでしよう！　正面の扉か開いて居るでは有りませんか。私は早速扉の蔭に身を隱して、内部を覗き込みました。其處には綺麗な安樂椅子や大きな姿見などが置かれてありました。中には人の氣配もしません。私は度胸を決めて足を踏み入れました。中には媚めかしい化粧料の匂ひが仄かに漂つて居りました。大きな姿見の横には美しい衣服戸棚があります。丁度私が其の前迄足を運んだ時、次の部屋へ誰れか這入つて來る足音が聞こゑました。私はハッとして考へもなく咄嗟に前の衣服戸棚の中に飛び込みました。そして戸の隙間から密つと窺つて居ると其處に先刻のニーナと呼ばれた侍女の一人が這入つて來ました。そして壁に取付けてある電燈のスヰッチをパチンと斷るとドアーに錠を掛けて其儘出て行つて仕舞ひました。

さあ大變です。私は蒼く成つて仕舞ひました。遂々私は袋の鼠同様監禁されて仕舞つたのです。而も部屋は眞暗闇です。私は今更乍ら自分の無暴な行爲を悔みました。一體私は如何したら良いのでしよう。若し此儘で明朝發見でもされたら――私は何んと言譯を仕たら良いでしよう？　切角親しく成つた夫人とも、もうそれ切りです、夫人は如何なにか私を蔑む事でしよう？私はそれを思ふと泣き度く成りました。但し此儘では誰れかゞ來て開けて呉れない限り二度と外へ出られ様もありません。どうしても明朝迄此處にヂッとして居て、侍女の隙を見て逃げ出すより他に方法は無いのです。全く私は落膽りして戸棚の中に佇むで居りました。

其時フト氣が付くと何處からか光線が漏れて來るのです。不思議に思つて釣るされてある多くのドレッスを掻き分けて見ると、戸棚の背板の一部が硝子張りに成つて居るのでした。必つと衣服を出す時、見分けるのに便利の良い様に工夫されたものでしよう。私が何氣なく其の硝子窓を覗いた時、私は危く聲を立てそうに成つた位ひ吃驚り仕たのでした。如何でしよう。其處は彼の夫人の寢室なのでした。そうして此の部屋は夫人の化粧室に違ひありません。私は餘りの意外さに自分の目を疑つた位ひでした。而も其處の寢臺の前には夫人が立て居るではありませんか。――夫人は眞白な薄地のナイトドレッスを着て居りました。其のベッドライトには、水色のシェードが掛けられてありました。その薄青い光線を左斜めに受けた夫人の姿は、それは〳〵地上の人とは思はれぬ程限りなく美しいものでした。

夫人の前には三人の侍女が居りました。いづれも薄いドレスを身に着けて、一人はソファに凭れ、二人は床の上に向き合ふ樣に横坐りの格好で足を投げ出して居りました。其時夫人が何か聲を掛けました。すると三人が一樣に立上つて夫人の前に進み寄りました。私は顔をピッタリと椅子に密着けて、何事かの期待に胸を彈ませ乍ら好奇的な瞳を燿かせて居りました。丁度幸ひな事には、此方の室内の燈火が消されて居るので先方から氣付かれる心配の無い事でした。

やがて夫人は侍女の一人の手を取つて、引き寄せると、其の身體を力強く抱き乍ら接吻を與えるのでした。そして静かに彼女のドレスを脱がせ始めました。瞬く間に彼女の衣服はその足元に滑り落ちました。續いてシミーズが脱がされて雪の樣な上半身が現れました。双の乳房は丸々と張り切れる許りに盛れ上つて居ます。胸部の肉着きは實に美事なものです。其時最後のズロースが落されました。忽然として其處に全裸の美女が現出したのです。何と云ふ發達した肉體でしよう。實に潑剌とした素晴しさです。これ程均衡の取れた肉體が又と他にあるでしようか？ 腹部の恰好と謂ひ、腰の邊りの肉付きと謂ひ眞に理想的な健康美です。私はその肉體美に壓倒された形で唯だ讃嘆の息をつく許りでした。

其の間にも夫人は瞬く間に第二の侍女を裸體にして仕舞ひました。それは私が夫人と會話中絶えず夫人の傍に居たニーナと呼ばれる女でした。歳は先刻の侍女より二つ許りも若いでしよう。見た處十八、九の中柄な女です。でも身體はもう充分成熟して居りました。中肉中背で、皮膚の色は少し淺黑い樣に見えましたが實に光澤のある、如何にも滑かそうな艶やかさ持つた肉體でした。殊に腹部から足へ掛けての線の素直な形良さは實に無類のものです。そして夫人を見て嫣然として笑つた時の靨の愛らしさ——見て居る私が引き付けられて身震ひを感じた程でした。

やがて最后の侍女が裸にされました。これは亦恰でセルロイドのお人形さんの樣な可憐さです。歳は十七位ひでしよう。睫毛の長い、目のクルッとして、林檎の樣な頰と櫻ん坊の樣な口を持つた小女です。そうです。宵に私が夫人を訪問した時、最初に扉を開けて挨拶をした彼の侍女なのでした。

小さい彼女の身體は、未だ熟し切らない果物の様な新鮮さを持つて居ました。兩の乳房は盃の底を覆した様に小高く、その先きに有るか無しかの乳首が紅くチョッピリと乘つて居るのでした。腹部も小締りに肉付いて、紅白山の頂きにも、僅かに若草が萠え初めた許りでした。ですから麓の峡谷は其の入口を明瞭りと、山裾に現はして居ましたし、氣弱い牝鹿が物怖ぢした様に、時折密つと顔を覗かせるのも眺める事が出來ました。何んと謂ふ初ひ〳〵しい見るからに清らかな肉體でしよう。其處には何等の汚れも濁りも見られません。然し僅かな歳月の經過は、やがて亦此の幼い少女の肉體を他の侍女達の肉體と同じ様に成熟させずには置かぬ事でしよう。フト私はこんな事を考へて一寸淋しく成りました。けれど次の瞬間にはこの様な氣持は何處かへ吹き飛されて居ました。それは素晴しいシーンが展開され出したからなのです。

今、隣室には生れ落ちた許りの様に、身に一糸をも纒はぬ三人の美女が竝んで居るのです。何んと想像した丈けでも胸の躍る光景では有りませんか。而も今や奇怪な遊戯が正に開始されたのです。今、三人の侍女達は言ひ合せた様に主人たる夫人に猛然と飛び掛つて行きました。そしてアッと言ふ間もなく、私の憧れの女神の衣服を剝ぎ取つて仕舞つたのです。オヽ！　其處には夢にだに見られ様とも思はなかつたランドレー夫人の肉體が、赤裸の姿を以つて現出したのでした。今夫人の肉體を離れた純白の衣服は、恰ら水泡の如く脚下に波立ち、斯くして我等がヴィナスは今や誕生されたのでありました。眞に自から備はる氣品は夫人をして性慾の對照から脫却させます。それは實に不世出の名匠の手に成れる不朽の藝術品でした。それは我々人類が過去に失ひ將來に求めて得る事の出來ない、此の地上に遺された唯だ一つの寶とも稱すべきものでありましよう。

氣高い中に含まれた優雅な魅力。一笑よく人を殺すあの目、この口、――況してや其の膚の白さ、艶やかさ、健康そのもの丶樣な肉體の潑剌さ、玉の樣な乳房の形。深く窪むだ臍を中心に盛れ上つた下腹部の肉付き。程よく形造られたデルタの陰影、――ヴヱニスの谷は影見えねど秘められし寶玉は如何許り珍重なものでありましようか？　嘗つて其の鍵を手に保有した伯爵の愛撫が如何程熱烈であつた事であらう？　と私は秘かに想像して内心少からず妬ましさを覺えたのでした。

其時一寸とした夫人の合圖に依つて、今迄主人の肉體に見惚れて居た侍女は俄然活躍仕始めました。一人は夫人の双の乳房を交る〴〵吸ひ出しました。ニーナは夫人の前に跪いて頻りに陰部を求めて其の舌端をヴヱニスの峽谷へ差入れたのです。一方若き侍女は後方に廻つて背後からドームの門を訪れたのでした。各自の行動は次第に熱烈にその速度を早めて來ました。夫人はと見ると目を瞑じて、頭を後方に反らし、兩手を後方のベツトに突いて僅かにその身を支へて居る容子です。時折半ば開かれた唇から何か言葉が漏れる樣でしたが、勿論私の耳に聞こえては參りません。でも何かそれは非常に切迫した感情を表現して居る事は確かなのです。

其の内に夫人はドタリと音を立てゝ寢臺の上に倒れました。その腹部は切なそうに波を打つて居ます。それは非常な感動を如實に表明して居る樣に見受けられました。ニーナが顔を擧げました。その口唇から鼻にかけて、何か液体を浴びた樣に濡れて光つて居りました。他の侍女も同樣油切つた居りました。そしてその目は一樣に充血して赤く濁つて居る樣でした。

突然三人が言ひ合せた樣に床の上に轉びました。顔を相手の×間に入れ合つて圓形を造りました。やがて同時に運動を始めました。お互ひは相手の秘密を探り合ひました。一方が逃げれば一方が追ひました。こうしてお互ひの相手を責められる丈け責め合ひました。やがてお互ひ同志が一諸に逃出し始めました。それをお互ひ同志狂人の樣に成つて迫ふのです。それは丁度廻り鬼の遊戯でした。圓形の輪は段々速度を早めて廻り出しました。然し總てに終局がある様に此の戯れにも軈て其の最後が遣つて來たのです。サークルの運動が次第に力弱く緩慢に成つて來たと思ふ内に間もなくその運動はピツタリと停止して仕舞ひました。そしてお互ひがグツタリとして長々とその足を投げ出した時今迄隱されて居た三つの顔がヒヨツクリとゝ間から轉がり出ました。それはとても滑稽なラストシーンでしたが、女達は笑ふ處か皆一樣に目を閉じて、荒々しい呼吸をしながらお互ひの感情を休めるのに一生懸命でした。

私の感興は其の絶頂に達して居りました。顏は赫々と火照り、眼は極度の充血に視力が呆とする位でした。立つて居る膝の關節がガクガクとして身を支へるのも危い程に成つて居ました。總ての神經が興奮の極疲れ果てゝ、全身の節々が恰で拔けた樣にすつかり懈く成つて仕舞ひました。何時か私も三人の侍女と同じ樣に、衣服戸棚の壁板に凭れ乍ら、急テンポに躍り狂ふ胸の動悸を靜めるのに一生懸命に成つて居ました。

其の時隣室では侍女達の立上る氣配がしました。私は再ひ窓に吸ひ着きました。今三人の侍女は裸身の儘、これも全裸の姿で、ぐつたりとベツトに横倒つて居る夫人の傍へ近寄りました。一人の侍女は手に、陶製の壺を捧げて居ります。一人は大きなタオルを擴げ、一人は何かスポンヂの樣な物を持つて居りました。そして一人がタオルを夫人の尻の下に宛合ひました。他の一人は手にしたスポンヂを壺の中に入れて取出すと、夫人の兩股を開いて汚されたる聖なる殿堂を靜かに清めるのでした。それが了ると三人は、胸、腹、足と各々その部署を定めて一樣に夫人の身體を摩擦し始めたのでした。夫人の身體は右左に、上に下にと震動しました。其の間も夫人は夢見る樣に目を閉ざして居りました。やがてその仕事が了ると侍女達は夫人に先刻程の寢衣を着させて、一人々々夫人の唇に「お休み」のキツスを與えて順々に部屋を出て行きました。室内の燈は消されて枕元に置かれたスタンドから、その水色のシエードを透して青白い光線が流れて居る許りでした。

四邊りは急に人氣も無く靜かに成りました。戸棚の中の私は突然耐えられぬ程の空虛な氣持に襲はれました。然し私は人に氣付かれる事を惄れて、寂しさをぢつと我慢しながら佇むで居りました。隣室の夫人は先刻の疲れに今は全く安らかな眠りに入つた樣です。私はソッと戸棚から抜け出すと、ライターを捻つて煙草に火を點けた。眞暗な室内に煙草の火が、パッ〳〵と瞬きするのが一層の淋しさを感じさせます。私は手探ぐりでソファに腰を落すと、強いて氣を落着けやうと努力しました。でも先刻からの興奮の戰慄が、ガタ〳〵と私の全身を搖ぶりました。私は一体如何したら良いのだらう——かと思案しましたが、別に新らしい考へも浮ばないのです。其内隣室から夫人の寢息が、私の耳に聞こゑて來る樣に思はれました。私は急に夫人が懐かしく成りました。もう矢も楯も耐りません。私は立上りました。ライターを點けると其の火を頼りに隣室のドアーの處へ歩み寄りました。把手を握つてソッと廻して見ると、オヽ！　神さま。何んとそれは音も無く開いたのです。私は歡びと恐怖に雀躍する胸を押し鎭め乍ら一歩々々、夜盗の樣な細心さで近寄りました。そして遂々夫人の枕元迄忍び寄つたのです。そして吻つと一呼吸した途端、足が竦むで膝が戰慄を始めました。私は度を失つて兩手で膝頭を押へ乍ら心の中で、幾度も〳〵戀の女神の名を呼んでその救ひを求めたのでした。何も知らぬ夫人は私の鼻先で、天女の樣な顏に微かな寢息を立てゝ眠つて居ます。あの愛くるしい薔薇色の唇は僅かに開かれて、眞珠の樣な齒がチラリと覗かれました。總てが夢見る樣な美しさです。私はもう夢中でした。どうして這入つたか、何時の間にか私はベットの中に夫人と竝んで横に成つて居ました。こう成ると決心が付きました。もう退くに退かれ樣もありません。私は度膽を決めて輕く夫人を抱くとソッとその唇に接吻をしました。と、どうでしよう！。夫人が接吻を返へして呉れたのです。私はすつかり大膽に成つて一層夫人の身體を強く抱くと前よりも熱烈な口吻けを贈りました。そして手を夫人の胸に入れると其の玉の樣な乳房を握り締めたのです。

と突然夫人の手が私の胸を突き除けました。「アッ！　誰れです。一體……貴君は、貴君は誰れなんです！」夫人の聲は怒りと怖れに戰慄して居ました。霹靂です、私は目前に爆彈が破裂した程に度膽を抜かれました。自惚れて、すつかり許されて居るものと獨り合點をして居た丈けに、此の叱責には返す言葉も口に出ませんでした。暫く夫人は驚きに目を白黒させて居る私を睨めて居ましたが、やがて私である事が判ると、その恐怖は次第に薄らいで來た樣でしたが。依然として其の咎める樣な目差しは寛めませんでした。

「ジャックさん、貴君は如何してこんな所へ――」と夫人は詰問し始めました。私は一耐りも無く悄然として、オド〳〵と口籠り乍ら、夫人にもう一目逢ひたくて自分でも知らぬ間に部屋に這入つた事、そして遂々閉じ込められて仕舞つた事を話しました。それを聽い居る内に夫人の心は和いで、餘り悄然りした私の姿がお可笑しかつたのが、クス〳〵と笑ひ出しました。そして私の手を取り乍ら言ひました。

「ジャックさん。貴君も隨分惡戯つ子ねえ。もう二度とこんな事を仕無いとお仰言るなら、今度丈は特別に許して上げますわ」夫人は探る樣な瞳で微笑しながら私に訊ねました。私は總てが夫人戀しさの餘りに無中で迷つた事であることを、クド〳〵と繰返し乍ら只管ら詫び入つたのでした。夫人は自分の膝の上に頭を着けて、何時の間にか涙さへ出して居る私の頭を優しく抱へると、靜かに私の頭を持上げて熱い接吻を額に仕て呉れたのでした。そして凝と私の眼を瞶めるのです。私も同じ樣に夫人の瞳を見入つて居る内に、吸ひ寄せられた樣に夫人に抱き付くと、無中に成つてその唇に接吻しました。けれど今度は夫人は拒みもせずに私の口吻けを受けて呉れました。それのみか强い〳〵接吻を返して呉れたのです。私は有頂天になつて身體を摺り寄せました。夫人は確りと私を抱いて呉れました。私は恰で夢を見る心地でした。夫人の肌から漂ふ高貴な香料は、宛ら天國の花園に遊んで居る樣に私を陶然とさせるのでした。

「どうして妾の寢室に這入つて來たのです？」と夫人に訊かれた時、私は赤くなり乍ら衣服戸棚の中から見た事を隱さずに言ひました。すると夫人はハッとして、見る〳〵眞つ赫に成つて兩手で顏を蔽ふと其の儘ベツトに打伏して仕舞ひました。私は夫人の耳元に口を付けて、偶然にも他人の秘密を隙見した無禮さを重ね〳〵お詫びしたのでした。

やがて夫人は顔を上げました。そうして私を優しく睨み乍ら言ふのでした。

「マァ、何んてジャックは悪い子なのでしよう。でも良いの。妾は貴君が好きなのです。貴君は妾の可愛いゝ人なんです。だからもう貴君には何も隠しなんかしませんわ」そして夫人は結婚後僅か一週間許りしか同棲せずに暮した、淋しい伯爵との生活を語りました。伯爵は性的不具に近い體質の所有者だつたのでした。其の結果、夫人は男性を嫌厭して同性を愛する様に成つたのでした。侍女との戯れも夫人にとつては自然的に必要なものだつたつたのです。それは遊びでは無く生活であつたのです、夫人は男性からは何んの感覺も得られぬとさへ思ひ込むで居るのでした。

　私は夫人が耐らなく可憐な女性に思はれました。何んとかして夫人を自然の幸福に目覺まし度いと思ひました。私は夫人にそれを許して呉れる様に願ひました。夫人は顔を赫らめ乍ら俯きましたが、「貴君なら……」と口の中で呟く様に言ひました。

　私は此の答へを聴くや否、感激に燃ゆる唇を夫人の唇に重ね乍ら夫人の身體を　　きに抱えました。そして手早く上衣とパンフを脱ぎ棄てると夫人のスカートを手繰り揚げて其儘、猛然と夫人の上に蔽ひ被さつて行きました。夫人は餘りにも突發的な私の感情の激變に尠からず驚いた様でしたが、別段私の粗暴な行動を止めやうとも仕ませんでした。私は右手を夫人の　　の間に　　れました。それは恰で大理石の様な滑らかさです。其處には私の・先を阻む何物も残されては居ませんでした。私の・は悠々と登山を始めました。そして間もなくベニスの山麓に到達した私の・先は、直ちに峡谷の神秘を探り始めました。此の間にも私の唇は夫人のそれを訪問する事を忘れては居りませんでした。夫人は目を閉じ半ば顔を隠す様に仕乍ら、私の熱心な口付けを迎えて居りました。その呼吸は私との最初のパッションに弾みに弾むで居りました。

　其の時、私の指先は幾重もの山襞に隠されて居た秘宮を發見しました。その邊りには清水が流れて居りました。それは私の探検者が進めば進む程、後から〳〵と湧いて流れて來るのでした。私の仲間の一行は一刻も早く宮殿に刻達しやうと、清水滴る洞穴を辿り〳〵奥へ奥へと歩を進めて行きました。

何と云ふ心良い手觸りでしよう。何んと柔軟な足觸りなのでしよう。それに何んと云ふ温かさ、探検者は恍惚として仕舞ひました。

それで奥殿を完全に探る事も出來ずにフラ〳〵に成つて匍ひ出て來ました。そして再び谷を渉り草を分けて漸くベニス山の頂きの赤林地帯に這入つてホつとしたのでした。で私自身が此度は探検しなければ成らぬ事に成りました。私は咄嗟に體を起すと滑かな二本の大理石の門柱の間に身を置きました。そして秘宮の中に私の　を乗り入れ様と試みました。然し一體如何したと言ふのでしよう。既にもう亡き伯爵に依つて道の開かれて居るべき筈の其の入口は豫想に反して餘りにも狭過ぎるのでした。私は一寸意外に思ひ乍らひ再び駒を乗り入れやうとしました。其時、夫人は少しく身體を退けた様でした。けれど私は容赦なく亦も鞭を當てると駒は半馬身許り押込れました。此度は夫人は低い痛苦の叫びを揚げると兩手で私を押し止め乍ら、

「ジャック！　靜かにして、密つと――密つとして。少し苦しいの……」然し私は夫人に優しく接吻し乍ら、決して貴女を苦しめやうとは仕無い。今に必つと自然の歡びを差上げるでしよう。もう少しの我慢です――と言ふ様な慰めの言葉を浴せ乍ら、更に一段と　を進めました。オヽその瞬間。――既に失はれてあるべき物が存在して居たのです。今それを私が初めて破つたのです。私の駒は此の神秘の殿堂を守る最後の障壁を蹴破りました。瞬間刺す様な悲鳴が夫人の口を衝いて出ました。けれど私はそれを必然的な結果と見逃して、心強くも更に駒を進めると次ぎにはさつと入口迄身を退かせました。そして一息入れる間も惜むでグッと躍り込みました。道は大分平に成りました。此度は正に奥殿まで一物を挿入する事が出來ました。夫人はグッと息を引きました。と次の瞬間にあつ――と深い溜息を

漏らしました。もう痛苦の恐れは去つて、今や徐々に自然の感覺が勝利を占めんとして居る事を早くも私は悟りました。私は機會を逸する事なく、早速馬首を回らすと入口迄後退し、更に一鞭加へると颯爽として乘入れるのでした。其の都度夫人は　　　　を始めましたが、遂々力一杯に私を　　　　めると「ジャツク、妾の可愛いゝジャン！」と叫び乍ら私の顏中に接吻の雨を降らすのでした。それに勢を得た私は入口から奥底まで幾回となく遠乘りを續けました。私は鐙を踏む張り〳〵早や駈けを試みました。其の内駒の足は次第に亂れて、流石の駿馬も乘り潰れそうに見えました。で私は最後の鞭を當てるなり、湖水の中を從横に馳せ廻りました。そしてその馬首が最後に奥殿の扉に衝突した瞬間、私は夫人の肺臓を抉る樣な叫聲を耳にしました。同時に私の身體は固く〳〵抱きしめられて、身動きすら出來なく成りました。遂ひに私の駒は奥殿の扉の前に首を俛れて動かなく成つて仕舞ひました。――夫人は手足を投げ出して放心した樣に寢入つて居ました。胸から白玉の樣な乳房が味そうな姿を半分程見せて居りました。私は靜かに身を起しました。と其處には滑かな勾配を見せてベニスの山谷が曝な姿を現して居りました。神秘を包む峡谷は何も知らぬ顏に靜かに眠つて居ります。其處の繁みからは牝鹿が狩人を恐れる樣に、緋色の頭をちよつぴりと覗かせて眺めて居りました。その姿が如何にも愛らしいので、私は思はず唇を着けると、舌の先で強くその頭を愛撫して遣りました。牝鹿は突然の訪問者にビックリと頭を竦めて吃驚しました。途端に夫人が目覺めたのです。そうして悪戯者が私である事を知ると「マア！」と呆れた樣に目を見張つて――でも嬉しそうに一寸赫く成り乍ら私の方へ兩手を差し延べました。

「ジャツク！妾貴君に眞實にお禮を言ふわ。でも妾の知らない世界を敎えて呉れたのですもの……有難ふ！妾の可愛いゝジャン――」

私は答へる代りに接吻を贈りました。そして私もどんなに歡んで居るかと言ふ事を傳えたのでした。其の時夫人は突然私に言ふのでした――「ねえ、ジャン。貴君を妾の侍女達に紹介仕様と思ふの、そして妾達の仲間に成つて貰ひ度いの。ねえ、良いでしよう？」

私が異議の無い旨を答へると夫人は早速枕元のベルを鳴らしました。と廊下に足音がして忽ち寢衣姿の侍女が三人共馳け付けました。私はその忠實さに唯だ感心する許りでした。「ねえお前達。此の方ジャックさん、知つて居るでしよう。でねえ、今夜から妾の可愛いゝリーベに成つたの。そして妾達の仲間なの。皆もその積りで仲良くするのよ」

侍女達は笑ひ乍ら挨拶をしました。私も元氣よく應答をしました。もう眞夜中だと言ふのに夫人の命で酒類が運ばれました。そして仲間入の證しに皆で仲良く乾杯をしました。

やがて夫人の命令で侍女達が全裸體に成ると夫人は私にも服を脱げと言ふのでした。流石に私が一寸躊躇して居ると人人の目配せに一切を心得た侍女達は、面白半分寄つて群つて、私を素裸にせずに置きませんでした。

部屋の燈火は點じられました。今や男女五人の　身が燈火の下に眩い許りに光り輝いて居るのです。夫人は侍女達に例の戯れを命じました。ニーナが夫人の前に進んで夫人の　に舌端の遊戯を試み出した。ニーナの下にはエリザ（それは一番若い可愛いゝ少女です）が仰臥して、ニーナの秘密の場所を攻撃するのでした。ローラ（一番年上の、一番體格の良い）はエリザの可愛いゝ隱し所を受け持ちました。私は獨り見物人の形で、各々の熱心さや、技巧振りを觀察して廻りました。やがて終局が近付くに從つて、舌の魔術は愈々その妙を加へて行きました。そして第一番に小女のエリザが陷落して仕舞ひました。續いてニーナと夫人とは相前後して妙技の前に降參仕たのでした。唯ゞローラ丈けが物足りな相な顏をして居りました。

一休みした頃、夫人は私とローラを呼びました。そしてローラを自由に仕ても良い――と言ふのでした。

「侍女達は皆なバーヂンです。ゴールドムッシエルの味は知つて居ますけれど、眞實の物には觸れた事も無いのです」

と夫人は説明して呉れました。道理で皆が物珍らしそうな瞳を私の　に注いで居ると思ひました。でも私はローラ一人丈けを汚し度くは有りませんでした。それで私はローラの後方の　を借用したい――と、夫人に申出でたのです。夫人は私の此の突飛な希望を聴いて居ましたが。面白相に笑ふと手を拍つて許可して呉れました。そしてローラに背後を私の方に向けて上半身をベットの上に屈める様に命じて呉れました。私は早速ローラの後方に廻りました。そしてドームの屋根を左右に開いて少さな窓の在所を探しました。それは固く閉ざゝれて指先の侵入も困難の様に思はれました。然し私は勇氣を振つて突撃に掛りました。然し勇士が如何に努力しても、鐵の窓は固くて光りをも通しそうも有りませんでした。私が困つて居るのを見て夫人は笑ひ乍らニーナとエリザに助力を命じました。二人は左右から力一杯に丸屋根を引分けました。漸く窓の口が妙な格好に成つて開かれました。私は此の機を逸してはと進軍に移りました。勇士は僅かに窓から内部を覗きました、私が猶も進軍のラッパを吹き鳴らしたので、勇士は勇敢にも身を躍らせました。メリッーと音を立て々窓は破れかけました。と見た勇士は此處ぞと一氣に突撃しました。忽ち叫喚が起りました。寺院の屋根は大きく震動しました。勇士の肩先が窓の中に隱れ様として居ます。亦も跳躍しました。オ、その半身は首尾よく窓から潜り込みました。それは引き締められる程な痛さでした。けれど身體には何んの傷も蒙つて無い事が判ると亦も元氣に躍り込みました。亦一仕切り地鳴りがして屋根が大きく揺れました。

然し次ぎの突撃が加へられた時、勇士の姿は完全に窓の中に沒して居りました。ピクリ、ピクリと餘震が微かに感ぜられました。

ローラは寢臺に突伏して居ます。その上半身を夫人が兩手で確固りと押へ付けて居ました。ローラは背を震わして啜泣きをして居る様です。エリザとニーナは勇士の行衛を興味深そうに見送つて居ります。私は變態的な残忍さに一種の烈しい情感を覺えるのでした。夫人も尠からぬ感興を以つて私の行動に視守つて居りました。

私は勇敢に行動を起しました。手傳つて吳れた二人が手を離したので、ドームの屋根は左右から私を挾撃して勇士の感動を益々困難に陥れました。けれど勇士は敢然として突撃を開始しました。軋み乍らも砲車は狹溢な道を進みました。然し次ぎから次へと往復する内に何時か其の震動も仕無く成りました。悲鳴も聽かれません。總ては順調に行つた樣です。

私は猶も、ボートのバツク臺を引く樣な動作を止めませんでした。そのピツチは益々上る一方です。ギシツ〳〵と寢臺が音を立てました。ローラはもう泣き止むで何時か興奮の波を全身に打たして居りました。氣が付くとニーナが床に跪いて、盛んに妙術をローラの　　に術して居るのでした。夫人は夫人で抱へた手にローラの双の乳房を摑むで、他方から新らたな　　を加へて居るのでした。これではローラが身悶えするのも無理は有りません。

其内に私は　れる樣な感じを覺えました。終局が瞬間に迫つたのです。私は最後の狂暴さを以つて荒れ廻りました。そして首尾よく爆彈を投げ込むと其儘疲れ果て、床の上に坐つて仕舞ひました。同時にローラも最後の情感を遣つたのでしよう。恰で雪山の崩れる樣に倒れたのでした。ニーナの顏は友の奔流を浴びて、粘とりと油切つて居りました。夫人の瞳は猶情痴の夢を見續けてか、妖しくも亦美しい光りを乘せてうつとりと在らぬ方を瞶めて居るのでした。

（完）

——◇——

皆さん夏は誘惑が忍び寄ります。
夢の中では夢魔が躍ります。
夏は總てが潑剌として、明つ放しです。
其處にエロスの誘惑が這ひ込むのです。
若い皆さん！
寢苦しかつたら窓をお開けなさい
でも、心の扉はキチリと閉めてお休みなさいませ。一生涯の風邪を引かない樣に——。

世界を震撼せしめた 巴里の青髯事件

前佛蘭西高等法院判事 ドラモンド・ラ・デイユ

編輯者曰、今から拾年前の二月、即ち一九二二年の二月、巴里發合同通信電通着の外電として、東京を始め全國の大新聞に、歐州の結婚魔ランドリユ遂に死刑に處せらるの初號見出しのもとに三段抜きの圍み記事として報道された青髯事件の眞相である。その後、日本では雜誌「苦樂」に西條八十氏がこの事件の筋書きのみを發表し、又、雜誌「新青年」に小牧近江氏が、當時佛國巴里のル・マタン紙に連載された新聞記事の一節を邦譯紹介し、或はフランス探偵小說界の老宿ウィリアム・ル・クエ氏の「稀代の結婚魔」を譯した小島憲一郞氏などもあるが、その發表範圍が何れも犯罪事件の筋道にのみ終始し、結婚魔としての所謂「四十八手の術策」に關しは一頁も發表されないもののみであつた。尤もこれは無理な注文で、その眞相は、當時この事件に直接取調べの任に當つた判官以外、他の裁判官にすら知ることを許されない事件として、その事實は暗から暗へ葬られやうとしたからであつた。本稿の筆者は、當時彼の事件の豫審判事であり、本稿は、男らしい彼の僞らざる告白を聞き、その眞相を細微洩らさず書きとつた記録で、（一生の思出に、この素晴しい大事件の記録を更に自分自身の記念のために、秘かに寫し取つて自宅の書庫の奥深く秘藏してをいた貴重なる文献である）現在、現職を辭して閑地についた氏が、兼て學術上の先輩である英國の行政裁判所長に始めて此事件の記録を再とう寫して贈つた。本稿は實に其記録の邦譯であり、玆に此稀代の文献を得たのは、讀者と共に吾等の獵奇慾を滿喫せしめる最大のものである。したがつて左に掲載した全文は筆者ドラモンド•ラ•ディユ氏が英國行政裁判所長に宛てた手紙の全文であること論を俟たない。

○

第一信

閣下よりの御問合せに對し、成程今は閑地に自適する身なれば、かのランドリユの事件に對する調べ得た凡てを、今後數十回に亘る御通信に依つて御報告申上げます。

閣下も御承知の如く、ランドリユは歐州大戰のドサクサ紛れに巴里を中心に、長期に亘つて歐米各國の新聞紙上を賑はした世にも稀れな大殺人事件の首犯であります。彼は色慾二道の達人で有產階級の貴婦人達を籠絡すること實に二百八十三名の多くに達し、而もうち百數十名を筆舌に盡しがたい慘忍な方法のもとに殺害し、世界の婦人社會を震撼せしめたのであります。

彼を取調べて以來、私に一貫した思出は、彼の犯罪ほど現代の世界にとつて不思議なものはなく、破天荒で戰慄すべき事實の連續であり、まことに空前絶後の大事件と申して過言ではありません。

彼の生立ちに就いては、新聞その他の記述に依つて既に御承知のこと〻思ひます。從つて玆では簡單に申上げておきます。

彼は一八六九年の生れで、その兩親は眞面目な百姓でありました。彼が捕はれて死刑の執行を受けるまで情婦のフエルナルド・セグーには、「俺の父は裕福なメリヤスの製造工業家であつた」と欺いてゐましたが、單なる人のい〻百姓であつたに違ひないのです。

彼の青年時代は模範的な學生で、寺院の副執事を務め、後ち軍隊に入つて拔群の成績をつづけましたので伍長にまで昇進したほどでありました。

除隊後、巴里の娘と結婚し、三十歳にして既に四人の子の父親となつた事實も、新聞で御存じの通りであります。この善良なる彼が、ダーク・サイドの第一歩を始めて踏んだのは、四人の子の父として忽ち生活難に惱まされた時からでありました。モンマルトルの與太もの達の仲間入をして撲掏を働き始めたのに出發します。勿論、彼の愛妻は此事實を知るべき筈がなかつたのでした。

彼等與太者達の仲間に一人の寶石の職人がゐました。その男は國際列車の中で仕事をする箱師達が盜んで來る寶石を造り變へたり貴金屬を溶解したりする役割を云ひつかつてゐました。ランドリュは此職人から金屬を吹き分ける技術を習ひ、一人前の職人の腕をもつやうになつたのでした。これが後年、彼の恐るべき犯行に非常に役立つた技術でありました。

一九〇二年、彼は竊盜罪で檢擧され、三年の禁錮に處せられ出獄しますと、すつかり自暴自棄に陷つて、もつて生れた才能を詐欺に活用し、巴里の仲間でも相當の兄哥分として知られるやうになつた程でした。その上自働車の運轉が巧みで、自働車と工場の詐欺的賣渡しを常習として居りました。此等の工場の賣買に於て、彼が大儲けをしたのはアセチリン酸素の鎔接工場でありました。彼は眼鏡をかけて働く機械職工を不思議さうに眺めたり、或は長い間青い火焔を思ひあり氣に見惚れてゐることなどは珍らしくありませんでした。

或る日、彼は職工の闇黑色な眼鏡を借りて、自ら銅鐵鎔接の技倆を試して見たことがあります。然るに此れが幸か不幸か見事に成功をしたので益々これに興味を特ち、鎔接の技術をみがいたのでありました。その際彼は、一體如何なる大膽な淫虐な考へを心のなかに描いてゐたかは、追々と閣下が、彼に關する然るべき記錄を御通讀になられるに隨つて自らお知りになることと存じます。

彼の犯罪慾は、その時分から一層熾烈に展開して行つたと見做すのが穩當であります。と云ふのは彼は第二の研究として、毒藥と解藥劑の著書を漁り、又務めて犯罪事件の記錄や法醫學に關する凡ゆる著書を手當り次第に耽讀しました。斯うして一方に於ては立派な泥的の專門家として、そして他方に於ては尊敬さるべき一家の父であると云ふ二つの人格を使はねばならなかつたのでした。

そうした彼の犯罪が、色魔の形式に變つて、貴婦人達から金錢財寶を專門に絞り取ることに改めたのは、一九一四年の春からでありました。

そして彼は先づ、求婚廣告を餌にして彼女等を丸め込まうと考へたのでしたので、それには一個の立派な紳士としての生活樣式を築くことが最大の火急事でありましたので、自分の住宅から半マイルほど距れた巴里の郊外に小綺麗な借家を見つけ、そこを舞臺に色と金との二つの變態慾を存分滿足しやうと計劃したのでありました。

閣下

そこで私は、彼の此計劃を實行に移した最初の犧牲者の事實を報告せねばならなくなりました。

一九一四年三月二四日の朝刊ル・マタン紙の「よろづ案內欄」の一隅に、左の廣告が掲載されてありました。

求婚 當方四十三歳有二女收入多額、愛情深而眞面目、社交界之寵兒、有結婚之意志寡婦希望、會見乞書信、通知面會日、ベルベルト街5 レーモンド・デアール宛

此廣告を見た多くの婦人のなかに當時三十九歳の寡婦で十八歳になるアンドレーと云ふ一人息子をもつたキユツセと云ふ婦人がゐました。早速彼女は、その廣告の主であるレーモンド・デアール氏に書信を送ることにしました。勿論レーモンドとはランドリユの假名で、彼は最初の鴨である此手紙の發信者に、先づ己が惡事の半ば成就せるを祝し、懇切を極めた返信を送り、サン・デニー街にゐる彼女の住宅を來訪することを許してほしい――旨を傳へると、忽ち二つ返事で、O・Kと來たので、圖々しくもランドリユのレーモンドは、眞紅な髮の二人の少女を伴れて、彼女の客間を踏んだのでありました。

彼女の家は、彼の豫期に反して、母子二人の住む家としては餘りに廣大でありすぎたのに先づ以て一驚を喫しました。次に部屋々々の造作と云ひ、家具といひ、裝飾品といひ、何れも贅美を盡してゐましたので、たかが開業式の鴨に引かかつた女の家だと高をくくつて來た彼を、極度に驚ろかしたらしいのです。そして其驚きが忽ち歡喜に變りました。

初對面の挨拶が濟みますと、キユツセ夫人は、三年前に亡つた夫君のことをきつかけに自分の淋しい身上話を始めました。彼は、同情に堪へないと言つた面持ちで、一々懇ろにこれを聞いてゐましたが、軈て自分の身上も、それに

負けないほど不幸であり、二年前妻を失つて以來、何といふ寂しさであらうといふ出鱈目な身上話をして彼女の同情を引き、扨て急に快活な態度をとつて、今後益々社交界の人氣を得るには、どうしても愛妻を迎へねば、信用を博することが出來ない――といふ旨の言葉を巧みに使ひましたので、キユツセ夫人は、何といふ愛情の深い、そして何といふ物の道理の正しい紳士であらうと、忽ち彼に身も心も捧げるやうになつて了ひました。

息子のアンドレーの如きも、かの新來の紳士が餘りに母を労り、且つ尊敬し、二人が忽ち水も漏らさぬ睦じさになつてゐるのに、どうしたのかと驚いたほどでありました。その日は、何しろ借りて來た二人の少女が邪魔になりましたので、乞はるゝのを無理に一旦歸宅をし、翌日は自分一人で彼女を訪ねました。

彼の來訪を待ちこがれたキユツセ夫人は、昔の初戀の時のやうな氣分になつて、出來るだけ彼を歡待し、先づお茶代りに、百八十年前に製造されたといふ珍らしくも貴いブランディを存分にすすめます。

彼も彼女も、此香貴ある酒の魔力に忽ち捕はれ、キユツセ夫人は愛する彼を迎へた喜びに今は有頂天にはしやぐのでありました。

「あなたのやうに立派なかたを、なぜ今迄社交界が默つて放つて置きませう？きつと／＼いいかたがあるんでせう」

彼女は、とろけるやうな瞳で、彼をたしなめました。

「ところが奥さん。その危險から一刻も早く脫れたいために、貴女と圖らずもお逢ひするやうなことにしたんぢやありませんか。私は昨日《きのふ》、あなたといふエンゼルを發見して以來、もう夢中で足が地べたに踏めなくなつたくらゐです――奥さん、私を信じて下さい」

「まア！ほんとうですか？　あなた！」

と、彼女は餘りの喜びに思はず立ちあがつた時、素早く彼は彼女に近づくや、強く抱きしめ、瞳の上に、矢鱈に熱いキッスをあびせたのでした。そして軈て、そのキッスが瞳から段々下に、遂に彼女の唇に向つて堅い〱キッスを交はして了ひました。

彼は彼女を抱き乍ら傍のアームチエアに、其儘彼女を仰向きに静かに倒しました。すると彼女は、眼をつむつた儘恍惚として、彼の背中をかかへた兩腕を離さうともしません。

ふたりは重なり合つた儘、再び熱い〱キッスを交しました。

その間、彼の右手は、彼女の髪の毛を静かにくしけづつてやることを忘れませんでした。此時、彼女の、悩ましい三年の未亡人生活が一時に爆發して了ひました。

「ねエ、あなた。いつ結婚して下さる?」

彼女は、そうつと瞳を開いて彼に訴へました。

「牧師さんに頼んで、吉日を選んで貰つてからにしませうか」彼はわざと斯う言葉をにごらして答へ、反對に眼と顔の表情で、迚もそんな呑氣な日などを待つてゐられないと言つた風に、彼女の彼に對する愛の情火を、いやが上にもかきたてしめたのでありました。扨て、

閣下よ

以下は彼の調書に依つて凡ての告白を聞きとつて下さい。私には此場合此以上の説明が出來兼ねるのであります。では左に……

彼女は私に、しがみついて離れません。そして、式は何時でも吉日を選んでいいから、お互に心變りのしないうちに、愛の契りを結びたいと申して、いつかな離しません。そこで私も、今のうちに、彼女を完全に自分のものにしてをかないと、財産を掠奪するのに不便だと知りました。で、突然私は、愛の感激にひどく打たれたと見せるために、

わざと聲を震はして、

「おゝ、愛の契り……私も同感です」といつて更に強く彼女を抱きしめ、それから、再び右手で彼女の金髪を愛撫し左手をスカートの下からくぐらせ、ズロースの紐を解いて、畑の巡りに房々と茂りに繁つた陰毛を、靜かにいぢつてやりました。

「おゝ、何といふ結構な芝生《しばふ》でせう？」といつて、彼女の頰ツぺたに一つ強いキッスの印を押してやりました。すると、彼女は答へます「芝生よりか、畑の中には、もつと結構な無花果《いちぢく》か實つて居りますわ、あなた」

「では、頂載しにあがりませうかネ」と、私は無造作に答へて、穴の中へ指を伸して界實にふれました。すつかり熟しきつて熱汁もたつぷりながれ出て居りました。

「奥さん。この無花果《いちぢく》を、まだ取つて喰べちやいけませんか？」と、私は満面に笑を含んでいひますと、彼女も流石に少しテレてゐましたが、併し兩眼を矢張り閉じた儘、

「えゝ、どうぞ御自由に。でも、あなた……いくら背が大きくゐらつしても、手ぢやとどかないわ、棹《さを》でなくちや駄目よ。ホホ……」

「お宅に棹が御座いませうか？」

「御合憎様ですこと。でも、あなたのお持ち合せのもので結構間に合ひますわ」

で、私は、ブランディにほてつた彼女の美しい顔を、凝視めた儘、ズボンを外し、次に彼女のズロースだけを靜に取り除いてやりました。

仰臥された彼女は、矢張り兩眼を閉ぢたなりで、早く私のたくましい獲物の來るのを待つて居りました。

「では奥さん。遠慮なく棹で、もぎ取つて頂載して了ひますよ」

「え丶、どうぞ……」

明るみで見た無花果は、熟し切つて居りました。私は夢中で喰ひついて行きました。

閣下よ、彼の調書は以上の如く述べて居ります。

それ以來キユツセ夫人は、すつかり朗かになつて、彼の意の如くになりましたので、愈々今度は、何しろ財產を奪ふに邪魔な息子のアンドレーを巧みに殺して了はうと決心し、翌日、アンドレーをルーブルの近くのレストランに誘ひ、一所に食事をし乍ら、さかんにキコツセ夫人のやうな立派な母をもつた貴君は幸せであるなどと、出鱈目を言つて彼を喜ばせてゐました。すると突然、息子のアンドレーは劇痛を訴へ、七轉八倒を始めましたので、彼はしめたと心に叫び乍ら、表面は大狼狽を見せ、多くの給仕人達に手傳つて貰つて直ちにタクシーで附近の病院に擔ぎ込みました。醫者の手當が早かつたのと、毒藥の量が幸に間違つて致死量に達してゐなかつたので、生命だけは取り止めることが出來ましたが、これがため次第に衰弱して三期を越えた結核患者のやうになつて了ひました。而かもアンドレーは、どうして彼の毒手にかかつたと知り得られませう。醫者の迂濶にも責任はありませうが、彼は「雉の死毒」に中つたのだと信じてゐました。

一方ランドリユは、息子の殺害には一寸失敗はしましたけれど、求婚廣告の開業式の鴨になつたキユツセ夫人には大成功をしたので、彼女と關係を結んだ翌々日、卽ち息子を殺し損つた翌日、第二の希望者であるリユウ・ジユベールに住んでゐたモーレイと言ふ未亡人と、早速話をまとめて、新婚旅行に出かけてゐました。

そこで彼はキユツセ夫人の財產を全部奪ふまでは、如何に肉體的な關係で先づつないだとしても、彼女の身邊より遠ざかることの不安にかられたので、早速旅行先のリオンから彼女に次の如き書信を送りました。

「戀しい貴女よ、叔父の家に急用が出來たので當地へ突然參りましたが、何だかひどく疲勞を覺えてなりません。でも直ぐに貴女の許に歸つて參ります。一時間だつて貴女を忘れられません。今夜は夢で逢はせて貰ひます。貴女が私の妻となつた時、私達二人の樂みを描き見て下さい。私はもう夢中です。では直ぐ歸ります。愛するアンドレー君の其後の御樣子如何ですか、心配でなりません。」

この手紙の最後の文句は苦々しい限りであると思ひます。

第二信

或日、彼は非常に失望したと云ふやうな浮かぬ顏付きでキユツセ夫人を訪ねました。

彼女は、彼の只ならぬ顏付きに、心配して柔さしく尋ねますと、ランドリユは「おゝ愛する奧さん！私は何といふ不幸な男でせう。悪友に欺されて映画會社に投資し見事に身代の半分以上を失くして了つた。勿論そのうちには取戻せると思ふが、さしあたり金策に窮して困つてゐるたんです」

これには、彼女もひどく驚き且つ心配しました。そこでランドリユは更に言ひました「斯う云ふ譯で、一時どうすることも出來なくなりましたので、取敢えず二人の娘は叔母の許へ預けましたが……」と子供に對する疑ひの豫防線を先づ張つて、今度は、眼に涙をたたへ、「これほど愛する貴女にも當分正式の結婚も出來ねば、又寄りつける身心でもなくなつて了ひました……併し斯うなれば二人は當然別れねばならない運命になる譯で、私はもう歩き乍ら胸が迫つて……あゝ、だが私は貴女に別れて、どうして生きてゐられませう」

さめざめと眼を泣きはらして奧の手を出しましたので、今はキユツセ夫人も氣が氣でありません。死ぬほど愛する男が自分を見捨ようとするのではあるまいかと心配して、遂に彼女の常識がぐらついて來ました。何事を考へる餘地もなく、彼女は遂に自分の家を彼に與へ、一刻も早く彼と同棲したいばつかりに、シャンチーに近いシュツセに轉居し、そこで彼等母子はランドリュと一所に樂しく暮すことにしたのでありました。

ランドリュは先づ、彼女の家を貰つて三十萬フランの金を得ましたので、そのお禮に、毎夜、彼女の要求に應じてやつたのでありました。その頃、彼女は、一晩に三囘以上の快樂のクライマックスを得ないと安らかに寢つかれないと云ふ厄介な癖になつてゐました。と云ふのは、彼の逸物が並以上のもので、殊に長時間の交接に堪へ得られる健康と技術の所有者でありましたので、最初は徹底的に彼女の歡心を買ふ爲に用ひた交接の方法が、その都度彼女を極度に欣ばしめるに至りましたので、それが次第に彼女をして、そこまで達せしめねば滿足が得られないと云ふ習慣をつけて了つたのでした。彼の述懷に依つても明かでありますが、「凡そ女子を完全に吾が所有に歸すには、彼女をして性慾を滿喫せしめるにしくものはありません」と、告白してゐる通りであります。

扨てランドリュは、この惱ましくも不幸なキュツセ夫人の金で、何不自由もなく日々を送つて居りましたが、その間に、彼は巴里にゐる他の三名の婦人と既に結婚の約束を結んでゐたのでありました。

何れにしたところで、彼は長くこのシュツセの町に居付かれません。彼は、そこで、難癖をつけるために、この家は小さいし、それに逆も風洩れがして堪らない。その上、通行人が窓の中から家を覗くことが出來るし不愉快でならないと反對し、息子のアンドレーにも反對させて、遂に一九一四年の十二月に此家を賣らせて、マントから遠からぬセィヌ河の岸にあるヴエルノイーエと云ふ些かな町に借家住ひをすることにした。ランドリュは此家で最初の大慘劇を演ずるに至つたのであります。

その家は、小さな四角な現代式の白塗の二階建で、何の技巧も加へられない殺風景な建築で、前面には窓が四ケ所附いて居り、前の入口まで石段が續いてゐました。階下は臺所と狹い物置きで、家の圍りには無果樹その他雜草の生へてゐる庭がありました。併し此家はイルーフランス州で最も景色の好い場所でありましたので、この別荘の中で恐るべき殺人が行はれたとは、ここを通行する人達の誰しも想像にすら描かなかつたところであります。

彼は、キユツセ夫人に、家具を持ち込ませ、新しいリンネルを買つて装飾をしました。このリンネルは不思議にもキユツセ夫人と其息子のアンドレーとが行衛不明になつてから四年目に、ランドリユの物置から發見された犯罪の謎を包む一つのエピソードをもつてゐます。

翌年の一月卽ち一九一五年の一月でした。彼は此頃には既に彼女の財産の凡てを捲ぎあげて了つてゐました。その上、彼は或日、髮の黒いラボール・リーネと云ふ他の情婦と共にリボリー街を散歩してゐた時、偶然にもアンドレーに出逢ましたので、この青年が自身のことを母に告げはしまいかと氣にかけてゐますと、案の條、アンドレーは母に一切を告げたので、彼女は頭からランドリユを責めたてました。併し彼は、いつものやうに好機嫌で、このことを一笑に附して了つたのですが、實際は、此時以來母子共の生命を頂戴して了はうと深く心に決心したのでありました。

それから四日目の午後でした。丁度彼は所用あつて巴里へ出かけた後でした。突然アンドレーは得體の知れない急病になつたので、早速駈けつけた醫師は、單なる食傷《しよくあた》りに過ぎないと診斷し解藥劑とリチネ油の頓服などを吳れて歸りました。ところが、それを知らないランドリユです。彼は其夜遲く歸つて、アンドレーが、まだ平氣で生きてゐるのに仰天しました。併し、彼は表面では何處までも心配そうにいたわり、極力介抱に務めましたが、彼はこの母子二人を明朝までは生かして置けないと決心の臍を堅めたのでありました。

そこで彼は、母子に、いとも朗かに言明しました。

「喜んで下さい。私の仕事も、今度は巴里で大成巧をしました。さア私の好運を祝つて下さい」

そして、古いメデラの葡萄酒の罎を抜くことにしました。

勿論この吉報は、母子のもの達は飛びあがらんばかりに喜び勇みました。そして祝杯はいくつも重ねられました。彼は既に此時、ヴエルサイユの法廷が出來て以來の慘酷な殺人事件を犯すべき準備に餘念がなかつたのでした。彼等の樂しい語らひは十一時過ぎまでも續きました。

一座三人、ランドリユは例の特徴ある絹絲のやうな青髯をしごきつゝ、思ひありげに時計を眺めてゐます。

「もう隨分夜も更けましたから寢みませうか……でも變だこと……レイモンドや、妾しや何だか氣分が惡くなつて眩暈がして來たわ」と、夫人が言ひ出しますと、青年も力ない聲で「母さん。僕も何だか氣分が變になつて來ました」

「酒が古いから强すぎたんだらう。これは却々良い酒で、もう五十年以上も保存されてゐたんだから……」ランドリユは事もなげに笑つて見せました。

彼は實に長い間、毒藥の研究をしてゐたのです。最も激烈で而かも原因を不可解ならしめる毒を酒の中に混ぜて兼々用意をしてゐたんです。彼の正確な研究に依ると、その酒を呑んだ凡ての人間が、ものの二時間とまでは生きてゐないと云ふことでした。

キユツセ夫人は愈々苦しくなつて來たので、もがき始めました。ところが彼は、全身の力で彼女の病狀を、いとも冷かに凝視しました。

彼女は最近になつて、色んな經驗から、なぜだか彼を不思議に薄氣味惡く思つてゐた矢先きでしたので、この冷かな態度に再び戰慄を覺えました。併し彼は依然として蛇が蛙を睨むやうな奇怪な凝視を續けて、彼女の凡ゆる抵抗力を奪はうと身構へたのでありました。

彼女は忽ち意識が朦朧となつて、踠き出したが、もう既に全身の抵抗力が拔けきつてゐました。一方、彼は益々彼

女に肉迫し、今にもつかみかからうとさへしましたので、始めて、彼女は騙されてゐたことを知り、無念やるかたも

なく、歯を食ひしばつて

「悪魔！　畜生！　毒殺ッ！」

椅子から立ち上りざま、かう叫びました。すると彼は、平然として答へます。

「そうだとも、俺は最初から悪魔だつたのざ。悪かつたよ。ぢやこれで永のお別れだから、いつもの満足を、今夜は厭きるほど御馳走してやらう。どれ〳〵、ズロースばかりぢやない。今夜は素裸體で御馳走してあげやう」

彼はにた〳〵笑ひ乍ら、得意の青髯を、なでまわしました。

息子のアンドレーは、眼だけパチつかせて、もう此時には全身も口の自由も全く奪はれ、腰を抜かしてカーペットの上につくねんとしてゐました。恐らく意識は殆んど無くなつてゐたに違ひありません。

彼はこん身の力をふるつて、彼女の身につけた凡ゆるものを素早く剝ぎ取るや、矢庭に股倉を開かせ、彼の偉大なる陽物で最期のとどめをさしました。

（豫審調書に依りますと、「何しろ、あの場合の私に、どうしてあんな變態的な情慾が起つたか、私にも不思議に思はれました。而かも猛りきつた私のペニスが、彼女の奥深くに達しますと、筋肉のだん力が引きしまつて、殆んど食ひつくやうに吸ひ込んで行きました。餘りの心よさに、私は數拾秒で射精して了つたくらゐです。これは、彼女との間に毎夜くり返へされた房事に於て、嘗てなき現象で、今にをき、あの刹那の快楽が、私の情慾を悩ましてなりません。多分、あの毒薬のために、筋肉が收縮したものと思ひます。それ以來私は、この破天荒な瞬間の快楽を求めるために、多くの婦人達に毒殺を試みたのでありました。あながち財産のみを狙ふのが目的ではなかつたと云ふ私の氣持を御諒解下さい」と、告白して居ります。更に彼の調書に依りますと「それで射精後、私は暫し呆然として、彼女

の、まだ生あたゝかい死體をながめてゐましたが、傍から「ウーッ」と云ふ呻きが突然聞えましたので、思はず我れに返つてその方へ視線を向けますと、息子のアンドレーは、最後の息を引き取つた斷末魔の聲であつたことに氣附きました。して見ると、彼は自分の今の今迄の行爲を殘らず見てゐたに違ひないと知りましたので、矢鱈に腹が立つて來ました。そこで今度は、彼れアンドレーのズボンを剝ぎ取つて、彼の年若きペニスを、　の根元から鋭利なナイフで切放し、母親キエッセ夫人の　に押し込んでやりました。「何たる不幸な息子だらう。お前は、ここから生れ出て來たばかりに、俺の毒手に斃されたんだ。さア今こそ元に歸してやるぞ」私は血みどろの手を洗ひもせずに、元氣をつけるために大きなコップに一杯ウイスキーをあふりました。それから、次に、彼女の　を奇麗に剃刀で剃り落し、その周圍約五センチメートルのところからメスを入れて　をえぐり抜いて了ひました。この手術を濟ませて始めて、私は手を洗ひ、そして、そのえぐり抜いた　も出來るだけ奇麗に洗ひ清めました。」と。）

この兇行を演ずる三日前のこと、ランドリユは巴里の郊外にあるネイリイのガレーヂから、螺施釘で固めた重い木製の箱を持ち運んで來て置きました。そしてキユッセ夫人には、この箱はセイヌ河の夜店で買つた珍らしい古本を詰めて來たのだと欺いてゐました。それから自分で庭に煉瓦の犬小屋を築きたいからと云つて、矢張り四五日前に、自ら自動車の幌に煉瓦を包んで運んで來たのでありました。この煉瓦は耐火用の素晴しいやつで、凡てが計劃的に運ばれつゝあつたのに、彼女は何處までも彼を信じ、自分を火葬にするための道具であらうなどとは夢にも信じなかつたのでした。

「馬鹿々々しい！女と云ふ奴は知らないこと以外には秘密の保てない動物だから始末が惡い……」

彼は、斯う獨言ち乍ら、薄氣味の惡い笑を洩らして重い箱の螺施を廻はし、蓋を開き始めました。

中には二本の長い鐵の圓筒と、妙な恰好をした器械がありました。それはアセチリン酸素の吹き分け機械で、彼は兼て自分の工場で鋼鐵を熔ぎ接せる際に使用したものでありました。この器械で起す火熱は驚くべき高熱度を發し、如何に鋼鐵の板でも、これにかゝつたら、まるでバターのやうにダラ〳〵と　けて了ひます。

彼はこれを一つ一つ取り出して、石を數いてある臺所へ運びました。それから屋外に出て犬小屋を建てるために運んで置いたといふ、砂を盛り上げてある所へツカ〳〵と進んで行つて、砂を持つて來て、それを石床の上へ厚く撒きました。次に煉瓦の積んである所から、職人のやうに自分で運んで來て臺所に爐を築き、その爐に錆びたストーブの煙突で接續させ、臺所の爐の煙突へ導きました。

午前二時頃でした。彼は斯うして漸く取り外しの出來る爐を作りあげたのでした。この工事をしてゐる間に屢々喫煙し、ウイスキーをあふり、そして剝り拔いた　を嚙んで見たりなどしました。

その夜はドシャ降りの雨で、あたりは眞闇でしたので、惡事を働くのには絶好なチャンスでした。

階上には二人の犧牲者の死骸が横はつてゐます――

萬事に用意が整つたので、彼は試驗をして見ました。

瓦斯發熱器の柔軟自在な圓筒から長い光の强い焰が煌々と吹き出したので、眼鏡をかけてゐなかつた彼の眼を極度に刺戟しました。

それから二階の寢室にかけ昇りました。ここで兼て用意しておいた色眼鏡を取り出してかけ、禿げ上つた頭に青髯の一ぱいに生えた自分の姿を、その寢室の鏡で始めて見ました。却々落ちついてゐるぞと自分で自分を讃へ乍ら、鏡の前で今一度、得意の靑髯をしごいて見ました。隣室は、母子の死骸の横たはつてゐる食堂でありました。テーブルの上には汚れた珈琲茶碗と、食ひ殘りのバナナと、そして彼に成功を獲得せしめた毒酒の瓶と、二つのからになつたコップが亂雜に置かれてありました。

彼は、母子の死體を眺めてゐましたが、彼女の○○と息子の○○をえぐり取つたあとの死體には何等の情慾も最早や浮び上つては來ませんでした。

殘りの毒酒とコップを臺所に運んで、叮寧にコップの酒を洗ひ流し、酒は階下に持ち歸つて新たに拵へた爐の側に置きました。そして再び階段を昇つて、彼女の死體と息子の死體を二度に運んで來て、間に合せに造つた坩堝爐の前に投げ棄て、アセチリン瓦斯から火を噴き出さしめ、手足をもぎ取り始めました。これは二階の食堂で○○もえぐり拔くときに多量の出血を見たので、そのドチを再度繰返さぬために、萬一此處で血が出ても、厚く撒き散された砂の床が、これを殘らず吸ひ込んで吳れるからでありました。

今や、爐の煉瓦は眞赤に熱し、ガス發熱器の火力が餘りに室內の氣溫を高めましたので、遂に彼は上衣とチョッキを脫ぎ棄てゝ了ひました。

始終彼は、手で眼を蔽ひ乍ら、煌々と輝く爐を覗き、胴や手足を片つ端から投げ込んで、その死體が早く火葬されて了ふのを滿足氣に眺めてゐました。

高い〳〵熱度の連續的放射に爐は更に〳〵眞赤に燃え、忽ちの中に死體は何一つ殘らず燒き盡されて了ひました。骨も衣類も、毒を入れた瓶も――悉く影も形も見えなくなつて了ひました。

最後に殘つたのは、彼女の縮みきつた○○のみでした。その中には息子のペニスが、寸壁の間隙もなく食ひ込んでゐます。暫し、ぢつと見つめてゐましたが、矢庭に、この肉塊も爐の中に叩き込んで了ひました。

「馬鹿な奴だ。この肉塊の慾を充さうとしたばかりに、俺の手にかかるやうになつたんだ」彼は、吐き出すやうに獨言ちました。

午前三時となるや、流石のガスも大抵燃え終つたので、彼は爐を冷し始めました。そして此間に砂を掃き寄せて元の置き場へ戻し、又家の傍に低く建てられてあつた格納庫に道具を仕舞込んで了ひました。

それから二階へ上つて、彼女の寶石や金めのものを悉く身につけ、他の衣類や身の廻りの物を大型の三個のトランクに詰めて、二人を全く此世から隠して了ひ、扨て彼は始めて、ゆつくりした氣分になつて煙草を輪に吹き二杯のウイスキーをあふりました。「やれ〳〵、これで片づいた」

彼は、いとも朗かになりました。数時間前に、あれだけの慘劇を演じたなどとは、どうしても思はれないほどの落つきと朗かさを示してゐました。

時計が朝の六時を打ちますと、彼は急に我慢しきれなくなりました。と云ふのは、爐を充分に冷やすことと、母子を燒いた灰の跡始末をする時間の計算を誤つてゐたからです。灰の中には黒い葡萄酒の瓶の溶けた硝子が、まだ一部分混つてゐました。煉瓦はまだ薄赤色を呈して、可なりの熱をもつてゐます。そして其上もう一時間もたてば日が出ます。此儘にしておいたら如何に巧みに死體を始末したとは云へ、この戦慄すべき犯行が忽ち暴露されて了ひます。

そこで午前九時までに一切を處理し、格納庫から自動車を曳き出して、三個のトランクとアセチリン鎔器を入れた箱を積み込み、家にはキチンと錠を下して、ツリールと云ふ所を經てセーヌ河の岸を驅り、サン・ゲルマーンレイエに出て、彼がキユツセ夫人と屢々來たことのある思出のナントルを過ぎて、自分の隱家に着きました。

此所で吹き分けパイプを臺の上のもとの場所に片付け、屋根裏に彼女が兼て使用したリンネルの布を入れた箱を蔵ひ隠しました。

その午後、他の二個の箱に入れた衣類をクーペブアの古着屋に賣り飛ばし、又彼女の金時計はサン・デニースのルビックと呼ぶ贓物買《ヅヤ》に賣り拂つて了ひました。このヅヤは以前から彼と取引をしてゐましたので、何とも言はずに買ひとつてくれました。

午後五時過ぎでした。彼はヴエルノリウの別荘に歸つて、何の躊躇もなく、再び此の犯行の家に收まりました。小さな煉瓦の坩堝爐は殆んど冷えきつてゐました。彼は落ちつき拂つて其れを壞し始めました。庭のキチンと積んであつた場所へ運んで、大小屋を築く準備をしてゐた通りに見せかけました。爐の中には三掬《えすくひ》ぐらゐの陰氣な灰が、硝子の熔けて固つたものと混じて、まだ温く殘つてゐました。

彼は細心の注意を拂つて、その灰を二つの褐色の紙袋に入れました。——彼は特殊の目的にはいつも紙を使用してゐました——

煉瓦に灰の附着してゐる所は流し元で洗滌し、ストーブのパイプを家の外に片付けました。

それから、部屋で一寸落ちついて、身體や手足を洗ひ、シヤツと食事用のジヤケツを着、次に、犯罪の凡ての鍵を握る二個の紙袋を手提げに詰め込んで、再び自動車に乘つて隣りのメンダ村を過ぎ、ボアジーに行く淋しい場所をセーヌ河に沿ふてフルスピイドで進みました。

その夜は闇い濕つほい晩でした。田舍道には殆んど犬一匹さへ通りませんでした。で、彼は突然自動車を停めて下車し、手提から二個の紙袋を取り出し、ソツと堤防の所まで行つて、河中に投げ込みました。數十分を經たずして紙袋が壞はれて了へば、跡方もなく流れ散つて了ふことを知つてゐたからです。

斯くして、彼の恐るべき犯跡は全く隱されて了ひました。戀の巢であつたヴエルノリウの別莊も、今は全くの空閑きとなつたので、次の犧牲者の來るのを、只待つばかりです。而かも此秘密を知るものは、只彼れランドリユ一人のみでありました。

第三信

閣下よ、

引續いて前信後の、彼の足どりつにいて申上ます。死體を灰にした二つの紙包をセーヌ河に流して了ふと、其儘自動車でリユウ・デ・プチーシャンの家に落ちつき、第二の情婦であるラボリーン夫人を招待しました。ラボリーン夫人は物持ちで、にこやかな顔で、黒い波打つた頭髪の持ち主で、これまで度々リユ・チ・リボリイと云ふ所で、彼と會つてゐましたが、彼は勿論彼女と結婚の約束は既に交はしたものの、實は騙して金を絞り取るのが目的でありました。

ふたりが食卓につきますと、彼は、渾身の愛を彼女に注いでゐるやうに見せかけました。すると彼女は、彼の爲すこと喋舌ることの凡てが、ドン・フアンのやうに氣品高く見え、早く、この立派な紳士に自分のすべてを捧げたいと思ふ心で一杯になりました。

彼は、この婦人には、自分の姓名をヘンリイ・キユツセと僞つて置きました。キユツセとはいはずと知れた死骸を灰にした第一の犧牲者の姓であります。

食事が濟んで、珈琲を飲んでゐた時、彼は彼女の手を執り乍ら、

「私は心から貴女を愛してゐます。先日來少し仕事に追はれてゐましたので、お目にかかれませんでしたが、併し間もなくです——直に貴女は私の妻です。さうなれば、私達は、いつまでも〱離れずに樂しく暮せます。私は毎夜その夢を見てゐます。旅行先で、私はあまり貴女を思ひ過ぎて、とんだ商買の失敗を重ねたほどです——私には、迚もその近い將來など呑氣に待つてはゐられません」

柔かなメロデイたつぷりな聲を出して、蛇のやうな鋭い視線を彼女に注ぎました。「愛する奥さん！私が貴女を愛する半分程も、貴女は私を愛しては呉れないんですか？」

「いいえ、妾は誓ひますわ」

彼女は、はつきりした聲で答へました。彼女は酸いも甘いも嚙みわける經驗に富んでゐた四十七歳の老寡婦でありました。

彼の眼中では、此女などは最初から問題ではなかつたんです。ただ彼女の有する莫大の財寶が、彼を熱心に導いて行つただけです。

「ほんとうに、奥さん。誓つて吳れますネ？」彼の眼は怪しく輝きました。

「誓ひますとも。戀しいヘンリイ。心から私しや愛してゐますわ」

「おゝ！そうでしたか？」彼は、感極まつて彼女に抱きつき、狂氣せるが如くキッスの雨を降らせました。

「ふたアリ。ただそこには愛だけがある……」と、さも有頂天になつたかの如く、臺詞《せりふ》もどきにつぶやきました。

彼女は彼の手に抱かれた儘立つてゐましたが、其手こそ、後日彼女の息の根を止めた同じ手でありました。

氣の毒にも彼女は、最早や彼に夢中でした。如何にしたら、此儘今夜、彼と別れずに濟まされるかを考へてゐました。此の惱ましい沈默を、素早くも觀破したのは彼の鋭い眼光でありました。そこで彼は、間髪の隙も與へず、今夜早速家具を運んで、自分の別荘へ來るやうに、さかんに彼女を炊きつけました。

「實は奥さん。私はヴエルノリウに少さな別荘をもつてゐます。貴女を出し抜けに驚かさうと思つて、これまで秘密にしてゐましたが、……實は、もう一週間程前からも、さう思つて心配してゐたんですが、貴女は近頃になつて健康を害してゐられるやうぢやありませんか。どうも血色が良くありません。田舍の空氣と靜けさが、貴女の健康を快復する最もいい藥だと考へたんです。で、正式に結婚した後では勿論あんな田舍になど第一に狹過ぎますし、矢張り巴里へ出ないと社會的に存分の活躍も出來ませんしするから立派な住宅を構へる必要もありますが、當分の保養には絕好の別莊ですから、是非そこで健康を快復して下さい——愛する奥さん。」

彼は言葉巧みに説得しましたので、彼女は元來が注意深い性質でしたが、其夜何んでもかでも、彼と一回の肉交を欲してゐましたので、まんまと彼のかけた穽に陷ちて了つたんでした。

そこで彼女の家に一緒に出かけて、差當り彼女に必要な衣類や身の裝飾品を持たせ、その儘自動車で別莊に向ひ、途中フエリー・ボータンといふ店で食糧品をしこたま仕入れ、ヴエルノリウの別莊についたのは其夜の十二時すぎでした。

そして、その前夜、キユツセ夫人と其の息子のアンドレーを毒殺した食卓に向つて、彼女と樂しく酒を交はしました。

彼は、今迄に於ける彼女との交際に於て、そして又、今夜、家を留守にさせる手傳で彼女の秘藏品のあらましを見拔き、自分の大切な「死人帳」に財產約六萬フラン有り、別に有價證劵二萬フラン、家具一萬フラン、寶石一萬八千フラン有り——（ブレジル）と記してゐました。ブレジルとは、彼女を別名に記入した自分の記憶を呼び起すだけの記名にすぎなかつたのでした。

酒のあとで、ふたりは輕いデザートを取ることにしました。彼はバナナを撰び、彼女には林檎を與へました。この林檎こそ、彼女を其夜死に到らしめた恐るべきフルーツであります。

彼は兼て、モンマルトルの屋根裏に住んで苦學をしてゐる醫學生に學費を支給し、その報《つぐな》ひとして彼に凡ゆる細菌を培養せしめてゐたのでした。

今、その林檎の中には、數時間を經ずして生命を斷つ、恐るべぎ猛烈な悪性の肺炎菌が數十萬、注射液の細い針を傳つて注入されてゐたのです。

彼は時計をそうと見ました。そして、もう二時間で此女は終りを告げるのだと腹の中で考へました。

そこで彼は、一刻も躊躇か出來ないと知りましたので、「ねえ奥さん。今夜は幸ひ月夜です。セイヌ河を亘つてネヴアダの山の下までドライブして見ませんか」と、柔しく誘ひをかけました。併し彼女にあつては、ドライブどころではありません。先刻來熾んに情慾の發作が彼女のうるんだ眼つきを刺戟してゐました。

「ねエ、あなた！妾達は、もう遲いから休みませう」

彼女は堪らなくなつて彼に抱きつきました。

すると彼は、いつもの態度と打つて變つて「駄目ですよ奥さん。私は夜遲く酒を呑みますと、どうしても一時間ほどドライブして來ないと朝まで眠れないんですよ。だから最初私につき合つてドライブして、それから貴女につき合つて一緒に寢みませう。さア、ガレージから車を出して來ますから一緒に階下《した》へ行きませう」

と無理矢理に、引つ張つて助手臺へ彼女を乘せ、自分が運轉して村の松並木に出ました。彼女は益々興奮して參りました。彼の運轉中、彼にしなだれたり、終ひには彼のズボンのボタンまで外して、危ふくハンドルを誤つてセーヌ河へ落しそうにしたりしました。そこでネヴアダの山へ差しかゝつた時、やつと彼は、ハンドルを止めて、彼女を抱擁し、片手を彼女のスカートの奥へ潛らせ、ズロースの紐を切つて、待ち焦がれた　　　れてやりました。彼女はもう夢中でした。早く〳〵と彼をせきたてました。息使ひも荒はに、彼女はズロースをもぎ取つて了ひました。併しランドリユには、この荒い息使ひこそ、十數分の後には、死への息使ひに變るのだと知りましたので、可愛想な女だと思はずにはゐられませんでした。だから潔ぎよく念彿代りに最後のとどめをさして安らかに成佛させてやらうと決心したのです。何たる恐ろしい惡魔でありませう。

車の中で、數分間の　　　を續けて居りました時に、突然彼女は全身に猛烈な惡感を覺えました。併しそれは餘りに

劇しく　を使つた爲に、建康に障つたのであらうとしか考へられませんでした。そのうちに極度の發熱を感じ、その刹那、けだるいながらに、快樂のクライマックスが來ました。續いて又、そして又――丁度三度目のクライマックスを感じた時、全身の劇痛が彼女をして再び永久に立ち上ることすら困難にならしめかかつてゐました。

ランドリュは、この激變を殘らず觀察しながら、

「奥さん。今夜のやうに何度も〱いい・・になつたのは生れて始めてです。餘り一生懸命になつたので、何だか身體中が變に痛くなつて來ました。貴女は？」と、自分から先手を打ちますと、彼女は既に虫の息です。

「あなたッ！」と叫んだキリ、口がきけなくなつてゐました。そこで彼は、車から飛び出て、兼て、運轉臺の中へ用意してゐたスコップを取り出し、山腹の或る杉の木の下を堀り始め、約一時間を費して、彼女を埋めるに足るだけの穴を堀りあげました。車體に近づいて見ますと、彼女は、最早や此夜の月影と永遠に絶縁して了つてゐました。猛烈な肺炎菌が、猛烈な交接によつて、忽ち彼女を心臓痲痺に陷らしめたのでありました。

それから更に四十分後、彼は、完全に彼女の死體を埋めると、その儘、自分の別莊を目指してフルスピイドで歸りました。勿論、彼女が今の今迄身につけてゐた首飾りや時計や、そして最も大切に肌身から離さなかつた金庫の鍵も一切の金に代るべきものが、彼のポケットの奥深くにしまひ込まれたのです。

時計は夜中の四時を打つてゐました。前夜來一睡もとらなかつたので、流石の殺人鬼も、へと〱に疲れが出て、その儘ベットに潛るや死んだやうにぐつすり寢込んで了ひました。

翌朝午前十時過ぎでした。入口のベルが激しく鳴り出したので、驚いて目をさまし、一體今頃訪ねる人間は誰れであらう。ひよつとしたらキュッセ夫人の姉のデアードでないかと心配し出したのでした。しかし、その姉に對してならば、彼はかねがね言ひ逃れを考へてゐましたので、たかをくつて玄關のドアを無造作に開けますと、戸口には

嘗て見かけたこともない眞黑な髯を生した背の高い人が立つてゐました。突然危險！と彼は直感しました。あまりのことに、流石の彼も一寸の間は言葉さへ出ない位驚いて、石像のやうにぢつと立つてゐました。

「デアール君とは貴君ですか？　私は警察官です。少しばかりお尋ねしたいことがありまして……」と、その來訪者は落ちつき拂つて言ひました。

ランドリュは益々言ひ知れぬ不安が、こみあげて來ます。そして彼の足は、更に更に堅く釘づけにされて了ひました。僅かに平氣を裝つて、

「ハイ、してどんな御用ですか」と、言葉を發したものの、胸の驚きと恐怖は、やつと彼の肉體を支へてゐるにすぎない狀態でした。

私服の警察官は嚴かに「お訪ねの件は他でもありません。前晩、貴君は何か變なものを燃してゐたといふ事實を、警察へ訴へ出た者がある、その一人はリユウ・ド・マアテンの屠獸業者モーネイといふ男で、彼の訴へに依ると、彼がその妻君と一所に夜遲く歸宅の途中貴君の家の傍を通ると、貴君の家の煙突から眞黑な、しかもひどく厭な臭氣をもつ煙が猛々と出てゐたと訴へ、又、他の一人はツリールといふ醫者で、リユ・ド・ハモウの病家からの歸り、矢張りこの異樣な臭氣ある煙を嗅がされたので不快を覺え、同時に奇怪な煙であると訴へて來た。それで實は調べに來たわけです。」と言つて、ツカ〳〵と彼を伴つた儘、彼の部屋へ這入り込んで行きました。

（編者曰、此稿幸にして讀者諸氏の好評を得るならば、次號に更に紙幅の許す限り續稿することを誓ひます）

南歐好色文學名作集

特別附錄

北歐文學はその氣候風土の影響を享けて、どこか暗い憂鬱な點があるが、それだけに又深刻で讀む者の胸を壓する迫力がある。北歐作家の作品に較べると、南歐作家の作品は總じて明るく、輕快である。然しその情熱的《パッショネート》な點に於てあく迄南國的であり、朗らかである。かうした傾向は勢ひ好色文學の上にも現はれて、息詰るやうな變態性に乏しい代りに、いかにもスマートな清々しい氣分を我々に與へる。そして、多くの作品を通じて表現される獨得のユーモアは、その題材が悲劇である場合に於てすら、滾々と湧く泉のやうにそれらの作品の底を流れてゐる。

こゝに飜譯する數篇の短篇小說は、いづれも十五世紀から十六世紀へかけての古典文學であるが、さうした傾向を最も雄辯に物語るものであることが讀者諸賢には直ちに頷けるであらう。譯は原文に忠實であることよりも、多分に現代化したことを諒とされたい。

（花房四郎）

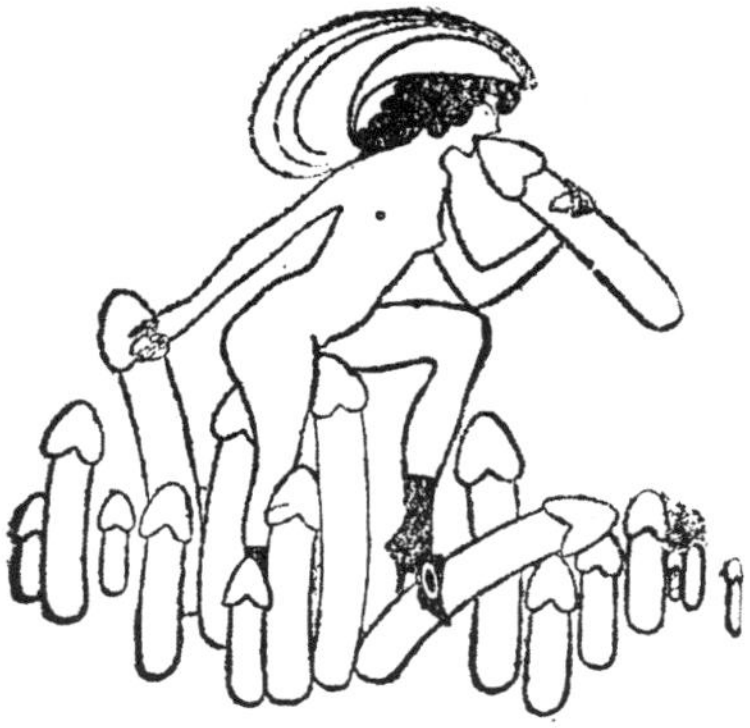

花嫁

Antouio, Cornazzano.
一四三一——一五〇〇

アントニオ・コルナツツアノ作

昔ある町に年の若い美しい娘がゐた。まだ肩揚もとれぬほんのおぼこ娘であつたが、財産をめあてにしてか、それとも何か他に理由があつたのか、彼女とはまるで親子ほど年齢の差がある三十近い男と結婚することになつた。對手は眉目秀麗の好男子で、おまけに巨萬の富を有してゐた。

恐らく娘の家は餘り豊かではなかつたのであらう。日ならずして彼女の新夫になる青年は、この若い、まるで鳩のやうに純眞無垢な少女のために、凡ゆる贅澤な結婚道具を調へてやつた。

愈々結婚の當日が來て、若い娘が夫の家へ行かうとする時、まことにおせつかい者の一人の年寄つた婦人から、彼女は全く思ひがけないことを聴かされたのである。それは、この男の股間にはさむ　　が並すぐれて大きいこと、こんな大きな武器を持つ男と、彼女のやうな年の若い女との戰ひに於ては、よほど氣を付けないと體を損じて了ふことなどを、半分はからかひ、半ばは一種の岡焼からくど／＼と娘の前でまくし立てた。

さて、結婚の當夜、娘は高鳴る不安を押へて嫌々ながら新夫と共に寝室に入りはしたものゝ、異様に輝く眼差しと興奮したせわしい夫の息吹に壓せられて、夫が近寄らうとすると、まるで鰻のやうにスル／＼と逃げ廻つた。

　これには流石の彼も困つた。愛撫しやうにも、いたはつてやらうにもまるで手がつけられない。そこで遂にしびれを切らしちまつて、今や彼の態度は哀願的にさへなつた。

「ねえ、なにもそんなに恐がることはないんだよ。さあ、僕の胸に飛びこんでおいで。僕はお前を心から愛撫してやるのだ。」

　すると、新婦の方では、その愛撫が恐いのよと云はぬばかりに、ケロリとした無表情な面持で突立つてゐる。狀勢かくの如く惡化しては、もはや男子としての實力を示すべく直接行動に出づる他はない。隱忍自重も度を過せば卑怯に等しい。

　彼は顫へる新婦をむりに抱き寄せて、いとねんごろに愛撫し、接吻し、更に次のやうな說明までもつけ加へなければならなかつた。

「怪我をして死ぬなんていふのは大嘘だ。だつて、その証據にはどこの夫婦だつて、結婚した晩に死ぬつてことはないだらう？」

　花嫁もどうやら謎が解けたらしい。謎がとけてみると逞ましい男の兩腕に抱かれてゐるといふことは決して惡い氣持ではないとみえて、いつしかおとなしく枕を並べて橫はつた。陷落近し！もはや大丈夫と思つた新夫は花嫁の手をとつてそうと己が○○に觸らせた。かうすれば花嫁の方では、すみやかに自分の要求を容れるだらうと信じたから――

　併し、豫想はでんぐりかへつた。作戰計劃は美事に當が外れて、彼の○○にさはる否や、若い花嫁はヨヽとばかりに泣き出したのである。いや泣き初めたどころの騷ぎではない、戰ひ我に利あらずと見てか、下着をクルクルと兩足に卷きつけて堅固な塹壕を築いて了つた。

かゝる場合に於ては、たいていい人間の氣持は二つに別れる、即ち突撃か後退かの孰れかを撰ぶ以外に道はない。この青年は不幸にして花嫁の必死の防禦に負けて了つた。だが餘程くやしかつたと見えて
「チエッ！そんならお前の勝手にするがいゝ、この小便垂れ奴！僕は立派な新妻を迎へたつもりだつたが何の役にも立たない。まるで不具者か病人を背負ひこんだやうなものだ。さあ、只今かぎり離縁するから家へ歸つてくれ、僕はもつと役に立つ女を妻にするから」

なる程むりもない罵倒である。

かくして双方とも一言も口を利かず夜を明した。妻は歸りもしないでチャンと自分の側にねてゐる。人生これ程ばかばかしいことは二つとない。そこでムカッ腹を立てた彼はいきなり
「おい、起きろ、馬鹿野郎」

かう云つて自分だけが起き上り、金に眼を吳れずに買つてやつた立派な衣類や、身の廻りの装飾品、さては一切の貴金屬から寶石はもちろん、つまらない仕事着に至るまで悉くとりあげて了つた。

「さあ、お前は兩親の家に歸つて着物を着せて貰ふがいゝ」

かうした捨白を殘して、彼はそのまゝプイと近所の友だちの家へ行つて、花嫁の道具を一つ殘らず預かつて吳れるやうに頼んだ。

殘された花嫁は着物をすつかりとられたので、肌着一枚で寢臺の上に泣き伏してゐた。

そのうちに多くの召使たちも眼をさまし、何かペチヤクチヤ囁き乍ら新郎新婦の部屋を覗いてみると、これはしたり、一身同體樂しき初夢どころか、花嫁一人でサメザメと泣いてゐるので、グルリと花嫁の周圍を取りまき、あれやこれやとしちくどく訊ねた。娘は昨夜のいきさつを細かにもの語つた。そして何としてもあんな恐ろしい大きなもの

で責め立てられるのでは、私の一命にも拘はるから拒絶したところ、夫は遂に憤慨して私を裸かにしたまゝ出て行つたから、このまゝでは家にも歸れず、さりとていつまでこゝにかうしてもゐられないので、思案に餘つて泣いてゐるのだと、涙ながらに物語つた。

集まつた婦人の中には一人の强か者がゐた。若い頃はあの道にかけてかなり達者な經驗を有すると見えて、ニコヤカな笑を漂へながらボンと彼女の頰を叩いて、さていふことに「まあ、あなたはお馬鹿さんだこと、大きいから恐いなんて隨分もつたいない話しだわ。そんなこと決してこれから云つてはいけません。あなたは非常なお惠みを神さまから授けられたので、そんな素晴しい品は決して十人が十人、百人が百人預けるものではないことよ！もし妾しだつたら………」と、話が飛んでもない方面に脫線しやうとしたので、花嫁はすつかりテレて顏を伏せた。けれども、彼女の動揺してゐる氣持が餘程靜かになつたことは、ボロボロと落ちてゐた涙がピタリと杜切れたことによつても容易に想像できる。

側にゐた他の婦人たちも聲を揃へて嗤ひ、且つ花嫁の愚かさを嘲つた。

「ほんとうに無邪氣なネンネだわ。そんなことが心配になるなんてどう考へたつて可笑しいわ。ちつとも恐いことなんかありませんから、旦那さまがお歸りになつたらお詫びするといゝわ。それあ、最初は少々つらいか知れないけれど傷がついたつて知れたものよ。そんなもの直ぐ治つちまひますし、いまに大きいのをきつと自慢するやうになるから………」

花嫁はそれを聽いてすつかり元氣になつた。元氣になつたばかりでなく、昨夜の芝居を續演したくなつた。體全體がピンと張り切つて、其若々しい筋肉は燃え立つて來た。

「さうか知ら、」と花嫁は漸く我に返つて、「それぢや、あの方をすぐ連れて來て下さい。私しもう拒んだり逃げたりしませんわ」

この無邪氣な答へが又みんなをドッと笑はせた。

女たちは旦那を探しに八方に手分して出て行つた。花嫁の頰をポンと叩いた達者な婦人は、ぢつと小首を傾けてゐたが主人の居所は友人の家に相違ないと思つて、息せき切つて飛んで行つた。

「さあさあ、お歸り下さい。お話しはこんなところでは出來ませんわ。私しうんと御褒美を頂かなけあならない吉報です！」と、獨りで悦に入つて連れ歸り、花嫁がどんな吩咐でもきくと云つてゐること、それを納得させるのに彼女がどんなに腕に撚をかけたかといふこと、そんなに立派な品なら自分も一度賞玩させて頂きたいなどとゝつまらないことまでペラペラとまくし立てた。

そして、いきなり彼を花嫁の部屋に押込めるや否や、

「さよなら、たんとお樂しみになつて、せいぜいお疲れ遊ばしませ！」と變な挨拶を殘してスタ〳〵と廊下の彼方に消えて了つた。

花嫁の態度は昨夜とはまるで變つてゐた。

ほんの速成教授ではあつたが、經驗ある婦人たちの指導よろしきを得たものと見えて、新夫が這入つて來るが早いかいきなり嬉しさうに微笑を含んで、兩手を擴げたまゝ夫の首に飛びついて接吻の雨を降らした。その熱狂ぶりと來たら死人も蘇返つて昂奮を感ずる程のすばらしいものであつた。そして夫の首を抱いたまゝモンドリ打つて寢臺に倒れ、「ねえ妾しが惡かつたわ。妾しどんなことでもきくから妾しの着物を返して下さる？」

「あゝいゝとも、いゝとも、もうかうなればなにもかもお前のものだ。その代り私がどんなことをしても、嫌がつたり逃げたりしてはいけないよ。それさへ約束すれば、まだまだお前の欲しいものは何でも買つてやる。」

「えゝ、かまわないわ。どんなことをされたつて我慢するわ。死んだつていゝことよ！」

おゝなんと急速なテムポの展開であらう。

瞬く間に二つの體は縺れ合つた。事件解決するまでは斷じて膺懲の手をゆるめざる迄に紛亂錯綜した。ことこゝに至つては最早第三者の干渉を許さず、斷乎として所信に邁進する外はない。

花嫁は對手の突撃を勘定した。その數だけの品物が買つて貰へる約束が成立したからである。まさに物心一如の境地。戰ひは一切を通じて永久的のものではない。間もなく平和の曙光が見えた。それは夫が感極まつて笑ひ始めたからである。

花嫁は花嫁で、すべてが杞憂であつたことが實踐によつて證明された。それは苦しいどころか、豫想とは全く反對のものであつた。「妾しもつと着物が買ひたいわ！」

おゝ、何と慾の强い花嫁。

「もう澤山だ！」

けれども、夫は内心たまらなく愉快であつた。その次に二人が抱擁した時、花嫁は更にすばらしい發見をした。それは先刻の戰ひに於て、その片影だに見せなかつた二つの小さい、いぢらしい袋があの大きな物の下にチヨコナンとぶら下つてゐたからである。

「あら、これなアに？」と、花嫁は瞳をクルリと囘轉させて夫に訊ねた。

このばか／＼しい質問に對して

「これはポンプなのだから他に用立つものではない。」と答へた。然し花嫁はなか／＼承知しない。

「この次はこの袋も一緒に　　て頂戴ナ。さうすれば私の着物はもつともつと澤山になるでせう？

（終）

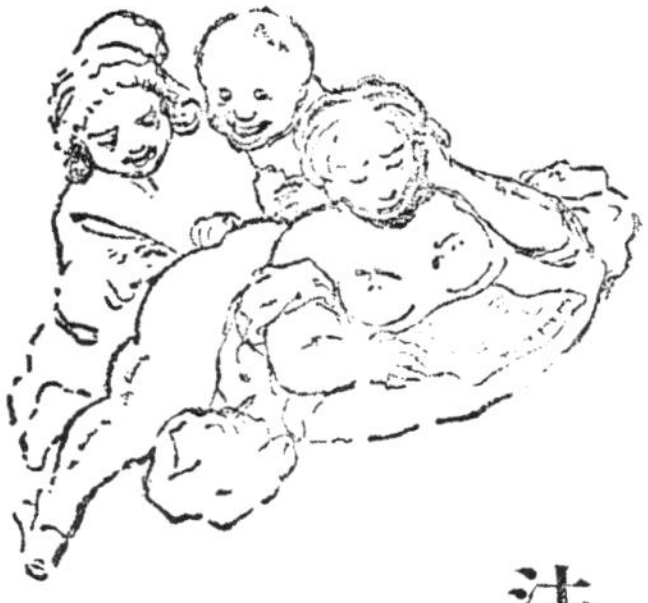

法王羅馬入城

Masuccio

十五世紀

マズッチオ作

アマルフィの岸に富み榮えた國があつた、こゝは古書の記錄によつて明らかであるが、昔はそれ程繁華を極めた街も、今では海運事業の發達のために町の富は激減し、立派な幾つかの宮殿はさながら廢墟同樣となり、そこに住む人々は今では辛じて生命を支へてゐるに過ぎない。

この物語は、そのアマルフィの街から程遠からぬ村で起つた出來ごとで、これ又愉快な愛慾物語の名に適はしい一篇の情話であるが、其處にドンパッチと呼ぶ一人のエロ僧侶が司祭として住んでゐた。

ドンパッチはもとつまらない水呑百姓であつたが、奸智に丈けてゐるのと、目から鼻に突きぬけるやうな小才の利くところから、自分でも知らぬ間にそれだけ出世した果報者、だが年齢が若くて精力絶倫ときてゐるから、儀式張つた腥坊主の務めなんか大嫌ひ。神に祈禱を捧げる暇があれば、善女を口說いて一儀に耽つた方が遙かに面白いといふ煮ても燒いても食へた代物ではない。金魚坊主と綽名をつけられるのも當然だ。

どこの國にもいかもの喰ひの好きな女は多いと見えて、この村でもドンパッチの種を宿す者夜に日に繼ぎ、被害頗る甚大を極めたが、その半ば以上は有夫の浮氣女房だから餘り目立ゝぬ。間男の子を貰つて、おまけに對手が坊主ときてゐるから知らぬ顏の妻のろどもこそいゝ面の皮だ。

このドンパチが最近目をつたけのが、アッシミルラといふ船大工の女房、名前からアッチをミルナといふだけあつて立てば芍藥、坐れば牡丹、自分からして己の顏を綺羣自慢してゐる位だから、誰と誰が妾しに惚れてゐるのだらうなどゝつまらないことばかり考へてゐるエロ女房だ。肩も腰もムッチリと丸く膨れ上つて、路傍の草木にまでこれ見よと云はぬばかりに尻を振つて歩くものだから、あれ一點張りのドンパッチの頭にピーンと響かぬ筈がない。

坊主が目をつけた位だから、自分にも亦すぐにそれと分つた。かういふことになると、エロ屋さん達は物判りがいゝ。頭腦明晳、感覺鋭敏いふ奴だ。

だがアッシミルラもしたゝか者、ドンパッチが眼尻を下げてお愛想を云つた位では、なか〳〵色よい目附なんかして見せない。いづれ一度はのつぴきならぬところまで進んでみたいとは思つたが、別に男に飢えてガツ〳〵になつてゐるといふわけではなし、焦らされるだけ焦らしてやらうと、意地の悪い女房もあればあつたものだ。

それとは知らぬドンパッチ、逃げた魚は大きいの譬へに漏れず、お世釋と愛想の百萬だらを並べてみるが、いつも空吹く風と受け流されて面目ないこと夥しい。だから追ひまくられるだけは彼女の尻を追廻してみたが「これあ作戰を變へなくちや駄目だ！」と一人で勝手にきめやがつた。

新手の戰術といふのは坊主にもあるまじき脅迫の一手。すると、もうよからうといふのでアッシルラも漸く承諾して

「うちの主人がゐる日では都合が惡いから、街に出かけて留守になつたら、きつとお坊さまの御馳走を頂きませう」と答へた。

ドンパッチ喜ぶまい事か、それからといふものは大工の家の番人みたいに、親父の留守ばかり鵜の眼鷹の眼で狙つ

てゐた。

ところが、こゝに一人ドンパッチの戀の強敵があらはれた。ついとなり村に住むわか者でマルコといふ怠け者。股間に一物を持つ男の癖に、風笛を吹くのが得意なところから、その附近一帶の祝宴にのそのそ出かけては、笛も吹き歌も唄ふといふ、云はゞ男藝妓みいたな色の生白い男で、役者にしたら二枚目どころ。若い女にチヤホヤされるのにつけ上つて、こ奴が又めくら滅法にアッシミルラに惚れこんだ。

口說はうまいし、澁皮は剝けてるし、先樣の方がモジモジしてる間から、アッシミルラの方でヘナヘナになつた。

「お前さんだつたらどんないふことでもきくよ。だがあのしぶとい腥坊主ではねえ！」と、若き燕に對するエロ女房の情熱やまさに百パーセント。

不幸な亭主と幸福な二人の狼、さりとも知らぬ亭主は愈々街に出かける日が訪れて來た。船大工としてパルレモまでの旅行だから、家は當分留守になるものと見なければならぬ。

それから間もなく、隣り村のさる大家で祝宴が催されたので、マルコは男藝妓として呼ばれ、アッシミルラは祝宴の手傳女として招かれ、こゝに奇しくも戀の男女は、共に席を同じうするチヤンスを惠まれたのである。

祝宴も終りに近づいた頃、笛吹の若者は要心深くエロ女房の側ににぢり寄つて
「ねえ、おばさん。この前約束したことをもうそろそろ實行して貰ひたいと思ふが、おばさん今更いやとは言ふまいネ。」

「モチさ、」と女は色つほい眼付で、若い燕をぢいつと優しく瞶めたのである。

「妾はもうすぐこの家から歸るがネ、拔道を通つて山の方へ行くから、お前さんは妾の姿を見失はないやうに、ちやんと後からつけてくるんだよ。人眼につかない場所で一緒になつたら、どんなことでもお前さんの望み通りにさせ

てあげるから、うろたへないで氣をつけてネ」

この色よい返事に、若者の頭はボウッとして了つた。

軈て、アッシミルラはなだらかな坂道傳ひに山の中腹にかゝつた。そこには夫の工事場に使ふ小屋がある。小屋とは云へど、立派に住ゐの出來る別壯で、周圍には材木や、船の材料が積み重ねられ、夏の暑い頃などは、よく夫婦二人きりで出かけて來ては、階老同穴の契を結んだ思ひ出深い小屋なのである。

こゝなら安心してふざけることが出來るし、日が暮れて夜になつたところが、己が住居までもう幾許もない。

待つ身の辛さ。

アッシミルラは、山の小屋から手をかざしては、麓の方に眼をやつた。

程なく、息を切らして笛吹の若者が小屋に這入つて來ると、彼女はさも待ちくたびれたものゝ如く、若者の體をギユッと己の胸に抱いたのである。乳房の奥では若々しい赤い血が脈を打つて踊り狂ひ、腰から下は變にムズムズ落着かなかつた。

それから、それからは例によつて例の如く、恐らく彼等が一生忘るべからざる愛の取組が始まつたのである。

一方例のエロ坊主だ。お先に御免の珍客があらうなどゝは夢にも知らず、亭主は留守なり、御意はよし。積年の愛さを晴すはこの時とばかり、意氣陽々ではなく、こつそり忍び寄つてホトホトと扉を叩いた。いくら叩いたところが家は留守だから返事のあらう筈がない。坊さん頗るガツカリした。

そこで丸い頭をコクリと傾けて思案の末、ハタと小膝を叩いて何か心に思ひ當つたことがあるらしい。夏の陽は既に西山に傾いて、暫て夕闇も迫らうとしてゐたが、戀の通ひ路千里が一里とやら、坊さん蛸頭から湯氣の如く汗が出るのをものともせず、息をはづませて件の小屋へ足を急がせた。豫感と云はうか、見透しがきいたと云はふか、流石戀する者の第六感は格別である。

こゝでも亦ドンバッチはホトホトと戸を叩いた。

「どなた？」と言つたは、まさしく聞き馴れた女の聲。

「わしぢや。貴女のンドバッチぢや。」

女は急いで立ち上り、ニコ〳〵しながら出て來るかと思ひの外

「今頃どんな御用です？」と家の中からケンもほろゝの挨拶だ。

「おや、これは少々勝手が違ふぞ」

かう思つた坊主の心中や四角八角、甚だもつて面白うない。

「どんな御用とはお情けない。俺がなんのためにこの暑い中を歩いて來たかは、姐さんとくと御存知の筈ぢや。幸ひあたりに人家はないし、願うたり叶うたり、まことにもつて屈強の場所、嗟かしあんたがしびれを切らして待つてるだらうと思つて、俺はこれこの通り、汗ぐしよ〳〵になつてやつて來たのぢや。さあさあ早う開けて下され」

「どうもおあいにくさま、今日はどうぞそのまゝ歸つて下さい。いま手の離せない仕事をしてゐますから！」

なる程手は放せまい。鉢仕事や炊事とはわけが違うて、平和の戰ひの眞最中だ。これを防害する者あらば、對手の何人たるを問はず、前をまくつて逃げ出さうといふ權幕だ。

「おや、何といふことを言ひなさるのぢや。折角こゝまで來ておつぽり歸されたのでは、神に對して申し譯がない。萬人を愛するは主イエスキリストの御心ぢや。どうしても開けぬとあらば、雨戸を叩き壞してゞも這入りますぞ。まだまだそれ許りぢやない。村に歸つたらあることないこと、あんたが村の道路を一歩も歩けないやうな惡評判を吹聴してやるが如何ぢや？」

いや飛んでもない僧侶があればあつたものだ。さすが浮氣女もこれには一本參つて了つて、哀れや幽玄美妙の境地も、木つ葉微塵に粉碎された。呪はしき爆撃坊頭ではある。

側で聽いてる笛吹の二枚目も、今や全く意氣消沈、乙にからむだ兩脚が意氣地なくもガタ〳〵顫へを帶びて退却の準備にとりかゝつた。

「なんていけ好かない坊主でせう。犬にでも喰はれて死ねばいゝのに。でもこのまゝにしてゐたら妾したちがどんな難儀をするかも分らないから、お氣の毒だけどお前さん諦めてお呉れ。なァに明日といふ日がないではなし、二人の樂しみはいつだつて出來るんだから、今日はそうつと物置にでも隱れておいで。そのうち、都合によつたらおつぽり歸して又可愛がつてあげるから、」

さう言はれてみると、怠け者で弱虫野郎のマルコ、女の親切に三拜九拜して薄汚い物置の中にへタばりこんだのだから、あそこ一つが天國地獄とはよう云ふたもの。それでも、除け者にされたのは口惜しかつたと見えて、物置の節穴から、まんぢりともしないで部屋のうちを覗いてゐるのだから、意地のきたないこと甚だしい。

坊主は尚も外でガンガン喚き乍ら戸を叩いてゐたが、密夫《まぶ》を隱すと姐さんの態度がガラリと變り、艶つぽい笑を漂へながら窓の中から手をさしのべた。實はそのまゝ中へ入れないで坊主を返す筈であつたが、對手はそれ程遠慮深い男ではない。ボッチャリした美しい手を見ると、もう忽ち眼が暉んで、ペタペタと嘗めだしやあがつた。いや、嘗めた位では氣がすまぬと見えて噛りつきあがつた。まるで狂犬みたいな奴である。鼻息は軍馬よりも荒々しく、弓は矢つがへて滿月のごとく張り切つてゐる。そしていふことがいゝ。

「早く羅馬に法王を入城させろ」と。

女は笛吹が覗いてゐることを知つてゐるので、ワザととぼけ面をし乍ら

「あなたの仰言ることはよくわかりません。」

「その説明はこゝでは出來ぬ。」

さう言つてたうとう坊主は敵の陣地を占領した。エロの信儀を辨へぬ暴戻不埒の徒だ。そしてアッシミルラを寢臺に押倒すが早いか、嫌がる彼女の着物の裾端をふんだくるやうにして

「羅馬に法主が入城なさるのだ」と 吐した。

そしてサンピエールの祭壇椅子に女をふれさせては、速射的攻撃に出でたのである。

かくの如き暴撃に對して、敢て反撃の態度を見せやうともせず、さながら眠れる猫の如く沈默せる女は、節穴から覗いてゐる笛吹の二枚目にとつては、如何に善意に解釋しても、この喧嘩は八百長としか見え[illegible]。憤激骨を貫くものあるが、優柔不斷の弱者はこれを如何ともすることが出來ない。出でゝ戰ふことを避けて、尚一層縮こまり乍ら、小さな節穴から眼を皿の如くして監視する樣は、男の風上にもをけぬ愚かな奴だ。とは言へ、元來瓢きん者の彼は、この狀景を一場の祝宴と感違ひしたのか、それともせめて江戸の仇を長崎で討つ所存《つもり》だつたのか

「いやしくも、法王の入城に奏樂が伴はないのは少し淋しい」とばかり、懷から例の笛をとり出してピイコロピイコロとちやちな行進曲をおつ始めたものだ。

奏樂付の一戰とは古今東西稀に見る場景であつたらう。いや坊主が驚いたこと驚いたこと。これはてつきり親籍の奴らが、彼のこの背德を知つて、棒と劍でぶん擲りに來たのだと早合點した。そして、何はともあれ、この時この際三十六計逃ぐるに如かずと、取るものとりあへず裸足のまゝで表に飛出し、風をくらつて逐轉した。

喜んだのがマルコである。まるで弱卒が奇勝を博したと同じやうに、手の舞ひ足の踏むところを知らなかつた。そして、あたふたと彼女の部屋に飛びこんでくるなり、女はまるで顎でも外れたやうに笑ひ轉げ、開いた口がふさがら

ないで七轉八倒、笑ひも桁外れになるとそれは最早笑ひではなく、腹痛や頭痛と同じやうなものだ。

かくして、笛吹のマルコは再び奪はれた陣地を奪還し、城の門前で撃退されたエロ坊主の法王になりかはつて、威風堂々、悠容迫らざる態度で入場式を行ふことが出來たのである。（終）

ラヴイネルラ

(Scipione Bargagli)

(一五四一――一六一二)

スピオネ・バルガリイ作

近頃我々の、このシエンナの町は、風俗が淫靡に流れて、人情《ひとのこゝろ》が弛んで來たやうな傾向がある。こゝに皆樣にお話しやうとするのは、やはり此頃の事で、立派な家柄の兩親を持ち、活潑な上品な才智をめぐまれた一人の若い娘の身の上に起つた物語りである。

彼女は、ラヴィネルラとよばれて、その年頃の娘達のだれにも勝つて、若々しく、美しかつた。年は十六といふよりも十七に近かつたであらう、しかしまだ結婚の問題については、あまりに小供であるやうに考へられてゐた。それに彼女は、年頃の娘の惱みを、知り初めて思ひ切つたことをする大膽な心に動かされて、何となくそはそはとして女らしい仕事に引籠つてゐることは出來なかつた。宗教上の祭日などで、精進しなければならないその外は、部屋の中に一人でおとなしくしてゐるなどといふことはなかつた。それで人々は他の小娘達と同じやうに、小さい庭の花や木を育てたり菫の鉢の世話をしたり小鳥の籠の面倒をみたり、お人形に着物を着せたりして面白がつてゐるものとばかり思つてゐた。

ラヴィネルラは、大通りに面した窓の傍に行つてゐる事が好きであつた、これはサンタ・アウスチノ寺の正面の入口に隣り合つてゐる往來であつたが、細目格子の影にかくれて、人々が行つたり來たりする有樣を、注意深く眺めてゐることが一番面白いと思つてゐたのである。皆樣が御存知の通り、年頃の娘は無暗に人に見られるやうな所に出てはいけないことになつてゐるし、結婚の日までは極く近い近親の外には、猥りに顏を見せないといふ世間の嚴重な掟がある。この掟はまことに結構なことで、若い娘はだれもこれに隨はなければならないのであつた。

かうしてラヴィネルラは、殆ど每日のやうに、朝に夕にシエンナの若者達か行來するのを眺めてゐた。ある者は徒歩で、ある者は馬に乘つて行くのである。

ところが、家の傍を通る美しい姿のやさしい若者達の中に一人の青年が彼女の目を惹くことになつた。それは彼女が今までに見た行來の人の中で、その美しさといひ、樣子のよさといひ、そして氣高さに於てあらゆる人達と比較にならない程、立派に見えたのであつた。彼は卷髮の美しさか一層その顏を引立たせてゐることの爲に、人々からはリツチアルドとよばれてゐたが、ほんとうの名前はバンドルフォといふのであつた。その苗字は彼の家柄が非常に高貴なものであるから、私はそれを憚つて特に遠慮したいと思ふ。

この若者を見ることが度重なるにつれて、燃え易い乙女の心をもつたラヴィネルラは忽ち戀に捕はれて了つたことを感じて、心にも體にも落着きと平靜がすつかり失はれて了つたほどになつたのである。彼女の心は、それから後といふものは、この新しい愛する者に對して、想を募らせることとなつた。それで今までよりも一層、細目格子のところにばかり執着して、自分の用事などはみな振り向いてもみやうとしなかつた。彼女はこの窓に倚つてリツチアルドの姿を見やうとして、待つことが多くなつたのである。そのうちに彼女はこの窓が、天にも地にも變へ難い、嬉しい場所となつて遇然彼の通りかゝるのを見る度每に、彼に話して心の中に燃え上る炎が限りなく增してくるのを感じるのであつた。もとより彼の姿を見ることの出來るのは、そう何時もある譯のものではないので、彼の姿が見えない日には、自分自身に對してまでも、恐ろしい厭惡を感じて、このせつない戀を、なげき悲しみ、自分の不運を呪ひリッチアルドに對してまでも、彼を恩知らずの不作法者であるとまで思ふのである。

彼女は、時々かかうしたことをよく考へてみて自分に對して腹を立てることの不合理なことを悟り、女の身としてそれ程望ましい、これほど値打のある戀人を思ふ果報を喜ばなければならないはずで、彼に對してあき足らない思ふのは猶更間違つてゐる、何となれば彼は自分の戀を何も知らないからであると自分の心に言ひきかせて、氣を鎭めるばかりであつた。しかし彼女はどうしも、自分の片思ひの不仕合せを何時もなげき續けてゐなければならなかつた。

戀する若い乙女の心の中に、苦しい惱みに燒かれ燃やされて、女のつゝしみを忘れて了はうかといふ程の思念が搔き立てられると、その希望を達する爲には、どんなことでも、してはならないことはないやうに思はれてくるのであつた。すると彼女は戀の爲には女の方から思ひ切つて、大膽なことをする人達のことを思ひ出してみたのである。

かう云ふ女達のすることを眞似さへすれば、事柄はきはめて容易ではあるが、正しいこととは思はれない。彼女は愛することを知つた女は、やつて見て不可能などといふものが一つもないはずだと、心に問ひ心に答へてゐた。

かうした思念が、全く彼女の心をうばつて了ほうとすると、まだ完全に心の中から追ひ拂はれて居なかかつた理性がこれに全然反對な注告をするのである。彼女が思慮分別もなく狂人じみた、逆上せあがつた思念に隨つて、身をあやふくするやうにすることが、どんなに大きな過失であるか、そして家族の名前にも汚點を付けやるうな、自分の名譽をあやふくする大きな危險が、その結果として、彼女の將來を滅茶々々にして了ふことの恐ろしさなどを警告してみせるのであつた。彼女が知つてゐるだけでも、色々な女の例を見れば、放埓な慾望の奴隷となつて倫落の淵に沈むことは疑ひ無いところであつた。

ラヴィネルラの軟い頭の中では、この二つの相反した思念が爭闘をつゞけて果しがなかつた。しかしそれは彼女に色々な思念を發見させる役に立たないものではなかつた。心の中の爭闘は同じやうなことを繰り返して、理性と感情のもつれ合ふ中に、段々と力强い慾望が勢力を占めて來て、今は愛の神さへこれに加擔するので、あらゆる他の抑制の感情を足下にふみにじつて、自分の處女としての純潔も家の名譽も、顧りみずに百尺竿頭更に一歩をすゝめるの擧に出やうと身がまへるやうになつて了つたのである。

この時から彼女は、不安な懸念に滿されて心の中で言つてゐた。『ラヴィネルラよ、お前の事柄は大變重大なのです、そして世の中のどんな戀人のそれよりも一番つらい、一番辛抱の出來にくいものなのだ、お前のやうな女にこんな大きな戀の重荷を背負つて、愛してゐる人に打明けることが出來たら、さぞ嬉しいであらうと思ひながら、それの出來ない悲しみが、かうやつて殘つてゐるのです。お前はどんなことをしても、自分の心をなぐさめることが出來ないし、お前の戀の悲しみは、どうして先方へ打明けていゝかわからないことにあるのです。戀といふものは、どうしてこんなにつらいものであらふ、自分ではどうすることも出來ない運命のやうなものなのです。何故お前は人を思つたりなんぞしたのです、その好い首尾が得られない爲にそれほど心を掻きむしられるやうになるとは、お前はあはれな望みを斷ち切ることも出來ないし、お前の望みを先方へ知らすことも出來ない（まあ何といふ思ひがけない不思議な出來事であつたのでせう）然し考へてごらん、お前の大きな希望といふものは、理性によつて導かれたものであるが、情熱と、狂人じみた氣持になつてうばわれてゐるものであるか。もしお前の場合が合理的なものであつたら、あれほどつゝましやかな、あれほど賢そうなお前のリッチアルドに打明けることを恐れる必要は何も無い、そしてあれほどの人の情を乞ふべきではないのであらふか。もしお前の慾望が反對に咎出べきものであつたら、お前はあの方に素振りを見せることさへいけないことです。そしてお前の心から根こそぎそんなものを引拔いて了はなければいけません。

しかしお前は、お前の胸の炎に滿足を與へることしか望んでゐません。それならば何故お前は、お前を滿足させ充分に幸福となるやうにすることの出來るたゞ一人の人にそのことを賴んでみやうとしないのであるか、お前は躊躇してゐる、お前はやつてみやうとしない、そしてお前はその爲に命までも失ひそうになる胸の想を明かにすることを、はづかしく思つてゐる。若しお前が胸の中だけに秘めて置いて隱してゐるならば、こんなに燃え上る火をどうして消したり沈めたりすることが出來やうかといふことを考へてみるがいゝ、その火はますます熱烈に燃えさかつて來て、手がつけられないやうになるのでせう。だからお前は自分の心を打明けなさい、自分の心を訴へたり、あるが儘に容求したりしなさい、そしてもしそれでも充分でなかつたならは、それに涙や溜息を一緒にして身を投げ出して求めて御覽なさい、お前は自分の心をはつきりとした聲で示すのを恐れるのですか。手紙をお書きなさい。言附をしなさい。それでなければお前の代りにだれかを使にやりなさい。まあ何といふ妾は不幸なものでせう、妾はどうしたらいゝのかは自分でもよくわかつて居る。しかし戀の鋭い針に責め催される妾はかうした考へに誘ひたいと思ふけれど、一方ではまた名譽といふ絆が妾を後へ引戻すのです。今それをしやうと望んでも、そのすぐ後にはそれをしまいとする、そして色々な想ひが幾つにも分れて、しなければならないことが一つもわからなくなつて了ふ、妾はたれの助けをもかりやうと思はない、そしてどんな他の人でも妾ほどつきつめた戀をしてる者があるとは思はれないから、この氣持はちつとも分つてもらへないと思ふ。一番いゝことは妾が自分自身に適當だと思つてゐるやうな方法か、順當な手段をとることよりも、むしろ一種の計をめぐらして、望みをとげた方が間違いなく出來ると思ふ。實際のところはよい身分に生れたものの精心は、そうした計めいたことをいやがるべき筈であるけれとも、妾が理性よりも強いこの想の力を考へれば、どんな風にしてよいものであるかわからなければならない筈です』

躊躇勝ちな心の錯亂した若い娘はかうして戀の迷宮の中に投げ込まれたまゝでゐた、まるで舵の無い小舟が逆風におし流されて、海の中に漂つてゐるやうにどうして自分の身を愛していゝかわからなかつたのである。戀と名譽とは同じ位の力をもつて、絶えず彼女を壓迫してゐた、遂に彼女はこの恐ろしい心の嵐の餌食となつたり、黒い雲の中の稲妻のやうに彼女の心には一つの光明がひらめいて、それによつて自分の熾烈な望みに結末を與へることができると確に信じたのでした、そこで聞いて下さい。私はその考へがどんなものであつたか、今皆様にお話しやうと思ひますから。

その當時の人々も今日と同じく、謝肉祭の時には町中をあげてこのき大なお祭を愉快に遊ぶ習慣があつた。この日の有様がどんなに自由なものであるか皆様に思ひ出して頂く必要はないと思ひます。謝肉祭の時は、夜通し男や女の多勢の群集で雑踏しない町はシエンナの何處にも無い。その日のうちはみんな揃つて歩きまはるのでした。そこでラヴィネルラはこのお祭をよい仕合せにして、謝肉祭の大曜日の晩になると（この日は特に他の日よりも一層自由で、一層惡ふざけが出來るのである）晩の食事がすんだ頃に、自分の計劃をたれにも知らせないで、全然秘密に彼女の美くしい顔の上に一つの假面をつけて、かうして彼女は身分の高い家の令嬢として、大勢の人が侍づいてゐる人目をのがれて、たゞ一人で自分の戀に導かれるまゝに愼重に家をぬけ出してリツテアルドの住居の方へ直すぐに出かけて行つた。この町といふのはボスチエルラの傍であつたのである、そこへ行くと彼女は彼が家から出てくるのを待つてゐた（他の青年達のすると同じやうに）彼はきつと、どこかへ遊びに行く筈である、間もなく彼が手に角燈をさげて出てくる姿を見た、今日でもまだ用ひられてゐる龕燈のやうなものである。彼は家を出かけやうとしてゐるらしい様子であつた。

彼女は直ぐにヴエルナルドのところに近着いた、心臓は胸の中で高く鳴るのである、そこであらゆる勇氣をふるひ起して、假面のおかげもあつたのであるが、何氣なく彼に近づくと大變おとなしさうに彼女は、こんなことを彼に言つた。

『あの誠に失禮でございますが、もしお願ひが出來ましたら、あなたの提灯の火をお貸し下さいませんか、妾のが消えて了つて困つて居るところでございます。』

リッチアルドは、他の人の頼みに對して、どういふ風に振舞ふのが親切であるかといふことを充分心得てゐた男であつたので、火を貸してやる許りでなく、もし道に迷つてゐるのであるならば案内位は雑作もなくしてやらうと思つてゐるやうな人であつた。それで何心なく『さあどうぞ』と答へた。

かうした思ひがけない出合ひ頭でもリッチアルドは思慮のある男として、立派な着物を着て、いかにも身分あり氣な婦人がこんな時刻に自分の前に來てものを頼んだその當人の頭から足の先まで二三度よく觀察した。その顏は見ることが出來なかつたけれども如何にも端正な容貌をしてゐるといふことはわかつた。そして今、自分の眼の前に現はれて來た女には何かわけがあるのではないかと思はずにはゐられなかつた。そのとき數限りない想像が彼の頭を掠めた。他の人に聞いたことであるけれども今自分と同じやうな狀況で幾多の戀愛の手柄話が想ひ起されるのであつた。ことに彼が氣を引かれたのは、この婦人の近寄つて來て物を言つたその聲音の何といふ優しいことであらうか、何といふ可憐な物腰であらうかといふことであつた。小さい假面の蔭から見える生々した眼差や、若い女の胸の鼓動や、燃えるやうな抑へかねたやうな溜息を聞くと、彼はこの女が何人であらうかと知りたくてたまらなかつた。彼はなほ一層よくこの女を注意して見るのであつた。若い娘の方では、わざと愚圖々々して蠟燭へ火を移すのを遲らせてゐたので、彼の吟味には一層都合がよかつた。火を移すことの手間取るのは手許の顫へてゐたためであつたが、蠟燭が濡れてゐた故であつたのであらうか。

リッチアルドは、かうした戀の冒險に、いよいよ乘り出さうと決心したとき、ラヴィネルラに向つて、もしお差支がなつかたら、こんな時刻に若い婦人が一人歩きをするのは心もとないから、何處へでも御一緒にお伴しませうと愛情をこめて申出た。

ラヴィネルラは自分が愛してゐる人によつて申し出された言葉つきのこれ程優しいものであらふとはそれまで夢にも思つたことが無かつた。そたで彼女は急いで答へた。

『もしあなた樣さへお差支へがございませんでしたら、御一緒に行つて頂くことは、ほんとうに嬉しゆうございますこんな時刻になりましたからそうして頂くことはどんなに心丈夫でございませう。妾はほんとうはこゝからどちらへも參りたくは無い位でございますが、折角そうおしやつて下さいますから、妾はすぐにでもお供をさせて頂きます。たゞお約束して置き度いことは、あなたが妾に對して亂暴なことをなさらないやうに、そして妾が何者であるか、家の名前も妾の名前もお聞きにならうとしないで頂き度うございます。』

これはリツチアルドにとつてさしてむづかしいことでも無かつた、それですぐに承知して二人は連れ立つて暫らく町の中を歩いて行つた。戀人と連れ立つてその言葉を聞きながら散歩をすることは、どんなに彼女にとつて嬉しい樂しいことであつたらう、しかし、やかて彼は名前も知らぬ自分の伴に、何處へ行くのが一番希望されるかとたづねたのである。彼はそれを遠慮なく言つてもらい度いと言つて、どんなことでも彼女の命令ならば喜んで隨ふつもりであると約束した。彼女は彼の行き度い方へ連れて行つて一番適當な所と思はれる場所を選んでくれたら喜んでついて行くと返事をした。彼女にしてみれば、一刻も長く戀人の傍に居られゝば、それで嬉しいのであつた。彼女は自分の伴に退屈を感じさせなければばいゝと願つてゐるばかりで、何處へでも行くつもりであつたのでせう。彼女は猶これに付け加へて自分に一番望ましい場所は彼の望みに隨つた場所であると言ふのであつた。こゝに於て、リツチアルドは彼女の言葉の意味が判然と了解されて、この若い娘が自分に對して戀に落ちてゐることを疑ふ餘地が無いと思つたので方々を歩き廻つた末に、彼女を連れて自分の家に案内して來た、そうして二階にあつた立派な部屋の中に連れ込んだのである。

そこで早速彼は甘いものや、おいしいお酒を譯山に出してもてなした。かうすれば一刻も早く彼女の假面を取去らせることが出來やうと思はれたからである。一緒に歩いてゐるときも、幾度となく假面を取らせやうとしたけれどもその時まではどうしてもそれを承知しなかつたのである。彼は忠實々々《まめまめ》しく卓子の上にならべたお菓子をすゝめて、歩きつかれた草疲れを直すやうにと言ふのであつた。ラヴィネルラは遠慮して親切な招待を斷つてゐた。しかし遂にはその人の言ふことならば、彼女にとつて命令でさえあると思つてゐた位の相手の熱心な、絶えまも無いすゝめ方に餘儀なく讓歩しなければならなかつた。自分の戀人から命令を受けるといふことは非常に心持ちのよいことに思つてゐたのである。

『もしあなた樣が燈火をみんなもつて行つて下されば』と彼女は言つた。彼は御遠慮なしに頂くことに致ます。そうしてそんなお願ひするのは失禮でありませんでしたら、あなたの手からおすゝめ頂くことをどんなに嬉しく思つて居りますことか、妾の心が何でもあなた樣の思召で正しいことならば喜んでお隨ひするといふ証據をお目にかけることが出來ます。』

リッチアルドは、自分の若い心を暗くする疑などを更に起さずに、ラヴィネルラの言葉に隨つて、すぐにそれを實行した。彼は部屋の中を明くしてゐたランプの火を消して、そして若い娘と暗闇の中に向き合つてゐた。ラヴィネルラはすぐに假面を外して、色々のお菓子を食べるふりをしながら、まるでそれを食べたやうにして、彼の心切を感謝した。しかし實際は、彼女の方ではそれと異つた味をする御馳走を望んでゐたのである、それは甘い香味のある全然別の味の物である。

二人の若い者は慾望に燃えながら、しばらくの間は謎のやうな意味の籠つた言葉を語り合ひながら靜にしてゐた、青年は世間の人が女について言つてゐることが、ほんとうであるかどうか知り度くてならなかつた、すなはち女といふ者は明みでは出來ないことを暗い處ではするものであるといふのである。

彼は快活な身振りでラヴィネルラの傍に寄つて、愛慾の爭の下準備をする爲に、彼女の手をとつた。若い娘は始は非常な抵抗を示した、しかしそれはどうしても許さないといふ決心をした女の抵抗では無かつた。間も無く彼女は自由にリッチアルドのするまゝにまかせるやうになつてゐた。ラヴィネルラはすぐに最初から陷落して了つたと見られることを望まなかつたので青年が彼の勝利を確實に決定するまでには、まだ二三度は抵抗を試みたけれども、それもやがて僅の時のうちに、青年は彼女をおし　してその上に乘ることが出來たのである。そして倒された人も、倒した者も同じやうな喜びをもつて二人は戀の武器を互に用ひて、互に勝利を得たのであつた。しかもこの戰場に用ひられた寢床は大變やはらかいものであつたから。

ラヴィネルラはそれでも自分の名前を明かさなかつたが、どれ程前から彼のことを思ひつめて居たか、どれ程自分の熱い戀の心を彼に示さうとして思ひ惱んだか、そしてどんなことをしても彼に會つて思ひの丈を打明けやうと決心したかといふことなどを縷々として物語つたのである。

私はこゝにくだ〳〵しく彼女が自分の戀の定儀をリッチアルドに對して當てはめやうとて色々に理性を惱したことを、くり返してお聞かせしやうとは思はない、また彼女が始めて戀人を見染めた時から、どういふ風にして會つて、どうして知つたか、といふやうなくわしい話を、こゝに書き立てることも退屈なことであると思ふ。リッチアルドは自分が知らなかつた女によつて、自分のことを聞かされるのを非常に驚いてゐた、彼女が自分に顔を見せないやうにしてゐるのは、たゞ氣まぐれに過ぎないものであらうと考へた、そしてもう一度燈火をつけた時には、何の異議も無く、これ程觸感に快い魅力をもつてゐるものであるから、それと同樣に目で見ても定めし美しい顏が見られるであらうと考へてゐた。しかし彼の計畫は失敗に終つた。何となれば彼女はすぐに假面をつけたからである。それはリッチアルドにとつて甚だ不滿であつた。しかし彼は内心の不滿を外に現はさないやうにした。それでも彼は熱心な身振りや言葉によつて、彼女が顏を見せてくれることを同意するやうに骨を折つた。幾ら口を極めて賴んでみても總て無駄であつた。彼女は巧に言ひ外らして應じやうとしなかつた、リッチアルドは、更に一層の元氣をふるひ起して、いさゝか亂暴に過ぎた傾があつたが、言葉に手が手傳つて、たつた今完全に自分のものとなつた彼女の假面を外そうと試みた。しかしラヴィネルラは言ひ拔けが巧いと同樣に、手でも腕でも達者に動かせた。彼女は若者をつき離して、前の約束を思ひ出させ、決して亂暴しないと誓つたことを忘れたのかと言つて責めた。彼女は自分が戀人に與へた、愛の手付と保證だけで滿足すべき筈で、彼にも相應しくないやうな仕業をして、その人格を疑はせるやうなことをしてくれないやうにと、一生懸命になつて賴むのであつた。彼女の反對は危險と人に惡い噂を立ることを恐れての上で、彼に無暴な計劃を思ひ止ませる爲には、自分から進んで名乘りを上げるから、彼の家から出る迄に二時間待つてもらい度いと言はなければならなかつた。

この申し出は始めリッチアルドにあやしく思はれた、彼には何故にこの若い娘が顏を見知られることを斷るのであるか、譯がわからなかつた、しかも少ししたらば自ら名乘つて見せやうといふのである、彼は暫らくの間呆然としてゐた、しかし彼女は自分に對して、あれほど好意を持つて、その他の望は總て滿足させてくれたのであるから、その意志に反してまでも、彼女の身分がどんなものであり、何といふ名前であるかといふやうなことを、餘り執拗く聞くのは彼女を遇する道で無いと悟つたのである。

ところがその夜は町中の貴婦人達が集つてをる大夜會があつた、そしてラヴィネルラはリッチアルドにこの夜會に連れて行つてくれるやうに頼んだ、これはカサト街で催される筈であつた、その家の門の前まで來ると、ラヴィネルラはリッチアルドに言つた。

『妾がたつた一人で其處へ行くのを御覽になつても決して御心配下さいますな、あなた樣もすぐ後からゐらつしつて下さい、そして御婦人達が集つて遊んでゐらつしやる大廣間にゐらつしつたら、その中のある婦人が口の處にハンケチを持つて行つて、暫らくそのまゝにしてゐるのを御覽になるでせう、その時こそは、あなた樣はどうしても御存知になり度いと言つて居た女の顏も身分もよくおわかりになることでせう、そしてその女はあなた樣の腕の中に居りましたことを非常に喜んで、心も體もなつかしい人に捧げた女なのでございます。

リッチアルドは覆面の婦人の申し出でに賛成した。その時迄は、兎も角として彼は女の言ふことを今は何も疑はなかつた。若い娘がその家の中の他の婦人達の中にまぢつて、落ち付いた場合を見計つて、廣間の中に入つて行くと、身分の高い人達の仲間が無邪氣な遊びに打興じてゐた。彼は注意深く居合せた婦人達を物色した、兼て約束の合圖によつてその人を見付け出すつもりであつた、この夜彼に生命を與へた女はどんな人であらふか、しかし彼がいくら見廻して見ても探して見ても覆面の婦人と同じ着物を着てゐる婦人も無ければ、約束の合圖も一向に見當らなかつた。それればかりでなく彼は他の人から自分の來る前に來た婦人なぞは無かつたといふことを知らされた。彼は始めて自分が若い娘にからかはれたのであることを了解した。別の門からその家を出て夜會の廣間に上つて行か無かつたことは明かである、この家は兩方の通りにまたがつてゐて、サンタアウスチノの方へも抜けられるやうになつてゐたのである。ラヴィネルラは其處を通り抜けて、自分の邸へ歸つて行つて了つたもので、リッチアルドがどうならうと格別に心配して居なかつたのである。

リッチアルドは自ら、ことの眞相を確めやうとした、すると門が閉つてゐなかつたのを發見して、あれほど樂しみにして居たことがすつかり當がはづれたのをみとめざるを得なかつた。かうしてラヴィネルラは自分のはげしい希望を滿すことが出來た、しかも相手の男の方は自分をちつとも知らなかつた儘である。彼女はこの計畧にすつかり滿足して、一石二鳥を得るの諺の通り、自分の名譽をすくひ、その戀を滿足させた。（終）

アリゴと靴脂

（十六世紀）

作者不詳

マツシミリアノ・チエザレが、大軍を引連れてパトウの町を包圍してゐた頃、ヴイサンスの或る貴族が多くの家族と共にマントウに避難してゐました。

その貴族の口から漏れた世にも珍らしい愛慾物語をこれから始めやうと思ふのです。

戰爭の始まる少し前、卽ちチエラ・ダツダの敗北前のことですが、少し智惠の足りない一人の獨逸人が、或る貴族の御宅に馬丁として奉公してゐました。

馬の面倒を見ることだけは實に堂に入つたもので、馬も亦彼の愛嬌のある馬鹿面が心に叶つたものかなか〳〵よくいふことをきゝます。それともう一つ彼の特徴とするところは、元來あまり怜悧でないだけに、他人の言ふことは何事であれそのまゝ鵜呑みに信じて了ふことです。

彼が奉公してゐるお屋敷の御主人ときたら、これは又人並すぐれた狩獵狂で、ろくな小鳥一羽射落すことも出來ない癖に、毎日野外に出ては狩獵ばかりやつてゐます。ですから、この薄馬鹿の奉公人は、主人のドロ〳〵になつた靴に脂をつけて磨くだけで、もういゝ加減に仕事があります。

彼の名前はアリゴと呼びます。年齢こそもう二十四五歳になる血氣盛りの若者ですが、悪魔が地獄で呻くやうな、あの方の經驗はとんとありません。今以て天地神明に誓つて恥ぢざる立派な童貞なのです。

けれども、童貞であることが必ずしも無慾であるとはきまつてゐません。創造主《かみ》はこんな薄野呂の男にでもちやんと性的惱みを授けてゐます。

彼の弓は夜となく晝となく張り切つてはゐるのですが、さて如何すればこの欝結が晴れるのか、悲しいかなこの憐れなアリゴには理解できないのです。

然るに、おゝ然るにです。白痴には白痴なだけの想像力があり、推理力があると見えて、彼はゆくりなくも毎日の靴磨きの經驗を通して、實に偉大な發見をいたしました。

それは主人のパクパクに乾いた硬い靴が、脂をつけて日光に晒すと、いつとはなしに柔らかくなるが故に、自分の股間に硬直してゐる棒切のやうな硬い物だつて、この脂をつけて磨擦すればきつと柔らかくなるに違ひない。——

おゝ、なんと素晴しい想像の飛躍ではありませんか。そこで、早速それを試みてみましたけれど、どこ迄も意地悪いその棒杭は、柔らかくなるどころかます〱反撥して硬直し、或ひは膨脹して、彼の惱みをより一段と深刻にします。脂が何の役にも立たなかつたことは、ひどくを慾失望させました。

然し、失望はしても彼は決してこの希望を放棄するところなく、まるで科學者のやうな眞摯な態度でその朦朧たる頭腦を働かせたのでした。

——これはきつと脂のつけ方が足りないのに違ひない——と。

彼のこの信念を嗤ふ者は殘酷です。彼は孜々として彼らしい研究を怠りませんでした。

ところが或る日のこと、この邸宅《やしき》の夫人が何かの所用で庭先に出で、なに心なく厩の方へ歩を運んだ折に、一心不亂に槍先に脂をつけて磨いてゐるアリゴの姿を發見しました。

これが普通の婦人でしたら、顔を眞紅に染め、踵を返していち早く家の方へ逃げ込んだのでせうが、この夫人は泰然として山の如く動きませんでした。いや、それどころか、双頰には美くしい笑を漂へ、まるで猫が魚でも狙ふやうな眼附をしてこの科學的實驗を目擊してゐるではありませんか。

阿呆の大〇〇とはよく云つたもので、彼の槍先たるやさながら名匠の手によつてなれる古今の業物、といふと些か大袈沙ですが、尠くとも彼女の夫のそれとはまるで比較になりません。そこで夫人は觸指大いに動いたものか、勇を皷して彼の側に近づき、何喰はぬ顔で「アリゴや、厩の用あがるから一寸おいで」と呼びかけ

「妾しはお前のしてゐることで腑に落ちないことがある。この頃旦那さまの靴につける脂がすぐになくなるが、他の下男だつたら三ケ月もあるのに、お前が使ひ始めてからは半月も持たないのだよ。いつたいこれはどういふわけなんだか言つてごらん。まさかお前が盗んだり賣つたりしてゐるのではあるまいネ」

すると、アリゴは本來の正直ぶりを發揮して縷々その眞相を陳述し、その事實をもつと具體的に說明すべく、夫人の前で前をまくつて大身の槍をリユウ〳〵としごいて見せたものです。

そしていくら努力して一向に効果のないことを訴ふるが如くつけ加へました。

「お前がほんとうに人のいゝ、よい下男であることが妾しにはちやんと分つてゝよ?」と奥樣は少しやに下つて

「だけど、お前のしてることは全く馬鹿げたつまらないことで、お前がほんとうに誰にも內密にすることを約束すれば、妾しとてもいゝ治療法を敎へてあげるわ。さア、妾しと一緒においで。さうすればお前は靴の脂なんかつけて柔らかくしなくても、すぐにその効目の現はれてくるのが分るでせう。」

主人の不在を幸ひ、彼女はアリゴを伴うて己の部屋に入り、この薄馬鹿のアリゴが獅子奮迅の勢ひで暴れ廻る猛擊

を、さも心地よげに受け流したのでした。

さて、彼が幾たび彼女の脂を塗つたか、その囘數は恐らく二人とも氣がつかつたでせう。こゝに於て、アリゴは自分の研究がまつたく畑違ひであつたことを、この尊い經驗によつて始めて悟ることが出來たのです。

ところが、その次の日、主人はいつものやうに狩獵に出かけやうとしましたが、はいて行く長靴が少しも磨かれてゐないので非常に立腹しました。

「こらつ！貴樣はどうして靴をみがいてをかなかつたのだ。この飲んだくれの薄馬鹿野郎め。この靴を見ろこの靴をこんなに硬いものがどうして俺の足にはけるのだ。コレラにでもかゝつてくたばつて了へ」と大變な權幕で叱り飛ばしました。

「旦那さま、そのことならどうぞ御心配下さいますな。私はすぐにこれを柔らかくして來ますから」と彼は身を顫はせながら答へたのです。

「何を言つてやがる、この泥犬め！」と主人の怒りは益々はげしい。

「はいはい、旦那さま、一寸の間御辛棒下さいませ。この長靴を奥さまのお腹の中にれ入て頂けば、それこそ旦那さまが煙草一服めし上つてゐらつしやる間に柔らかくなります。」

この奇答に驚いた主人は、いつたい何をするつもりなのか、その方法を知らうとアリゴに訊ねると、こゝでも亦彼は例の正直ぶりをぶちまけて、昨日の出來ごとを身振り手振りで御披露に及んだものです。

「チエッ！この大泥棒め。ほんとに貴樣は飛んでもない大盜人だ。貴樣のやうな奴はもう俺は一日もこの家にをくことは出來ん。さアとつとと出て失せやあがれ」と、カンカンに憤慨して下男を追ひ出して了ひました。（終）

編輯後記

○　○　○

選擧と戰爭の渦卷。そのどちらも我々を昂奮せしめる。日本國民の鬪爭心は今度の總選擧に依つて明かにされた。この混亂のさなかにあつて、我々はエロだとかグロだとか云つてゐられないやうな氣持にもなる。だが戰爭の永びくことを好まない我々にとつては、矢張かうした風俗研究ものも存在していゝと思ふのである。

○　○　○

本誌はそうした混亂の中に生れた。發行が遲れたのも印刷屋が多忙を極めて、片々たる談奇黨なんか顧みるいとまがなかつたからである。又それだけに我々の努力が殆んど不眠不休であつたことも讀者諸君に考慮して欲しい。内容の點に就ては、敢て我々は自慢も吹聽もしたくない。それはどの一篇を見ても、ムダな間に合せ原稿なんか一つもないことによつて御諒解して下さるだろうから。

○　○　○

談奇黨に掲載される原稿は、多少の批難は浴びることがあつても。兎も角その態度だけは眞面目である。巷間のインチキなエロ出版屋どもの野卑下劣は本誌に於ては頗る淸算されてゐると思ふのである。我々がこの藝術的良心を失はない限り、我々も亦鬪爭心を限りなく愛する。そしていざといふ場合は、いつでも本誌なんかカナグリ捨てゝ起ち上るだけの氣力はある。なぜなら我々は決して色の生つ白い文學靑年ではないからである。

○　○　○

只、本號で文献物が少なかつたことは物足りない方もあらうが、かの世界的センセーションを捲き起したパリーの靑髯事件などは本誌でなければ斷じて發表し得ない世界的珍聞であり、貴重な資料である。それは恐らく世界中の司法官にとつても亦よき參考であるであらう。

こゝにも亦我々の態度の眞面目さがあることを斷言する。

昭和七年二月二十八日印刷
昭和七年二月二十九日發行
（非賣品）
發行兼編輯印刷人　鈴木辰雄
印刷所　長利堂印刷所
東京市麴町區飯田町四丁目十四番地
發行所　洛成館
東京市牛込區市ケ谷見附
市ケ谷ビル内

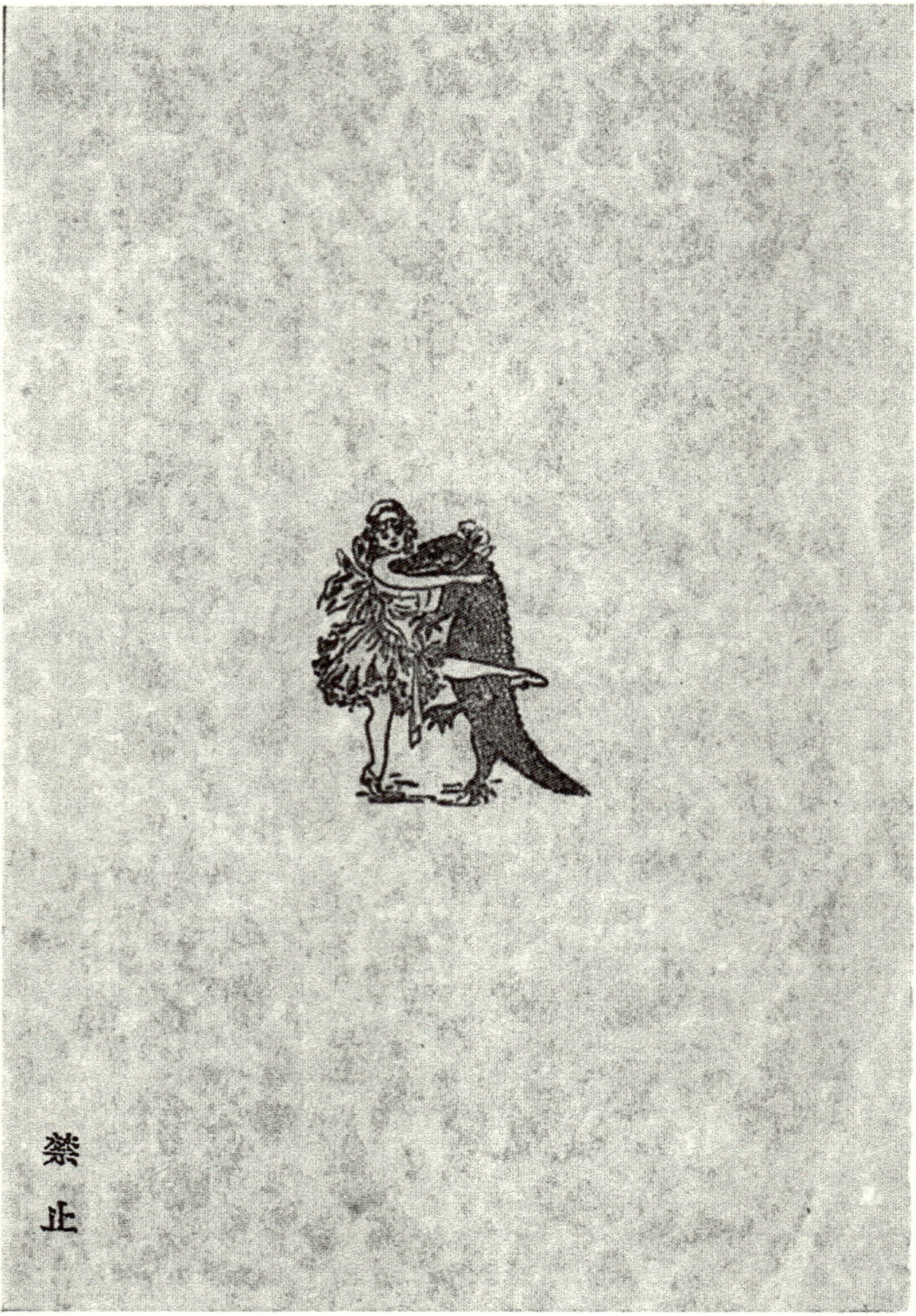
禁止

叢書エログロナンセンス第Ⅲ期

『談奇党』『猟奇資料』 第2巻

2017年12月15日 印刷
2017年12月22日 第1版第1刷発行

[監修・解説] 島村《しまむら》 輝《てる》

[発行者] 荒井秀夫

[発行所] 株式会社ゆまに書房

〒101-0047 東京都千代田区内神田2-7-6

tel. 03-5296-0491 / fax. 03-5296-0493

http://www.yumani.co.jp

[印刷] 株式会社平河工業社

[製本] 東和製本株式会社

落丁・乱丁本はお取り替えいたします。 Printed in Japan

定価：本体15,000円＋税 ISBN978-4-8433-5309-7 C3390